Simplemente perfecto

books4pocket

Mary Balogh

Simplemente perfecto

URANO
Argentina - Chile - Colombia - España
Estados Unidos - México - Perú - Uruguay - Venezuela

Título original: *Simply Perfect*
Editor original: First published in the United States by Delacorte Press,
New York

Traducción: Claudia Viñas Donoso

Copyright © 2008 by Mary Balogh
All Rights Reserved
Published by arrangement with Maria Carvainis Agency, Inc.
and Julio F. Yañez, Agencia Literaria
© de la traducción, 2011 *by* Claudia Viñas Donoso
© 2011 *by* Ediciones Urano, S.A.U.
      Aribau, 142, pral. – 08036 Barcelona
      www.titania.org
      www.books4pocket.com

1ª edición en **books4pocket** abril 2016

Impreso por Novoprint, S.A.
Energía 53
Sant Andreu de la Barca (Barcelona)

Fotocomposición: Ediciones Urano, S.A.U.

ISBN: 978-84-15870-90-6
E-ISBN: 978-84-9944-072-9
Depósito legal: B-1.626-2016

Código Bic: FRH
Código Bisac: FIC027050

Impreso en España – *Printed in Spain*

1

Claudia Martin ya había tenido un día difícil en la escuela.

Los problemas comenzaron justo antes del desayuno, cuando llegó el mensaje de *mademoiselle* Pierre, una de las profesoras no residentes, con la noticia de que estaba indispuesta, con una fuerte jaqueca, y no podría ir a la escuela, lo que significó que Claudia, en su calidad de propietaria y directora, se vio obligada a hacer la mayoría de las clases de francés y de música, además de las propias de ella. Con las clases de francés no tuvo mucha dificultad, pero las de música le resultaron más complicadas. Peor aún, quedó sin hacer el trabajo en los libros de cuentas, que tenía programado para ese día en sus horas libres, y se le iban acabando rápidamente los días en que debía hacer toda la miríada de tareas que era necesario hacer.

Y entonces, justo antes de la comida de mediodía, terminadas ya las clases de la mañana, la hora en que se descuidaba más la disciplina, Paula Hern decidió que no le gustaba cómo la miraba Molly Wiggins y expresó su disgusto pública y elocuentemente. Y dado que el padre de Paula era un próspero hombre de negocios, rico como Creso, y ella se daba aires en conformidad, y Molly era la menor y más tímida de las niñas en régimen gratuito, y ni siquiera sabía quién era su padre, lógicamente Agnes Ryde se sintió obligada a meterse en la refriega en vigorosa defensa de la pisoteada, recuperando su acento cockney con irritante claridad. Claudia se vio obligada a tomar cartas en el asunto hasta conseguir sinceras disculpas de todas las involucradas e imponer los castigos adecuados a todas, a excepción de la más o menos inocente Molly.

Y sólo una hora después, cuando la señorita Walton se disponía a salir con la clase de las menores en dirección a la abadía de Bath, donde tenía programada una clase informal de arte y arquitectura, se abrieron los cielos y comenzó a caer un aguacero como para poner fin a todos los aguaceros, con lo que se presentó el problema de encontrar otra actividad para las niñas dentro de la escuela. Claro que eso no era problema suyo, pero no pudo dejar de enterarse, por las ruidosas y molestas exclamaciones de decepción de las niñas fuera de la puerta de su clase de francés, donde estaba intentando enseñar los verbos irregulares, tanto, que finalmente salió a informarlas de que si tenían alguna queja por la inoportuna llegada de la lluvia debían hacérsela personalmente a Dios en las oraciones de la noche, y que «mientras tanto» guardaran silencio hasta que la señorita Walton las hiciera entrar en un aula y cerrara la puerta.

Y entonces, cuando terminaron las clases de la tarde y las niñas subieron a peinarse y lavarse las manos para luego bajar a tomar el té, se estropeó algo en el pomo de la puerta de uno de los dormitorios y ocho niñas quedaron encerradas dentro hasta que subió a repararlo el señor Keeble, el anciano portero de la escuela, y estuvo un rato rascando y haciendo chirriar la cerradura entre risitas. La señorita Thompson se hizo cargo de la crisis leyéndoles un sermón sobre la paciencia y el decoro, aunque las circunstancias la obligaron a hablar con un volumen de voz que las chicas pudieran oír desde dentro del dormitorio y, claro, también llegaba a muchas otras partes de la escuela, entre ellas su despacho.

No, no había sido el mejor de los días, acababa de comentarles a Eleanor Thompson y Lila Walton, sin que la contradijeran, mientras estaban tomando el té en su sala de estar particular, poco después de que fueran liberadas las prisioneras. Podría conformarse con menos días de esos.

Y entonces, ¡más!

Para coronarlo todo y empeorar un día ya difícil, había un marqués esperando tener el gusto de verla en el salón para visitas de abajo.

¡Un «marqués», por el amor de todo lo maravilloso!

Eso era lo que decía la tarjeta con bordes plateados que tenía cogida entre dos dedos: el marqués de Attingsborough. El portero acababa de ponérsela en las manos, con expresión agriada y desaprobadora, expresión nada insólita en él, sobre todo cuando un hombre que no era profesor ahí invadía su dominio.

—Un «marqués» —dijo, ceñuda, mirando de la tarjeta a sus colegas—. ¿Qué podrá desear? ¿Lo dijo, señor Keeble?

—No lo dijo y no se lo pregunté, señorita. Pero si me lo pregunta, no se trae nada bueno entre manos. Me sonrió.

—¡Ja! Un pecado mortal, desde luego —dijo Claudia, irónica, mientras Eleanor se reía.

—Tal vez tiene una hija a la que desea colocar en la escuela —sugirió Lila.

—¿Un «marqués»? —dijo Claudia, con las cejas arqueadas, silenciándola.

—Tal vez, Claudia, tiene dos hijas —dijo Eleanor, haciéndole un guiño travieso.

Claudia bufó, suspiró, tomó otro trago de té y se levantó de mala gana.

—Supongo que será mejor que vaya a ver qué desea. Eso será más productivo que continuar sentada aquí haciendo suposiciones. Pero que suceda esto justamente hoy. Un «marqués».

Eleanor volvió a reírse.

—Pobre hombre. Lo compadezco.

A Claudia nunca le habían caído bien los aristócratas, gente ociosa, arrogante, insensible, antipática, aunque el matrimonio de dos de sus profesoras e íntimas amigas con señores con título la habían obligado a reconocer en esos últimos años que tal vez «algunos» de ellos podrían ser personas simpáticas e incluso valiosas. Pero no la divertía que uno de ellos, un desconocido, invadiera su mundo sin siquiera con un «con su permiso», sobre todo al final de un día difícil.

No creía ni por un instante que ese marqués deseara colocar a una hija en su escuela.

Bajó la escalera delante del señor Keeble porque no deseaba ir a su paso de tortuga. Debería, pensó, haber ido primero a su dormitorio a comprobar si tenía una apariencia respetable, que seguro no tenía después de ese ajetreado día. Normalmente se preocupaba de presentar una apariencia pulcra ante las visitas. Pero no se dignaría a hacer ese esfuerzo por un «marqués», arriesgándose a parecer servil a sus ojos.

Cuando abrió la puerta del salón para las visitas ya estaba erizada por una indignación bastante injustificada. ¿Cómo se atrevía ese hombre a molestarla en su propiedad, fuera cual fuera el asunto que lo traía?

Miró la tarjeta que todavía tenía entre los dedos.

—¿El marqués de Attingsborough? —preguntó, con voz no diferente a la que empleó con Paula Hern ese mediodía, una voz que decía que de ninguna manera se iba a dejar impresionar por la presunción de grandeza.

Él estaba de pie al otro lado de la sala, cerca de la ventana.

—Para servirla, señora —dijo, inclinándose en una elegante venia—. ¿Señorita Martin, supongo?

La indignación de Claudia subió a las nubes. Una sola mirada no era suficiente para hacer un juicio sensato sobre su carácter, claro, pero, francamente, si el hombre tenía alguna imperfección en el cuerpo, los rasgos o su gusto para vestirse, esta no era visible. Era alto, de hombros y pecho anchos y delgado de talle y caderas; sus piernas largas y bien formadas; su pelo moreno abundante y lustroso, su cara guapa, sus ojos y su boca indicaban que tenía buen humor. Vestía con impecable elegancia, pero sin siquiera una traza de ostentación. Sólo sus botas hessianas tenían que costar una fortuna y calculó que si se acercaba a mirarse en ellas vería reflejada su cara y tal vez su pelo aplastado y despeinado y el cuello lacio del vestido también.

Juntó las manos delante de la cintura, no fuera cosa que intentara comprobar su teoría tocándose las puntas del cuello. Continuaba con la tarjeta sostenida entre el pulgar y el índice.

—¿En qué puedo servirle, señor? —preguntó, evitando adrede llamarlo «milord», ridículo y afectado trato, en su opinión.

Él sonrió, y si era posible aumentar la perfección, acababa de ocurrir; tenía buenos dientes. Se fortaleció para resistirse al encanto que seguro que él poseía a toneladas.

—Vengo como mensajero, señora —metió la mano en un bolsillo interior y sacó un papel doblado y sellado—, de lady Whitleaf.

Claudia dio otro paso adentrándose en la sala.

—¿De Susanna?

Susanna Osbourne había sido profesora en la escuela hasta su matrimonio el año anterior con el vizconde Whitleaf.

Aunque a ella siempre la regocijaba la buena suerte de Susanna por ese buen matrimonio, que fue por amor, seguía lamentando su pérdida como querida amiga, colega «y» buena profesora. En el periodo de cuatro años había perdido a tres de esas amigas, por la misma causa. A veces le resultaba difícil no deprimirse egoístamente por todo eso.

—Cuando se enteró de que yo vendría a Bath —dijo el marqués— a pasar unos días con mis padres, ya que mi padre está tomando las aguas, me pidió que viniera aquí a presentarle mis respetos. Y me dio esta carta, tal vez para convencerla de que no soy un impostor.

Sus ojos volvieron a sonreír mientras atravesaba la sala para entregarle la carta. Y como si sus ojos no hubieran podido ser por lo menos del color del lodo, ella vio que eran de un azul claro casi como el de un cielo de verano.

¿Susanna le había pedido que viniera a presentar sus respetos? ¿Por qué?

—Whitleaf es primo de una prima mía —explicó él—. O una casi prima mía, en todo caso. Es complicado, como suelen serlo los parentescos. Lauren Butler, vizcondesa de Ravensberg, es prima mía porque su madre se casó con el cuñado de una tía mía. Somos muy amigos desde que éramos niños. Y Whitleaf es primo de primer grado de Lauren. Por lo tanto, en cierto sentido, él y su lady tienen una gran importancia familiar para mí.

Si él era marqués, pensó Claudia, asaltada por una repentina sospecha, y su padre estaba vivo, ¿qué título tenía su padre? Pero estaba ahí a petición de Susanna, por lo tanto a ella le correspondía portarse algo mejor que sólo glacialmente educada.

—Gracias por venir personalmente a entregarme la carta —dijo—. Le estoy muy agradecida, señor. ¿Le apetecería una taza de té? —ofreció, ordenándole mentalmente que dijera que no.

—No quisiera provocarle molestia alguna, señora —dijo él, sonriendo otra vez—. Tengo entendido que dentro de dos días sale de viaje a Londres.

Ah. Susanna debió decírselo. El señor Hatchard, su agente de negocios en Londres, les había encontrado empleo a dos de las chicas mayores, las dos de régimen gratuito, pero se había mostrado insólitamente evasivo acerca de la identidad de los posibles empleadores, aun cuando ella se las había preguntado concretamente en su última carta. Lógicamente, las alumnas de pago tenían familias que se ocuparan de sus intereses, y ella se había asignado el papel de familia de las otras y jamás dejaba marchar a ninguna chica que no tuviera un empleo apalabrado ni a ninguna cuyo futuro empleo ella encontrara desacertado.

Por sugerencia de Eleanor, iba a ir a Londres con Flora Bains y Edna Wood para enterarse exactamente de en qué casas serían institutrices y retirar su consentimiento si no estaba satisfecha. Aun faltaban unas cuantas semanas para que finalizara el año escolar, pero Eleanor le había asegurado que estaba dispuesta y era muy capaz de llevar la dirección de la escuela durante su ausencia, que no duraría más de una semana o diez días. Ella había aceptado ir, en parte porque había otro asunto del que deseaba hablar personalmente con el señor Hatchard.

—Sí —contestó.

—Whitleaf pensaba enviarle un coche para su comodidad —le dijo el marqués—, pero yo le dije que era absolutamente innecesario que se tomara ese trabajo.

—Por supuesto —dijo Claudia—. Ya he alquilado uno.

—Me encargaré de desalquilárselo, si me lo permite, señora. Pienso volver a la ciudad el mismo día y será un placer para mí ofrecerle la comodidad de mi coche y mi protección durante el viaje.

¡Vamos, no lo permita Dios!

—Eso será absolutamente innecesario, señor —dijo con firmeza—. Ya lo tengo todo organizado.

—Los coches de alquiler son famosos por su falta de ballestas y de todas las demás comodidades. Le suplico que lo reconsidere.

—Tal vez no lo entiende del todo, señor. En el viaje me acompañarán dos alumnas.

—Sí, de eso me informó lady Whitleaf. ¿Son muy cotorras? ¿O, peor aún, no paran de reírse? Las damas muy jóvenes tienen una atroz tendencia a hacer ambas cosas.

—A mis niñas se les ha enseñado a comportarse correctamente en compañía, lord Attingsborough —repuso ella, fríamente, y sólo entonces vio el guiño en sus ojos y comprendió que había sido una broma.

—No lo dudo, señora, y tengo la seguridad de que puedo fiarme de su palabra. Permítame, por favor, que las acompañe a las tres hasta la puerta de lady Whitleaf. Ella se impresionará muchísimo por mi galantería y seguro que hará correr la voz entre mis familiares y amigos.

Bueno, estaba diciendo puras tonterías. Pero ¿cómo podía rechazar decentemente el ofrecimiento? Desesperada buscó en su cabeza algún argumento irrefutable que lo disuadiera, pero no se le ocurrió ninguno que no fuera descortés o francamente grosero. Pero preferiría viajar mil millas en un coche sin ballestas antes que ir a Londres en compañía de él.

¿Por qué?

¿Acaso la intimidaba su título y magnificencia? La sola idea la erizó.

¿Su... virilidad, entonces? Se sentía desagradablemente consciente de que él poseía eso a mantas.

Pero qué ridículo sería. Era sencillamente un caballero que se mostraba cortés con una solterona vieja, que daba la casualidad era amiga de la esposa del primo de su casi prima. Buen Dios, sí que era tenue el parentesco. Pero tenía una carta de Susanna en la mano. Era evidente que ella se fiaba de él.

¿Una solterona vieja? Tratándose de edad, pensó, probablemente no había mucha diferencia entre ellos. Bueno, eso sí era pensar. Ahí estaba ese hombre, claramente en el pináculo mismo de su atractivo masculino, unos treinta y cinco años, y ahí estaba ella.

Él la estaba mirando con las cejas arqueadas y los ojos sonrientes.

—Ah, muy bien —dijo, enérgicamente—. Pero es posible que viva para lamentar su ofrecimiento.

Él ensanchó la sonrisa y la indignada Claudia vio que el atractivo de ese hombre era infinito. Tal como había sospechado, tenía un encanto que parecía rezumar por todos sus poros y por lo tanto era un hombre del que no se podía fiar ni una pizca mientras estuviera en su presencia. Vigilaría concienzudamente a sus dos niñas durante el viaje a Londres.

—Espero que no, señora —dijo él—. ¿Saldremos temprano?

—Esa era mi intención —repuso ella, y añadió de mala gana—. Gracias, lord Attingsborough. Es usted muy amable.

—Será un placer para mí, señorita Martin. —Se inclinó en otra venia—. ¿Me permite que le pida un pequeño favor a cambio? ¿Sería posible que me hicieran un recorrido por la escuela? He de confesar que me fascina la idea de un establecimiento que da educación a niñas. Lady Whitleaf me ha hablado con entusiasmo de su establecimiento. Ella enseñó aquí, tengo entendido.

Claudia hizo una lenta respiración por entre las agitadas ventanillas de la nariz. ¿Qué motivo podría tener ese hombre para hacer un recorrido por una escuela de niñas aparte de ociosa curiosidad, o algo peor? Su instinto le aconsejó negarse rotundamente. Pero acababa de aceptarle un favor, y era un favor grande, la verdad: no dudaba de que su coche sería muchísimo más cómodo que el que había alquilado ni de que las tratarían con más respeto en todas las barreras de peaje por las que pasaran y en todas las posadas en las que se detuvieran a cambiar los caballos. Además, era un amigo de Susanna.

Pero, ¡francamente!

No había creído que ese día pudiera empeorar. Se había equivocado.

—Por supuesto. Yo misma le acompañaré —dijo secamente girándose hacia la puerta.

La habría abierto ella, pero él pasó por su lado, envolviéndola durante un alarmante momento en el seductor aroma de una colonia masculina asquerosamente cara sin duda, abrió la puerta y con una sonrisa le indicó que ella saliera primero al vestíbulo.

Al menos, pensó, ya habían terminado las clases y las niñas estarían a salvo en el comedor, tomando el té.

Y en eso se equivocaba también, recordó en el instante en que abrió la puerta de la sala de arte. No faltaba mucho para la fiesta de fin de año y se estaban haciendo todo tipo de preparativos y ensayos, cada día desde la pasada semana más o menos.

Unas pocas chicas estaban trabajando con el señor Upton en el telón de fondo del escenario. Todas se volvieron al oír abrirse la puerta y al instante agrandaron los ojos y miraron boquiabiertas al grandioso visitante. Claudia se vio obligada de presentarlo al profesor. Después de estrecharle la mano, el marqués se acercó a mirar la obra de arte e hizo unas cuantas preguntas inteligentes. El señor Upton le sonrió de oreja a oreja cuando unos minutos después salió de la sala y todas las chicas se lo quedaron mirando adoradoras.

Entonces lo llevó a la sala de música, donde estaban las chicas del coro practicando un madrigal en ausencia de *mademoiselle* Pierre bajo la supervisión de la señorita Wilding. Cuando abrió la puerta estaban cantando a todo pulmón, con voces disonantes e irritantes, y entonces, algo cohibidas, soltaron risitas nerviosas, mientras la señorita Wilding se ruborizaba, con expresión consternada.

Con las cejas arqueadas Claudia presentó al marqués a la profesora y le explicó que ese día estaba indispuesta la profesora de música, a pesar de que mientras lo decía se sentía fastidiada consigo misma por pensar que era necesaria una explicación.

—Cantar madrigales —dijo él a las niñas, sonriendo—, puede ser muy satisfactorio pero también muy frustrante, ¿verdad? Tal vez sólo hay otra persona en el grupo cantando la misma voz de uno y seis u ocho aullando otras muy diferentes. Si la persona aliada vacila uno se pierde sin esperanzas de recuperación. Nunca dominé el arte cuando estaba en el colegio, debo confesar. Durante mi primera práctica alguien me sugirió que debería intentar entrar en el equipo de críquet, que practicaba a la misma hora.

Las niñas se rieron, todas visiblemente relajadas.

—Apuesto a que hay algo en vuestro repertorio que podéis cantar a la perfección —continuó él. Volvió su sonriente cara hacia la señorita Wilding—. ¿Podría tener el honor de oírlo?

—El Cuco, señorita —sugirió Sylvia Hetheridge, y a eso siguió un murmullo de aprobación de las demás.

Y lo cantaron a cinco voces sin equivocarse ni una sola vez ni dar una nota disonante, y un glorioso chaparrón de «cucus» resonó en la sala cada vez que llegaban al coro de la canción.

Cuando terminaron, todas se volvieron hacia el marqués de Attingsborough como si fuera un miembro de la realeza allí de visita, y él aplaudió y sonrió.

—¡Bravo! —exclamó—. Vuestra habilidad me abruma, por no decir la belleza de vuestras voces. Estoy convencido más que nunca que hice bien al continuar con el críquet.

Cuando salieron de la sala todas las niñas estaban riendo y mirándolo adoradoras.

En la sala de baile estaba el señor Huckerby enseñando a un grupo de niñas los pasos de una contradanza particularmente complicada que ejecutarían durante la fiesta de fin de año. El marqués le estrechó la mano y a las niñas les sonrió, admiró su actuación y las hechizó, hasta que todas estuvieron sonriendo y, cómo no, mirándolo adoradoras.

Mientras Claudia le enseñaba algunas de las aulas desocupadas y la biblioteca, él le hizo preguntas inteligentes y sagaces. No parecía tener ninguna prisa mientras paseaba por ellas y luego leía los títulos en los lomos de muchos de los libros.

—Había un piano en la sala de música —comentó cuando iban en dirección a la sala de costura— y otros instrumentos. En particular vi un violín y una flauta. ¿Se ofrecen clases particulares de música aquí, señorita Martin?

—Desde luego. Ofrecemos todo lo necesario para hacer de nuestras alumnas damitas expertas, además de personas con una sólida educación académica.

Él paseó la mirada por la sala de costura desde la puerta, pero no entró.

—¿Y enseñan otras habilidades además de coser y bordar? ¿Labor de punto, tal vez? ¿Labor de encaje? ¿Ganchillo?

—Las tres cosas —contestó ella, cerrando la puerta y llevándolo hacia el salón de actos, que antes, cuando era una casa particular, había sido un salón de baile.

—El diseño es muy estético —comentó él, situándose en medio del brillante piso de madera y dándose toda una vuelta, para luego mirar el elevado cielo raso abovedado—. En realidad, me gusta todo el colegio, señorita Martin. Hay ventanas y luz en todas partes y una atmósfera agradable. Gracias por este recorrido guiado.

La miró con su más encantadora sonrisa, y ella, todavía con la tarjeta de visita de él y la carta de Susanna en la mano, se cogió la muñeca con la que tenía libre y lo miró intencionadamente severa.

—Me alegra que lo apruebe —dijo.

Él interrumpió la sonrisa un momento y luego se rió en voz baja.

—Le ruego que me disculpe. Le he ocupado mucho de su tiempo.

Diciendo eso indicó la puerta con el brazo y ella salió delante de él en dirección al vestíbulo, pensando, y fastidiada por pensarlo, que en cierto modo había sido descortés, porque con esas últimas palabras había pretendido ser irónica, y él se había dado cuenta.

Pero antes de que llegaran al vestíbulo se vieron obligados a detenerse porque en ese momento estaban saliendo del comedor en ordenada fila las alumnas de la clase de las menores, en dirección a la sala de estudio, donde se pondrían al día con los deberes que no habían terminado en clase o a leer, escribir cartas o hacer labor de aguja.

Todas giraron las cabezas para mirar al grandioso visitante, y el marqués de Attingsborough les sonrió afablemente, incitándolas a soltar risitas y pavonearse mientras continuaban su camino.

Todo lo cual demostraba, pensó Claudia, que incluso las chicas de once y doce años eran incapaces de resistirse a los encantos de un hombre apuesto. Eso era mal presagio, o continuaba siendo un mal presagio, para el futuro de la mitad femenina de la raza humana.

El señor Keeble, con un feroz entrecejo, bendito su corazón, tenía en sus manos el sombrero y el bastón del marqués y estaba junto a la puerta como para retarlo a intentar prolongar otro rato más su visita.

—¿Será, entonces, hasta pasado mañana a primera hora, señorita Martin? —dijo el marqués cogiendo su sombrero y su bastón y volviéndose hacia ella mientras el señor Keeble abría la puerta y se hacía a un lado, listo para cerrarla tan pronto como saliera.

—Estaremos listas —contestó ella, asintiendo con la cabeza.

Y por fin se marchó. No dejó a Claudia con una disposición amable hacia él. ¿De qué había ido todo «eso»? Deseó ardientemente poder retroceder media hora y rechazar su ofrecimiento de acompañarlas a ella y a las niñas a Londres pasado mañana.

Pero no podía retroceder, y ya está.

Entró en su despacho y se miró en el pequeño espejo que tenía en el lado interior de la puerta pero que rara vez utilizaba.

Vaya por Dios, caramba. Sí que tenía el pelo aplastado y opaco; se le habían escapado varios mechones del moño en la nuca. Tenía una tenue mancha de tinta en un lado de la nariz, que le quedó cuando intentó quitársela con el pañuelo. Una punta del cuello estaba ligeramente doblada hacia arriba y el cuello descentrado. Se lo arregló, demasiado tarde, claro.

¡Hombre horrendo! No era de extrañar que sus ojos se hubieran reído de ella a cada rato.

Recordando la carta de Susanna, rompió el sello y la desdobló. Joseph Fawcitt, marqués de Attingsborough, era el hijo y heredero del duque de Anburey, leyó en el primer párrafo, e hizo un mal gesto. Iba a ofrecerse a llevarlas a ella y a las niñas a Londres a su regreso de Bath, y no debía vacilar en aceptar. Era un caballero amable y encantador y absolutamente digno de confianza.

Al leer eso arqueó las cejas y apretó los labios.

Pero no tardó en hacérsele evidente el principal motivo de la carta de Susanna. Frances y Lucius (el conde de Edgecombe, su marido) acababan de volver del Continente, y Susanna y Peter estaban organizando un concierto en su casa en el que Frances iba a cantar. Por lo tanto, sencillamente debía alargar su estancia en Londres para oírla, y sencillamente debía alargarla otro poco más para disfrutar de algunos otros eventos de la temporada también. Si Eleanor Thompson había expresado su disposición a hacerse cargo de la escuela durante una semana, seguro que estaría dispuesta a hacerlo otra semana o más, y para entonces ya estaría a punto de acabar el trimestre de verano.

Claudia tuvo que reconocer que la invitación a quedarse más tiempo era tremendamente tentadora. Frances había sido la primera de sus profesoras y amigas que se casó. Desde entonces, con el aliento de un marido extraordinariamente progresista, se dedicaba a cantar para el público, y era muy famosa y solicitada en toda Europa. Acompañada por el conde viajaba durante varios meses cada año por Europa, de capital en capital para cumplir con los diversos contratos. No la había visto desde hacía un año, y sería maravilloso verla a ella y a Susanna durante la próxima semana, o dos, y pasar un tiempo con ellas. Pero aún así...

Había dejado abierta la puerta del despacho, y Eleanor asomó la cabeza después de golpear suavemente.

—Te reemplazaré en la vigilancia de la sala de estudio esta noche, Claudia —dijo—. Has tenido un día muy ajetreado. ¿No se te comió viva tu visitante aristocrático, entonces? La escuela zumba con sus alabanzas.

—Lo envió Susanna —explicó Claudia haciendo una mueca—. Se ha ofrecido para llevarme con Edna y Flora en su coche cuando vuelva a Londres pasado mañana.

—Ah, caramba —exclamó Eleanor, entrando—. Y yo me lo he perdido. Es de esperar que sea alto, moreno y guapo.

—Las tres cosas. ¡También es el hijo de un duque!

—Basta con eso —dijo Eleanor levantando las manos abiertas—. Debe de ser el más vil de los canallas. Aunque algún día espero convencerte de que mi cuñado, el duque de Bewcastle, no lo es.

—Mmm —musitó Claudia.

El duque de Bewcastle había sido su empleador durante un tiempo, el corto periodo en que ella fue la institutriz de su hermana y pupila lady Freyja Bedwyn. Cuando se separaron no quedaron en la mejor de las relaciones, por decirlo de manera suave, y desde entonces sentía una fuerte aversión por el duque y por todos los que tenían ese rango. Aunque, dicha fuera la verdad, su antipatía por los duques no comenzó con él.

Pero compadecía de todo corazón a la hermana menor de Eleanor por estar casada con ese hombre. La pobre duquesa era una dama extraordinariamente amable, y había sido profesora antes de casarse.

—Frances está de vuelta en Inglaterra —le contó a Eleanor—. Va a cantar en un concierto que están organizando Susanna y el vizconde. Susanna desea que me quede más tiempo para disfrutar de otros entretenimientos de la temporada. Es una lástima que esto no ocurra después de que finalice el año escolar. Pero claro, entonces habrá acabado la temporada también. Lógicamente yo no tengo la más mínima aspiración de alternar en los círculos aristocráticos. La sola idea me produce escalofríos. Claro que habría sido fabuloso ver a Susanna y Frances y pasar un tiempo en su compañía. Pero eso lo puedo hacer en otra ocasión, de preferencia en el campo.

Eleanor chasqueó la lengua.

—Pues claro que debes quedarte en Londres más de unos cuantos días, Claudia. Eso es lo que te ha estado pidiendo lady Whiteleaf y a lo que yo te he alentado todo este tiempo. Soy muy capaz de dirigir la escuela durante unas semanas y de pronunciar un discurso convenientemente conmovedor en tu nombre en la reunión general de la fiesta de fin de año. Y si deseas quedarte más de unas cuantas semanas, debes hacerlo sin sentir el menor escrúpulo. Tanto Lila como yo nos quedaremos aquí en verano para cuidar de las chicas de régimen gratuito, y Christine ha renovado su invitación a que las lleve a pasar unas semanas en Lindsey Hall mientras ella y Wulfric visitan otras de sus propiedades. Eso me daría la oportunidad de pasar algún tiempo con mi madre.

Christine y Wulfric eran los duques de Bewcastle; Lindsey Hall era la sede principal del duque en Hampshire. La invitación había asombrado a Claudia cuando llegó, y no pudo dejar de pensar si la duquesa habría consultado a su marido antes de hacerla. Pero claro, las niñas de régimen gratuito ya se habían alojado en Lindsey Hall una vez, hacía un año en realidad, con motivo de la boda de Susanna, y el duque estaba residiendo ahí por entonces.

—Debes quedarte —insistió Eleanor—. En realidad, debes prometerme que te quedarás por lo menos un par de semanas. Si no, me sentiré ofendida. Creeré que no te fías de mí para que ocupe tu puesto aquí.

—Pues claro que me fío de ti —dijo Claudia, sintiéndose vacilar. Aunque, ¿qué argumento podría dar para no quedarse?—. Sería agradable; he de reconocer...

—Claro que lo sería —dijo Eleanor enérgicamente—. Por supuesto que lo «será». Convenido, entonces. Ahora debo ir a la sala de estudio. Tomando en cuenta cómo ha transcurrido este día, hay muchas posibilidades de que algunos pupitres acaben hechos astillas para el fuego o que comience algún tipo de batalla campal si no llego ahí pronto.

Cuando Eleanor hubo salido, Claudia fue a sentarse ante su escritorio y dobló la carta de Susanna. ¡Qué día más extraño! Tenía la impresión de que había durado por lo menos cuarenta y ocho horas.

¿Y de qué diablos iba a hablar durante todas las horas del viaje a Londres? ¿Cómo iba a impedir que Flora parloteara y Edna no parara de reírse tontamente? Deseó ardientemente que el marqués de Attingsborough tuviera por lo menos sesenta años y pareciera un sapo. Tal vez así no se sentiría tan intimidada por él.

El empleo de esa palabra en su pensamiento la erizó toda entera otra vez.

¿Intimidada?

¿Ella?

¿Por un simple «hombre»?

¿Por un «marqués»? ¿Heredero de un «ducado»?

Pues, no le daría esa satisfacción, pensó indignada, como si él hubiera expresado francamente el deseo de verla arrastrarse a sus pies en servil humildad.

2

Tendrás presente lo que hemos hablado —dijo el duque de Anburey estrechándole la mano a su hijo Joseph, marqués de Attingsborough.

No era una pregunta.

—Claro que lo tendrá presente, Webster —dijo la duquesa, abrazando y besando a su hijo.

Habían desayunado temprano en la casa del edificio Royal Crescent en que estaban viviendo los duques durante su estancia en Bath. La preocupación por la salud de su padre y, debía reconocerlo, su llamada, habían traído a Joseph a Bath hacía una semana, a la mitad de la temporada de primavera. En invierno su padre había cogido un enfriamiento del que no estaba totalmente recuperado cuando llegó el momento en que tendría que volver a Londres para asistir a los debates de la Cámara de los Lores; por lo tanto, se había quedado en su casa de campo y luego cedido a la insistencia de su esposa de que fuera a Bath a probar las aguas, aun cuando siempre había hablado con desprecio de aquel lugar y de las personas que iban ahí a bañarse en las aguas y a beberlas para mejorar la salud.

Al llegar a Bath había comprobado que su padre estaba aparentemente recuperado. Ciertamente estaba lo bastante bien para quejarse de la insipidez de los juegos de cartas y de otras diversiones con las que esperaba entretenerse, y del embelesado entusiasmo con que lo recibían dondequiera que fuera, en especial en la Pump Room. La duquesa, en cambio, estaba disfrutando encantada justamente de las cosas de las que se quejaba su marido. Él tenía la impresión de que su madre estaba disfrutando más de lo que normalmente disfrutaba en Londres en esa época del año.

De todos modos su padre insistía en que no estaba tan fuerte y sano como le gustaría estar. En una conversación privada le dijo que sospechaba que el prolongado enfriamiento le había debilitado el corazón, y que su médico de Bath no lo contradecía en eso, aunque en realidad tampoco había confirmado sus temores. Fuera como fuera, el duque había comenzado a poner en orden sus asuntos.

Y lo primero que tenía en su lista era a su hijo y heredero.

Joseph tenía treinta y cinco años y estaba soltero. Peor aún, consecuencia directa de estar soltero, no tenía ningún hijo en la sala cuna. La sucesión no estaba asegurada.

El duque de Anburey había tomado medidas para remediar eso. Antes de llamarlo a él había invitado a lord Balderston a venir desde Londres y los dos habían hablado de la conveniencia de alentar un matrimonio entre sus hijos: el marqués de Attingsborough y la señorita Portia Hunt. Habían acordado hacer partícipes a sus hijos (lo de «hacer partícipes» era un simple eufemismo para no decir «ordenar») de sus deseos y luego esperar un feliz resultado antes que terminara la temporada.

Y ese fue el motivo de que lo hiciera venir desde Londres.

—Lo tendré presente, señor —dijo al terminar de abrazar a su madre—. No se me ocurre ninguna dama más apropiada que la señorita Hunt para ser mi esposa.

Lo cual era muy cierto si sólo tomaba en cuenta que su esposa sería también su marquesa, la futura duquesa de Anburey «y» la madre del futuro duque. El linaje de la señorita Hunt era impecable; también lo eran su apariencia y sus modales. En su carácter tampoco veía grandes motivos para poner objeciones. Había pasado bastante tiempo en su compañía hacía unos años, después que ella acabara su relación con Edgecombe y obviamente deseaba demostrar ante la alta sociedad que no tenía roto el corazón; él admiró su ánimo y su dignidad por entonces. Y en los años transcurridos desde aquello había bailado varias veces con ella en bailes y conversado de vez en cuando en otras reuniones sociales. Sólo dos o tres semanas atrás la había llevado a pasear en tílburi por Hyde Park a la hora del paseo de los elegantes. Pero nunca, nunca, hasta ese momento, se le había pasado por la cabeza la idea de cortejarla.

Ahora debía, por supuesto. No se le ocurría ninguna mujer con la que prefiriera casarse. Este no era un argumento sólido a favor de casarse con la señorita Hunt, cierto, pero claro, la mayoría de los hombres de su rango se casaban más por la posición que por un marcado afecto.

Ya en la puerta de la casa, abrazó a su padre, volvió a abrazar y a besar a su madre y le prometió que no olvidaría ninguno de los muchísimos mensajes que había memorizado para dárselos a su hermana Wilma, condesa de Sutton. Después miró hacia su coche de viaje, para comprobar que habían cargado todo su equipaje y que su ayuda de cámara estaba sentado en el pescante al lado de John. Entonces saltó a la silla del caballo que había alquilado para la primera fase del viaje de vuelta a Londres.

Levantó la mano despidiéndose de sus padres, le sopló otro beso a su madre y emprendió la marcha.

Siempre era difícil despedirse de sus seres queridos. Y esta vez lo fue más al saber que su padre bien podría continuar debilitándose. Sin embargo, al mismo tiempo, sus pensamientos saltaron hacia delante con innegable entusiasmo.

Por fin estaba de camino a casa.

Hacía más de una semana que no veía a Lizzie, y ansiaba volver a estar con ella. Ella vivía, desde hacía ya más de once años, en la casa que él comprara trece años atrás, cuando era un joven al que le gustaba fanfarronear por la ciudad, para las amantes a las que emplearía con asiduidad. Aunque al final sólo había empleado a una. Pronto había acabado su tiempo de «correrla».

Siempre le llevaba regalos, un abanico con plumas y un frasco de perfume, pues sabía que a ella le encantarían las dos cosas. Jamás podía resistirse a hacerle regalos y ver su cara iluminada por el placer.

Era consciente de que si no se hubiera ofrecido a acompañar a la señorita Martin y a sus dos alumnas a Londres habría intentado hacer todo el viaje en un largo día. Pero no lamentaba ese ofrecimiento. Era el tipo de galantería que le costaba muy poco, a no ser tal vez por el día extra de camino. De todos modos, había decidido que le convenía alquilar un caballo para el viaje. Estar dentro del coche con una maestra de escuela y dos escolares durante todo el viaje podría ser una buena carga para sus nervios normalmente bien templados, por no decir nada de los de ellas.

Había tenido la clara impresión de que la señorita Martin no lo aprobaba, aunque no logró imaginar cuál era exactamente su objeción contra él. Por lo general les caía bien a las mujeres, tal vez porque normalmente ellas le caían bien a él. Pero la señorita Martin lo había mirado con una expresión bastante agriada, incluso antes que le pidiera recorrer la escuela, lo que de verdad le interesaba.

El coche y el caballo bajaron por la colina hasta el río, continuaron por la calle de la orilla hasta atravesar el Pulteney Bridge y viraron en dirección a la escuela.

Se le curvaron los labios al recordar su encuentro con la señorita Martin. Era la quintaesencia de la maestra de escuela solterona. Un práctico vestido azul gris sencillo, por no decir feo, que la cubría desde el cuello a las muñecas y los tobillos, aun estando en junio. El pelo castaño recogido con cruel severidad en un moño en la nuca, aunque se veía algo despeinado, como si hubiera tenido un día muy ajetreado, que sin duda tuvo. No era particularmente alta ni particularmente delgada, aunque su postura con la espalda recta como una vara daba la impresión de ambas cosas. Mantenía los labios apretados cuando no estaba hablando, y en sus ojos azul gris se reflejaba una aguda inteligencia.

Lo divirtió comprobar que esa era la mujer de la que hablaba Susanna con tanto afecto como una de sus más queridas amigas. La vizcondesa era bajita, vivaz y exquisitamente hermosa; sin embargo, no era imposible imaginársela dando clases en la escuela. Por seca y severa que pareciera la directora cuando estuvo con él, seguro que tenía que hacer bien las cosas. Todas las chicas y profesoras que vio parecían bastante felices y en toda la escuela había una atmósfera general que le gustó. No era una atmósfera opresiva, como lo eran las de muchos colegios.

Su primera impresión fue que la señorita Martin era lo bastante mayor como para ser la madre de Susanna; pero ahora había reflexionado sobre esa impresión, y era muy posible que no fuera mayor que él.

Treinta y cinco años era una edad horrenda para un hombre soltero heredero de un ducado. Ya antes de la reciente entrevista con su padre le había causado inquietud la necesidad de cumplir con su deber, casándose y engendrando el próximo heredero. Ahora ya era algo que no podía seguir ignorando ni dejando para después. Durante años se había resistido a todas las presiones de tipo matrimonial. Con todos sus defectos, que sin duda eran legión, era partidario de las relaciones monógamas. ¿Y cómo podría haberse casado estando irrevocablemente atado a una amante? Pero al parecer ya no podía seguir resistiéndose.

Al llegar al final de Great Pulteney Street el coche y el caballo ejecutaron una serie de virajes hasta llegar a la puerta de la escuela en Daniel Street. Alguien debió haber estado mirando por una ventana, comprendió al instante, porque no bien el coche se detuvo, meciéndose sobre sus ballestas, se abrió la puerta de la escuela y salió un grupo de niñas a la acera, un buen número de ellas, todas en un estado de gran agitación.

Algunas chillaron, tal vez por la vista del coche, que en realidad era bastante espléndido, o tal vez al ver su caballo, que no tenía nada de espléndido, pero era el mejor que logró conseguir dadas las circunstancias, y por lo menos no cojeaba de ninguna de las cuatro patas. O tal vez lo habían hecho al verlo a él, ¡interesante idea!, aunque sin duda ya estaba demasiado viejo para producirles intensas reacciones de placer romántico. Otras cuantas estaban llorando sobre sus pañuelos, lo que alternaban con arrojarse sobre las dos que llevaban capas y papalinas, que sin duda eran las viajeras. Otra niña, o tal vez «damita» sería la definición más correcta, puesto que era tres o cuatro años mayor que las demás, las exhortaba sin ningún resultado a formar dos filas ordenadas. Tenía que ser una profesora, supuso.

El anciano portero de cara agria, cuyas botas crujían igual que hacía dos días, dejó dos maletas en un peldaño de la escalinata y miró a John como diciéndole que era su responsabilidad llevarlas hasta su lugar en el coche.

Una de las viajeras no paraba de hablar locuazmente dirigiéndose a cualquiera que quisiera escucharla, y a la que no también. La otra estaba llorando.

Él contemplaba la caótica escena desde lo alto de su caballo con amistoso buen humor.

Entonces apareció la señorita Martin, bajó a la acera y se hizo un notable silencio entre las niñas, aunque la segunda viajera continuó sollozando. Detrás salió otra dama y les habló a las niñas con mucha más autoridad de la que demostró tener la profesora más joven.

—Chicas —dijo—, ¿habéis abrumado tanto a la señorita Walton que ha salido con vosotras hasta aquí? Os despedisteis de Flora y Edna en el desayuno, por lo tanto, ¿no deberíais estar en clase?

—Salimos a despedirnos de la señorita Martin, señorita —dijo una chica osada y rápida para pensar, y a eso siguió un murmullo de acuerdo de las otras.

—Ah, eso ha sido extraordinariamente considerado —dijo la profesora, guiñando los ojos traviesa—. Pero la señorita Martin apreciaría mucho más ese gesto si estuvierais formando dos filas ordenadas y os comportarais con el decoro apropiado.

Al instante las chicas obedecieron alegremente.

Entretanto la señorita Martin miró primero el coche, luego el caballo y luego a él.

—Buenos días, lord Attingsborough —dijo, con voz enérgica.

Vestía muy pulcramente, una capa y una papalina grises nada atractivas, tal vez la elección correcta para ese día, que estaba nublado y triste, aun cuando ya casi estaban en verano. Detrás de ella apareció el portero llevando un baúl de tamaño considerable, el suyo, sin duda, atravesó la acera y habría intentado subirlo al techo del coche si John no hubiera intervenido firmemente.

—Buenos días, señorita Martin —contestó él, quitándose el sombrero de copa e inclinando la cabeza hacia ella—. Veo que no he llegado demasiado temprano para ustedes.

—Somos una escuela y no dormimos hasta el mediodía. ¿Va a cabalgar todo el camino a Londres?

—Tal vez no todo el camino, señora, pero durante gran parte del viaje usted y sus alumnas podrán disfrutar de tener el coche para ustedes solas.

La severa expresión de su cara le hizo imposible saber de cierto si se sentía aliviada por eso, pero apostaría una fortuna a que sí.

Entonces ella giró la cabeza.

—¿Edna? ¿Flora? No debemos hacer esperar a su señoría. Subid al coche, por favor. El cochero está esperando para ayudaros.

Sin añadir ningún comentario observó la escena mientras las niñas formadas en filas volvían a echarse a llorar y las dos viajeras recorrían las filas abrazando a cada una. Observó con los labios fruncidos cuando, antes de que las chicas subieran al coche, la profesora que había impuesto orden las abrazó también e incluso las besó en la mejilla.

—Eleanor —dijo entonces, caminando hacia el coche con firmes pasos—, no te olvides...

—No olvidaré ni una sola cosa —interrumpió la profesora, con los ojos todavía risueños—. ¿Cómo podría olvidar algo si anoche me hiciste escribir una enorme lista? No tienes que preocuparte por nada, Claudia. Vete y pásalo bien.

Claudia, pensó Joseph. Un nombre eminentemente apropiado: fuerte, inflexible, que sugería a una mujer muy capaz de cuidar de sí misma.

Entonces la señorita Claudia Martin se volvió hacia las niñas formadas en filas.

—Espero enterarme de cosas buenas sobre mis chicas mayores cuando me escriba la señorita Thompson. Como mínimo que hayáis podido impedir que algunas de las chicas menores incendien la escuela reduciéndola a cenizas o que hayan armado disturbios por las calles de Bath.

Las chicas se rieron, aun cuando algunas seguían con los ojos llorosos.

—Sí, señorita —dijo una.

—Y gracias por salir aquí con la única finalidad de despediros de mí —continuó la señorita Martin—. Estoy muy, muy conmovida. Entraréis con la señorita Walton y haréis un esfuerzo extra en el trabajo para compensar los minutos que habéis perdido de esta clase, «después» de haberme despedido agitando las manos cuando parta el coche. Tal vez al mismo tiempo despediréis a Edna y Flora también.

O sea, que era capaz de hablar con humor, aun cuando sólo fuera con ese tipo de humor mordaz, pensó Joseph, mientras ella colocaba la mano en la de John y, haciéndose a un lado la capa y el vestido, subía al coche detrás de las niñas.

John subió al pescante y él le hizo el gesto indicándole que se pusiera en marcha.

Y así comenzó el viaje a Londres el pequeño grupo, despedido por unas doce escolares agitando sus pañuelos, algunas todavía lloriqueando, mientras otras gritaban despedidas a sus dos compañeras que ya no volverían, pues entrarían en el duro mundo laboral, al menos eso fue lo que le dijo Susanna a él. Eran dos chicas de régimen gratuito de entre un grupo bastante considerable que la señorita Martin insistía en acoger cada año.

Se sentía medio divertido y medio conmovido por lo que había visto. Esto fue como un atisbo de un mundo extraño para él, uno del que su nacimiento y fortuna lo había aislado toda su vida.

Niñas sin la seguridad de una familia ni de una fortuna que las respaldara.

Cuando se detuvieron para pasar la noche en la posada Lamb and Flag de Marlborough, donde ella había reservado dos habitaciones contiguas, una para ella y la otra para que la compartieran Edna y Flora, Claudia pensaba si podría haber sentido más agarrotadas las articulaciones o más entumecidas ciertas partes bajas de su anatomía si hubieran viajado en el coche alquilado como tenía planeado al principio.

Pero por experiencias del pasado sabía que sí. El coche del marqués de Attingsborough estaba limpio, tenía buenas ballestas y los asientos lujosamente tapizados y acolchados. Eran el mal estado del camino y las largas horas de viaje casi incesante los responsables de su malestar físico.

Una cosa buena al menos era que habían tenido el coche para ellas solas, para ella y sus dos alumnas. El marqués había cabalgado todo el día, cambiando de montura cuando cambiaban los caballos del coche. Ella sólo había tenido fugaces atisbos de él por la ventanilla y en las diversas posadas de posta donde se habían detenido brevemente.

Montado, era un hombre de fina estampa, claro, había observado molesta cada vez que lo veía. Vestía un impecable traje de montar y parecía absolutamente cómodo en la silla, incluso después de haber cabalgado horas y horas. Sin duda él se consideraba un regalo de Dios para la raza humana, en particular para la mitad femenina, juicio totalmente injusto, tenía que conceder en el rincón más secreto de su ser, aunque no hacía muchos esfuerzos por mejorar su opinión de él. Sí que había sido amable al ofrecer su coche para la comodidad de ella, pero como bien había dicho él mismo, sólo lo había hecho para impresionar a sus familiares y amistades.

Se sentía medio aliviada y medio indignada por el pronto y atento servicio que habían recibido en todos los lugares que pararon. Sabía que habría sido muy diferente si hubiera viajado en el coche alquilado. Incluso les habían servido refrigerios dentro del coche, en lugar de tener que entrar en las bulliciosas y atiborradas posadas, empujadas por otros viajeros y esperado en la cola para comprar los alimentos.

De todos modos, el día había sido largo y tedioso, con muy poca conversación dentro del coche. Durante la primera hora más o menos las chicas habían estado visiblemente deprimidas, nada inclinadas a hablar y ni siquiera a mirar por las ventanillas para apreciar el paisaje que pasaba. Y aunque se animaron después de la primera parada y la primera ronda de refrigerios, las dos deseaban mostrar su mejor comportamiento en compañía de su directora, con la consecuencia de que prácticamente no hablaban a no ser que ella les hiciera preguntas concretas.

Flora había estado en la escuela casi cinco años. Había pasado la niñez en un orfanato de Londres, pero al cumplir los trece la echaron para que se las arreglara sola. Edna había quedado huérfana a los once años, cuando asesinaron a sus padres por defender de los ladrones su humilde tienda, aunque resultó que en esta no había nada valioso que defender; no quedó nada para su única hija. Afortunadamente el señor Hatchard la encontró, tal como había encontrado a Flora, y la envió a Bath.

Cuando entró en la posada se vio obligada a esperar, mientras el posadero conversaba ociosamente con otro cliente sobre el fascinante tema de la pesca, y otros dos hombres, no dignos del apelativo de «caballeros», se comían con los ojos a Flora y Edna, y sólo desistieron con insolentes sonrisas cuando ella los miró fijamente.

Entonces miró adrede al posadero, que simulaba no haberla visto. Si pasaba un minuto más, pensó, hablaría.

En ese mismo instante se abrió la puerta que daba al patio del establo, y todo cambió como si alguien hubiera agitado una varita mágica. Se acabó la conversación sobre la pesca como si no tuviera la menor importancia, y el cliente pasó al olvido. El posadero se pavoneó con joviales sonrisas, frotándose las manos servilmente.

Era el marqués de Attingsborough quién había entrado por esa puerta comprobó Claudia cuando giró la cabeza para mirar. Y aun en el caso de que el posadero no hubiera sido informado de que él había llegado, y sin duda lo había sido, en todo su señoría estaba escrito algo que lo proclamaba como un aristócrata, una cierta arrogancia y seguridad en sí mismo que la irritó inmediatamente.

—Bienvenido a la Lamb and Flag, milord —dijo el posadero—, la posada más acogedora de Marlborough. ¿En qué le puedo servir?

¡Acogedora, desde luego!, pensó Claudia. Miró decididamente al posadero y abrió la boca para hablar. El marqués se le adelantó:

—Creo que la señorita Martin y sus alumnas han entrado antes que yo —dijo.

El posadero hizo una admirable actuación al parecer sobresaltado por la sorpresa, como si las tres hubieran sido invisibles y acabaran de materializarse ante él.

Claudia casi se estremeció de indignación, en su mayor parte dirigida, muy injustamente tal vez, al marqués de Attingsborough, que no tenía en absoluto la culpa de que la hubieran considerado una simple don nadie hasta que quedó claro que un «marqués» la conocía de verdad. Pero ella no necesitaba que nadie la defendiera.

—¿Señorita Martin? —dijo el posadero, sonriéndole jovialmente; ella no le correspondió la sonrisa—. Tengo preparadas las habitaciones para usted, señora. Pueden subir inmediatamente.

—Gracias... —alcanzó a decir Claudia.

—¿Supongo que son las mejores habitaciones de la casa? —dijo el marqués.

—Todas nuestras habitaciones son superiores, milord —le aseguró el posadero—. Pero las de la fachada han sido reservadas por el señor Cosman y su primo.

El marqués se había situado detrás de ella, cerca de su hombro, así que no le veía la cara; pero sí veía la del posadero. El marqués no dijo nada más, pero pasado un momento el posadero se aclaró la garganta.

—Pero estoy totalmente seguro —dijo—, que los dos caballeros estarán muy felices de ceder sus habitaciones para el uso de estas encantadoras damas y aceptarán las dos que miran hacia el patio del establo.

Las que había ocupado Claudia cada vez que tenía que pasar una noche en esa posada. Recordaba la cantidad de ruido y de luz que entraba en esas pequeñas habitaciones durante toda la noche, lo que le había impedido dormir.

—Ciertamente las damas deben ocupar las habitaciones de la fachada —continuó el posadero, sonriéndole a Claudia otra vez—. Debo insistir.

Como si ella se lo hubiera discutido. Sin embargo, perversamente, deseó discutir, y deseó esas habitaciones inferiores. No quería sentirse obligada hacia el marqués de Attingsborough por obtener unas habitaciones más cómodas. Santo cielo, era una mujer independiente; no necesitaba que un hombre luchara sus batallas.

—¿Y tiene un comedor privado? —preguntó el marqués antes que ella pudiera decir una sola palabra.

Se le agitaron las ventanillas de la nariz. ¿Es que la iba a humillar aún más?

—El señor Cosman... —comenzó el posadero y se interrumpió al mirar al marqués—. Se reservará para las damas, eso es lo correcto, milord. El resto de mis clientes de esta noche son todos unos caballeros.

Claudia comprendió lo que había ocurrido. Seguro que el marqués de Attingsborough arqueó una aristocrática ceja un par de veces, y el posadero casi se tropezó consigo mismo para demostrar lo servil que podía ser. Era despreciable, por no decir otra cosa. Todo debido a lo que era el marqués, o, mejor dicho, debido al color de su sangre. Probablemente no era otra cosa que un ocioso... libertino, y sin embargo todo el mundo se inclinaba y se arrastraba ante él porque tenía un título y sin duda un montón de dinero.

Bueno, ella ni se inclinaría ni se arrastraría. Se giró a mirarlo. Él estaba sonriendo, esa sonrisa llana, encantadora, y de pronto le hizo un guiño.

¡Un guiño!

Y claro, seguía viéndose apuesto, guapísimo, incluso después de todo un día cabalgando. Estaba golpeándose el lado exterior de su bota de piel con la fusta. Las piernas largas, todo él muy viril y... bueno, con eso era suficiente. Incluso olía bien, olor a caballo combinado con una colonia que creaba un aroma masculino extrañamente seductor.

Lo miró fijamente, con los labios apretados en una delgada línea. Pero el guiño la había desequilibrado un momento y entonces se le antojó que era demasiado tarde y que sería muy mezquino declarar que se sentiría feliz con las habitaciones pequeñas y el comedor público.

Edna y Flora también lo estaban mirando, mirándolo adoradoras en realidad. Como si eso fuera una sorpresa.

—Vamos, chicas —dijo enérgicamente—. Nos retiraremos a nuestras habitaciones si el señor posadero nos indica dónde están.

Echó a andar hacia su equipaje.

—¿Hará subir el equipaje de las damas inmediatamente? —preguntó el marqués, sin duda dirigiéndose al posadero.

—Por supuesto, milord —contestó este, chasqueando los dedos, mientras a Claudia se le agitaban las ventanillas de la nariz—. Justamente iba a dar la orden.

Dos, no uno sino dos, criados aparecieron corriendo, como salidos de la nada, cogieron las maletas y el baúl y echaron a andar hacia la escalera.

Claudia los siguió y las chicas la siguieron a ella.

Las habitaciones, lógicamente, eran grandes y cómodas, con vistas a las afueras de la ciudad y a los campos de más allá. Estaban limpias, bien iluminadas, impecables en realidad. Las chicas chillaron de placer y corrieron a la ventana de la habitación de ellas a apoyarse en el alféizar a contemplar el paisaje. Claudia se retiró a su dormitorio y suspiró, regañándose al reconocer para sus adentros que era muy superior a la que ocupaba habitualmente. Se tendió en la cama para relajarse unos minutos.

Él le había hecho un guiño. No logró recordar la última vez que algún hombre le hubiera hecho un guiño. Buen Dios, probablemente eso no le había ocurrido desde que era niña.

¡Cómo se había atrevido!

Pero, aah, la habitación era silenciosa, la cama muy cómoda y el aire que entraba por la ventana abierta, fresco. Sólo había un pájaro fuera echando al aire su corazón con sus trinos. Se adormiló y en realidad hasta durmió un rato.

Y después cenó con las chicas en la cómoda y relativa quietud del comedor privado; comieron carne asada con patatas y col hervidas, seguidos por un pudín de sebo con nata y flan y luego té. Después se vio obligada a reconocer que se sentía reanimada y muy aliviada de que el marqués de Attingsborough no hubiera supuesto que debía compartir el comedor con ellas. Las dos chicas se veían soñolientas. Estaba a punto de sugerir que se fueran a acostar las tres, aun cuando todavía había luz fuera y era bastante temprano, cuando sonó un golpe en la puerta, esta se abrió y apareció el marqués en persona.

—Ah —dijo, sonriendo y haciendo una venia—. ¿Señorita Martin? ¿Damitas? Me alegra mucho que esta posada tenga por lo menos un salón privado. Yo he sido obsequiado durante la comida con conversaciones sobre cosechas, caza y molinos.

Claudia supuso que él no se habría alojado en esa posada si no se hubiera comprometido a acompañarla. Probablemente ahora estaría en la George and Pelican o en la Castle, dos posadas que ella no podía permitirse por los precios. Era de desear que él no esperara que ella le agradeciera el privilegio de haber disfrutado de ese comedor y de las habitaciones. Seguía erizada por el recuerdo de cómo había ejercido su poder sin decir palabra mientras ella se sentía una mujer impotente e inepta.

Las chicas se habían levantado y estaban haciéndole una reverencia; ella también se levantó, pero se limitó a inclinar educadamente la cabeza.

—Espero —dijo él, entrando en la sala— que hayan pasado un día de relativa comodidad. Espero que no tengan desencajados todos los huesos del cuerpo.

—Ah, no, milord —contestó Flora—. Nunca había soñado que un coche pudiera ser tan cómodo. Ojalá el viaje pudiera durar una semana. O dos.

Él se rió, y Edna, que parecía un conejo asustado, emitió sus risitas.

—Supongo que las dos se sienten terriblemente desdichadas por haber dejado la escuela y a sus amigas —dijo él— y al mismo tiempo están entusiasmadas ante la perspectiva de comenzar una nueva vida como adultas.

Edna volvió a inclinarse en una reverencia.

—Algunas de esas chicas son como hermanas —dijo Flora—, y me duele aquí —se golpeó el pecho con el puño— saber que tal vez no vuelva a verlas nunca más. Pero estoy dispuesta a trabajar para ganarme la vida, milord. No podemos continuar eternamente en la escuela, ¿verdad?

Claudia miró fijamente al marqués, suponiendo que lo vería asombrado porque la chica tenía el descaro de contestarle con algo más que un monosílabo. Pero él continuó sonriendo.

—¿Y qué empleo ha escogido, señorita...?

—Bains, milord.

—Señorita Bains.

—Voy a ser institutriz. Siempre he deseado serlo, desde que aprendí a leer y a escribir a los trece años. Creo que poder enseñar esas cosas a otras personas es lo más maravilloso que se puede hacer en la vida. ¿No está de acuerdo, milord?

Claudia tenía mucho miedo de que Flora hablara demasiado, pero la complacía oír que incluso en la excitación del momento la chica lo hiciera con un acento decente y la gramática correcta, muy diferente a como hablaba cuando llegó a la escuela cinco años atrás.

—Estoy muy de acuerdo —contestó él—, aunque no puedo decir que considerara un santo a mi primer preceptor cuando me enseñó a leer. Usaba la vara con demasiada frecuencia para mi gusto.

Edna se rió.

—Bueno, eso fue tonto —dijo Flora—. ¿Cómo puede aprender bien una persona cuando se la golpea? Y, peor aun, ¿cómo puede disfrutar de aprender? Eso me recuerda cuando me enseñaron a coser en el orfanato. Nunca aprendí bien y todavía detesto coser.

Claudia frunció los labios. Flora estaba lanzada. Pero su pasión al hablar era encomiable.

—Veo que va a ser una fabulosa institutriz, señorita Bains —dijo el marqués—. Sus alumnos serán niños afortunados. ¿Y usted, señorita...?

Miró a Edna con las cejas arqueadas, y esta se ruborizó y se rió, y dio la impresión de que sólo deseaba que se abriera un agujero negro bajo sus pies y se la tragara.

—Wood, excelencia, es decir, milord.

—Señorita Wood. ¿Va a ser institutriz también?

—Sí, milord, es decir, excelencia.

—Creo que los títulos se han inventado para confundirnos horrorosamente —dijo él—. Como si el hecho de que muchos estemos bendecidos por lo menos con dos apellidos no fuera ya lo bastante complicado para las personas que conocemos a lo largo de nuestra vida. Así que va a ser institutriz, señorita Wood, y sin duda muy buena también, bien educada y bien formada en la Escuela de la Señorita Martin.

Al instante miró a Claudia, de una manera que le indicó a Edna que no debía sentir la necesidad de componer una respuesta a su observación. Muy considerado por su parte, tuvo que reconocer Claudia a regañadientes.

—Señorita Martin —continuó él—, vine a ver si las tres están preparadas para retirarse a sus dormitorios. Si lo están, las acompañaré por el atiborrado comedor y hasta sus habitaciones para que nadie las moleste por el camino.

—Gracias —dijo Claudia—. Sí, ha sido un día largo, y mañana nos espera otro.

Sin embargo, después de acompañarlas por el comedor público, pasando junto a varios grupos de hombres que estaban conversando ruidosamente, y luego por la escalera hasta las habitaciones, una vez que Flora y Edna entraron en su dormitorio y cerraron la puerta, no se volvió inmediatamente hacia la escalera para bajar.

—Claro que todavía es bastante temprano, señorita Martin —dijo—. Y cansado como estoy después de la larga cabalgada, siento la necesidad de estirar las piernas antes de acostarme. Tal vez usted sienta una necesidad similar, sumada al deseo de hacer entrar aire fresco en sus pulmones. ¿Le apetecería acompañarme en una corta caminata?

A ella no le apetecía en absoluto.

Pero todavía sentía la comida en el estómago aun cuando no se había servido mucho de nada, y seguía sintiéndose agarrotada por el viaje. Además, al día siguiente la esperaba un viaje casi igual de largo. Ansiaba respirar aire fresco y ejercitar las piernas.

Y no podía salir a caminar sola en una ciudad desconocida estando ya oscuro.

El marqués de Attingsborough era amigo de Susanna, se dijo, y ella hablaba muy bien de él. El único motivo que tenía para no acompañarlo era que no le caía bien, aunque en realidad no lo conocía, ¿verdad? Y, bueno, que era un hombre, aunque eso era claramente ridículo. Bien podía ser una solterona vieja, pero no iba a rebajarse a parecerse al tipo de solterona anciana que sonríe afectadamente, se ruboriza y en general se desarma tan pronto como aparece un hombre a la vista.

—Gracias —dijo—. Iré a buscar la capa y la papalina.

—Estupendo. La esperaré en lo alto de la escalera.

3

La señorita Claudia Martin, observó Joseph, se había puesto la misma capa y la misma papalina grises que había llevado todo el día. Cuando salieron de la posada caminaron por la calle que seguía la pared del patio del establo hasta que doblaron por una calle más estrecha que llevaba a los campos. Ella caminaba a su lado haciéndole innecesario acortar los pasos. No le ofreció el brazo. Percibía que sería un error hacerlo.

Ya estaba oscureciendo, pero esa no sería una noche oscura, calculó. Ahora que era demasiado tarde para que brillara el sol, se habían alejado las nubes y la luna ya estaba brillando arriba.

—Tal vez mañana sea un día más luminoso —dijo.

—Es de esperar —convino ella—. El sol siempre es preferible a las nubes.

Él no sabía por qué la invitó a caminar con él, aparte de que le interesaba su escuela. No había visto en ella la menor señal de que él le cayera bien.

—Espero que sus habitaciones hayan recibido su aprobación —dijo.

—Sí, pero también la habrían recibido las otras, las que reservé, las que dan al patio del establo.

—Puede que sean ruidosas.

—Son ruidosas. Siempre me he hospedado en ellas.

Él giró la cabeza para mirarla. Ella iba mirando al frente, con el mentón alzado, la nariz apuntando hacia arriba, en gesto altivo. Buen Dios, estaba enfadada. ¿Con él? ¿Por haber insistido en que la trataran con cortesía y respeto en la posada?

—¿Le gusta el ruido?

—No. Tampoco me gusta la luz de un montón de linternas iluminando mi habitación toda la noche ni el olor a establo. Pero son habitaciones y sólo para una noche. Y son las que yo reservé.

—¿Quiere pelearse conmigo, señorita Martin?

Eso la impulsó a girar la cara hacia él. Lo miró con los ojos muy serios y las cejas arqueadas, y enlenteció un poco el paso.

—Su coche es muchísimo más cómodo de lo que habría sido el alquilado. Las habitaciones en que nos han colocado a las niñas y a mí son muy superiores a las que nos habían asignado. El comedor privado es muchísimo mejor que el comedor público. Pero estas cosas son detalles de la vida que no son estrictamente necesarios. Son lo que usted y los de su clase dan por descontado, sin duda. Yo no soy de su clase, lord Attingsborough, y no tengo el menor deseo de serlo. Además, soy una mujer que se ha forjado su camino en la vida. No necesito que un hombre me proteja o que un aristócrata me consiga favores especiales.

¡Bueno! No había recibido un rapapolvo tan duro desde que era niño. La miró con renovado interés.

—¿Debo pedir disculpas, entonces, por desear su comodidad?

—No, no debe hacer nada de eso. Si lo hace me veré obligada a reconocer que mi conducta ha sido muy descortés. Debería estarle agradecida. Y lo estoy.

—No, no lo está —dijo él, sonriendo.

—No.

Él vio que ella casi sonrió; algo parecido a una sonrisa se le quedó atrapado en la comisura de la boca. Pero estaba claro que no deseaba mostrar ningún signo de debilidad; en lugar de sonreír apretó los labios en una delgada línea, volvió la vista al frente y alargó los pasos.

Sería mejor cambiar del tema, decidió. Y debía tener mucho cuidado en el futuro de no hacerle ningún favor a la señorita Martin.

—Todas las niñas de la clase que vi esta mañana estaban tristes por la marcha de la señorita Bains y la señorita Wood —dijo—. ¿Nunca hay conflictos entre las alumnas que pagan y las que no?

—Ah, sí que los hay —contestó ella con voz enérgica—, en especial al principio; las chicas de régimen gratuito suelen llegar con mala dicción, modales toscos y, en muchos casos, con resentimiento contra el mundo. Y claro, siempre hay una brecha social infranqueable entre los dos grupos cuando salen de la escuela y toman caminos divergentes hacia el futuro. Pero es una lección interesante en la vida, y una que mis profesoras y yo nos esforzamos en enseñar que todos somos humanos y no muy diferentes cuando nos despojamos de los accidentes del nacimiento y las circunstancias. Tratamos de inculcar a nuestras alumnas un respeto por todas las clases de seres humanos, que esperamos conserven el resto de sus vidas.

A él le gustó la respuesta. Sensata y a la vez realista.

—¿Qué le inspiró la idea de acoger a alumnas desamparadas?

—Mi falta de fortuna. La propiedad de mi padre estaba vinculada, y a su muerte pasó a un primo mío, cuando yo tenía veinte años. Mi dote era modesta, por decirlo suave. No podía distribuir dádivas generosas como habría podido hacer si hubiera tenido fondos ilimitados. Por lo tanto tuve que encontrar una manera de darme a los demás que entrañara servicio, no dinero.

O podría haber optado por no dar nada, pensó él.

—Sin embargo —dijo—, debe de resultarle muy caro educar a estas niñas. Tiene que albergarlas, vestirlas y alimentarlas. Y supongo que su presencia en la escuela excluye la de otras niñas cuyos padres podrían pagar.

—Las cuotas mensuales son elevadas, y no pido disculpas por eso. Creo firmemente que damos una buena educación por ese dinero, y los padres que no lo consideren así tienen toda la libertad para enviar a sus hijas a otra escuela. Además, la escuela tiene un benefactor muy generoso, que por desgracia desea conservar el anonimato. Siempre he lamentado muchísimo no poder darle las gracias personalmente.

Ya habían salido de la ciudad e iban por un sendero bordeado de setos bajos entre campos y prados. Una leve brisa les soplaba en las caras y le levantaba a ella el ala de la papalina.

—Así pues, tiene alumnas de pago y alumnas acogidas por caridad. ¿Se le ha ocurrido aspirar a ampliar su campo de acción? Por ejemplo, ¿ha tenido alumnas con algún tipo de minusvalía o discapacidad?

—¿Cojera, quiere decir? ¿O sordera? ¿O retardo mental? Confieso que nunca lo he pensado. Se presentarían todo tipo de retos, ¿verdad?

—¿Y no se siente a la altura de esos retos?

Ella lo pensó, mientras continuaban caminando.

—No lo sé. Nunca me he encontrado ante ese dilema. Supongo que la mayoría de los padres de niños discapacitados, sobre todo si son niñas, los consideran incapaces de aprender de una manera normal y por lo tanto ni siquiera intentan en-

viarlos a un colegio. Si alguno lo intentara y acudiera a mí...
bueno, no sé qué contestaría. Supongo que dependería del tipo
de discapacidad. Sería fácil educar a una chica coja, aunque no
podría bailar ni participar en juegos vigorosos. Una chica sor-
da o retardada mental podría no ser educable. Pero es una pregunta interesante. —Giró la cabeza y lo miró con ojos serios
pero tal vez aprobadores—. Es una pregunta cuya respuesta
debo pensar con más profundidad.

—Entonces procuraré volver a hacérsela si vuelvo a verla después que lleguemos a Londres —dijo él, sonriéndole—.
¿Siempre deseó ser profesora?

Ella volvió a pensar la respuesta. Estaba claro que no era
una mujer dada a la conversación frívola.

—No —dijo pasado un momento—, no siempre. De niña
tenía otros sueños. Pero cuando se me hizo evidente que no
se iban a hacer realidad, comprendí que había otras opciones.
Como dama e hija de un caballero con propiedades, podría
haberme quedado en casa para ser mantenida por mi padre.
Y después de su prematura muerte supongo que mi primo se
habría sentido obligado a continuar manteniéndome. O bien
podía forjarme una vida. Opté por esto último, lógicamente.
Y eso me llevó a otras opciones: convertirme en una dama de
compañía o ser profesora. Para mí sólo había una opción; no
soportaría estar totalmente a disposición de una vieja tonta
y malhumorada las veinticuatro horas de cada día. Acepté un
puesto de institutriz.

Se oyeron ladridos en la distancia. Estaban rodeados por
la oscuridad.

O sea, que ella había tenido sueños. No siempre había
sido tan severa como parecía ser. Tal vez había soñado con el
matrimonio, tal vez con el amor también. ¿Por qué abandonó
esos sueños ya antes de los veinte años? Había sido guapa,

incluso lo sería ahora, si se permitiera relajarse y sonreír de vez en cuando. Podría haber sido bonita cuando era niña. Acababa de reconocer que su dote era modesta; seguro que había hombres que habrían respondido a un poco de aliento. O tal vez había tenido un sueño concreto, soñado con un hombre concreto...

—¿Institutriz? —preguntó cuando comprendió que ella no continuaría así sin más.

—En una familia de tres niños pequeños y enérgicos. Yo los adoraba. Por desgracia, al poco tiempo de estar yo ahí a su padre lo destinaron a un puesto en India y ellos se fueron con él. Entonces entré a trabajar de institutriz de una niña con una conducta atroz, que creía que su rango elevado le daba permiso para tratar al resto de la humanidad como se le antojara.

—¿Y ese trabajo no fue muy bien? —preguntó él, sonriéndole.

—Eso sería quedarse corto. Cuando informé sinceramente a su hermano de las dificultades que me presentaba la niña para cumplir eficientemente mis deberes, sin quejarme, pues simplemente le hice el informe semanal que él exigía, me dijo que en realidad me pagaba muy bien para que educara a su hermana y que si no me gustaba que me tratara como a un gusano, que hiciera algo al respecto.

—¿Y lo hizo? —preguntó él, sin dejar de sonreír.

Ella estaba bastante erizada de indignación, como si estuviera reviviendo la escena; alargó los pasos; daba la impresión de que ni veía el paisaje oscurecido.

—Me marché a media tarde. Me negué a aceptar que me llevaran en coche, la carta de recomendación e incluso el salario de la semana a que tenía derecho. Y un mes después abrí mi escuela en Bath.

—Yo diría que eso les demostró que usted no era un gusano, señorita Martin. Bien hecho.

De repente ella se rió y enlenteció los pasos.

—Supongo que no dedicaron ni un momento a pensar en mí después que desaparecí por el camino de entrada, o ni siquiera antes que desapareciera.

—A mí me parece que le hicieron un favor, aun cuando fuera sin intención.

—Eso es lo que he pensado siempre. Creo que la vida es generosa con nosotros una vez que hemos demostrado que tenemos la voluntad para tomar un rumbo positivo. La vida está muy dispuesta a abrirnos puertas. Lo que pasa es que a veces perdemos la fuerza de voluntad y el valor y preferimos quedarnos en el lado conocido y seguro de cada puerta. Yo podría haber continuado muchísimo tiempo en ese empleo, por miedo, sufriendo cada momento y luego tal vez haber pasado a otro similar, perdidas para siempre mi confianza en mí misma y la alegría que me da mi profesión.

—¿Y le da alegría? ¿Enseñar, quiero decir, y dirigir su escuela?

Habían llegado a un recodo cerrado; estaban ante una escalera para saltar una cerca que separaba el camino de una pradera oscura. Se detuvieron por acuerdo tácito, y él apoyó el codo en el tablón de arriba y el pie enfundado en la bota en el primer peldaño.

—Sí —contestó ella, con energía, después de pensarlo—. Soy feliz. Uno de mis motivos para ir a Londres es informar a mi agente que ya no necesito la ayuda de mi benefactor. La escuela cubre sus gastos y me deja algo que ahorrar para la vejez. Estoy contenta.

—La envidio —dijo él, sorprendiéndose de decirlo.

—Eso no lo creo, lord Attingsborough —contestó ella con cierta dureza, como si creyera que él se burlaba.

Era imposible verle bien la cara en la creciente oscuridad. Se rió y apuntó hacia el oeste.

—No hemos visto el sol en todo el día —dijo—, pero por lo menos se nos concede el final de la puesta de sol para admirar.

Ella giró la cabeza y contempló la delgada franja de vivos colores rojo y púrpura que se extendía a lo largo del horizonte; después miró hacia el cielo oscuro, lleno de estrellas y con una luna casi llena.

—Qué absolutamente precioso —dijo, con una voz algo diferente, cálida, femenina, a rebosar de un anhelo sin nombre—. Y yo aquí hablando y hablando, y perdiéndomelo. Cuánta belleza dejamos pasar junto a nosotros sin prestarle atención.

—Muy cierto —dijo él, mirándola.

Encontraba algo inesperadamente atractivo en una mujer que se había lanzado de cabeza a conocer la vida y se dedicaba con pasión a las tareas que se había impuesto. Quizá no fuera atractiva físicamente, aunque tampoco era exactamente fea, pero...

Bueno, no lamentaba haberla invitado a salir a hacer esa caminata. Aparte del rapapolvo, le gustaba todo lo que le había oído decir. Y eso le daba cierta tenue esperanza...

Ella suspiró, con la cara levantada hacia el cielo.

—No me había dado ni cuenta de lo mucho que necesitaba esta caminata —dijo—. Es mucho más saludable para el espíritu que acostarse temprano.

¿Sería feliz de verdad?, pensó él. ¿Alguna vez sentiría nostalgia de los sueños de su infancia? Pero claro, la vida es una sucesión de sueños, unos pocos que se hacen realidad, muchos que se van dejando de lado con el paso del tiempo, y uno o dos que continúan toda la vida. Saber cuándo abandonar un sueño era tal vez lo importante, y lo que diferencia a las personas que triunfan en la vida de las personas tristes, amargadas, que nunca dejan atrás las primeras grandes decepciones que esta les da. O de los soñadores fantasiosos que en realidad no la viven.

—La envidio —repitió—. No ha caminado con pasividad por la vía que parecía haberle puesto la vida por delante, sino que ha avanzado resueltamente a largos pasos por un camino trazado por usted misma. Eso es admirable.

Ella apoyó una mano enguantada en el tablón de arriba de la escalera, no muy lejos de su codo, y volvió la cara hacia la de él, aunque dudaba que lo viera en esa oscuridad.

—¿Y usted no lo ha hecho? —le preguntó; parecía una maestra estricta exigiendo explicaciones a un alumno.

Él se rió en voz baja.

—Cuando a uno le dan el título de cortesía de marqués al nacer, y sabe que algún día será duque, con toda la riqueza, los privilegios y las responsabilidades que vienen con él, normalmente no piensa en escapar por un nuevo camino. No puede. Existe eso llamado deber.

Aunque sí había soñado con escapar.

—Pero siempre hay la opción —dijo ella—. La vida no debe ser nunca insulsa. Los deberes se pueden esquivar, o se pueden cumplir con un mínimo de esfuerzo y entusiasmo, o se pueden abrazar con firmeza de carácter y la decisión de superarse.

—Espero que esto no deje en suspenso una pregunta —dijo él, riendo—. No me va a preguntar en cual de esas tres categorías entro yo, ¿verdad, señorita Martin?

—No. Perdone. Me he acostumbrado demasiado a arengar a mis niñas. Creo que el entusiasmo y el trabajo por un objetivo expían muchísimos pecados y superan muchos obstáculos. La pasividad es lo que me cuesta tolerar. Es una actitud derrochadora hacia la vida.

Dudaba que ella lo aprobara, entonces. En el colegio había sacado buenas notas, cierto, y siempre había aspirado a la excelencia. Desde entonces era un lector voraz. En su infancia y primera juventud pasaba muchísimo tiempo con el administrador de su padre, para aprender el trabajo y los deberes de un gran terrateniente, y siempre se mantenía informado acerca de los temas y debates de las dos Cámaras del Parlamento puesto que algún día, si sobrevivía a su padre, sería miembro de la de los Lores. Pero eso molestó a su padre; «es como si estuvieras esperando mi muerte con el aliento retenido», le dijo, irritado, una vez que él llegó a casa mojado, embarrado y feliz por haber ido a inspeccionar una zanja de drenaje en Anburey con el administrador.

Así pues, su vida de adulto había sido esencialmente ociosa, como lo era la de la mayoría de sus iguales, cierto. Se ocupaba y estaba al tanto del desarrollo de las cosas en Willowgreen, la casa y modesta propiedad que le otorgó su padre cuando cumplió los veintiún años, pero su deseo de estar cerca de Lizzie en Londres le impedía ir ahí con toda la frecuencia que querría. Su vida no se caracterizaba por ningún vicio en particular ni por un exceso de derroche, a diferencia de sus iguales. Pagaba puntualmente a sus criados y sus cuentas y contribuía con generosos donativos a diversas obras benéficas. No jugaba en exceso. No era mujeriego. Cuando era muy joven había tenido la sucesión habitual de breves encuentros sexuales, cierto, pero después entró Sonia en su vida y luego Lizzie, y justo antes de la llegada de esta, conoció a Barbara. Todo eso mucho antes de cumplir los veinticinco años.

Cerró y abrió la mano sobre el tablón superior de la escalera, mirando hacia la franja de luz crespuscular que se iba desvaneciendo. Desde hacía varios años sentía que su vida estaba esencialmente vacía, como si le hubieran quitado todo el color dejando muchos matices de gris. Una vida esencialmente pasiva.

Ahora, por fin, lo empujaban a dar el paso gigantesco que había evitado resueltamente durante años. Se casaría con Portia Hunt antes que acabara ese año. ¿Mejoraría la calidad de su vida el matrimonio, le devolvería el color? Después de las nupcias se aplicaría al deber inmediato de poner un hijo en la sala cuna. Eso podría sentarle bien a su vida, aunque la sola idea de engendrar un hijo le producía una opresión en el pecho parecida a la angustia.

Porque de todos modos, siempre estaría Lizzie.

De pronto cayó en la cuenta de que llevaba bastante rato en silencio y seguía abriendo y cerrando la mano, muy cerca de la de la señorita Martin.

—Supongo que deberíamos volver a la posada —dijo, bajando el pie al suelo—. La brisa comienza a soplar fría.

Ella echó a caminar a su lado otra vez, pero sin hacer el menor intento de reanudar la conversación. Su compañía era curiosamente relajante, pensó. Si hubiera ido caminando con la señorita Hunt o con casi cualquiera de las otras damas que conocía, se habría sentido obligado a mantener viva la conversación, sobre cualquier tema trivial, aunque este no tuviera la menor importancia para ninguno de los dos.

La señorita Martin era una mujer digna de respeto, pensó. Tenía muchísimo carácter. Incluso podría caerle bien si llegaba a conocerla mejor.

Ya no le extrañaba que fuera amiga de Susanna.

Llegaron a la posada y la acompañó por la escalera hasta el corredor.

—¿Le parece que mañana nos pongamos en marcha a la misma hora? —preguntó.

—Estaremos listas —contestó ella con voz enérgica, quitándose los guantes—. Gracias por la caminata, lord Attingsborough. Yo la necesitaba, pero no me habría atrevido a aventurarme a salir sola. Sí que hay serias desventajas en ser mujer, pobre de mí.

Él le sonrió, y ella le tendió la mano. Se la cogió, y en lugar de estrechársela, como tal vez era la intención de ella, se la llevó a los labios.

Ella la retiró firmemente y, sin decir otra palabra, se giró, abrió la puerta y desapareció dentro de su habitación. La puerta se cerró con un clic audible.

Eso había sido un error, pensó, mirando la puerta ceñudo. Ella no era el tipo de mujer a la que un hombre le besa la mano; de hecho, la había cerrado sobre la suya con firmeza, y no dejado ahí fláccida, esperando a que él hiciera el papel de galán.

Córcholis, eso había sido una torpeza.

Bajó la escalera y se dirigió al bodegón en busca de compañía. Por los sonidos que llegaban del otro lado de la puerta, calculó que no eran muchos los huéspedes que ya se habían ido a acostar.

Eso lo alegró. De repente se sentía curiosamente solo.

Flora se había quedado dormida, tenía la boca abierta y la cabeza le caía hacia un lado. Edna estaba pensativa mirando por la ventanilla. Claudia también.

Cada vez que lo veía, miraba ceñuda al marqués de Attingsborough, montado en otro caballo alquilado, tan elegante y descansado como la mañana del día anterior cuando partieron de Bath. Era extraordinariamente apuesto y encantador. También era, la fastidiaba reconocerlo, una compañía sorprendentemente buena. Esa noche había disfrutado totalmente de la caminata juntos y de la mayor parte de la conversación. Para ella había sido bastante novedoso caminar al aire libre por la noche acompañada por un caballero.

Y entonces él va y estropea esa noche memorable besándole la mano al darle las buenas noches, resucitando su primera impresión de él. Se había sentido tremendamente molesta con aquello. Habían tenido una conversación sensata entre iguales, o al menos eso le pareció. Ella no necesitaba que le arrojara un mendrugo de galantería como si fuera una coqueta tonta.

Vio que había comenzado a llover. Toda la mañana había caído una suave llovizna; pero eso ya no era una llovizna, y dentro de un momento sería algo más que una lluvia suave.

El coche se detuvo, el cochero bajó del pescante, se oyeron voces y entonces se abrió la puerta y subió el marqués sin que se bajaran los peldaños. Claudia se deslizó hasta el extremo del asiento y él se sentó a su lado. Pero los asientos del coche no eran muy largos; tampoco era muy espacioso el interior. Al instante pareció que él lo llenaba todo. Flora se despertó sobresaltada.

—Señoras —dijo él, sonriendo y chorreando agua hasta el suelo, y sin duda sobre el asiento también—, perdónenme que viaje con ustedes hasta que pare la lluvia.

—El coche es suyo —dijo Claudia.

Él volvió hacia ella la cara sonriente y ella tuvo un recuerdo no deseado del calor de esos labios sonrientes sobre el dorso de su mano.

—Y espero que no sea demasiado incómodo —continuó él—, ni el viaje muy tedioso. Aunque eso es una esperanza vana; los viajes son casi siempre tediosos.

Le sonrió a cada una.

Claudia se sentía algo sofocada por su presencia, sensación extraordinariamente tonta. Pero ¿por qué la lluvia no había podido esperar? Olía la humedad de la tela de su chaqueta y su colonia. También olía a caballo, tal como el día anterior. Por mucho que lo intentara, no lograba impedir que su hombro tocara el de él cuando el coche saltaba y se zarandeaba en los surcos de la carretera.

Qué tontería sentirse tan confusa y perturbada, igual que una niña inocente o una solterona gazmoña. ¡Qué absoluta tontería!

Él comenzó a interrogar a las niñas acerca de la escuela, con preguntas inteligentes, hábiles, que obligaron incluso a Edna a contestar con algo más que rubores y risitas histéricas. Y él, cómo no, se veía absolutamente cómodo, como si todos los días compartiera su coche con dos exalumnas y su directora.

—Anoche hablamos —dijo él finalmente, reacomodando los hombros en la esquina del asiento y cambiando de posición sus largas piernas embutidas en unas botas de montar embarradas de forma que no le quitaran espacio a las de ellas, aun cuando Claudia estaba muy consciente de esas piernas—, acerca de planes de empleo y esperanzas de éxito. ¿Qué me pueden decir de sus sueños? Todos soñamos. ¿Cómo serían sus vidas si pudieran hacer realidad sus deseos?

Flora contestó sin vacilar:

—Yo me casaría con un príncipe, viviría en un palacio, me sentaría en un trono de oro y usaría diamantes y pieles todo el día y dormiría en una cama de plumas.

Todos sonrieron.

—Pero no te sentarías en un trono, Flo —señaló Edna, la eterna realista—, a no ser que te casaras con un rey.

—Eso se puede arreglar sin problema —contestó Flora, sin amilanarse—. Su padre moriría trágicamente al día siguiente de nuestra boda. Ah, y mi príncipe tendría veinte hermanos menores, entre chicos y chicas, y yo un montón de hijos y todos viviríamos juntos en el palacio como una gran y alegre familia.

Suspiró con mucho sentimiento y luego se echó a reír.

A Claudia la conmovieron los últimos detalles; en realidad Flora estaba muy sola en la vida.

—Un sueño digno —dijo el marqués—. ¿Y usted, señorita Wood?

—Mi sueño es tener una tienda pequeña como la que tenían mis padres. Pero sería una librería. Viviría entre los libros todo el día y los vendería a personas que les gustaran tanto como me gustan a mí y... —Se ruborizó y se quedó callada.

En esa sola parrafada había encadenado más palabras de las que Claudia le había oído decir en todo el viaje.

—Y uno de esos clientes sería un apuesto príncipe —añadió Flora—. Pero no «mi» príncipe, Ed, por favor.

—Tal vez Edna sueña con algo más modesto —dijo Claudia—. Un hombre al que le gusten los libros y la ayude a llevar su librería.

—Eso sería tonto —dijo Flora—. ¿Por qué no aspirar a las estrellas si uno está soñando? ¿Y usted, milord? ¿Cuál es su sueño?

—Sí —dijo Edna, mirándolo con ojos ilusionados—. Pero ¿no lo tiene todo ya?

Entonces se ruborizó y se mordió el labio.

—Nadie lo tiene todo jamás —dijo él—, ni siquiera aquellos que tienen tanto dinero que no saben en qué gastarlo. Hay otras cosas de valor, no sólo las posesiones que puede comprar el dinero. A ver... ¿cuál es mi sueño más importante?

Se cruzó de brazos y estuvo un momento pensando. Y entonces Claudia, al mirarlo, vio la sonrisa en sus ojos.

—Ah, amor —dijo él—. Sueño con el amor, el amor de una familia, con una esposa e hijos que estén tan cerca de mí y me sean tan queridos como los latidos de mi corazón.

Eso encantó a las niñas. Edna suspiró ilusionada y Flora juntó las manos en el pecho. Claudia consideró esa respuesta con escepticismo; era evidente que la había formulado en honor a ellas. En realidad era una absoluta tontería y no un verdadero sueño.

—¿Y usted, señorita Martin? —preguntó él, volviendo hacia ella sus ojos risueños.

La pilló desprevenida pensando en cómo sería estar tan cerca de él y serle tan querida como los latidos de su corazón.

—¿Yo? —dijo, tocándose el pecho—. Ah, yo no tengo sueños. Y los que he tenido los he hecho realidad. Tengo mi escuela, mis alumnas y mis profesoras y profesores. Esos son sueños hechos realidad.

—Ah, pero no valen los sueños hechos realidad —dijo él—. ¿Verdad, señoritas?

—No —dijo Flora.

—No, señorita —dijo Edna al mismo tiempo—. Continúe.

—Este juego ha de jugarse según las reglas —añadió el marqués, reacomodando los hombros para poder mirarla de frente.

A esa distancia sus ojos se veían muy, muy azules.

¿Qué juego?, pensó Claudia. ¿Qué reglas? Pero no podía negar que le interesó oír los de los otros tres, concedió. Era el momento de ser buena persona.

Pero se sentía muy molesta.

—Ah, déjenme ver —dijo.

Se obligó a no ruborizarse ni a ponerse nerviosa. Eso le resultaba tremendamente embarazoso delante de dos de sus alumnas y un caballero aristócrata.

—Esperaremos —dijo el marqués—. ¿Verdad, señoritas?

—Sí —dijeron Edna y Flora al unísono.

—Tenemos todo el tiempo del mundo —añadió él.

—Ah —dijo Claudia al fin—. Mi sueño. Sí. Es vivir en el campo otra vez, en una casita con un techo de paja y malva loca, jacintos y rosas en el jardín. Cada cosa en su temporada, por supuesto.

—¿Sola, señorita Martin?

A regañadientes ella lo miró a los ojos y vio que él estaba disfrutando inmensamente a costa de ella. Incluso estaba sonriendo de oreja a oreja, enseñando unos dientes blancos y perfectos. Si existía otro caballero más molesto, de ninguna manera deseaba conocerlo.

—Bueno, tal vez tendría un perrito —añadió.

Entonces arqueó las cejas y se permitió mirarlo con ojos risueños retándolo al mismo tiempo a insistirle en que se explayara más acerca del tema.

Él le sostuvo la mirada y se rió en voz baja, mientras Edna daba una palmada.

—Nosotros teníamos un perro —exclamó—. Yo lo quería sobremanera. Creo que debo incluir un perro en mi librería.

—Yo deseo tener caballos —dijo Flora—. Un establo lleno de caballos. Uno para cada día de la semana. Con bridas rojas que tintineen.

—Ah —dijo el marqués, desviando por fin los ojos para mirar por la ventanilla del lado de Claudia—. Veo que ha dejado de llover. Incluso hay un trozo de cielo azul ahí, pero será mejor que lo miren inmediatamente porque si no se lo van a perder. —Medio se levantó para golpear el panel delantero, y el coche se detuvo—. Volveré a mi caballo, para dejarlas, señoras, con algo de intimidad otra vez.

—Oh —dijo Edna, con visible pesar, y al instante se ruborizó, cohibida.

—Lo mismo que siento yo —dijo él—. Esta ha sido una hora muy agradable.

Una vez que bajó del coche y cerró la puerta, quedó el olor de su colonia, pero desapareció la animación que las había alentado a las tres cuando él estaba dentro, y pareció que el coche estaba húmedo y medio vacío. ¿Sería siempre así eso de estar en compañía masculina?, pensó Claudia, fastidiada. ¿Acaso la mujer llega casi a necesitar a los hombres, a echarlos de menos cuando no están cerca?

Pero afortunadamente recordó al señor Upton y al señor Huckerby, dos de sus profesores. No le bajaba el ánimo, ni notaba que a nadie le bajara, cuando ellos se marchaban a sus casas por la tarde. Y tampoco necesitaba al señor Keeble, a no ser para que fuera el portero de su escuela.

Resentida observó con qué facilidad el marqués de Attingsborough se instalaba en su silla, tan increíblemente apuesto como siempre. La verdad, le estaba tomando una intensa aversión. Los caballeros no tienen ningún derecho a hechizar a las damas que no tienen el menor deseo de ser hechizadas.

—Qué caballero más encantador y guapo —dijo Flora, suspirando y mirándolo también—. Si sólo tuviera diez o más años menos.

Edna también suspiró.

—Pronto llegaremos a Londres —dijo Claudia alegremente—, y volveremos a ver a la vizcondesa Whitleaf.

Susanna y Peter habían insistido en que las chicas se alojaran también en su casa de Grosvenor Square hasta que comenzaran su trabajo docente.

—Y al bebé —dijo Edna, animándose—. ¿Cree que nos permitirá verlo, señorita?

—Seguro que va a estar feliz de lucirlo —dijo Claudia, sintiendo una punzada de algo que se parecía desagradablemente a la envidia.

Susanna había dado a luz a Harry hacía sólo un mes.

—Espero que nos permita cogerlo en brazos —dijo Flora—. En el orfanato yo cogía en brazos a los bebés. Era mi actividad favorita.

El coche se puso en marcha y durante un rato corto el marqués cabalgó al lado. Bajó la cabeza para mirar el interior y sus ojos se encontraron con los de Claudia. Entonces sonrió y se tocó el ala del sombrero.

Ella deseó, deseó de verdad, de verdad, que él no fuera tan masculino. No todos los hombres lo eran. Eso no significaba necesariamente que fueran afeminados. Pero ese hombre poseía masculinidad en una injusta abundancia. Y él lo sabía, claro. Deseó ardientemente no volver a verlo después que llegaran a Londres. Su vida era tranquila, apacible. Le había llevado años conseguir ese estado de tranquilidad. No tenía el menor deseo de volver a sentir todas las perturbaciones y necesidades con las que había lidiado tan arduamente cuando era una veinteañera hasta por fin suprimirlas.

De verdad le molestaba el marqués de Attingsborough.

En cierto modo le recordaba que aparte de todo lo que había logrado durante los últimos quince años, también era mujer.

4

El coche del marqués de Attingsborough dejó a Claudia y a las niñas ante la puerta de la mansión del vizconde Whitleaf en Grosvenor Square, de Mayfair, a última hora de la tarde. Susanna y Peter estaban en la puerta abierta para recibirlas sonriendo ya antes que el cochero bajara los peldaños.

La casa era realmente espléndida, pero Claudia casi no se fijó a causa del bullicio y el cariño de los saludos que las aguardaban. Susanna la abrazó, radiante de salud para ser una mujer que había dado a luz sólo un mes antes. Después abrazó a Edna, que chilló y se rió al volver a ver a su ex profesora, y luego a Flora, que también chilló y habló al doble de velocidad, mientras Peter saludaba a Claudia con una cálida sonrisa y un apretón de manos, para luego dar la bienvenida a las chicas.

El marqués no se quedó y continuó su camino a caballo después de intercambiar los cumplidos de rigor con Susanna y Peter, despedirse de Claudia y desearles suerte a Flora y a Edna en sus futuros trabajos.

Claudia no lamentó verlo alejarse.

A Flora y a Edna las instalaron en unas habitaciones de la planta de los niños, lo que encantó a las dos, después de llevarlas a ver al pequeño Harry de pelo moreno, y haberles asegurado que tendrían más ocasiones de ir a la sala cuna a estar con él antes que se marcharan. Las comidas las harían con el ama de llaves, que al parecer esperaba su compañía con considerable placer.

Claudia simplemente debía disfrutar.

—Y eso es una orden, Claudia —le dijo Peter haciéndole un guiño, después que Susanna se lo advirtiera—. He aprendido a no discutir con mi mujer cuando emplea ese tono. He descubierto que es muy peligroso casarse con una maestra de escuela.

—Sí que pareces estar hecho polvo —dijo Claudia.

Peter era otro hombre apuesto y encantador, cuyos ojos risueños parecían más violetas que azules.

Susanna se rió. Pero ya tenía programadas una buena cantidad de actividades para entretener a su amiga. Y puesto que la esperaba una carta del señor Hatchard comunicándole la mala noticia de que por asuntos de trabajo estaría ausente de la ciudad varios días y, por lo tanto, lamentaba no poder recibirla hasta su vuelta, Claudia se relajó y se dejó llevar a visitar tiendas y galerías y a caminar por Hyde Park.

Claro que ese retraso significaba que podría haberse quedado en la escuela otra semana, pero no se permitió inquietarse por esa circunstancia imprevista. Sabía que Eleanor estaba encantada de estar al mando por una vez. Eleanor Thompson había optado por la enseñanza algo tarde en su vida, pero en esa profesión había descubierto el amor de su vida, palabras dichas por ella misma.

No vieron a Frances hasta el día del concierto; antes de venir a Londres había ido con Lucius a visitar a sus ancianas tías en Gloucestershire. Pero Claudia se había armado de paciencia. Por lo menos estaría ahí para el concierto, y entonces volvería a estar reunida con dos de sus más queridas amigas. Si Anne pudiera estar aquí, su felicidad también sería completa, pero Anne, la ex Anne Jewell, otra ex profesora de la escuela, estaba en Gales con el señor Butler y sus dos hijos.

El día señalado se vistió temprano y con sumo esmero, entusiasmada por la perspectiva de volver a ver a Frances, que vendría con Lucius a cenar, y al mismo tiempo alarmada, pues se había enterado de que al concierto asistiría mucha más gente de lo que había imaginado. De hecho, una buena parte de la alta sociedad, al parecer. No la tranquilizaba decirse que despreciaba la grandeza y no tenía ninguna necesidad de sentirse intimidada. La verdad, estaba nerviosa. No tenía ni la ropa ni la conversación apropiadas para tratar con esa gente. Además, no conocería a nadie aparte del pequeño grupo formado por cuatro personas amigas.

Se le ocurrió la idea de escabullirse en el último momento e ir a situarse en la parte de atrás del salón, donde también tendrían permitido estar Flora y Edna para escuchar a Frances. Pero cometió el error de expresar la idea en voz alta, y Susanna se lo prohibió terminantemente, mientras Peter negaba con la cabeza.

«Eso no lo puedo permitir, Claudia —le dijo—. Si lo intentas me veré obligado a llevarte personalmente a la primera fila.»

La doncella de Susanna acababa de terminar de peinarla, pese a sus protestas de que era muy capaz de peinarse sola, cuando llegó Susanna se plantó ante la puerta del vestidor. La doncella fue a abrirle la puerta.

—¿Estás lista, Claudia? Ah, sí que lo estás. Y te ves muy elegante.

—No es culpa de Maria que no tenga rizos ni tirabuzones —le explicó Claudia, levantándose—. Intentó engatusarme con ruegos y mimos, pero yo me negué rotundamente a parecer un cordero viejo disfrazado de corderito.

Por lo tanto, se había peinado siguiendo su estilo habitual, el pelo liso recogido en un moño en la nuca. De todos modos, se veía notablemente distinta a lo habitual. En general era más favorecedor, el pelo se veía más ahuecado, lustroso y abundante. Cómo consiguió la doncella esa transformación, no lo sabía.

Susanna se rió.

—Maria no te habría hecho parecer nada de eso. Tiene un gusto impecable. Pero te ha hecho un peinado extraordinariamente elegante. Y me gusta tu vestido.

Era un sencillo vestido de fina muselina verde, de talle alto, escote recatado y mangas cortas. A ella le gustó en el instante en que lo vio en el taller de una modista de Milsom Street en Bath. Se había comprado tres vestidos nuevos para venir a Londres, un derroche importante, pero lo condiceró necesario para la ocasión.

—Y tú estás tan hermosa como siempre, Susanna —dijo.

Su amiga llevaba un vestido azul claro, un color muy adecuado para su vibrante pelo castaño rojizo rizado. También estaba esbelta como una niña, sin ninguna señal de su reciente embarazo, a excepción tal vez de un rubor extra en las mejillas.

—Será mejor que bajemos —dijo Susanna—. Tienes que ver el salón de baile antes que lleguen Frances y Lucius.

Claudia se puso su chal de cachemira, Susanna se cogió de su brazo y juntas salieron en dirección a la escalera.

—¡Pobre Frances! —dijo Susanna—. ¿Crees que estará terriblemente nerviosa?

—Yo diría que sí. Supongo que siempre lo está antes de una actuación. Recuerdo que cuando estaba en la escuela les decía a las niñas de sus coros que si no se ponían nerviosas antes de una actuación seguro que cantarían mal.

El salón de baile era inmenso, de proporciones magníficas, el cielo raso elevado y con molduras doradas, y una inmensa araña con montones de velas. Una pared era toda de espejo, lo que creaba la ilusión de que era más grande, con una araña gemela y el doble de cantidad de flores, que estaban distribuidas por todas partes en grandes floreros. El suelo de madera brillaba debajo de las hileras de sillas tapizadas en rojo que habían dispuesto para la velada.

Era un panorama amedrentador.

Pero claro, pensó Claudia, ella nunca cedía al nerviosismo. ¿Por qué iba a ceder ahora? Despreciaba a la alta sociedad, ¿no? En todo caso, a la parte de esa alta sociedad a la que no conocía personalmente. Enderezó la espalda y cuadró los hombros.

Entonces apareció Peter en la puerta, todo guapo y elegante con su traje de noche oscuro, y detrás de él entraron Frances y Lucius. Susanna corrió hacia ellos y Claudia la siguió.

—¡Susanna! —exclamó Frances, abrazándola—. Estás tan bonita como siempre. ¡Y Claudia! Ah, estás encantadora, y qué bien te ves.

—Y tú, más distinguida que nunca, y qué hermosa.

Y radiante, pensó, con su brillante pelo negro, su cara delgada de fina estructura ósea. Sin duda el éxito le sentaba bien a su amiga.

—Claudia —dijo Lucius una vez terminados los saludos, inclinándose ante ella—. Nos encantó saber que estarías aquí esta noche, en especial porque este será el último concierto de Frances por un tiempo.

—¿Tu último concierto, Frances? —exclamó Susanna.

—Medida muy sabia también —dijo Claudia, apretándole las manos a Frances—. Has estado un tiempo muy ocupada. París, Viena, Roma, Berlín, Bruselas... y la lista sigue. Espero que esta vez te tomes un buen y largo descanso.

—Bueno «y» largo —dijo Frances, mirando de Claudia a Susanna con ese nuevo brillo en los ojos—. Tal vez para siempre. A veces hay cosas más importantes que hacer en la vida que cantar.

Susanna agrandó los ojos y se cogió las manos junto al pecho.

—¿Frances?

Esta levantó una mano.

—No más por ahora —dijo—, no sea que hagamos ruborizar a Lucius.

No necesitaba decir más, por supuesto. Por fin, después de varios años, Frances iba a ser madre. Susanna se llevó las manos juntas a los labios sonrientes y Claudia apretó las de Frances con más fuerza antes de soltárselas.

—Vamos al salón a beber algo antes de la cena —dijo Peter.

Le ofreció el derecho a Frances y el izquierdo a Claudia. Susanna se cogió del brazo de Lucius y siguieron al trío.

Claudia ya se sentía muy contenta de estar donde estaba, aun cuando esa noche se enfrentaría a algo terrible. Sentía henchido el corazón de felicidad por la forma como la vida había tratado a sus amigas los últimos años. Se sacudió los leves sentimientos de envidia y soledad.

Fugazmente le pasó por la cabeza el pensamiento de si esa noche estaría presente el marqués de Attingsborough. No lo había visto desde su llegada a la ciudad y por lo tanto había vuelto a ser esa persona plácida, casi contenta.

Cuando Joseph entró en el White a la mañana siguiente de su regreso de Bath, descubrió que ya estaba ahí Neville, el conde de Kilbourne, leyendo uno de los diarios matutinos. Este dejó a un lado el diario cuando él acercó una silla y se sentó a su lado.

—¿Estás de vuelta, Joe? —preguntó, innecesariamente—. ¿Cómo encontraste al tío Webster?

—Mejorando e irritado por la insipidez de la sociedad de Bath. E imaginándose que la enfermedad le ha debilitado el corazón.

—¿Y se lo ha debilitado?

Joseph se encogió de hombros.

—Lo único que dijo fue que el médico al que consultó allí no lo negó. No me permitió hablar con el médico. ¿Cómo está Lily?

—Muy bien.

—¿Y los niños?

—Ocupados como siempre —contestó Neville, sonriendo, y volvió a ponerse serio—. Así que tu padre creyó que se le estaba deteriorando la salud y por eso te llamó a Bath. Lo encuentro ominoso. ¿Supongo bien su motivo?

—Es probable. No hace falta ser un genio, ¿verdad? Tengo treinta y cinco años después de todo y soy heredero de un ducado. A veces desearía haber nacido campesino.

—No, Joe, no lo deseas —dijo Neville, sonriendo otra vez—. Y supongo que hasta los campesinos desean tener descendencia. Así que va a ser la trampa del cura para ti, ¿eh? ¿El tío Webster tiene pensada alguna novia en particular?

—La señorita Hunt —dijo Joseph, levantando una mano para saludar a un par de conocidos que entraron juntos e iban en dirección a otro grupo—. Su padre y el mío ya han acordado un matrimonio, en principio. Mi padre llamó a Balderston a Bath antes que a mí.

—Portia Hunt —dijo Neville; emitió un silbido y no hizo ningún comentario; simplemente lo miró con enorme compasión.

—¿La desapruebas?

Neville levantó las manos en gesto defensivo.

—No es asunto mío —dijo—. Es muy hermosa, incluso un hombre felizmente casado no puede dejar de ver eso. Y jamás comete un error, ¿verdad?

Pero a Nev no le caía bien, pensó Joseph, ceñudo.

—¿Así que te han enviado de vuelta aquí a hacer tu proposición? —preguntó Neville.

—Sí. No me cae mal, ¿sabes? Y tengo que casarme con «alguien». Últimamente he ido viendo más y más claro que no puedo retrasarlo mucho tiempo más. Bien podría ser con la señorita Hunt.

—No lo dices con mucho entusiasmo, Joe.

—No todos podemos tener tanta suerte como tú.

—¿Por qué no? —dijo Neville, y arqueó las cejas—. ¿Y qué ocurrirá con Lizzie cuando te cases?

—No cambiará nada —repuso Joseph rotundamente—. Ayer pasé la tarde con ella y me quedé a pasar la noche. Le he prometido volver esta tarde, antes de ir al teatro con el grupo de Brody. Iré de acompañante de la señorita Hunt: la campaña comienza ya. Pero no voy a descuidar a Lizzie, Nev. No la descuidaré, ni aunque me case y tenga doce hijos.

—No, me imagino que no —dijo Neville—. Pero me gustaría saber si la señorita Hunt pondrá objeciones a pasar gran parte de su vida en Londres mientras Willowgreen está vacía gran parte del año.

—Yo podría hacer otros planes —dijo Joseph.

Pero no pudo explayarse porque los interrumpió la llegada de Ralph Milne, vizconde Sterne, otro primo, que estaba deseoso de hablar sobre un par de bayos iguales que iban a poner a subasta en Tattersall's.

Cuando esa noche Joseph acompañó a la señorita Hunt al teatro ya había aceptado la invitación al concierto en Grosvenor Square. No estaba emparentado ni con Whitleaf ni con su esposa, pero hacía mucho tiempo que los había aceptado como primos de una familia que aceptaba a más miembros que sólo los de parentesco sanguíneo. Pensaba que debía asistir a cualquier acto o fiesta a la que ellos tuvieran la amabilidad de invitarlo. También deseaba asistir porque había oído hablar muy bien de la voz de la condesa de Edgecombe, y agradecía la oportunidad de oírla. Deseaba asistir porque Lauren, vizcondesa Ravensberg, su especie de prima, a la que fue a visitar cuando se marchó del club White, le había dicho que ella y Kit asistirían, como también los duques de Portfrey; Elizabeth, la duquesa, también era otra medio pariente de él. Siempre la había considerado su tía, aunque en realidad era la hermana de su tío, por matrimonio. Deseaba asistir porque Lily, la esposa de Neville, que también estaba visitando a Lauren en ese momento, lo invitó a cenar con ellos antes de ir al concierto.

Y esa noche en el teatro se enteró de que iba a asistir al concierto a pesar de que Portia Hunt no. Era lamentable, supuso, pero inevitable dadas las circunstancias.

Durante uno de los entreactos la señorita Hunt le preguntó si iba a asistir a la fiesta que ofrecía lady Fleming dentro de unas noches. Durante toda esa velada había observado en ella una nueva forma de tratarlo, una actitud algo posesiva; sin duda su padre había hablado con ella. Estaba a punto de contestar que sí cuando intervino Laurence Brody con una pregunta:

—¿No va a ir, entonces, al concierto esa noche, señorita Hunt? Me han dicho que irán todos. Va a cantar lady Edgecombe, y todo el mundo está deseoso de oírla.

—No «todo» el mundo, señor Brody —dijo Portia, con gran dignidad—. Yo no estoy deseosa de ir, y tampoco mi madre ni muchas personas de buen gusto a las que podría nombrar. Ya hemos aceptado la invitación de lady Fleming. En su fiesta espero encontrar compañía y conversación superiores.

Entonces lo miró a él, sonriente.

Joseph se habría dado de patadas. Era lógico que ella no fuera al concierto. La condesa de Edgecombe estaba casada con el hombre con el que Portia había creído la mayor parte de su vida que se casaría. Fue justamente durante los días y semanas siguientes al fin de esa relación cuando él se hizo amigo de ella.

—Lamento tener que perderme esa fiesta, señorita Hunt —dijo—. Ya he aceptado la invitación al concierto de lady Whitleaf.

Habría declinado la invitación si hubiera recordado ese asunto entre los Edgecombe y la señorita Hunt, que debería haber recordado. Y ella le dejó claro que no estaba complacida con él; estuvo muy callada durante el resto de la noche, y cuando hablaba se dirigía casi exclusivamente a otro miembro del grupo.

La noche señalada llegó con Lily y Neville y juntos presentaron sus respetos a Whitleaf y Susanna. El salón de baile, comprobó, se estaba llenando. La primera persona que vio al entrar fue a Lauren, que estaba al otro lado del salón, sonriendo y con una mano levantada para atraer su atención. Con ella se encontraban Kit, Elizabeth y Portfrey.

Y la señorita Martin.

Desde su regreso a la ciudad había pensado bastantes veces en la maestra de escuela. Durante el viaje a Londres le había caído mejor de lo que habría esperado. Era gazmoña, rígida y severa, cierto, e independiente hasta el extremo. Pero también era inteligente y tenía un humor mordaz.

Pero había pensado en ella principalmente por otros motivos. Tenía la intención de mantener otra conversación con la señorita Martin antes que volviera a Bath, aunque tal vez esa noche no fuera el momento oportuno. Estaba elegante con ese vestido de muselina verde, observó. Su peinado era mucho más favorecedor que el que le vio en la escuela y luego en el viaje a Londres. De todos modos, cualquiera que la mirara esa noche ciertamente no la confundiría con una mujer que no fuera: una maestra de escuela. Eso tenía que ver con la disciplina que revelaba su postura, la severidad de su expresión, la total ausencia de adornos en el vestido, de rizos y de joyas.

Mientras se acercaba al grupo con Lily y Neville, ella se giró a mirarlos.

—Lily, Neville, Joseph —dijo Lauren cuando llegaron al grupo, y a eso siguieron saludos, apretones de manos y besos en las mejillas—. ¿Conocéis a la señorita Martin? Ellos son la condesa de Kilbourne, la señorita Martin, y mis primos el marqués de Attingsborough y el conde.

—Señorita Martin —dijo Neville, sonriéndole e inclinándose en una venia.

—Estoy encantada de conocerla, señorita Martin —dijo Lily, con su habitual sonrisa cálida cuando ella inclinó la cabeza y les deseó una agradable velada.

—Ya nos conocemos —dijo Joseph, tendiéndole la mano y recordando que la última vez que lo hizo cometió el error de besársela—. Tuve el placer de acompañarla desde Bath hace una semana.

—Pero claro, por supuesto —dijo Lauren.

—No te he visto desde que te marchaste a Bath, Joseph —dijo Elizabeth—. ¿Cómo está tu padre?

—Considerablemente mejor, gracias, aunque él prefiere creer que no. Está lo bastante bien para quejarse de todos y de todo. Mi madre, en cambio, parece que está disfrutando de la sociedad de Bath.

—Me alegra oír eso —dijo Elizabeth—. Sé que estaba decepcionada porque no podría venir a la ciudad este año.

—Señorita Martin —dijo Portfrey—, tanto la condesa de Edgecombe como lady Whitleaf fueron profesoras en su escuela, ¿no es así?

—Sí —contestó ella—, y todavía lamento su pérdida. Sin embargo, estoy orgullosísima de mi actual plantel de profesores.

—Christine dice que la señorita Thompson es muy feliz ahí —dijo Kit, refiriéndose a la duquesa de Bewcastle.

—Yo creo que lo es —dijo la señorita Martin—. Es evidente que nació para enseñar. Mis niñas la quieren, aprenden de ella y le obedecen sin rechistar.

—Me fascina la idea de una escuela de niñas —dijo Lily—. Debo hablar con usted en algún momento, señorita Martin. Tengo cien preguntas que hacerle.

—Que deberán esperar, cariño —dijo Neville—. Creo que el concierto está a punto de empezar.

—Entonces deberíamos ir a sentarnos —dijo Elizabeth.

—¿Querría sentarse a mi lado, señorita Martin? —le preguntó Joseph.

Vio que ella nuevamente estaba toda gazmoña y severa.

—Gracias —repuso ella—, pero hay una cosa a la que debo ir a atender.

Él se sentó al lado de Lauren y se preparó para disfrutar. Se había enterado de que la condesa de Edgecombe no era la única que iba a actuar, aunque sí era la atracción principal. Estaba a punto de hacerle un comentario a Lauren cuando vio que la señorita Martin sólo había dado unos pasos y estaba detenida en el pasillo central, absolutamente inmóvil y, por la expresión de su cara, parecía que hubiera visto un fantasma. Se apresuró a levantarse.

—Señorita Martin, ¿se siente mal? ¿Me permite que...?

—No —dijo ella—. Gracias. Pero me sentaré a su lado después de todo, si me lo permite. Gracias.

Diciendo eso se apresuró a sentarse en la silla desocupada al lado de él y bajó la cabeza; juntó las manos en la falda y él notó que le temblaban un poco. Eso sí era extraño, pensó, en una mujer que no parecía ser de tipo nervioso. Pero era imposible saber qué había ocurrido para perturbarla así, y ella no dio ninguna explicación.

—¿Las señoritas Wood y Bains ya están seguras y a salvo en casa de sus empleadoras? —le preguntó, con el fin de distraerla de lo que fuera que la había alterado.

Ella lo miró un momento como si no hubiera entendido la pregunta.

—Ah, no —dijo al fin—. Todavía no. El señor Hatchard, mi agente, ha estado fuera de la ciudad. Pero ha llegado hoy, y me ha enviado una nota para informarme que puedo ir a verle mañana.

Le había vuelto un poco de color a las mejillas. Y enderezó los hombros.

—¿Y mientras tanto ha sido bien atendida?

—Ah, sí, desde luego —contestó ella, sin decir más.

Pero el concierto estaba a punto de empezar. Whitleaf ya estaba situado frente al público sobre la tarima baja que habían instalado para los intérpretes para que todo el mundo puediera verlos. Aquí y allá se oyeron algunos «Chss» y luego se hizo el silencio.

Comenzó el concierto.

A Joseph lo impresionó la calidad de las interpretaciones. Un quinteto de cuerda, al que siguieron varias arias cantadas por un barítono que estaba contratado para cantar en la Ópera de Viena en otoño, un recital de piano por la condesa de

Raymore, coja y de pelo moreno, que era una celebridad y él había disfrutado oyéndola en otras ocasiones; con su hermosa voz de contralto también cantó una melancólica canción tradicional acompañándose ella misma al piano. Y luego, por supuesto, cantó la condesa de Edgecombe, cuya voz de soprano era exquisita y llena, y no tardó en demostrar que alcanzaba notas increíblemente altas.

No le costaba entender que gozara de tanta fama.

Cuando ella terminó y él se puso de pie junto con el resto del público para pedirle unos bises con el volumen de los aplausos, comprendió que si en lugar de venir hubiera ido a la fiesta de lady Fleming se habría perdido una de las más maravillosas experiencias estéticas de su vida. Además, claro, estaba interesado en ver en acción a la mujer que suplantó a Portia Hunt en el corazón de Edgecombe. La había visto antes, cierto, pero no había apreciado su exquisita belleza hasta esa noche, cuando su rostro delgado y expresivo quedó iluminado desde dentro y su pelo muy oscuro brilló a la luz de las velas.

Cuando la condesa terminó su bis, vio que la señorita Martin tenía las manos juntas y muy apretadas debajo del mentón; sus ojos brillaban de orgullo y cariño. A las profesoras de su escuela les había ido muy bien en el mercado del matrimonio, pensó él. Tenía que ser una escuela muy buena, en realidad, para atraer entre su personal a personas de tanto encanto y talento.

A la señorita Martin le brillaban los ojos con lágrimas sin derramar cuando se volvió a mirar hacia atrás, tal vez buscando a Susanna para compartir su dicha. Él se giró a mirarla con la intención de invitarla a unirse a su grupo familiar para los refrigerios que iban a servir en el salón comedor.

Pero antes que él pudiera hacerle el ofrecimiento, ella se cogió de su brazo y le dijo en tono vehemente:

—Hay una persona que viene hacia aquí con la que no deseo hablar.

Él arqueó las cejas. La mayor parte del público se estaba dispersando en dirección al salón comedor. Entonces vio a un hombre caminando contra la corriente, evidentemente en dirección a ellos. Lo conocía vagamente; lo había conocido en el White; acababa de llegar de Escocia. Se llamaba MacLeith. Poseía un ducado escocés.

¿Y la señorita Martin lo conocía pero no deseaba hablar con él?

Interesante. ¿Tendría algo que ver con su perturbación anterior?

Puso una mano tranquilizadora en la que ella tenía apoyada en su brazo. Era demasiado tarde para alejarla del camino de aquel hombre.

5

Claudia ya conocía de antes al vizconde Ravensberg y a su esposa. En realidad, había estado con ellos en dos bodas. Anne Jewell se había casado con el hermano del vizconde y Susanna con el primo de la vizcondesa.

Fue una especie de alivio ver caras conocidas, sobre todo que ellos la reconocieran inmediatamente y se acercaran a hablar con ella en el salón de baile. Frances y Lucius habían ido a la sala de música para estar en silencio y quietud mientras ella se preparaba para su actuación; Susanna y Peter estaban ocupados en la puerta del salón saludando a los invitados. No era cómodo estar sola en medio de una multitud, sin conocer a nadie y aparentando que en realidad estaba disfrutando de su soledad.

A pesar de su rango, le cayeron bien al instante los tíos de la vizcondesa Ravensberg; eran personas corteses, amables y se esforzaban en incluirla en la conversación. Lo mismo se podía decir del conde y la condesa de Kilbourne, que al llegar fueron a unirse al grupo. No le resultaba del todo desagradable volver a ver al marqués de Attingsborough. Al fin y al cabo él era otra cara conocida, cuando se había convencido de que no conocería a nadie en absoluto. Y claro, él estaba más apuesto que nunca con su traje de noche azul oscuro y plata, y camisa de lino blanco.

Y, lógicamente, se tomó un momento para divertirse en secreto mientras estaba con el grupo. Ni uno solo de ellos carecía de título, y ahí estaba ella en medio e incluso disfrutando bastante de su compañía. Le pondría bastante color a esa determinada parte de la velada cuando se la contara a Eleanor al volver a casa. Incluso se reiría alegremente de sí misma.

Pero de repente la diversión se le convirtió en azoramiento cuando la duquesa de Portfrey sugirió que se sentaran y el marqués le preguntó si desearía sentarse a su lado. En realidad él no tenía otra opción que hacerle ese ofrecimiento puesto que ella continuaba ahí en el grupo de su familia en lugar de haberse alejado después de intercambiar los saludos y cumplidos, como debería haber hecho.

Buen Dios, pensarían que era desmañada y que tenía muy malos modales.

Y por lo tanto se le ocurrió esa apresurada disculpa de que tenía que ir a atender algo; cosa que haría verdad, por supuesto. Iría a ver si Edna y Flora habían encontrado un lugar en la parte de atrás del salón cuando ya todos los invitados estuvieran sentados. Y se quedaría ahí con ellas, pese a las terribles consecuencias que le había prometido Peter. Edna había formado parte del coro de las menores cuando los dirigía Frances, y todo el día había estado desquiciada ante la idea de oír cantar a su venerada maestra en un concierto de verdad. Flora había estado más entusiasmada por la perspectiva de ver a tantas personas ricas e importantes reunidas en un mismo lugar, todas vestidas con sus mejores galas.

Pero no llegó muy lejos en la misión que se había impuesto. Dado que no estaba en su naturaleza acobardarse cuando se sentía cohibida, mientras se alejaba del lugar donde había estado de pie, muy cerca de la tarima para los intérpretes, adrede paseó la mirada por el público, pensando ociosamente si reconocería a alguien más.

Aunque eso lo dudaba mucho.

Pero sí que reconoció algunas caras.

Ahí, más o menos a la mitad de las filas de sillas, en el lado izquierdo del pasillo central, estaba sentada lady Freyja Bedwyn, ahora marquesa de Hallmere, en animada conversación con su hermano, lord Aidan Bedwyn, que estaba sentado a su lado, y con lady Aidan, que se encontraba más allá. También los había conocido en el desayuno de bodas de Anne en Bath. El marqués de Hallmere estaba sentado al otro lado de su esposa.

Se erizó de instantánea animosidad. Había visto varias veces a lady Hallmere desde que salió por última vez del aula de Lindsey Hall aquella memorable tarde hacía ya tanto tiempo; la más notable fue cuando lady Freyja, todavía soltera, se presentó en la escuela una mañana, como salida de ninguna parte, toda altiva y con aires de superioridad, y le preguntó si necesitaba algo que ella pudiera proporcionarle.

Todavía le subía la temperatura cuando recordaba esa mañana.

Pero solamente volver a ver a esa mujer no la habría impulsado a desandar los pocos pasos que había dado, ni a sentarse a toda prisa al lado de lord Attingsborough. Al fin y al cabo, si lo hubiera pensado, habría supuesto que por lo menos algunos de los Bedwyn estarían en la ciudad para participar en la temporada, y que alguno bien podría asistir al concierto de esa noche.

No, si las de ellos hubieran sido las únicas caras que reconoció, simplemente habría puesto rígida la espalda, apretado más los labios, alzado el mentón y continuado su camino impertérrita.

Pero sólo un segundo después de ver a lady Hallmere, sus ojos se posaron en un caballero que estaba sentado justo enfrente, al otro lado del pasillo, que la estaba mirando fijamente a «ella».

Le pareció que las rodillas se le volvían de gelatina, y el corazón le dio un vuelco y se le alojó en la garganta, o al menos eso le pareció por los latidos que sintió ahí. Cómo lo reconoció cuando no lo había vuelto a ver desde hacía más o menos la mitad de su vida, no lo sabía, pero lo reconoció, al instante.

¡Charlie!

No pasó ningún pensamiento por su cabeza, no tenía tiempo para pensar. Actuó por puro y cobarde instinto, a lo que contribuyó que lord Attingsborough se levantara a preguntarle si se sentía mal. Con desmañada prisa fue a sentarse en la silla al lado de él y, casi sin enterarse de lo que le decía, juntó las manos en la falda e intentó calmarse.

Por suerte, el concierto comenzó muy pronto y poco a poco consiguió calmar los irregulares latidos de su corazón y sentir la vergüenza por estar, después de todo, imponiendo su compañía a ese grupo familiar aristocrático. Se ordenó escuchar la música.

Así que Charlie estaba en Londres y en el concierto esa noche.

¿Y qué?

Sin duda desaparecería tan pronto como terminara el concierto. Debía sentirse tan renuente como ella a un encuentro cara a cara. O si se quedaba, no haría el menor caso de ella, por pura indiferencia. Al fin y al cabo dieciocho años son mucho tiempo. Ella tenía diecisiete la última vez que lo vio, y él un año más.

Buen Dios, si eran poco más que unos niños.

Era muy posible que ni siquiera la hubiera reconocido y simplemente la estuvieran mirando porque era una de las pocas personas que aún estaban de pie.

Cuando anunciaron a Frances y esta ocupó su lugar en la tarima, se ordenó concentrarse. Eso era lo que había esperado con más ilusión desde antes de partir de Bath, y no iba a permitir que Charlie, nada menos que Charlie, le impidiera apreciar totalmente la interpretación. Y claro, sólo pasados unos momentos ya no le hizo falta la fuerza de voluntad para concentrarse. Frances era absolutamente magnífica.

Al final del recital se puso de pie al igual que los demás para aplaudir. Cuando Frances terminó sus bises, ya no tenía conciencia de nada aparte del calorcillo que le producía el placer de haberla oído, orgullo por ella, y felicidad por estar ahí esa noche, que podría ser su última aparición en público durante un tiempo, o tal vez para siempre.

Nuevamente se giró a mirar hacia atrás cuando se acallaron los aplausos y Peter anunció que se servirían refrigerios en el salón comedor. Cerró los ojos para contener las lágrimas que casi se los llenaban. Deseaba encontrar a Susanna y ver si Edna y Flora habían podido entrar a escuchar. Deseaba alejarse antes que lord Attingsborough, lady Ravensberg u otra persona del grupo se sintiera en la obligación de invitarla a acompañarlos a tomar los refrigerios. ¡Qué humillante sería eso!

Y deseaba asegurarse de que Charlie se hubiera marchado.

Pues no.

Venía caminando resueltamente por el pasillo central, en dirección a ella, aun cuando todos los demás iban en dirección contraria. Tenía los ojos fijos en su persona y estaba sonriendo.

En ese momento no se sentía más preparada para la conmoción de ese inesperado encuentro de lo que se sintiera antes cuando lo vio por primera vez. Sin pensar se cogió del brazo del marqués y balbuceó algo.

Él le cubrió la mano con la suya, una mano grande, cálida, que encontró tremendamente consoladora. Casi se sintió segura.

Estaba tan confusa, tan desconcertada, que ni siquiera se paró a pensar en lo indignas e impropias de ella que eran esas reacciones.

Y entonces Charlie se plantó ahí, a apenas unos palmos de ella, todavía sonriendo, con sus ojos castaños iluminados por el placer.

Se veía decididamente más viejo. Su pelo rubio raleaba y tenía entradas en las sienes, aunque aun no estaba calvo. Su cara seguía siendo redonda y agradable, aunque no guapa, pero tenía arruguitas en las comisuras de los ojos y otras alrededor de la boca que no le había visto de joven. Su cuerpo se veía más sólido, aunque de ninguna manera gordo. No había aumentado en estatura después de los dieciocho años; sus ojos seguían estando al mismo nivel de los de ella. Iba vestido con discreta elegancia, a diferencia del descuido con que se engalanaba antes.

—¡Claudia! ¡Eres tú! —exclamó él, tendiéndole las dos manos.

Ella apenas logró obligar a sus labios a moverse; los sentía rígidos, no podía dominarlos.

—Charlie.

—¡Pero qué deliciosa sorpresa! —continuó él—. No podía dar crédito a mis...

—Buenas noches, McLeith —dijo el marqués de Attingsborough, con voz sonora y agradable—. Magnífico concierto, ¿verdad?

Charlie lo miró como si acabara de verlo al lado de ella sosteniéndole la mano en su brazo. Bajó los brazos a los costados.

—Ah, Attingsborough —dijo—, buenas noches. Sí, desde luego, nos han regalado regiamente los oídos.

El marqués inclinó cortésmente la cabeza.

—¿Nos disculpas? Nuestro grupo ya está a medio camino del salón comedor. No querríamos perder nuestros puestos al lado de ellos.

Diciendo eso pasó la mano de ella bajo su brazo y continuó con la mano sobre la suya.

—Pero ¿dónde vives, Claudia? —preguntó Charlie, volviendo la atención a ella—. ¿Dónde podría ir a visitarte?

—El chal se le ha caído del hombro —dijo el marqués casi al mismo tiempo, en tono de solícita preocupación y con la mano libre se lo subió, medio poniéndose delante de ella al hacerlo—. Buenas noches, McLeith. Ha sido un placer verte.

Acto seguido echaron a andar por el pasillo, siguiendo a la multitud y dejando atrás a Charlie.

—¿Es un problema? —le preguntó el marqués cuando ya Charlie no podía oírlo, acercando la cabeza a la de ella.

—Lo fue. Hace mucho tiempo. Hace toda una vida.

Volvía a sentir los latidos del corazón en la garganta, casi ensordeciéndola. También estaba volviendo a ser ella misma, con la vergonzosa comprensión de que se había conducido sin nada de la firmeza de su carácter habitual. Buen Dios, si incluso se había cogido del brazo del marqués y le había suplicado ayuda y protección, después de todo lo que le dijo en Marlborough sobre la independencia. ¡Qué humillante! De repente llegó a sus narices el olor de su colonia, la misma que sintió en la escuela y en el coche. ¿Por qué las colonias masculinas siempre olían más seductoras que los perfumes femeninos?

—Le pido perdón —dijo—. Ha sido una tontería. Habría sido mucho mejor, y más propio de mí, haber conversado educadamente con él unos minutos.

Él había estado encantado de verla. Había deseado cogerle las dos manos en las de él. Había deseado saber dónde vivía para poder visitarla. La angustia se le convirtió en rabia. Enderezó la espalda, aun cuando no la llevaba encorvada.

—No es necesario que me lleve más allá —le dijo al marqués, retirando la mano de su brazo—. Ya he abusado bastante de su tiempo y amabilidad, y le pido disculpas. Vaya a reunirse con su familia antes que sea demasiado tarde.

—¿Y dejarla sola? —dijo él, sonriéndole—. No podría ser tan descortés. Permítame que distraiga sus pensamientos presentándole a unas pocas personas más.

Cogiéndole el codo la hizo girarse y ahí, casi cara a cara con ella, estaban lord y lady Aidan, el marqués y la marquesa de Hallmere y, ¡santo cielo!, el duque y la duquesa de Bewcastle.

—Joseph —dijo la duquesa, toda ella cálidas sonrisas—. Te vimos sentado con Lauren y Kit. Esta ha sido una velada absolutamente deliciosa, ¿verdad? Y, sí, lo es. Oh, perdone mis modales, señorita Martin. ¿Cómo está?

Claudia, otra prueba más de su distracción, se inclinó en una reverencia, y los caballeros hicieron sus venias, el duque inclinando la cabeza sólo hasta la mitad. Lady Aidan y lord Hallmere sonrieron, y lady Hallmere la miró altiva.

—Señorita Martin —dijo lord Aidan—, ¿la dueña de la escuela donde enseñaba la esposa de Sydnam Butler, si no me equivoco? Nos conocimos en su desayuno de bodas. ¿Cómo está, señora?

—Veo que no son necesarias las presentaciones —dijo lord Attingsborough—. La semana pasada tuve el placer de acompañar a la señorita Martin y a dos de sus alumnas de Bath a Londres.

—Supongo que ha dejado en buenas manos la escuela, señorita Martin —dijo lady Hallmere, mirándola por encima de su larga y prominente nariz.

Claudia se erizó.

—Por supuesto —replicó—. De ninguna manera la habría dejado en «malas» manos, ¿verdad?

Tardíamente cayó en la cuenta de que había hablado con brusquedad y sin pensarlo, por lo que su respuesta fue extraordinariamente grosera. Si hubiera oído hablar así a una de sus niñas la habría llevado a un lado para sermonearla durante cinco minutos sin parar para respirar.

Lady Hallmere arqueó las cejas.

El duque cerró la mano en el mango de su monóculo enjoyado.

Lord Hallmere sonrió.

La duquesa se rió.

—Me ofenderás si sigues interrogando a la señorita Martin sobre ese punto, Freyja —dijo—. Ha dejado a cargo a «Eleanor», y estoy absolutamente segura de que mi hermana es muy competente. También está encantada, podría añadir, señorita Martin, de que le haya demostrado tanta confianza.

Y ahí hablaba la verdadera dama, pensó Claudia, pesarosa, suavizando con encanto y amabilidad un momento potencialmente violento.

El marqués de Attingsborough volvió a cogerle el codo.

—Lauren, Kit, los Portfrey y los Kilbourne nos están guardando puestos en su mesa —dijo—. Debemos ir a reunirnos con ellos.

—Le pido perdón, otra vez —dijo Claudia cuando iban en dirección a la puerta—. Les enseño a mis alumnas que la cortesía siempre debe tener prioridad sobre casi cualquier sentimiento personal, y yo acabo de hacer caso omiso de mis enseñanzas de una manera bastante espectacular.

—Creo —dijo él, y ella vio que se estaba divirtiendo—, que lady Hallmere ha hecho esa pregunta simplemente para iniciar la conversación.

—Ah, no, esa mujer no —dijo ella al instante, olvidando su contrición—. Lady Freyja Bedwyn no.

—¿La conoció antes de que se casara?

—Ella fue la alumna de que le hablé.

—¡No! —Le presionó con más fuerza el codo, deteniéndola más allá de la puerta del salón de baile, pero justo fuera del salón comedor. Estaba sonriendo sin disimulo—. ¿Y Bewcastle fue el que le ordenó cruelmente que se defendiera sola? ¿Le hizo una cuchufleta a Bewcastle? ¿Y se marchó por el camino de entrada de Lindsey Hall?

—No fue divertido —dijo ella, ceñuda—. No hubo nada ni remotamente divertido en eso.

—O sea —dijo él, con los ojos brillantes de risa—, que la he sacado de las brasas para arrojarla en las llamas cuando la he alejado de McLeith y la he puesto ante los Bedwyn, ¿verdad?

Ella lo miró con el entrecejo más arrugado aún.

—Creo, señorita Martin, que tiene que haber llevado una vida muy interesante.

Ella puso rígido el espinazo y apretó fuertemente los labios antes de contestar.

—No he... —Entonces vio los últimos diez minutos más o menos bajo la perspectiva de él. Se le curvaron los labios—. Bueno —concedió—, en cierto modo, supongo que sí.

Y por algún motivo inexplicable, los dos encontraron tremendamente divertido ese reconocimiento y sucumbieron a un ataque de risa.

—Le pido perdón —dijo él cuando pudo hablar.

—Y yo a usted —contestó ella.

—Y pensar que esta noche —dijo él, cogiéndole el codo otra vez y haciéndola entrar en el salón comedor— podría haber ido a la fiesta de lady Fleming en lugar de venir aquí.

La duquesa de Portfrey estaba sonriendo y llamándolos desde una de las mesas y el conde de Kilbourne ya estaba listo para retirar la silla y ayudarla a que se sentara ella.

No le quedó claro si el marqués lamentaba haber elegido venir al concierto. Pero la alegraba que lo hubiera hecho. En cierto modo le había restablecido el ánimo trastornado, aun cuando él, sin darse cuenta, había sido la causa de algunas de sus reacciones. No recordaba la última vez que se había reído tanto.

Estaba en grave peligro, pensó mientras se sentaba, de revisar su opinión acerca de él y de que realmente le cayera bien.

Y ahí estaba, en medio de un grupo familiar del que debía haberse separado hacía horas. Y no podía echarle la culpa a nadie, aparte de a sí misma, de su renovada incomodidad. ¿Cuándo se había aferrado a un hombre pidiéndole ayuda y protección?

Francamente, era muy deprimente.

Claudia se quedó dormida, aunque después de un buen rato de insomnio, cierto, pensando en el marqués de Attingsborough, y despertó pensando en Charlie, el «duque de McLeith»

Ah, sí, por supuesto, había adquirido honradamente su antipatía por la aristocracia, en especial por los duques. Esta no comenzó con el odioso y arrogante duque de Bewcastle; otro duque le había destrozado la vida antes de conocer a este.

Había vivido y respirado con Charlie Gunning durante su infancia y primera juventud, o al menos eso parecía al mirar en retrospectiva. Habían sido prácticamente inseparables desde el momento en que él llegó a la casa de su padre, como un desconcertado y desdichado huérfano de cinco años, hasta que se marchó al colegio a los doce, y después de eso pasaron juntos todos los momentos de vigilia de sus vacaciones.

Pero entonces, cuando él tenía dieciocho y ella diecisiete, un día se marchó para no volver. Desde entonces no lo había visto, hasta esa noche; durante casi diecisiete años no había sabido nada de él.

Sin embargo, esa noche le había hablado como si nunca hubiera habido un brusco y cruel final de su relación. Le había hablado como si no hubiera nada en el mundo de qué sentirse culpable.

«¡Pero qué deliciosa sorpresa!»

«Pero ¿dónde vives?»

«¿Dónde podría ir a visitarte?»

¿De veras se creía con el derecho a sentirse «encantado»? ¿Y a visitarla? ¡Cómo se atrevía! Diecisiete años podrían ser mucho tiempo, casi la mitad de su vida, pero no era «tanto». No tenía nada malo en la memoria.

Dejando firmemente de lado los recuerdos, se vistió para bajar a desayunar y después hacer su visita al despacho del señor Hatchard. Había decidido ir sola, sin llevar ni a Edna ni a Flora. Frances iba a venir a la casa y junto con Susanna llevarían a las chicas a las tiendas para comprarles ropa y accesorios.

Y puesto que Frances llegó en un coche y después de un prolongado desayuno se llevó a las tres, Claudia se encontró yendo a su cita en el coche de ciudad de Peter. Él se negó incluso a oír su protesta de que le encantaría caminar ese día tan soleado.

«Susanna no me lo perdonaría jamás —le dijo, haciéndole un guiño—, y eso yo lo detestaría. Ten piedad de mí, Claudia.»

Sentía muy elevado el ánimo mientras pasaba por las calles de Londres, aun cuando la roía una persistente preocupación de que el empleo que les había encontrado el señor Hatchard a las chicas podría no ser conveniente. Habiendo llegado el momento, prácticamente burbujeaba de satisfacción porque estaba a punto de poner el último toque a su autonomía, a su éxito como mujer independiente.

Ya no tenía ninguna necesidad de la ayuda del benefactor que con tanta generosidad había apoyado económicamente a la escuela casi desde el comienzo. En el ridículo llevaba una carta para él, que le dejaría al señor Hatchard para que se la hiciera llegar. Por desgracia, nunca sabría quién había sido ese hombre, pero respetaba su deseo de anonimato.

La escuela prosperaba. Ese año había podido ampliarla añadiendo la casa contigua y contratando a otras dos profesoras. Más gratificante aún, ahora podría aumentar de doce a catorce el número de niñas en régimen gratuito. Y las ganancias le dejaban incluso un modesto beneficio.

Sí, le hacía muchísima ilusión esa visita que la esperaba, pensó mientras bajaba del coche ayudada por el cochero de Peter y entraba en el despacho del señor Hatchard.

Pero menos de una hora después salió a toda prisa a la acera. El cochero del vizconde Whitleaf bajó de un salto del pescante y le abrió la puerta del coche. Ella hizo una inspiración para decirle que volvería a pie a la casa. Estaba tan agitada que no soportaría el encierro dentro de un coche. Pero antes de que pudiera hablar oyó su nombre.

El marqués de Attingsborough iba montando a caballo por la calle, acompañado por el conde de Kilbourne y otro caballero; era el marqués quien la había llamado.

—Buenos días, señorita Martin —saludó él, acercando el caballo—. ¿Cómo se encuentra esta mañana?

—Si estuviera más enfadada, lord Attingsborough, podrían salirme volando los sesos de la cabeza.

Él arqueó las cejas.

—Volveré a casa a pie —le dijo ella al cochero—. Gracias por esperarme, pero puede volver sin mí.

—Debe permitirme que la acompañe, señora —dijo el marqués.

—No necesito carabina —contestó ella bruscamente—. Y no sería buena compañía esta mañana.

—Permítame que la acompañe como amigo, entonces —dijo él. Inmediatamente desmontó y se volvió hacia el conde—. ¿Me harás el favor de llevar mi caballo de vuelta al establo, Nev?

El conde sonrió y se quitó el sombrero en gesto de saludo a Claudia. Ella comprendió que ya era demasiado tarde para decir un firme no. Además, la aliviaba bastante ver una cara conocida. Había pensado que tendría que esperar hasta que volviera Susanna de su excursión de compras para tener a alguien con quién hablar. Pero bien podía estallar antes.

Y así, sólo un minuto después, ella y el marqués de Attingsborough iban caminando por la acera. Él le ofreció el brazo y ella se lo cogió.

—No soy muy dada a afligirme —dijo—, a pesar de lo ocurrido anoche y esta mañana. Pero esta mañana es rabia, furia, no aflicción.

—¿Alguien la ha ofendido ahí dentro? —preguntó él, haciendo un gesto hacia la casa de la que ella acababa de salir.

—Ese es el despacho del señor Hatchard, mi agente.

—Ah, los empleos. ¿No los aprueba?

—Edna y Flora volverán conmigo a Bath mañana.

—¿Tan mal ha ido todo?

—Peor, mucho peor.

—¿Se me permite saber lo que ha ocurrido?

—Los Bedwyn —dijo ella, cortando el aire con la mano libre mientras atravesaban la calzada evitando un montón de bostas de caballo frescas—. Eso es lo que ha ocurrido. ¡Los Bedwyn! Serán mi muerte. Juro que lo serán.

—Espero que no —dijo él.

—A Flora la iba a emplear lady Aidan Bedwyn, y a Edna, nada menos que ¡la marquesa de Hallmere!

—Ah.

—Eso es insufrible. No sé cómo tiene el descaro esa mujer.

—Tal vez la recuerda como a una excelente preceptora —sugirió él—, una que no cede en sus principios ni elevados valores por dinero ni por posición.

Claudia emitió un bufido.

—Y tal vez haya crecido —añadió él.

—Las mujeres como ella no crecen —dijo Claudia—. Sólo se hacen más antipáticas.

Lo cual era ridículo e injusto, claro. Pero su antipatía por la ex lady Freyja Bedwyn era tan intensa que era incapaz de ser racional tratándose de ella.

—¿Tiene alguna objeción en contra de lady Aidan Bedwyn también? —preguntó él, tocándose el ala del sombrero para saludar a dos damas que pasaban en dirección contraria.

—Se casó con un Bedwyn —repuso ella.

—Siempre he tenido la impresión de que es particularmente amable. Al parecer su padre era minero del carbón en Gales antes de hacer su fortuna. Ella tiene fama de ayudar a los menos afortunados. Dos de sus tres hijos son adoptados. ¿Es para ellos que necesita una institutriz?

—Para la niña, y finalmente para su hija pequeña.

—Y entonces usted va a volver a Bath con las señoritas Bains y Wood. ¿Les va a dar voz y voto en la decisión?

—No las enviaría a la servidumbre para ser desgraciadas.

—Podría ser que ellas no lo consideraran así, señorita Martin. Tal vez les entusiasme la perspectiva de ser institutrices en casas de familias tan distinguidas.

Un niño venía por la acera haciendo rodar un aro, seguido por una niñera de expresión agobiada. El marqués hizo a un lado a Claudia hasta que pasaron y se hubieron alejado bastante.

—Pequeñajo mequetrefe —comentó—. Apostaría a que prometió muy fielmente que llevaría el aro en la mano y sólo lo haría rodar cuando estuviera en el parque, con mucho espacio.

Claudia hizo una lenta inspiración.

—¿Sugiere, lord Attingsborough, que he reaccionado precipitada e irracionalmente en el despacho del señor Hatchard?

—No, no, nada de eso. Su ira es tan admirable como su resolución de cargar con las chicas otra vez llevándolas de vuelta a Bath en lugar de colocarlas en empleos que podrían causarles desdicha.

Ella exhaló un suspiro.

—Tiene toda la razón. He reaccionado con demasiada precipitación.

Él le sonrió.

—¿Le ha dado un no definitivo al señor Hatchard?

—Pues sí, pero él ha insistido en que no haría nada hasta mañana. Desea que las chicas tengan una entrevista con sus posibles empleadoras.

—Ah.

—Supongo que debería darles a elegir, ¿verdad?

—Si se fía de su juicio.

Ella volvió a suspirar.

—Esa es una de las cosas que nos esforzamos en enseñarles —dijo—. Buen juicio, razón, pensar por sí mismas, tomar las decisiones basándose en el sentido común y en la propia inclinación. Es más de una cosa. Tratamos de enseñar a nuestras niñas a ser adultas bien informadas y pensantes, en especial a las chicas de régimen gratuito que, a diferencia de las otras, simplemente no se casan tan pronto como salen del colegio para que sus maridos piensen por ellas el resto de sus vidas.

—Ese no es un cuadro muy halagüeño del matrimonio —dijo él.

—Pero es uno muy exacto. —Iban caminando bajo la sombra de los árboles que bordeaban la acera. Levantó la cara hacia las ramas y hojas y contempló el cielo azul de ese soleado día—. Las aconsejaré. Les explicaré que los Bedwyn, dirigidos por el duque de Bewcastle, son una familia que ha gozado de riqueza y privilegios desde hace generaciones, que son arrogantes y desprecian a los que están por debajo de ellos en la escala social, que son casi todos los mortales que existen. Les explicaré que lady Hallmere es la peor de todos. Les aconsejaré que no vayan a la entrevista sino que hagan sus maletas y vuelvan a Bath conmigo. Y entonces dejaré que ellas decidan lo que desean hacer.

De repente recordó que el pasado verano las dos chicas habían estado en Lindsey Hall con las demás niñas de régimen gratuito, con ocasión de la boda de Susanna. En realidad ya conocían al duque y a la duquesa de Bewcastle.

El marqués de Attingsborough se estaba riendo en voz baja. Lo miró con dureza. Y entonces también se echó a reír.

—Soy una tirana sólo cuando estoy furiosa —dijo—, no sólo molesta sino furiosa. Eso no ocurre con frecuencia.

—Y sospecho que cuando ocurre, se debe a que alguien ha amenazado a una de sus preciosas niñas.

—Son preciosas. Sobre todo aquellas que aparte de mí no tienen a nadie que las defienda.

Él volvió a darle una palmadita en la mano y entonces ella cayó en la cuenta de que llevaba varios minutos caminando con él sin prestar la menor atención en qué dirección iban.

—¿Dónde estamos? ¿Este es el camino para volver a la casa de Susanna?

—Es el camino largo y el mejor —dijo él—. Pasa por Gunter's. ¿Ha probado sus helados?

—No. Pero aún no es mediodía.

—¿Hay alguna ley que prescriba que sólo se tomen helados por la tarde? Esta tarde no habrá tiempo. Yo estaré en la fiesta que se celebra en el jardín de la señora Corbette-Hythe. ¿Asistirá usted?

Ella hizo un mal gesto para sus adentros. Se había olvidado de eso absolutamente. Con mucho preferiría quedarse en casa, pero claro, debía ir. Susanna y Frances lo esperaban de ella; y ella lo esperaba de sí misma. No le gustaba alternar en los círculos aristócratas, pero no iba a evitar asistir a esos eventos sólo porque se sentía cohibida, fuera de lugar.

Esas cosas eran mayor razón para ir.

—Sí —contestó.

—Entonces pasaremos a tomar un helado en Gunter's ahora, por la mañana —dijo él, dándole otra palmadita en la mano.

Y sin ningún motivo aparente, Claudia se rió.

¿Adónde se le había ido la furia? ¿Tal vez, por una casualidad, había sido «manipulada»? ¿O simplemente había recibido el beneficio de la sabiduría de una cabeza más fría?

¿Sabiduría?

¿En el marqués de Attingsborough?

De pronto recordó algo que hizo salir volando cualquier resto de furia que le quedara.

—Soy libre —dijo—. Acabo de informar al señor Hatchard de que ya no necesito a mi benefactor. Le he entregado una carta de agradecimiento para él.

—Ah, eso es un motivo de celebración. ¿Y qué mejor manera de celebrarlo que con uno de los helados de Gunter's?

—Si la hay, no se me ocurre cuál podría ser —concedió ella.

6

El jardín de la casa de la señora Corbette-Hythe en Richmond era muy amplio y estaba bellamente diseñado. Su extensión continuaba hacia abajo por la pendiente hasta la misma ribera del Támesis, y era el lugar ideal para celebrar una fiesta así con muchos invitados, y esta era particularmente multitudinaria.

Joseph conocía a casi todo el mundo, como era lo habitual en esas fiestas. Con una copa de vino en la mano fue pasando de grupo en grupo, conversando con conocidos y haciéndose, en general, el simpático, hasta alejarse para acercarse a otro.

El tiempo era ideal. Había apenas una nubecilla en el cielo. El sol calentaba pero el aire continuaba fresco, perfumado con los aromas de las miles de flores que llenaban cuadros y bordes en el jardín bajo la terraza, y que ofrecían un festín de colores al observador. A un lado de la casa había un cenador cercado por rosales trepadores; junto a la puerta en arco un quinteto de cuerda tocaba música suave, que se mezclaba agradablemente con los trinos de los pájaros y los sonidos de risas y voces de conversaciones.

Cuando llegó al grupo en que estaban Lauren y Kit, descubrió que su prima acumulaba en su haber un sinfín de noticias.

—¿Has hablado ya con Neville y Lily? —le preguntó, y sin esperar respuesta, continuó—: Gwen y la tía Clara pasarán el verano en Alvesley.

—Ah, fabuloso —dijo él.

Los padres de Kit, condes de Redfield, iban a celebrar su cuarenta aniversario de bodas ese verano. Alvesley Park, su casa y la de Kit y Lauren, se iba a llenar de huéspedes, entre ellos él. Gwen era la hermana de Neville, la tía Clara, su madre.

—Estarán Anne y Sydnam también —añadió Lauren.

—Esperaré con ilusión verlos —dijo él—. No hay nada como una reunión familiar en el campo para levantar el ánimo, ¿verdad?

Nada más llegar, se había dado cuenta de que la señorita Hunt lo estaba castigando por lo de la noche pasada. Se había unido a su grupo tan pronto como terminó de saludar a la anfitriona, bien dispuesto para pasar toda la tarde en su compañía. Ella le sonrió amablemente y luego volvió la atención a la conversación que estaba sosteniendo con la señora Dillinger. Y cuando se acabó el tema ella introdujo otro: el último estilo en papalinas. Puesto que él era el único hombre en el grupo, comprendió que ella lo excluía a posta, así que no tardó en alejarse para buscar una compañía más simpática.

Le había dado esquinazo, por Júpiter.

Esa tarde ella estaba más hermosa que nunca. Mientras las otras damas se habían puesto coloridos vestidos para la ocasión, la señorita Hunt debió comprender que no tenía esperanzas de rivalizar en esplendor con las flores ni con el sol y por lo tanto se puso un vestido de muselina blanca sin adornos. Llevaba artísticamente peinado su pelo rubio bajo una pamela de encaje blanco adornado con botones de rosa blancos y un pequeño toque de verde.

Y así estuvo un buen rato pasando de un grupo a otro hasta que finalmente bajó solo hasta la orilla del río. El jardín estaba bellamente diseñado para exhibir flores de muchos colores cerca de la casa y bajo la terraza, mientras que abajo, más cerca del río, había más árboles, y todo era una variedad de matices de verde. Desde ahí no se veía el jardín de arriba, y de la casa sólo parte del tejado y las chimeneas. Hasta ahí llegaba suavemente la música, pero no se oían los sonidos de voces ni risas.

La mayoría de los invitados permanecían arriba, en la terraza, cerca de la casa, las amistades y la comida. Pero unos cuantos habían bajado y estaban dando un paseo por el río en los pequeños botes que encontraron amarrados en el embarcadero. Una pareja joven esperaba su turno. A poca distancia vio a una dama caminando sola bajo la sombra de unos sauces.

La mujer era prudente, pensó, al escapar de los rayos directos del sol un rato, aunque no tenía ninguna necesidad de estar sola, no en una fiesta al menos en que se trataba de alternar con los demás. Pero claro, él también lo estaba. A veces un breve descanso de las exigencias de la multitud es tan bueno como una bocanada de aire fresco.

Era la señorita Martin, comprendió de repente, cuando ella se detuvo y se giró a mirar hacia el agua. Titubeó. Tal vez ella preferiría continuar sola; al fin y al cabo él le había ocupado una buena cantidad de tiempo esa mañana. O tal vez se sentía sola. No eran muchas las personas a las que conocía ahí después de todo.

Recordó el ataque de risa que compartieron esa noche fuera del salón comedor, y el recuerdo lo hizo sonreír. La risa parecía transformarla y le quitaba muchos años de edad. La recordó cuando estaba en Gunter's esa mañana, tomando el helado lentamente, cucharadita a cucharadita, saboreando cada bocado y luego cuando se puso a la defensiva al comprender que se estaba divirtiendo.

«Debe comprender —le explicó—, que esto no es algo que haga cada día, y ni siquiera cada año, y ni siquiera cada "década".»

Echó a andar en dirección a ella.

—Veo que ha encontrado algo de sombra —dijo en voz alta cuando estaba cerca, no fuera que la sobresaltara—. ¿Me permite compartirla?

Ella pareció sobresaltarse de todos modos.

—Por supuesto —dijo—. Creo que el aire libre pertenece a todos por igual.

—Sin duda ese es el credo de todos los intrusos y cazadores furtivos —dijo él, sonriéndole—. ¿Lo está pasando bien?

Cualquier mujer normal habría sonreído amablemente y dicho que sí, por supuesto, y a eso habría seguido una conversación de previsibles insipideces. Pero la señorita Martin titubeó un momento y luego dijo lo que sin duda era la verdad:

—En realidad no. Bueno, no, en absoluto.

No dio ninguna explicación y lo miró casi con ferocidad. Con su pulcro vestido de algodón y el pelo recogido severamente bajo la pamela, fácilmente la podrían confundir con el ama de llaves, o con la directora de una escuela de niñas.

La sinceridad era excepcional en las damas que mantenían una conversación educada, y en los caballeros también, en todo caso. Nadie podía reconocer insatisfacción sin parecer maleducado.

—Supongo que cuando está en su medio habitual en la escuela —dijo—, nadie le impone obligaciones sociales ni le ordena pasarlo bien. Supongo que normalmente tiene muchísima libertad e independencia.

—¿Y usted no? —preguntó ella, arqueando las cejas.

—Todo lo contrario. Cuando se está en posesión de un título, aunque sólo sea uno de cortesía, uno tiene la obligación de estar disponible para colaborar en llenar todos los salones, salones de baile o jardines a los que se le invita durante la temporada, para que la anfitriona pueda asegurar que su fiesta fue verdaderamente multitudinaria y por lo tanto ser la envidia de todas sus conocidas. Y uno está obligado a ser cortés y sociable con todos sin excepción.

—¿Y yo soy todos o la excepción? —preguntó ella.

Él se rió. Ya había visto relámpagos de su humor mordaz, y le gustaban.

Ella lo estaba mirando sin pestañear y la luz reflejada en el agua danzaba por un lado de su cara variando de formas.

—¿Y eso es «todo» lo que hace? —continuó ella sin esperar respuesta—. ¿Asistir a fiestas y hacerse el simpático porque su rango y la sociedad se lo exigen?

Él pensó en el tiempo que pasaba con Lizzie, que había aumentado desde la pasada Navidad, y sintió la ya conocida opresión en el corazón. Entonces pensó en introducir el tema de conversación que le interesaba, el que tenía la intención de sacar antes que ella volviera a Bath, pero la señorita Martin volvió a hablar sin dejar que él encontrara las palabras adecuadas.

—¿Ocupa un escaño en la Cámara de los Lores? Pero no, claro que no. El suyo es un título de cortesía.

—Soy un duque a la espera —dijo él, sonriendo—. Y preferiría continuar así, dada la alternativa.

—Sí, perder a un padre no es algo que a uno le haga muy feliz. Deja un vacío enorme, un agujero en la vida.

A ella la muerte de su padre la había desheredado, comprendió él, mientras que en su caso ocurriría lo contrario. Pero cuando todo está dicho y hecho, una vida humana importa más que cualquier fortuna. Sobre todo tratándose de la vida de un ser querido.

—La familia siempre importa más que cualquier otra cosa —dijo.

—Creí que disfrutaría pasando un par de semanas aquí con Susanna y Frances —dijo la señorita Martin, suspirando y volviendo la cara hacia el río—. Y sí que ha sido maravilloso verlas. Pero estar con ellas también significa asistir a fiestas como esta. De hecho, me gustaría volver a Bath tan pronto como me sea posible. Vivo mi vida en un mundo muy diferente a este.

—Y prefiere el suyo —dijo él—. La comprendo. Pero mientras tanto, señorita Martin, permítame que haga lo que mejor hago. Permítame entretenerla. Veo que en este momento no hay nadie en la cola esperando un bote. Y parece que Crawford y la señorita Meeghan ya han terminado su paseo y van de camino hacia la casa. ¿Le parece que cojamos su bote?

—¿Por el agua? —preguntó ella, agrandando los ojos.

—El bote es pequeño. Supongo que podríamos ponerlo sobre nuestras cabezas y correr por el jardín con él encima. Pero nuestros colegas invitados pensarían que somos unos excéntricos, y yo debo relacionarme con ellos en el futuro.

Ella se desternilló de risa y él la observó sonriendo. ¿Con qué frecuencia se reiría? Supuso que no con mucha. Pero debería hacerlo; era como si la risa la despojara de una armadura completa.

—Ha sido una pregunta tonta —reconoció ella—. Me encantaría un paseo en barca por el río. Gracias.

Él le ofreció el brazo y ella se lo cogió.

Después que él la ayudó a subir al bote, ella se sentó con la espalda muy recta y una actitud severa, como si creyera que tenía que expiar la risa y la vehemencia anteriores. No se le movía ni un solo músculo mientras él remaba, primero llevando el bote hasta el centro del río y luego continuando por él, pasando junto a otras magníficas mansiones con bellos jardines y a los sauces cuyas verdes ramas caían sobre el agua.

Tenía las manos juntas en la falda, una sobre la otra. No llevaba quitasol como la mayoría de las otras damas; pero las anchas alas de la pamela de paja le protegían la cara y el cuello de una excesiva exposición al sol. La pamela había gozado de días mejores, pero la favorecía.

—¿Sale a navegar en barca en Bath? —le preguntó.

—Nunca. Antes, cuando era niña, salíamos en barca, pero de eso hace mucho, mucho tiempo.

Él le sonrió. No eran muchas las damas que añadirían un «mucho» extra para indicar una edad avanzada. Pero al parecer ella era una mujer sin nada de vanidad.

—Esto es celestial —dijo ella, pasados unos dos minutos de silencio, aunque seguía pareciendo una profesora vigilando atentamente a sus alumnas mientras trabajaban—. Absolutamente celestial.

Él recordó lo que dijo esa noche, al referirse a su amistad con McLeith: «Hace mucho tiempo. Hace toda una vida».

—¿Se crió en Escocia? —preguntó.

—No, en Nottinghamshire. ¿Por qué lo pregunta?

—Pensé que tal vez se crió en el mismo vecindario en que se crió McLeith.

—Pues sí. En la misma casa en realidad. Él quedó como pupilo de mi padre cuando tenía cinco años y murieron sus padres. Yo le tenía mucho afecto. Vivió con nosotros hasta los dieciocho años, cuando inesperadamente heredó su título, de un pariente de cuya existencia ni siquiera sabía.

¿Le había tenido afecto y sin embargo evitó su compañía esa noche?

—Para él debió ser una agradable sorpresa.

—Sí, muy agradable.

Agradable para él, supuso Joseph; no necesariamente para ella. Había perdido a un amigo de toda la vida. ¿O habría tenido sentimientos más tiernos por él? McLeith estaba en la fiesta; había llegado tarde, pero él lo vio justo antes de bajar al río; estaba conversando con los Whitleaf. Pensó que debería decírselo, pero decidió no hacerlo. No deseaba estropearle el disfrute del paseo por el río. Ella lo estaba disfrutando. Lo llamó celestial.

Qué mujer tan disciplinada y moderada era. Nuevamente se le ocurrió la imagen de la armadura. ¿Habría una mujer debajo de la armadura? ¿Una mujer afable, tierna o tal vez incluso apasionada? Ya sabía que era por lo menos las dos primeras cosas.

Pero, ¿apasionada?

Interesante posibilidad.

Ella separó las manos, se quitó el guante de una y metió los dedos en el agua. Y continuó deslizándolos por el agua, con la cabeza ladeada, toda su concentración puesta en lo que hacía.

Él encontró curiosamente conmovedor el cuadro que presentaba. Parecía inmersa en su propio mundo. Y en cierto modo parecía sentirse sola. Y aunque vivía en una escuela rodeada de alumnas y profesoras, suponía, y hasta era muy posible, que se sintiera sola. La condesa de Edgecombe y la vizcondesa Whitleaf eran sus amigas, pero las dos se habían casado y dejado de ser profesoras en Bath.

—Supongo que deberíamos volver —dijo, sorprendido por la renuencia que sentía—. A no ser que desee que continuemos pasando por la ciudad hasta Greenwich y luego hasta salir al mar.

—Y continuar hasta llegar a Oriente —dijo ella, mirándolo y sacando la mano del agua—, o a América. O simplemente a Dinamarca o a Francia. Para tener una «aventura». ¿Ha tenido alguna aventura, lord Attingsborough?

Él se rió y ella también.

—Supongo —continuó ella—, que la aventura no parecería tan mágica cuando llegara la noche y yo recordara que no llevo mi chal conmigo y usted tuviera ampollas en las manos.

—Qué poco romántica es —dijo él—. Tendremos que dejar la aventura para otra ocasión, entonces, cuando podamos hacer planes más sensatos. Aunque el romance no tiene por qué ser siempre sensato.

Al virar el bote en medio del río para volver, la pamela se alzó y le expuso la cara al sol. Sin saber cómo se encontraron sus ojos con los de ella y se sostuvieron la mirada un momento, hasta que ella la desvió bruscamente y él lo hizo un instante después.

Tuvo la clara impresión de que el aire estaba curiosamente cargado alrededor. Estaba casi seguro de que ella estaba ruborizada cuando desvió la mirada.

Buen Dios, ¿de qué iba eso?

Pero la pregunta estaba de más. Había sido un momento de pura conciencia sexual, por parte de los dos.

No podría haberse asombrado más si ella se hubiera levantado y de un salto se hubiera zambullido en el río.

¡Buen Dios!

Cuando la miró ella ya tenía bien puesta la armadura otra vez. Estaba rígida, severa y con los labios bien apretados.

Continuó remando hacia el embarcadero en silencio; ella no se atrevía a romperlo y a él no se le ocurría nada que decir. Eso era extraño, pues normalmente era muy bueno para charlar. Intentó convencerse de que no había ocurrido nada impropio, pues en realidad no había ocurrido nada. Deseó ardientemente que ella no se sintiera tan incómoda como se sentía él.

Pero, buen Dios, si sólo habían compartido una broma: «El romance no tiene por qué ser siempre sensato».

Cuando ya estaba cerca vio que a la orilla del río estaba su hermana, cerca del embarcadero. También estaban Sutton y Portia Hunt. Jamás se había sentido más contento de verlos. Le daban una manera de romper el silencio sin sentirse violento.

—Habéis descubierto la mejor parte del jardín, ¿eh? —dijo, subiendo al embarcadero y ayudando a la señorita Martin a desembarcar.

—El río es pintoresco —dijo Wilma—, pero la señorita Hunt y yo estamos de acuerdo en que el jardinero de la señora Corbette-Hythe ha sido descuidado al no poner cuadros de flores aquí.

—¿Me permitís que os presente a la señorita Martin? —dijo él—. Es la dueña y directora de una escuela de niñas en Bath, y está pasando un tiempo en la casa del vizconde Whitleaf y su esposa. Señorita Martin, mi hermana, la condesa de Sutton, la señorita Hunt y el conde.

La señorita Martin se inclinó en una reverencia. Wilma y la señorita Hunt hicieron corteses venias idénticas y Sutton inclinó la cabeza lo suficiente como para indicar que no quería insultar a su cuñado.

La temperatura había bajado tal vez unos cinco grados en menos de un minuto.

Ni a Wilma ni a Sutton les sentaba bien que les presentaran a una vulgar maestra de escuela, pensó Joseph, y lo habría pensado con ironía si no lo preocuparan los sentimientos de la dama. Ella no podía dejar de notar el hielo de ellos en su forma de acogerla.

Pero ella tomó el asunto en sus manos, tal como habría esperado él.

—Gracias, lord Attingsborough —dijo enérgicamente—, por acompañarme en este paseo por el río. Ha sido muy amable. Ahora, si me disculpan, iré a reunirme con mis amigos.

Y dicho eso echó a caminar en dirección a la casa, sin mirar atrás ni una sola vez.

—¡Francamente! —exclamó Wilma, cuando ella apenas se había alejado lo suficiente para no oírla—. ¡Una maestra de escuela, Joseph! Supongo que te insinuó que le gustaría ir en barca por el río y tú no pudiste negarte. Pero deberías haberte negado, ¿sabes? A veces eres simplemente demasiado bueno. Dejas que abusen de ti fácilmente.

A Joseph solía asombrarlo que él y Wilma hubieran nacido de los mismos padres y se hubieran criado en la misma casa.

—La semana pasada cuando volví de Bath acompañé a la señorita Martin. Lo hice como un favor a lady Whitleaf, que enseñaba en su escuela.

—Sí, bueno, todos sabemos que el vizconde Whitleaf se casó con una mujer muy inferior a él.

No iba a enzarzarse en una discusión con su hermana en una fiesta de jardín, así que pasó su atención a la señorita Hunt.

—¿Le apetecería dar una vuelta por el río, señorita Hunt?

—Sí, lord Attingsborough —contestó ella, sonriéndole y permitiéndole ayudarla a subir al bote; después puso su quitasol en un ángulo que le protegía la piel del sol. Cuando él ya había alejado el bote del embarcadero, dijo—: Fue muy amable al llevar en barca a esa profesora. Es de esperar que esté agradecida, aunque he de decir en su honor que escuché cómo le dio las gracias.

—Disfruté de la compañía de la señorita Martin —dijo él—. Es una mujer inteligente. Y muy próspera.

—Pobre dama —dijo ella, como si le hubiera dicho que la señorita Martin se estaba muriendo de una enfermedad incurable—. Con lady Sutton estábamos calculando su edad. Ella afirma que debe de tener más de cuarenta años, pero yo no podría ser tan cruel. Creo que debe de tener uno o dos menos.

—Es probable que tenga razón —dijo él—. Aunque no se puede culpar a nadie por la edad que tiene, sea cual sea, ¿verdad? Y la señorita Martin tiene mucho que demostrar por los años que ha vivido, sean cuales sean.

—Ah, por supuesto, aunque tener que trabajar para vivir tiene que ser desagradablemente degradante, ¿no le parece?

—Degradante no, nunca. Posiblemente tedioso, sobre todo si uno tiene un empleo en algo que no le gusta. Pero a la señorita Martin le gusta enseñar.

—Esta es una fiesta de jardín deliciosa, ¿verdad? —dijo ella, haciendo girar su quitasol.

—Ah, pues sí —concedió él, sonriendo—. ¿Fue agradable la fiesta de anoche? Lamento habérmela perdido.

—La conversación fue muy agradable.

Él ladeó la cabeza, sin dejar de remar.

—¿Estoy perdonado, entonces?

Ella agrandó los ojos y volvió a hacer girar el quitasol.

—¿Perdonado? ¿De qué, lord Attingsborough?

—Por ir al concierto de los Whitleaf en lugar de a la fiesta de lady Fleming.

—Usted puede hacer lo que quiera e ir adonde le plazca. Yo no me atrevería a poner en tela de juicio sus decisiones ni aunque tuviera el derecho a hacerlo.

—Eso es muy amable por su parte, pero le aseguro que nunca pediría una compañera tan sumisa. Dos personas, por muy unidas que estén, deberían poder expresarse francamente su disgusto cuando se las provoca.

—Le aseguro, milord, que jamás soñaría con expresar disgusto por algo que un caballero decida hacer, si ese caballero tiene derecho a esperar de mí lealtad y obediencia.

Claro que había más de una manera de expresar disgusto, pensó él. Estaba la palabra franca u otras algo más sutiles, como introducir el tema de las papalinas en la conversación cuando el único hombre presente era aquel a quien debía lealtad y obediencia. Y no es que la señorita Hunt le debiera nada todavía.

—El tiempo es casi perfecto para una fiesta de jardín —dijo ella—, aunque tal vez se inclina por el lado del calor.

—Pero el calor es preferible a la lluvia —dijo él, guiñando los ojos.

—Ah, por supuesto, pero creo que unas nubes y un poco de sol en igual medida hacen el día de verano perfecto.

Entonces entablaron una conversación cómoda en que no hubo ningún momento de silencio aunque no dijeron nada de importancia. Eso último no lo preocupaba particularmente. No era diferente de muchas de las conversaciones que sostenía con diversas personas cada día. Al fin y al cabo, no todas las personas podían ser la señorita Martin.

La señorita Hunt se veía más hermosa aún ahí en el río, el blanco de su vestimenta y la delicadeza de su piel en marcado contraste con el intenso verde del agua. Se sorprendió pensando, como pensó respecto a la señorita Martin, si habría pasión bajo esa innata elegancia y refinamiento de sus modales.

Eso esperaba, muy ciertamente.

Claudia subió por el sendero de la pendiente bordeado por césped hasta que tuvo a la vista el jardín de flores y la terraza. Entonces cambió de dirección y se dirigió hacia la orquesta; necesitaba serenarse antes de reunirse con sus amigas. Tenía el cuerpo y la mente agitados por emociones desagradables a las que no estaba acostumbrada. Volvía a sentirse como una jovencita, totalmente descontrolada, fuera de su centro normalmente tranquilo.

No debería haber aceptado el paseo en barca por el río. En realidad disfrutaba conversando con el marqués de Attingsborough. Parecía ser un hombre inteligente, aun cuando llevaba una vida esencialmente ociosa. Pero también daba la casualidad de que era el hombre más atractivo que había conocido, por no decir el más guapo, y desde el principio había tenido conciencia del peligro de su experimentado encanto. Aunque durante el viaje había estado consciente de su atractivo y encanto por Edna y Flora, dando por sentado que ella era inmune.

Ah, pero sí que había disfrutado del paseo en barca, tanto la euforia de ir sobre el agua y deslizar los dedos por ella como del placer de ser llevada por un hombre bien parecido. Dicha fuera la verdad, incluso se había entregado a sueños románticos. Ahí estaba ella navegando por el Támesis con un caballero con el que había compartido risas esa noche y luego esa mañana. Sí, le caía bien, le gustaba, tenía conciencia de eso.

Hasta que él dijo esas palabras: «El romance no tiene por qué ser siempre sensato».

Sabía que él no quiso decir nada con esas palabras. Sabía que no había coqueteado con ella al decirlas. Pero de repente la fantasía había dejado de estar escondida en sus pensamientos y se había reflejado en su cara un instante, un instante lo bastante largo para que él lo notara.

¡Qué horrible y absolutamente humillante!

Miró alrededor buscando un asiento para relajarse mientras escuchaba la música, pero al no ver ninguno se quedó de pie sobre el césped cerca del cenador con rosales.

Y como si no hubiera bastado con esa horrorosa vergüenza, porque el silencio de él durante la vuelta a la orilla indicaba claramente que se había fijado, luego vino lo de la presentación a los condes de Sutton y a la señorita Hunt.

El recuerdo la erizó. Se habían comportado exactamente como ella esperaba que se comportaran los aristócratas. ¡Antipáticos, con ese aire de superioridad! Sin embargo, lo más probable era que los tres sólo tuvieran algodón entre las orejas. Y dinero para derrochar. Se despreció más de lo que los despreciaba a ellos por haberse permitido sentirse ofendida por su actitud.

Aplaudió amablemente con otros pocos invitados cuando la orquesta terminó una pieza y los músicos comenzaron a ordenar las partituras para la siguiente.

Y entonces sonrió, a su pesar. La ferocidad de su indignación la divertía. Esos tres le habían dado la impresión de estar oliscando el aire como si sintieran un mal olor; pero en realidad no le habían hecho ningún daño. En todo caso, le habían hecho un favor; le dieron el pretexto para alejarse del marqués de Attingsborough; y necesitaba alejarse, sin duda. En realidad, de todos modos la haría feliz cavar un hoyo en el césped para esconder la cabeza si alguien le ofreciera una pala.

Echó a caminar hacia el cenador rodeado de rosales.

Deseaba ardientemente no volver a ver nunca más al marqués de Attingsborough.

¡Menudas vacaciones!

7

Claudia!

Aún no había llegado al cenador cuando oyó su nombre; al girar la cabeza vio a Susanna caminando a toda prisa hacia ella desde la terraza. Peter venía a cierta distancia más atrás con los vizcondes Ravensberg y Charlie.

—¿Dónde estabas? —le preguntó Susanna cuando ya estaba cerca—. Te andábamos buscando. Frances se sentía cansada y Lucius la ha llevado a casa.

—Ah, siento mucho no haberme despedido de ellos. Estuve abajo, en el río.

—¿Lo has pasado bien?

—Aquello es maravilloso —contestó Claudia. Titubeó un momento—. En realidad estuve navegando por el río. El marqués de Attingsborough tuvo la amabilidad de darme un paseo en uno de los botes.

—Qué simpático. Es un caballero amable y encantador, ¿verdad? Se merece lo mejor en la vida. No sé si lo obtendrá con la señorita Hunt.

—¿La señorita Hunt? —preguntó Claudia, recordando a la altiva y bella dama vestida toda de blanco que la trató con esa glacial educación sólo hacía un rato.

Susanna arrugó la nariz.

—Es «la» señorita Hunt —dijo, y al ver en su cara que no entendía, explicó—: La señorita «Portia» Hunt. Aquella con la que Lucius estuvo casi a punto de casarse en lugar de

Frances. Y ahora Lauren dice que Joseph se va a casar con ella. Claro que hacen una hermosa pareja.

Sí que formaban una bella pareja, concedió Claudia. Vamos, caramba, pues sí. Se sintió tonta, como si todas las personas que estaban a la vista conocieran los absurdos sueños a los que se había entregado cuando estaban en el río. Normalmente la señorita Claudia Martin no era dada a soñar despierta, y mucho menos a tener sueños absurdos, y menos aún «románticos».

—Pero, Claudia —continuó Susanna, sonriendo cálidamente cuando el resto de su grupo llegó hasta ellas—, hemos tenido una larga conversación con el duque de McLeith, y nos ha contado que os criasteis juntos casi como hermanos.

Todos estaban sonriendo, felices por ella, obviamente. Charlie sonreía de oreja a oreja.

—Claudia —dijo él—, hemos vuelto a encontrarnos.

—Buenas tardes, Charlie —dijo ella. ¡Como hermanos, desde luego!

—Qué maravilloso que se hayan vuelto a encontrar ahora —dijo lady Ravensberg—, cuando hace años que no ha estado en Inglaterra, excelencia, y la señorita Martin ha venido a la ciudad para estar sólo una o dos semanas.

—No puedo creer en mi buena suerte —dijo Charlie.

—Con Kit estamos organizando un grupo para ir a Vauxhall Gardens pasado mañana por la noche —continuó la vizcondesa—. Nos encantaría que los dos pudieran venir con nosotros. Susanna y Peter ya han dicho que sí. ¿Vendrá usted también, señorita Martin?

¡Vauxhall Gardens! Era un lugar que Claudia siempre había deseado conocer. Tenía fama por sus diversiones nocturnas al aire libre, con conciertos, baile, fuegos artificiales, buena comida, senderos iluminados con linternas para caminar. Decían que era una experiencia mágica inolvidable.

—Me encantaría —dijo—. Gracias.

—¿Y su excelencia?

—Son ustedes muy amables —dijo él—. Estaré encantado.

Ese día Claudia sintió menos conmoción al verlo. Era casi inevitable que volvieran a encontrarse, había comprendido esa mañana cuando despertó. Y tal vez estaba bien que hubiera ocurrido. El pasado lejano nunca había sido exorcizado del todo; tal vez ahora lo sería y por fin podría dejar atrás los recuerdos.

—Ah, estupendo —exclamó lady Ravensberg—. Nuestro grupo está completo entonces, Kit. Vendrán Elizabeth y Lyndon, Joseph y la señorita Hunt y Lily y Neville. Ah, y Wilma y George también.

Estupendo, desde luego, pensó Claudia, con pesarosa ironía. Así que volvería a verlo después de todo, al marqués de Attingsborough. Bueno, simplemente tendría que fruncir el ceño, parecer severa y hacerlo creer que debió equivocarse cuando estaban en el río. Y esas dos últimas personas que nombró la vizcondesa tenían que ser la condesa y el conde de Sutton. En realidad se había metido en el fuego con su entusiasta aceptación de la invitación, pero ya era demasiado tarde para retirarla.

Además, deseaba muchísimo ver Vauxhall Gardens, así que, ¿por qué no ir? Iría acompañada de amigos.

—Claudia —dijo Charlie—, ¿te apetecería dar un paseo conmigo?

Todos les sonrieron felices cuando se apartaron del grupo, se abrieron paso por entre los invitados, algunos de los cuales lo saludaron a él, y tomaron la dirección hacia el río.

—¿Vives en Bath? —le preguntó él, ofreciéndole el brazo, aunque ella no se lo cogió.

¿No sabía nada de ella, entonces? Pero ella tampoco sabía nada de él. Nada que le hubiera ocurrido después de la muerte de su padre en todo caso.

—Sí. Tengo una escuela ahí y la dirijo. Es muy próspera. Todos mis sueños se han hecho realidad. Soy muy feliz.

¿Y qué tal había quedado eso como respuesta a la defensiva a su pregunta?

—¡Una escuela! Bien hecho, Claudia. Pensé que eras institutriz.

—Lo fui durante un corto tiempo. Pero luego aproveché una oportunidad para abrir mi propio establecimiento, para poder gozar de más independencia.

—Me sorprendió saber que habías tomado un empleo. Creía que te casarías. Tenías muchos admiradores y aspirantes a pretendientes, recuerdo.

Ella sintió un ramalazo de rabia, cuando acababan de tomar el largo sendero en pendiente. Pero había cierta verdad en sus palabras. Aparte de su modesta dote, había sido una chica bastante bonita y en su naturaleza había algo que atraía a los jóvenes del vecindario. Pero en ese tiempo no tenía ojos para ninguno de ellos, y después que Charlie se marchó, o, mejor dicho, desde que recibió la última carta que él le escribió menos de un año después, renunció hasta a la sola idea de casarse. Su decisión le causó pena a su padre, lo sabía; a él le habría gustado tener nietos.

—¿Sabías que Mona murió? —preguntó Charlie.

—¿Mona? —repitió ella una fracción de segundo antes de caer en la cuenta de que se refería a su esposa.

—La duquesa. Murió hace más de dos años.

—Lo siento —dijo ella.

Durante un tiempo había llevado ese nombre escrito en el corazón como grabado con un instrumento afilado: lady Mona Chesterton. Él se casó con ella justo antes que muriera su padre.

—No tienes por qué sentirlo —dijo él—. No fue un matrimonio particularmente feliz.

Claudia sintió otro ramalazo de ira, en nombre de la duquesa difunta.

—Charles está en el colegio en Edimburgo —continuó él—. Mi hijo —explicó cuando ella giró la cabeza para mirarlo—. Tiene quince años.

Vaya, caramba, sólo tres años menos de los que tenía él cuando se marchó de casa. Cómo pasaba el tiempo.

Vio que el marqués de Attingsborough y la señorita Hunt iban subiendo el sendero desde el río. No tardarían en encontrarse.

Deseó no haber dejado nunca la tranquilidad de su escuela. Aunque medio sonrió al pensarlo. ¿Tranquilidad? La vida de la escuela no ofrecía lo que se dice tranquilidad, pero al menos ahí siempre se sentía más o menos al mando.

—Lo siento, Claudia —dijo Charlie—. En realidad no sabes nada de mi vida, ¿verdad? Tal como yo no sé nada de la tuya. ¿Cómo pudimos distanciarnos tanto? Hubo un tiempo en que éramos casi como hermanos, ¿verdad?

Ella apretó los labios. Cierto, una vez, mucho, mucho tiempo atrás, habían sido como hermanos. Pero no hacia el final.

—Pero no fue culpa tuya que yo me marchara de casa para no volver jamás, ¿verdad? —continuó él—. Ni culpa mía tampoco; la culpa fue de las circunstancias. ¿Quién podría haber predicho que dos hombres y un niño, a ninguno de los cuales yo conocía, iban a morir con un intervalo de sólo cuatro meses, dejándome con el título McLeith y las propiedades que iban con él?

Él tenía pensado seguir la carrera de leyes. Ella recordaba lo asombrado que se sintió esa tarde cuando llegó a la casa el abogado escocés, y después su entusiasmo y felicidad.

En ese momento ella intentó sentirse feliz por él y con él, aunque también sintió un escalofrío de temor, temor que estaba totalmente justificado, como lo demostrarían los hechos después.

«La culpa fue de las circunstancias.»

Tal vez él tenía razón. Sólo era un niño cuando fue arrojado a un mundo tan diferente a aquel en que se había criado que igual podría haber sido otro universo. Pero no había disculpa para la crueldad, fuera cual fuera la edad del que la cometió.

Y él fue cruel, muy cruel.

—Deberíamos haber continuado escribiéndonos después de la muerte de tu padre —continuó él—. Te he echado de menos, Claudia. No sabía cuánto hasta que volví a verte anoche.

¿De verdad lo había olvidado? Era asombroso: «deberíamos haber continuado escribiéndonos».

Vio que ya estaba cerca la señorita Hunt, cogida del brazo del marqués, toda ella amables sonrisas, con los ojos fijos en Charlie; ella bien podría no estar allí.

—Excelencia —exclamó entonces la señorita Hunt—, una fiesta encantadora, ¿no le parece?

—Acaba de volverse más encantadora aún, señorita Hunt —dijo él, sonriendo y haciendo una venia.

Joseph se encontró ante un dilema. La señorita Martin iba caminando con McLeith. ¿Necesitaría que la rescatara otra vez, como lo necesitó esa noche pasada? Pero ¿por qué debería sentirse responsable de ella? No era una violeta que se fuera a marchitar; era muy capaz de librarse de la compañía de McLeith si quería.

Además, había tenido la esperanza de no encontrársela otra vez esa tarde. Ya se había puesto en vergüenza en el río; no sabía muy bien qué fue lo que se apoderó de él. Y ahora, ella volvía a tener esa actitud severa e inasequible: parecía la quintaesencia de la maestra de escuela solterona, no el tipo de mujer con la que él esperaría compartir una chispa de excitación sexual.

¿Debía detenerse para ver si ella daba alguna señal de que se sentía molesta con su acompañante? ¿O debía simplemente saludarla con un gesto de la cabeza y continuar su camino? Pero le arrebataron la decisión. Le quedó claro que Portia ya conocía al duque, pues le habló tan pronto como estuvieron lo bastante cerca para ser oída.

—Me halaga, excelencia —dijo ella, en respuesta al cumplido del duque—. He navegado por el río con el marqués de Attingsborough. Ha sido muy agradable, aunque la brisa ha refrescado demasiado ahí y el sol está tan fuerte que puede dañarte la piel.

—Pero no la suya, señorita Hunt —dijo el duque—. Ni siquiera el sol tiene ese poder.

Mientras tanto, Joseph había captado la mirada de la señorita Martin. Medio arqueó las cejas y ladeó ligeramente la cabeza hacia McLeith, preguntando: «¿Necesita ayuda?» Ella agrandó los ojos un instante y negó casi imperceptiblemente con la cabeza, contestando: «No, gracias».

—Es usted muy amable, excelencia —dijo Portia—. Vamos de camino a la terraza para merendar. ¿Ha comido?

—Hace una hora o más, pero de repente vuelvo a sentirme muerto de hambre. ¿Tienes hambre, Claudia? ¿Y te han presentado a la señorita Hunt?

—Sí —contestó ella—. Y aun no he comido esta tarde, aunque no tengo hambre.

—Debe venir a comer, entonces —dijo la señorita Hunt dirigiéndose a McLeith—. ¿Está disfrutando de estar en Inglaterra otra vez, excelencia?

Y de pronto los cuatro se encontraron caminando en dirección a la casa, aunque emparejados de otra manera. La señorita Hunt iba algo más adelante con McLeith, y él los seguía con la señorita Martin.

Se cogió las manos a la espalda y se aclaró la garganta. No iba a permitir que otra vez descendiera sobre ellos un incómodo silencio.

—Cuando hablamos antes olvidé preguntarle si había hablado con la señorita Bains y la señorita Wood.

—Sí, y tal como usted sospechaba, estaban extasiadas. Están ansiosas de que llegue mañana para poder ir a las entrevistas. No prestaron la menor atención a mis advertencias. De hecho, me demostraron que mis enseñanzas han tenido un éxito total. Saben pensar por sí mismas y tomar sus decisiones. Yo debería sentirme extasiada también.

Él se rió, en el mismo momento en que la señorita Hunt se reía de algo que le dijo McLeith. La pareja caminaba más rápido que ellos.

—¿Va a acompañarlas a las entrevistas? —preguntó.

—No —suspiró ella—. No, lord Attingsborough. Una profesora, igual que una madre, ha de saber cuándo dejar libres a sus alumnas para que se forjen su propio camino en la vida. Nunca abandonaría a mis niñas de no pago, pero tampoco las tendría sujetas por una cuerda conductora toda su vida. Aunque esta mañana estaba dispuesta a hacer justamente eso, ¿verdad?

Joseph vio que los otros dos ya estaban bastante lejos, así que podía hablar sin temor a que lo oyeran.

—¿Necesitaba que la rescatara? —preguntó.

—Ah, no, de verdad que no. Tampoco lo necesitaba anoche, en realidad; simplemente fue la conmoción de verlo tan de repente después de tantos años.

—¿Se separaron enemistados?

—Nos separamos como los mejores amigos. —Ya habían entrado en uno de los senderos pavimentados que pasaban por entre los cuadros de flores, y por tácito acuerdo enlentecieron los pasos hasta finalmente detenerse—. Estábamos comprometidos. Ah, de modo no oficial, cierto, él tenía dieciocho años y yo diecisiete. Pero estábamos enamorados, tal vez como sólo pueden estarlo las personas que son muy jóvenes. Él iba a volver a buscarme.

Él la miró tratando de ver a la chica romántica que debió ser en ese tiempo e imaginarse las lentas fases por las que llegó a ser la mujer severa y disciplinada que era en la actualidad, al menos la mayor parte del tiempo.

—Pero no volvió —dijo.

—No. No volvió. Pero todo eso ya es historia. Éramos sólo unos niños. Y cuánto podemos exagerar e incluso distorsionar las cosas en la memoria. Él sólo recuerda que nos criamos en una intimidad de hermanos, y tiene bastante razón. Fuimos amigos y compañeros de juegos durante años antes de imaginarnos que estábamos enamorados. Tal vez yo he exagerado esas cosas y esas emociones en mis recuerdos. Sea como sea, no tengo ningún motivo para evitarlo ahora.

Y, sin embargo, pensó él, McLeith le había destrozado la vida. Ella no se casó. Aunque, ¿quién era él para hacer ese juicio? Ella había hecho cosas estupendas con su vida; y tal vez un matrimonio con McLeith no habría resultado ni la mitad de bien para ella.

—¿Ha estado enamorado, lord Attingsborough? —le preguntó ella entonces.

—Sí. Una vez, hace mucho tiempo.

Ella lo miró fijamente.

—¿Y no resultó? ¿Ella no lo amaba?

—Yo creo que me amaba. En realidad, sé que me amaba. Pero no quise casarme con ella. Tenía otros compromisos. Ella lo debe de haber comprendido al final. Se casó con otro y ahora tiene tres hijos y vive, espero, muy feliz.

Hermosa y dulce Barbara, pensó. Ya no la amaba, aunque sentía una cierta ternura siempre que la veía, lo que ocurría con bastante frecuencia puesto que alternaban en los mismos círculos. Y a veces, incluso ahora, creía ver en sus ojos una expresión de herida perplejidad cuando lo miraba. Nunca le había dado una explicación sobre el aparente enfriamiento de sus sentimientos. Todavía no sabía si debería habérselo dicho. Pero ¿cómo podría haberle explicado la llegada de Lizzie a su vida?

—¿Otros compromisos? —preguntó ella—. ¿Más importantes que el amor?

—«Nada» es más importante que el amor. Pero hay diferentes clases y grados de amor y a veces hay conflictos y uno tiene que elegir el amor mayor, o la obligación mayor. Si hay suerte, son uno y lo mismo.

—¿Y lo fueron en su caso? —preguntó ella, ceñuda.

—Ah, sí.

Entonces ella miró hacia los cuadros de flores y los muchos grupos de invitados como si hubiera olvidado donde estaba.

—Perdone —dijo—, le estoy impidiendo ir a merendar. De verdad no tengo hambre. Creo que iré al cenador de los rosales. Aun no lo he visto.

Era su oportunidad para escapar, pensó él. Pero descubrió que ya no deseaba escapar de ella.

—La acompañaré si me lo permite —dijo.

—Pero ¿no debería estar con la señorita Hunt?

Él arqueó las cejas y se acercó un poco más a ella.

—¿Debería?

—¿No se va a casar con ella?

—Ah, las noticias viajan con el viento. Pero no tenemos por qué vivir el uno a la sombra del otro, señorita Martin. No funciona así la buena sociedad.

Ella miró hacia la terraza, al otro lado del jardín formal, donde estaban McLeith y la señorita Hunt junto a una de las mesas cada uno con un plato en la mano.

—La buena sociedad suele ser un misterio para mí —dijo—. ¿Por qué uno elegiría no pasar todo el tiempo posible con el ser amado? Pero, por favor, no conteste. —Volvió a mirarlo a los ojos y levantó una mano, abierta—. Creo que no deseo oír que renunció a un amor hace años y ahora está dispuesto a casarse sin amor.

Sí que era franca, tremendamente. Debería enfadarse con ella; pero se sintió divertido.

—El matrimonio es otra de esas obligaciones del rango —dijo—. Cuando uno es muy joven sueña con tener las dos cosas: amor y matrimonio. Con los años uno se vuelve más práctico. Es prudente casarse con una mujer del mismo rango, del mismo mundo. Eso hace la vida mucho más fácil.

—Eso es exactamente lo que hizo Charlie. —Movió la cabeza como si la asombrara haber reconocido eso en voz alta—. Voy a ir al cenador de las rosas. Puede venir conmigo si quiere. O puede ir a reunirse con la señorita Hunt. De ninguna manera debe sentirse responsable de hacerme compañía.

—No, señorita Martin. —Ladeó la cabeza y la miró con los ojos entrecerrados para evitar deslumbrarse con el sol—. Sé que es absolutamente capaz de cuidar de sí misma. Pero aún no he visto ese cenador y creo que tengo más apetito de rosas que de comida. ¿Me permite acompañarla?

A ella se le curvaron las comisuras de los labios y entonces sonrió francamente; acto seguido se dio media vuelta y tomó un sendero en diagonal por entre los parterres en dirección al cenador.

Y ahí pasaron la media hora siguiente de la fiesta de jardín, mirando las rosas, una por una, acercando las caras para oler algunas, intercambiando saludos con conocidos, por lo menos él, y finalmente se sentaron en un asiento de hierro forjado bajo un arco de rosas, a contemplar toda la belleza, inspirar el aire fragante, escuchar la música y hablar muy poco.

Le resultaba posible estar sentado en silencio con la señorita Martin, ahora que había desaparecido la incomodidad que sintiera en el río. Con casi todos los demás se habría visto obligado a mantener viva la conversación, incluso con la señorita Hunt. ¿Sería siempre así, o el matrimonio producía tal estado de alegría por la compañía mutua que la pareja podía satisfacerse con un silencio compartido?

—El silencio —dijo al fin— no es la ausencia de todo, ¿verdad? Es algo muy definido en sí mismo.

—Si no fuera algo muy definido no lo evitaríamos tan asiduamente la mayor parte de nuestra vida. Nos decimos que tenemos miedo de la oscuridad, del vacío, del silencio, pero es de nosotros mismos que tenemos miedo.

Él giró la cabeza para mirarla. Estaba sentada con la espalda muy recta, sin tocar el respaldo del asiento, los pies juntos en el suelo y las manos apoyadas en la falda, una sobre la otra con las palmas hacia arriba, postura con la que él ya estaba bastante familiarizado. El ala algo caída de su pamela no le ocultaba del todo los severos contornos de su cara vista de perfil.

—Eso lo encuentro horroroso. ¿Somos seres tan desagradables, entonces?

—No, no, nada de eso. Todo lo contrario. Si viéramos la grandeza de nuestro verdadero ser, creo que también veríamos la necesidad de vivir de acuerdo a lo que somos realmente. Y la mayoría somos tan perezosos que no lo hacemos; o lo pasamos tan bien gozando de nuestra vida nada perfecta que no nos tomamos la molestia.

Dado que no le contestó de inmediato, volvió la cara hacia él.

—Entonces cree en la bondad esencial de la naturaleza humana —dijo él—. Es una optimista.

—Ah, siempre —concedió ella—. ¿Cómo soportaríamos la vida si no lo fuéramos? Hay muchísimas cosas por las cuales deprimirnos, las suficientes para llenar a rebosar toda una vida. Pero ¡qué desperdicio de vida! Hay por lo menos la misma cantidad de cosas por las cuales sentirnos felices, y es muchísima la alegría que se experimenta trabajando en pos de la felicidad.

—Entonces, ¿el silencio y... y la oscuridad contienen felicidad y alegría? —dijo él en voz baja.

—Sin duda, siempre que uno escuche realmente el silencio y mire la oscuridad en profundidad. Todo está ahí. Todo.

En ese momento él tomó una decisión. Desde que decidió visitarla en Bath, y sobre todo desde que recorrió la escuela guiado por ella y conversó con la señorita Martin en el camino a Londres, había tenido la intención de llevar el asunto más lejos. Y ese era tan buen momento como otro cualquiera.

—Señorita Martin —dijo—, ¿tiene algún plan para mañana? ¿Por la tarde?

—No sé qué planes tiene Susanna. ¿Por qué lo pregunta?

—Quisiera llevarla a un sitio.

Ella lo miró interrogante.

—Tengo una casa en la ciudad. No es la casa en que vivo, aunque está en una calle tranquila y respetable. Es donde...

—Lord Attingsborough —dijo ella, en ese tono que sin duda hacía temblar hasta a la más intrépida de sus alumnas siempre que lo empleaba en la escuela—, ¿adónde exactamente sugiere llevarme?

Ay, Dios, como si...

—No voy a...

Mientras él decía esas tres palabras ella hizo un brusca inspiración y se le hinchó el pecho. Se veía amedrentadora por decirlo suave.

—¿He de entender, señor, que esa casa es donde mantiene a sus amantes?

Plural. Como un harén.

Se apoyó en el respaldo resistiendo el repentino deseo de aullar de risa. ¿Cómo había podido ser tan torpe para dar pie a ese malentendido? Su elección de las palabras estaba resultando desastrosa ese día.

—Debo confesar —dijo— que compré esa casa justamente para esa finalidad, señorita Martin. Eso fue hace muchos años. En esa época yo era un jovenzuelo fanfarrón.

—¿Y a esa casa desea llevarme?

—No está desocupada. Deseo que conozca a la persona que vive ahí.

—¿Su amante?

Parecía un verdadero cuadro de estremecida indignación. Y una parte de él seguía divertida por el malentendido. Pero no era divertido en absoluto.

Ah, no tenía nada de divertido.

—No es mi amante, señorita Martin —repuso en voz baja, desvanecida su sonrisa—. Lizzie es mi hija. Tiene once años. Deseo que la conozca. ¿Querrá venir? ¿Por favor?

8

Claudia se echó otra mirada en el espejo de cuerpo entero del vestidor y, poniéndose los guantes, se giró hacia la puerta. Se sentía algo cohibida porque Susanna estaba ahí.

—Lamento no poder ir de visita contigo esta tarde, Susanna —dijo en tono enérgico, no por primera vez.

—No, no lo lamentas —contestó su amiga, sonriendo traviesa—. Prefieres con mucho ir a dar ese paseo por el parque en coche con Joseph. Yo en tu lugar lo preferiría. Y hoy el día está tan soleado y cálido como ayer.

—Ha sido muy amable al hacerme el ofrecimiento —dijo Claudia.

Susanna ladeó la cabeza y la miró atentamente.

—Amable. Eso es lo que dijiste en el desayuno y yo rechacé esa palabra y también la rechazo ahora. ¿Por qué no habría de llevarte a dar un paseo en coche? Debéis tener casi la misma edad, y disfruta de tu compañía. Eso lo demostró antenoche cuando se sentó a tu lado en el concierto y luego te llevó a cenar antes que Peter lograra encontrarte para llevarte a nuestra mesa. Y ayer te acompañó a casa desde el despacho del señor Hatchard, durante la fiesta de jardín te llevó a navegar por el río y después estaba sentado contigo en el cenador. Allí te encontramos cuando te buscábamos para traerte a casa. No debes hablar de su interés como si fuera simple amabilidad, Claudia. Eso es menospreciarte.

—Ah, pues muy bien. Creo que ha concebido una violenta pasión por mí y está a punto de suplicarme que sea su marquesa. Podría acabar siendo duquesa, Susanna. Bueno, eso sí es una idea.

Susanna se rió.

—Preferiría verlo casado contigo que con la señorita Hunt. Aun no se ha anunciado su compromiso, y hay algo en ella que no me gusta, aunque no sabría explicar el qué. Oigo ruido abajo; debe de haber llegado Joseph.

Y había llegado. Cuando bajó con Susanna él estaba en el vestíbulo conversando con Peter. Las saludó con una sonrisa.

Estaba, cómo no, tan apuesto como siempre y amedrentadoramente viril con una chaqueta verde oscuro, pantalones beis y botas hessianas ribeteadas de blanco. Al menos sus colores combinaban bien con los de ella, pensó Claudia, irónica. Se había puesto el tercero y último de sus vestidos nuevos, uno de paseo verde salvia que le pareció muy elegante cuando lo compró. Y, en realidad, ¿qué más daba que se viera mucho menos espectacular que todas las damas que había conocido esos últimos días? No deseaba verse así, sino estar simplemente presentable.

Él había traído un tílburi en lugar de un coche cerrado, comprobó cuando salieron un par de minutos después. Susanna y Peter los acompañaron para despedirlos. Él la ayudó a subir al asiento para el pasajero, luego subió a sentarse a su lado y cogió las riendas de manos de su joven mozo, que entonces de un salto se situó en la parte de atrás del coche.

A su pesar, Claudia sintió una oleada de estimulante euforia. Estaba en Londres, alojada en una magnífica casa en Mayfair, y sentada en el tílburi de un caballero, con él a su lado. De hecho, sus hombros casi se tocaban; y podía oler de nuevo su colonia. Claro que no necesitaba recordar que eso no iba a ser un paseo de placer, sino que la iba a llevar a conocer a su hija, a su hija ilegítima, la hija, sin duda, de una de sus amantes. Lila Walton debió tener la razón acerca de la visita que hiciera él a la escuela. Tenía una hija y deseaba colocarla allí.

Y ya estaba absolutamente clara la naturaleza de su interés. Hasta ahí llegaban los sueños románticos.

En realidad no estaba escandalizada por la revelación que le hiciera él la tarde anterior. Sabía muy bien que los caballeros tenían sus amantes y que a veces esas amantes les parían hijos. Si las amantes y los hijos tenían suerte, ellos los mantenían también. El marqués de Attingsborough tenía que entrar en ese número, la alegraba saber. Su amante y su hija vivían en una casa que él había comprado hace muchos años. Y si decidía enviar a la niña a su escuela, bueno, no le cabía duda de que él no tendría ningún problema para pagar.

Sin embargo, pese a la existencia de una amante de mucho tiempo y madre de su hija, él cortejaba a la señorita Hunt. Ese era el estilo del mundo, como ya sabía, o al menos el estilo del mundo de él. Necesitaba esposa y herederos legítimos, y un hombre no se casa con su amante.

La alegraba muchísimo no pertenecer a ese mundo; prefería con mucho el suyo.

¿Qué pensaría la señorita Hunt acerca de la existencia de la mujer y la hija si lo supiera? Aunque claro, era muy posible que ya lo supiera.

Cuando el tílburi se puso en marcha, agitó una mano despidiéndose de Susanna y Peter y luego las juntó en la falda mientras el coche empezó a salir de la plaza. No se cogió de la barandilla que tenía al lado; no era una cobarde, y estaba resuelta a disfrutar de cada momento de esa novedad de pasear por las calles de Londres en un elegante coche abierto, mirando hacia abajo el mundo desde su elevado asiento.

—Está muy callada hoy, señorita Martin —dijo el marqués, pasados varios minutos—. ¿Ya han mantenido sus entrevistas las señoritas Bains y Wood?

—Sí. Las dos han ido esta mañana. Y las dos han tenido éxito, al menos a los ojos de ellas. Flora dijo que lady Aidan fue amabilísima con ella y después de hacerle muy pocas preguntas le contó todo acerca de Ringwood Manor en Oxfordshire y de las personas que viven ahí, y le dijo que seguro que será muy feliz ahí, puesto que la acogerán como un miembro de la familia. La última institutriz se casó hace poco, como también la institutriz anterior. Después la llevó a conocer a los niños, que le encantaron. Mañana se marchará a comenzar su nueva vida.

—¿Y lady Hallmere fue igual de amable con la señorita Wood? —preguntó el marqués girando la cabeza para sonreírle.

Buen Dios, qué cerca estaba.

Estaba virando el coche para entrar en Hyde Park. Ella había pensado que mentía cuando le dijo a Susanna que pasearían por ahí. Tal vez sólo había dicho una media mentira.

—Le hizo muchas preguntas a Edna —contestó—, tanto acerca de ella como acerca de la escuela. ¡Pobre Edna! No es nada buena para contestar preguntas, como recordará. Pero lady Hallmere la sorprendió diciéndole que sabía lo del robo en el que mataron a sus padres dejándola huérfana. Y aunque la chica dice que lady Hallmere se mostró altiva y amedrentadora, es evidente que le causó muchísima admiración. Lord Hallmere también estaba presente y fue amable con ella. Le encantaron los niños cuando los conoció. —Exhaló un sonoro suspiro—. Así que Edna también nos dejará mañana.

—Les irá bien —le aseguró el marqués haciendo entrar el tílburi en una larga avenida que pasaba por entre ondulantes extensiones de césped y viejos y frondosos árboles—. Usted les ha dado un buen hogar y una buena educación, y les ha encontrado empleos decentes. Ahora les toca a ellas conducir el resto de sus vidas. Me cayeron bien las dos. Estarán muy bien.

Entonces la sorprendió soltando una mano de las riendas para ponerla sobre las dos que ella llevaba juntas en la falda y apretárselas. No supo si saltar de alarma o erizarse de indignación. No hizo ninguna de las dos cosas. Tuvo buen cuidado de recordar la finalidad de ese trayecto.

—¿Su am... la madre de su hija nos espera? —preguntó.

La tarde anterior no había habido tiempo para verdaderas explicaciones. Justo cuando él acababa de decirle que la persona a quien deseaba que visitara era su hija, Lizzie, entraron Susanna y Peter en el cenador, buscándola.

—¿Sonia? —dijo él—. Murió el año pasado justo antes de Navidad.

—Oh, lo siento.

—Gracias. Fue una época muy triste y muy difícil.

Así que ahora tenía el problema de una hija ilegítima a la que mantener y educar. Su decisión de enviarla a la escuela, aun cuando sólo tenía once años, era más comprensible aún. Durante el resto de su infancia sólo tendría que ocuparse de pagar las mensualidades de la escuela. Y probablemente después le encontraría un marido que fuera capaz de mantenerla el resto de su vida.

¿Qué fue lo que dijo ayer? Frunció ligeramente el ceño, tratando de recordar. Y lo recordó: «"Nada" es más importante que el amor». Había acentuado la primera palabra, pero ella dudaba de que hubiera verdadera convicción en esas palabras. ¿Tal vez la niña se había convertido en una carga, una molestia, para él?

No continuaron en el parque. Muy pronto estuvieron de vuelta en las atiborradas calles de Londres, y ahora el sol comenzaba a calentar demasiado. Pero finalmente entraron en calles más tranquilas, limpias y respetables, aunque era evidente que en ellas no residía la gente más elegante. Él detuvo el vehículo ante una casa particular, y el mozo bajó de un salto a sujetar las cabezas de los caballos. Entonces el marqués saltó a la acera y, luego de rodear el coche, le tendió una mano a ella para ayudarla a bajar.

—Espero que le caiga bien —dijo, golpeando la puerta.

Su voz revelaba nerviosismo tal vez.

Le entregó el sombrero y la fusta al criado anciano de apariencia respetable que abrió la puerta.

—Coge las cosas de la señorita Martin también, Smart —le dijo—, y comunícale a la señorita Edwards que he llegado. ¿Cómo está del reuma la señora Smart hoy?

—Mejor, gracias, milord —contestó el hombre, esperando que ella se quitara los guantes y la papalina—. Pero siempre se encuentra mejor cuando el tiempo es seco.

Se llevó las prendas de abrigo y al cabo de unos minutos volvió para informar que la señorita Edwards estaba en el salón con la señorita Pickford. Entonces se dio media vuelta y subió la escalera delante de ellos.

La señorita Edwards resultó ser una damita baja, bonita y de aspecto malhumorado, que era muy mayor para ser Lizzie. Salió a recibirlos a la puerta del salón.

—No ha tenido un buen día hoy, milord —dijo, haciéndole una reverencia al marqués y mirándola a ella de reojo.

Detrás de ella el salón se veía bastante oscuro pues estaban cerradas todas las cortinas de las ventanas. En el hogar ardía un fuego.

—¿No? —dijo él, pero a Claudia le pareció que estaba más impaciente que preocupado.

—¿Papá? —dijo una voz desde el salón—. ¿Papá? —repitió con más alegría, toda entusiasmo.

La señorita Edwards se hizo a un lado, con las manos cogidas junto a la cintura.

—Levántate y hazle una reverencia al marqués de Attingsborough, Lizzie —dijo.

Pero la niña ya estaba de pie, con los brazos extendidos hacia la puerta. Era pequeña, delgada y pálida, con el pelo moreno y ondulado suelto a la espalda, hasta la cintura. Su cara resplandecía de alegría.

—Sí, estoy aquí —dijo él, atravesando el salón y cogiendo en brazos a la pequeña.

Ella le echó los brazos al cuello y lo abrazó fuertemente.

—Sabía que vendrías. La señorita Edwards dijo que no vendrías porque es un día de sol y tendrías miles de cosas que hacer más importantes que venir a verme. Pero siempre dice eso y tú siempre vienes cuando has dicho que vendrás. Papá, hueles bien. Siempre hueles bien.

—Especialmente para ti —dijo él. Le desprendió los brazos del cuello, le besó las dos manos y se las soltó—. Señorita Edwards, ¿por qué está encendido el fuego en el hogar?

—Temí que Lizzie pudiera haber cogido un enfriamiento después de que usted la sacara al jardín anoche, milord.

—¿Y por qué la oscuridad? ¿No hay ya bastante oscuridad en la vida de Lizzie?

Pero ya había llegado a largas zancadas a las ventanas y estaba descorriendo las cortinas. La sala se inundó de luz. Entonces abrió de par en par las ventanas.

—El sol entraba muy directo, milord —dijo la señorita

Edwards—. Quería proteger los muebles, no fuera que perdieran el color.

Él volvió al lado de su hija y, mirando hacia Claudia, le rodeó los hombros con un brazo.

—Lizzie, he traído a una persona para que te conozca. Es la señorita Martin, amiga mía. Señorita Martin, permítame que le presente a mi hija, Lizzie Pickford.

La niña tenía algo raro en los ojos, había observado Claudia tan pronto como él abrió las cortinas. Uno estaba medio cerrado; el otro más abierto, pero se le agitaba el párpado y el ojo parecía vagar.

Lizzie Pickford era ciega y, si no se equivocaba, lo era de nacimiento.

—Lizzie —dijo la señorita Edwards—, haz tu reverencia a la señorita Martin.

—Gracias, señorita Edwards —dijo el marqués—. Puede tomarse un descanso. No se la necesitará hasta dentro de una hora o más.

—Lizzie Pickford —dijo Claudia, acercándose a la niña, cogiéndole la pequeña y delgada mano caliente y dándole un suave apretón—. Encantada de conocerte.

—¿Señorita Martin? —preguntó la niña, volviendo la cara hacia su padre.

—Tuve el placer de visitarla la semana pasada cuando estuve unos días lejos de ti, y después de acompañarla a Londres. Tiene una escuela en Bath. ¿No le vas a ofrecer un asiento y a mí otro, puesto que hemos venido a visitarte? Ya me duelen las piernas de tanto estar de pie.

La niña se rió, con una risa alegre, infantil.

—Vamos, papá tonto, que no has venido a pie. Has venido en coche, en tu tílburi. Era más de un caballo, los oí. Le dije a la señorita Edwards que habías llegado, pero ella dijo que no había oído nada y que no debía hacerme esperanzas ni ponerme febril. No estás cansado de estar de pie. Y la señorita Martin tampoco. Pero me alegra que hayas venido, y espero que te quedes aquí para siempre, hasta la hora de acostarme. Señorita Martin, tome asiento, por favor. Papá, ¿quieres sentarte? Yo me sentaré a tu lado.

Mientras Claudia elegía el sillón más alejado del fuego ya moribundo, la niña se sentó en un sofá al lado de él; entonces le cogió la mano, entrelazó los dedos con los suyos y frotó la mejilla en su manga, justo por debajo del hombro.

Él le sonrió con tanta ternura que Claudia se avergonzó de lo que había pensado en el camino. Era evidente que él sabía muchísimo sobre el amor.

—La escuela de la señorita Martin es sólo para niñas —le explicó él a su hija—. Es un lugar encantador. Aprenden muchas cosas, por ejemplo historia, matemáticas y francés. Hay una sala de música llena de instrumentos y las niñas reciben clases particulares. Cantan en un coro. Hacen punto.

Y no había habido ni una ciega jamás, pensó Claudia. Recordó cuando él le preguntó si alguna vez había pensado en acoger a niñas con discapacidades. ¿Cómo se le enseña a una niña ciega?

—Cuando oí el violín esa vez contigo, papá —dijo la niña—, mi madre dijo que nunca debía haber uno en esta casa porque su sonido le producía dolor de cabeza. Y cuando canto las canciones que me enseñó la señora Smart, la señorita Edwards dice que le causo dolor de cabeza.

—Creo que la señorita Edwards comienza a producirme jaquejas, Lizzie.

Ella se rió alegremente.

—¿La envío a trabajar para otra persona? —le preguntó él.

—Sí —contestó ella sin vacilar—. Ay, sí, papá, por favor. ¿Y esta vez vendrás tú a vivir conmigo?

Él miró a Claudia y ella captó una expresión de desolación en sus ojos.

—Ojalá fuera posible —dijo—, pero no lo es. Pero vengo a verte todos los días cuando estoy en Londres. ¿Cómo podría no venir cuando tú eres mi persona favorita de todo el ancho mundo? Seamos educados e incluyamos a la señorita Martin en nuestra conversación, ya que la he traído para que te conozca.

La niña volvió la cara hacia ella. Se veía terriblemente necesitada de aire, sol y ejercicio.

—¿Lee historias en su escuela, señorita Martin? —le preguntó amablemente.

—Claro que sí. Mis niñas aprenden a leer tan pronto como llegan ahí si no han aprendido antes, y leen muchos libros durante los años que están conmigo. Pueden elegir entre los numerosos libros que tenemos en la biblioteca. Una biblioteca es un lugar donde hay estantes y más estantes llenos de libros.

—Tantas historias en un mismo lugar —dijo la niña—. Mi madre no podía leerme historias porque no sabía leer, aunque mi papá le dijo muchas veces que le enseñaría si quería. Y la señora Smart no sabe leer. El señor Smart sí sabe, pero no lee para mí. La señorita Edwards sí porque es una de las cosas que mi papá le dijo que debía hacer cuando llegó para hacerme compañía, pero no elige historias interesantes. Lo sé por la forma como las lee. Tiene una voz monótona. Me hace bostezar.

—Yo te leo historias, Lizzie —dijo él.

—Sí, papá —concedió ella acariciándole la cara con la mano libre y luego le dio unos golpecitos con las yemas de los dedos—, pero a veces simulas estar leyendo cuando en realidad estás inventándotelas. Lo sé. Pero no importa. La verdad es que me gustan más esas historias. Yo cuento historias también, pero sólo a mi muñeca.

—Si se las cuentas a alguien que sepa escribir —dijo Claudia—, esa persona podrá hacerlo y luego leértelas siempre que desees oír tus historias.

Lizzie se rió.

—Eso sería divertido.

En ese momento entró una mujer mayor trayendo una enorme bandeja con té y pasteles.

—Señora Smart —dijo Lizzie—. Sé que es usted. Ella es la señorita Martin, amiga de mi papá. Tiene una escuela y tiene una biblioteca. ¿Sabe qué es una biblioteca?

—Dímelo tú, cariño —dijo la criada sonriéndole afectuosa después de hacerle una educada venia a Claudia.

—Es una sala llena de libros. ¿Se la imagina?

—A mí no me servirían de mucho los libros, cariño —dijo la señora Smart, sirviendo el té y pasando las tazas—. Y a ti tampoco.

Dicho eso salió de la sala.

—Lizzie —dijo el marqués cuando ya habían comido unos cuantos pasteles—, ¿crees que te gustaría ir a una escuela?

—¿Quién me llevaría, papá? ¿Y quién me traería de vuelta a casa?

—Sería una escuela donde podrías quedarte por las noches y estar con otras niñas, aunque habría asuetos y vacaciones, cuando vendrías a casa y yo te tendría toda para mí otra vez.

Lizzie estuvo callada un buen rato. Movía los labios, observó Claudia, pero era imposible saber si era porque le temblaban o porque decía palabras en silencio. Y entonces dejó a un lado su plato vacío, se sentó en el regazo de su padre, se acurrucó bien pegada a él y escondió la cara en su hombro.

Él miró a Claudia apenado.

—La señorita Edwards dijo que no debo hacer esto nunca más —dijo Lizzie pasado un momento—. Dijo que soy demasiado mayor. Dijo que es indecente. ¿Es indecente, papá? ¿Soy demasiado mayor para sentarme en tu regazo?

Pero la niña no podía ver, pensó Claudia. El sentido del tacto debía ser más importante para ella que para los otros niños de su edad.

Él apoyó la mejilla en su cabeza.

—¿Como podría soportarlo si alguna vez fueras demasiado mayor para desear sentirte rodeada por mis brazos, Lizzie? En cuanto a sentarte en mi regazo, creo que es absolutamente irreprochable hasta que cumplas los doce años. Eso nos da cinco meses enteros más. ¿Qué dice la señorita Martin sobre este tema?

—Tu padre tiene toda la razón, Lizzie —dijo Claudia—. Y en mi escuela tengo una regla. La regla es que a ninguna niña se la obligue nunca a ir ahí en contra de su voluntad. Por mucho que sus padres deseen que vaya a aprender de mí y de mis profesores y a hacerse amiga de otras niñas, yo no permito que ponga un pie dentro a no ser que me haya dicho que sí, que eso es lo que desea. ¿Te queda claro eso?

Lizzie había girado a medias la cabeza, aunque seguía bien pegada a su padre, acurrucada como una niña mucho más pequeña.

—Tiene una voz bonita —dijo—. Puedo creer en ella. A algunas voces no les creo a veces. Siempre sé a cuáles sí.

—Cariño —dijo el marqués—. Ahora tengo que llevar a la señorita Martin a su casa. Después volveré con mi caballo y te llevaré a cabalgar un rato. ¿Te gustaría?

Al instante ella se apartó de él, enderezando la espalda, y con la cara iluminada por la alegría otra vez.

—¡Sí! Pero la señorita Edwards dice...

—No hagas caso de lo que dice la señorita Edwards. Has cabalgado conmigo otras veces y nunca te ha pasado nada, ¿verdad? Después de que te traiga a casa hablaré con ella y se marchará mañana. Hasta entonces simplemente sé amable con ella. ¿Quieres?

—Sí, papá.

Claudia le cogió la mano otra vez antes de marcharse. A pesar de los ojos raros, podría ser algo así como una beldad al crecer, si en su vida había bastante estímulo que le diera animación a su cara incluso cuando su padre no estuviera con ella, y si se la sacaba más a tomar el aire fresco y la luz del sol.

Cuando ya estaban en el tílburi, con el mozo atrás, e iban de camino hacia Grosvenor Square, dijo:

—Colijo que desea enviar a Lizzie a mi escuela.

—¿Es posible? —preguntó él, con una voz que no contenía nada de su habitual y agradable buen humor—. ¿Hay algo posible para una niña ciega, señorita Martin? Ayúdeme, por favor. La quiero tanto que me duele.

Joseph se sentía bastante tonto.

«Ayúdeme, por favor. La quiero tanto que me duele.»

Cuando viró el tílburi para entrar en Hyde Park, la señorita Martin todavía no había dicho ni una sola palabra. Las que había formulado él fueron las últimas que hubo entre ellos. Sentía deseos de hacer brincar los caballos, de devolverla a la casa de Whitleaf lo antes posible y de tener buen cuidado de no encontrarse nunca más con ella mientras siguiera en Londres.

No estaba acostumbrado a desnudar su alma ante nadie, ni siquiera ante sus más íntimos amigos, a excepción, tal vez, de Neville.

Cuando dejaron atrás las bulliciosas calles, ella rompió el silencio.

—He estado deseando que Anne Butler continuara siendo profesora en la escuela. Siempre fue excepcionalmente buena con las niñas que de cualquier modo se salían de la norma. Pero acabo de comprender que «todas» las niñas se salen de la norma. En otras palabras, la norma no existe fuera de las mentes de aquellos a quienes les gustan las estadísticas ordenaditas.

Él no supo qué contestar. No sabía si ella esperaba una respuesta.

—No sé si puedo ayudarlo, lord Attingsborough —añadió ella

—¿No aceptará a Lizzie, entonces? —preguntó él, con el corazón oprimido por la desilusión—. ¿Una niña ciega no es educable?

—Estoy segura de que Lizzie es capaz de muchas cosas. Y sin duda el reto sería interesante, desde mi punto de vista. Simplemente no estoy segura de que la escuela sea lo mejor para «ella». Me parece que es muy dependiente.

—¿No es eso mayor razón para que vaya a la escuela?

Sin embargo, mientras daba ese argumento se le estaba rompiendo el corazón. ¿Cómo podría vivir Lizzie en un ambiente escolar, donde tendría que arreglárselas sola la mayor parte del tiempo, donde las demás niñas podrían ser crueles con ella, donde por la naturaleza misma de su discapacidad sería excluida de todo tipo de actividades?

¿Y cómo soportaría él dejarla marchar? Sólo era una niña.

—Debe de echar terriblemente de menos a su madre —dijo ella—. ¿Está seguro que debería ir a la escuela tan pronto después de perderla? Yo acojo a muchas niñas abandonadas, lord Attingsborough. Normalmente están muy tocadas, tal vez siempre, en realidad.

Abandonadas. ¿Lizzie abandonada? ¿Eso era lo que le haría si la enviaba a la escuela? Suspirando, detuvo el vehículo. Esa determinada parte del parque estaba silenciosa, algo aislada.

—¿Le parece que caminemos un rato?

Dejó el tílburi al cuidado de su joven mozo, que ni siquiera intentó disimular su placer, y echó a caminar con la señorita Martin por un sendero estrecho que discurría serpentino por entre grupos de árboles.

—Sonia era muy joven cuando la empleé —dijo—. Yo también lo era, claro. Ella era bailarina, muy hermosa, muy solicitada, muy ambiciosa. Esperaba llevar una vida de lujos y riqueza. Esperaba disfrutar de la admiración de hombres poderosos, ricos, con título. Era cortesana por elección, no por necesidad. No me amaba, yo tampoco la amaba. Nuestro convenio no tenía nada que ver con el amor.

—No, supongo que no —dijo ella, sarcástica.

—No la habría mantenido más de dos o tres meses, supongo. Mi intención era divertirme, correrla. Pero entonces llegó Lizzie.

—Yo diría que ninguno de los dos había considerado esa posibilidad.

—Los jóvenes —dijo él— suelen ser muy ignorantes y muy tontos, señorita Martin, sobre todo en lo relativo a asuntos sexuales.

La miró, suponiendo que la había escandalizado. Al fin y al cabo esa no era una conversación con que regalara normalmente los oídos de las damas. Pero pensaba que le debía una explicación sincera.

—Sí —dijo ella.

—A Sonia no le gustó particularmente la maternidad. Detestó tener una hija ciega. Quiso internarla en un asilo, pero yo no se lo permití. Y puesto que insistí en que ella hiciera de madre, yo tuve que asumir la responsabilidad de hacer de padre. Eso no me fue difícil, ni desde el primer momento. Nunca ha sido difícil. Y por lo tanto continuamos juntos hasta su muerte, Sonia y yo. Ella encontraba fastidiosa su vida, aun cuando yo le daba casi todo lo que puede comprar el dinero, y mi lealtad también. Contraté a los Smart y ellos le quitaban de los hombros parte de la carga de ser madre cuando yo no podía estar en la casa, y han sido como unos abuelos cariñosos para Lizzie. Sonia no tenía mucha idea de cómo entretener, educar o formar a una niña ciega, aunque nunca fue cruel. Y Lizzie se quedó inconsolable cuando murió. La echa de menos. Yo también la echo de menos.

—Lizzie necesita más un hogar que una escuela —dijo ella.

—Tiene un hogar —dijo él bruscamente, aunque sabía lo que ella quería decir—. Pero no es suficiente, ¿verdad? Después de la muerte de Sonia le contraté una acompañante. A esa la sucedieron otras tres. La señorita Edwards es la última. Y esta vez elegí a una chica joven, aparentemente amable y deseosa de complacer. Pensé que a Lizzie le iría bien tener una acompañante muy joven. Pero es evidente que no es apta para esta tarea. Tampoco lo eran las otras tres. ¿Dónde podría encontrar a alguien que esté con mi hija en casa y le dé todo lo que necesite? Los Smart ya son muy mayores para hacerlo ellos solos, y han hablado de jubilarse. ¿Haría eso una de sus alumnas, señorita Martin? Me pasó por la cabeza, lo confieso, la idea de ofrecerle el puesto a la señorita Bains o a la señorita Wood si el empleo al que venían resultaba inconveniente.

Estaban a punto de salir del bosquecillo a una amplia extensión de hierba, donde había varias personas, caminando o sentadas, disfrutando del calor de esa tarde de verano. Se detuvieron a la sombra de un viejo roble, contemplando el espacio iluminado por el sol.

—No sé si una persona muy joven sería apta para la tarea —dijo entonces ella—. Y en Londres. Esa niña necesita aire y ejercicio, lord Attingsborough. Necesita el campo. Necesita una madre.

—Que es lo único que nunca le podré dar.

La miró y por la expresión de sus ojos vio que ella entendía que su matrimonio no le daría una madre a Lizzie. Su hija era ilegítima y debía mantenerla en secreto, siempre, siempre separada de la familia legítima que pudiera tener en el futuro.

Todo había sido bastante sencillo cuando Sonia estaba viva. Él sabía, por supuesto, que su hija llevaba una existencia que no era la ideal, pero se satisfacían sus necesidades básicas, y siempre tenía un hogar, seguridad, el afecto de los Smart, ah, y el de Sonia también, y amor en abundancia por su parte.

—La ansiedad ha sido mi acompañante desde la muerte de Sonia, señorita Martin —continuó—. Supongo que ya la tenía antes, aunque solamente desde que me enfrenté a la realidad de que Lizzie estaba creciendo. A una niña discapacitada, cuando es pequeña, se la puede mimar, proteger y tenerla en el regazo, dentro del círculo de los brazos. Pero ¿qué va a ser de ella cuando sea adulta? ¿Podré encontrarle un marido que sea bueno y amable con ella? Puedo bañarla en riqueza, por supuesto, pero ¿y su ser interior? ¿Qué habrá para sostenerla y darle algo de felicidad? ¿Qué le ocurrirá cuando yo muera?

La señorita Martin le puso una mano en el brazo y él giró la cabeza para mirarla, curiosamente consolado. Sus inteligentes ojos grises miraban fijamente a los suyos y, sin pensarlo, le cubrió la mano con la suya.

—Déjeme conocer mejor a Lizzie, lord Attingsborough. Y déjeme pensar en la posibilidad de que vaya a mi escuela. ¿Podría volver a verla?

De repente él cayó en la cuenta, con cierto azoramiento, de que tenía los ojos llenos de lágrimas. Los cerró para disiparlas.

—¿Mañana? —dijo—. ¿A la misma hora?

—Si el tiempo sigue estable tal vez podríamos llevarla a alguna parte, sacarla al aire libre —dijo ella, deslizando la mano libre por su brazo—. ¿O no desea que le vean con ella?

—Podríamos llevarla a hacer una merienda campestre —sugirió él—, en Richmond Park o en Kew Gardens.

—La decisión se la dejo a usted —dijo ella—. ¿Alguien sabe lo de su hija?

—Neville, el conde de Kilbourne. La conoce y a veces cuida de ella cuando yo estoy ausente, como cuando estuve en Bath hace poco. Pero, fundamentalmente, un caballero se ocupa de estos asuntos en privado. No es algo de lo que uno habla con sus iguales.

—¿Y lo sabe la señorita Hunt?

—¡Buen Dios, no!

—Sin embargo, se va a casar con ella.

—Eso es algo muy reciente, señorita Martin. Mi padre ha estado enfermo y se imagina, tal vez con razón, que la enfermedad le ha afectado el corazón. Antes de llamarme a Bath, invitó a ir ahí a lord Balderston, el padre de la señorita Hunt, y entre los dos urdieron este proyecto de matrimonio. Tiene lógica. Tanto la señorita Hunt como yo estamos solteros y pertenecemos al mismo mundo. Nos conocemos desde hace unos años y siempre nos hemos llevado bien. Pero hasta el momento en que hablé con mi padre, nunca se me había ocurrido cortejarla. No podía pensar en cortejar a nadie estando viva Sonia. Soy partidario de las relaciones monógamas, aun cuando la mujer sea una amante. Por desgracia, nos fuimos distanciando a lo largo de los años, aunque creo que siempre continuamos teniéndonos afecto. En realidad, durante los últimos dos o tres años de su vida ni siquiera... Bueno, no tiene importancia.

Había descubierto, con cierta sorpresa, que Sonia le era infiel. Y si bien no podía echarla debido a Lizzie, nunca más volvió a acostarse con ella.

Claudia Martin no era una señorita tonta ni afectada.

—¿Lleva más de dos años de abstinencia sexual, entonces? —le preguntó.

Él se rió, a su pesar.

—Es algo muy degradante para que lo reconozca un caballero, ¿verdad?

—No, en absoluto —replicó ella—. Yo llevo muchos años más, lord Attingsborough.

Él se sintió como si estuviera en medio de un extraño sueño. ¿De veras estaba teniendo esa conversación tan indecorosa con la señorita Claudia Martin, nada menos?

—¿No toda su vida? —preguntó.

—No —repuso ella en voz baja, pasado un momento—. No toda mi vida.

¡Buen Dios!

Y, claro, su mente formuló inmediatamente la pregunta: «¿quién?»

Y la respuesta le llegó rápida: «¿McLeith?»

¡Maldito fuera!

Si era cierto, se merecía que lo colgaran, lo arrastraran y descuartizaran.

¡Como mínimo!

—¡Oh! —dijo ella de repente, mirando algo en la parte iluminada por el sol, transformándose al instante en la maestra de escuela gazmoña y ofendida—. ¡Mire!

Y tras decir eso, entró en la amplia extensión de hierba y comenzó a reprender a un obrero que por lo menos la triplicaba en tamaño, porque había estado golpeando con un palo a un escuálido perro blanco y negro, que estaba gimiendo, de miedo y dolor.

Joseph no la siguió inmediatamente.

—¡Matón cobarde! —dijo ella. Lo interesante fue que no gritó, aunque su voz había adquirido el poder que la hacía audible desde cierta distancia—. ¡Deje de hacer eso inmediatamente!

—¿Y quién me va a parar? —preguntó el hombre con insolencia, mientras unos cuantos transeúntes se detenían a mirar y escuchar.

Joseph avanzó un paso cuando el hombre levantó el palo y lo bajó hacia el lomo del encogido perro, pero este se detuvo a la mitad, sobre la mano de la señorita Martin.

—Tiene conciencia, es de esperar —dijo ella—. A los perros se los debe amar y alimentar si se quiere que presten un servicio leal. No están para que unos gamberros brutos los golpeen y los maten de hambre.

Se oyó una débil palabra de aliento entre los espectadores. Joseph sonrió de oreja a oreja.

—Oiga —dijo el hombre—, fíjese bien a quién llama bruto o le daré un buen motivo para hacerlo. Y a lo mejor, ya que es tan encumbrada y poderosa querría amar y alimentar a este perro bueno para nada. Para mí es del todo inútil.

—Ah, así que ahora va a añadir abandono a sus otros pecados, ¿eh?

Joseph apresuró el paso. El hombre daba la impresión de querer plantarle cara. Pero entonces sonrió burlón, enseñando un buen conjunto de dientes podridos.

—Sí, exacto, eso es lo que haré —dijo. Se agachó, cogió al asustado perro con una mano y la empujó acercándola a él hasta que ella puso las manos para cogerlo—. Ámelo y aliméntelo, señora. Y no lo abandone, añadiendo eso a sus pecados.

Y sonriendo para celebrar su gracia, se alejó a largas zancadas por el parque, entre vivas de unos pocos jóvenes dandis y exclamaciones de desaprobación por parte de otros espectadores de mejor corazón.

—Bueno —dijo entonces la señorita Martin, volviéndose hacia él. Se le había ladeado la papalina y eso le daba un aire travieso, pícaro—. Parece que he adquirido un perro. ¿Qué voy a hacer con él?

—¿Llevarlo a casa, bañarlo y darle de comer? —dijo Joseph, sonriendo—. Es un border collie, un ejemplar poco lucido para su raza, pobrecillo.

Y apestaba también.

—Pero es que no tengo casa a la cual llevarlo —dijo ella, mientras el perro la miraba y gemía—. Y aun en el caso de que estuviera en Bath no podría tener un perro en la escuela. Uy, Dios mío, ¿no es adorable?

Joseph se echó a reír. El perro no tenía nada de adorable.

—Lo albergaré en mi establo, si quiere, y le buscaré un hogar permanente.

—¿En un establo? Oh, pero es que ha sido terriblemente maltratado. Sólo hay que mirarlo a los ojos para saber eso, aun cuando uno no hubiera visto esa horrible exhibición de brutalidad. Necesita compañía y necesita «amor». Tendré que llevarlo a la casa de Susanna, y espero que Peter no nos arroje a los dos a la calle.

Se echó a reír.

Ah, sí, pensó él, sí que era capaz de mostrar pasión, aunque sólo fuera pasión por la justicia hacia los pisoteados.

Juntos regredsaron por el sendero hasta el tílburi, y ahora él volvía a sentirse animado, alegre. Ella no era el tipo de mujer que abandonaría ni siquiera a un perro necesitado ni delegaría en otra persona sus tiernos cuidados. Seguro que ayudaría a Lizzie también, aunque no tenía ninguna obligación de hacerlo, por supuesto.

Cogió al perro de los brazos de ella, lo colocó en las manos de su asombrado mozo y la ayudó a subir al asiento del tílburi. Después colocó al perro en su regazo y ella lo acomodó ahí, bien seguro, entre la falda y los brazos.

—Creo que se ha hecho realidad una parte de su sueño, señora —dijo.

Ella lo miró un momento sin comprender y luego se rió.

—Ahora lo único que necesito es la casita rústica y la malva loca.

A él le encantaba su risa; lo hacía sentirse animado y esperanzado.

—Ese bruto no era un enclenque —dijo ella mientras él se sentaba a su lado y cogía las riendas—. Tal vez lleve el verdugón que me ha dejado con el palo en la palma unos buenos dos días. Habría gritado si hubiera estado dispuesta a darle esa satisfacción.

—¡Diablos! —exclamó él—. ¿Le ha hecho mucho daño? Debería haberle puesto los dos ojos morados.

—Ah, no, no. La violencia no es respuesta a la violencia, nunca. Sólo engendra más.

Él giró la cabeza para sonreírle otra vez.

—Señorita Martin, es usted extraordinaria.

Y muy bien parecida, pensó, con las mejillas sonrosadas, la papalina ladeada y los ojos brillantes.

Ella se volvió a reír.

—Y a veces una tonta impulsiva. Aunque, menos mal, no he sido así desde hace años. Perrito, ¿cómo te llamas? Supongo que tendré que ponerte un nombre nuevo.

Joseph continuaba sonriendo de oreja a oreja a las cabezas de sus caballos.

La verdad, se sentía bastante hechizado por ella. Estaba claro que en ella había muchísimo más que sólo esa maestra de escuela gazmoña y severa.

9

Desde el momento en que llegó de haber visitado a Lizzie hasta la tarde siguiente en que llegó la hora de ir a la merienda en el campo, Claudia no había tenido ni un solo ratito para reflexionar.

Estuvo ocupada unas dos horas bañando, secando, cepillando y dándole de comer al collie, que era poco más que un cachorro, tranquilizándolo cuando parecía asustado y sacándolo al jardín unas cuantas veces para que hiciera sus necesidades. Esa noche lo dejó con Edna y Flora para ir con Susanna y Peter a cenar y pasar la velada con Frances y Lucius en la casa Marshall. Después el perro durmió en su habitación, en realidad en su cama, la mayor parte del tiempo, y por la mañana la despertó temprano para volver a salir. Había descubierto, con gran alivio, que por lo menos el animal estaba entrenado para vivir en una casa. Susanna y Peter se habían mostrado extraordinariamente tolerantes ante la repentina invasión de su casa por un perro escuálido, pero podrían serlo menos si encontraban charquitos de orina en las alfombras.

Y esa era la mañana en que Edna y Flora se marchaban de la casa de Grosvenor Square para ir a sus respectivos empleos. Despedirse de ellas y luego agitar la mano mientras se alejaban en el coche de Peter, Edna llorosa y Flora insólitamente callada, fue una experiencia dolorosamente emotiva, como suelen serlo las despedidas. Esa era la parte de su trabajo que menos le gustaba.

Entonces, justo cuando ella y Susanna se estaban consolando con una taza de té, llegó Frances a hacer una inesperada visita, para decirles que Lucius y ella habían decidido marcharse a la mañana siguiente a Barclay Court, su casa en Somersetshire, para que ella pudiera tener el descanso que necesitaba y necesitaría durante el resto de su embarazo.

—Pero después tenéis que ir a visitarnos —dijo—. Las dos tenéis que venir para Pascua, y Peter también, por supuesto. Os atenderemos a los tres juntos.

—¿Por qué sólo tres? —preguntó Susanna, con los ojos bailando de travesura—. ¿Por qué no cuatro? Esta tarde Claudia va a dar un paseo en coche con Joseph, el marqués de Attingsborough, Frances, el segundo día seguido. Y esta noche estarán los dos en Vauxhall Gardens con el grupo de Lauren y Kit. ¿Y sabías que el motivo de que no la encontráramos en la fiesta de jardín anteayer fue que estaba navegando por el río con él?

—¡Ah, fabuloso! —exclamó Frances, dando una palmada—. Siempre he considerado al marqués un caballero apuesto y encantador. He de decir que encuentro difícil comprender su interés en la señorita Hunt, prejuicio personal, creo. Pero, Claudia, simplemente debes suplantarla en sus afectos.

—Pero no puede, Frances —dijo Susanna agrandando los ojos—. Eso está fuera de dudas. Algún día será duque, y sabes lo que siente Claudia por los duques.

Las dos se rieron alegremente mientras Claudia arqueaba las cejas y le acariciaba el lomo al perro, que estaba echado a su lado con la cabeza en su falda.

—Veo que os divertís muchísimo a mi costa —dijo, con la esperanza de lograr impedir que le subiera el rubor a las mejillas—. Detesto poner fin a vuestro placer, pero no hay ningún motivo romántico en que lord Attingsborough me lleve a pasear en su coche o a navegar por el río. Sencillamente está interesado en la escuela y en la educación... de niñas.

Esa explicación era ridículamente mala, pero ¿cómo podría decirles la verdad, aunque fueran sus mejores amigas? Si lo hacía revelaría un secreto que no le corresponía a ella revelar.

Las dos la miraron con idénticas expresiones serias y luego se miraron entre ellas.

—En la escuela, Susanna —dijo Frances.

—En la educación, Frances.

—De niñas.

—Ah, pues tiene toda la lógica del mundo. ¿Por qué no se nos ocurrió a nosotras solas?

Y soltaron unas buenas carcajadas.

—Pero no olvidemos al duque de McLeith —dijo Susanna—. «Otro» duque. Insiste en que él y Claudia se criaron como hermanos, pero ahora son adultos. Es muy bien parecido, ¿no te parece, Frances?

—Y es viudo —añadió Frances—. Y estaba muy deseoso de volver a ver a Claudia cuando nosotros aún nos encontrábamos en la fiesta en el jardín.

—Yo en vuestro lugar —dijo Claudia—, no me compraría un vestido nuevo para mi boda todavía.

—Tienes las mejillas ruborizadas —dijo Frances, levantándose—. Te hemos azorado, Claudia. Pero de verdad deseo... Ah, bueno, no, nada. Me parece que por el momento sólo tienes amor para este perrito. —Se inclinó a hacerle cosquillas bajo la barbilla—. Está horrosamente flaco, ¿verdad?

—Deberías haberlo visto ayer —dijo Susanna—. Estaba muy a mal traer y sucio; parecía más una rata de alcantarilla que un perro. Al menos eso fue lo que dijo Peter. Pero todos nos hemos encariñado con él.

El perro miró a Claudia sin levantar la cabeza y exhaló un largo suspiro.

—Ese es el problema —dijo Claudia—. El amor no siempre es algo cómodo ni conveniente. ¿Qué voy a hacer con él? ¿Llevármelo a la escuela? Las niñas armarían un motín.

—Al parecer Edna y Flora casi se pelearon anoche cuando estábamos fuera —dijo Susanna—. Las dos deseaban tenerlo en brazos al mismo tiempo, para acariciarlo y jugar con él.

Frances se rió.

—Ahora debo irme. Le prometí a Lucius que estaría en casa para el almuerzo.

Entonces Claudia tuvo que pasar por los abrazos y despedidas otra vez, tan dolorosos como los anteriores. Podría transcurrir mucho tiempo hasta que volviera a ver a Susanna y a Frances, y antes esta tendría que pasar por todos los peligros del embarazo y el parto.

Cuando llegó a su fin la mañana, se sentía muy necesitada de descanso, pero tuvo que sacar a pasear al perro para poder dejarlo a cargo del personal de la cocina, tarea que aceptaron alegremente. En realidad, el pequeño collie corría el peligro de engordar demasiado si lo dejaba mucho tiempo a los tiernos cuidados de la cocinera de Susanna.

Pero a pesar de ese cansancio, que era en su mayor parte emocional, esperaba con ilusión la merienda en Richmond Park o Kew Gardens con el marqués de Attingsborough y su hija. Estaba muy consciente de que debía repetirse una y otra vez que en cierto sentido eso sólo era trabajo: observar a una posible alumna. Y no era fácil la tarea en que la habían puesto. Le gustaba Lizzie Pickford; también sentía una terrible pena por ella. Pero esa era una emoción que debía sofocar. No se gana nada sólo con la lástima. La verdadera pregunta era:

¿podría ella hacer algo por la niña? ¿Podría su escuela ofrecerle algo de valor a una niña ciega?

De todos modos, esperaba con ilusión esa tarde y no totalmente debido a Lizzie. A pesar de todas las distracciones de la noche pasada y de esa mañana, no había podido desviar del todo la mente de esa conversación que tuvo con el marqués en Hyde Park. Él le había hecho sorprendentes revelaciones.

Y ella a él también.

En pocas palabras le había dicho que llevaba más de dos años sin tener una relación sexual.

Y ella le dijo... Bueno, era mejor no «pensar» en eso. Tal vez, si tenía mucha suerte, él ya lo habría olvidado.

Fueron a Richmond Park. Hicieron el trayecto en un coche cerrado, Lizzie sentada al lado de él y la señorita Martin enfrente, de cara a ellos. Lizzie no decía nada; simplemente le tenía cogida la mano a su padre, y de tanto en tanto le daba una palmadita en la rodilla con la otra. Él sabía que estaba entusiasmada y nerviosa al mismo tiempo.

—Lizzie nunca se ha aventurado fuera de la casa —le explicó a la señorita Martin—. Su madre pensaba que era mejor que siempre estuviera en un entorno conocido, donde se sintiera segura.

La señorita Martin asintió, con los ojos fijos en su hija.

—Todos hacemos lo mismo la mayor parte de nuestras vidas —dijo—, aunque nuestro entorno conocido consiste normalmente en un espacio más amplio que sólo la casa y el jardín. Es bueno sentirse segura. También es bueno entrar en lo desconocido de vez en cuando. ¿Cómo, si no, podríamos crecer y adquirir conocimientos, experiencia y sabiduría? Y lo desconocido no siempre o ni siquiera con frecuencia es inseguro.

Él le apretó la mano a Lizzie y ella apoyó el lado de la cabeza en su brazo.

Cuando llegaron al parque la llevó por la entrada cogida de la mano. El lacayo que los acompañaba extendió una inmensa manta sobre la hierba a la sombra de un viejo roble, después fue a buscar la cesta con la merienda y finalmente volvió al coche.

—¿Nos sentamos? —sugirió—. ¿A alguien le apetece merendar ya? ¿O esperamos un rato?

Lizzie se soltó de su mano para ponerse de rodillas y palpar toda la manta. Seguía muy callada. De todos modos él sabía que hablaría de esa tarde días y días. Nunca la había llevado a una merienda en el campo. Había permitido que Sonia impusiera las reglas e inconscientemente conformado a ellas; su amada hija ciega debía ser protegida a toda costa. ¿Por qué nunca se le ocurrió hacerle un regalo como ese?

—Ah, esperemos un rato —dijo la señorita Martin—. ¿No deberíamos caminar un poco primero para ejercitar las piernas? El día está precioso y este parque es muy hermoso.

Joseph la miró ceñudo. Lizzie levantó hacia él la cara aterrada y se aferró a la manta con las dos manos.

—Pero es que yo no sé dónde estamos —dijo—. No sé por dónde caminar. —Levantó una mano, buscándolo a tientas—. ¿Papá?

—Estoy aquí —dijo él, cogiéndole la mano, mientras la señorita Martin estaba ahí de pie, muy derecha y quieta, con las manos cogidas delante de la cintura; durante un irracional instante se sintió molesto con ella—. Me parece que una caminata es buena idea. Podríamos haber hecho la merienda en el jardín si no vamos a aprovechar este amplio espacio. Caminaremos un trecho corto, cariño. Yo te paso la mano por mi brazo, así, ¿ves? —la puso de pie—, y estarás todo lo segura que puedes estar.

Era muy pequeña y delgada, pensó. Era pequeña para su edad, seguro.

Avanzaron lentamente, vacilantes, y él sintió tenso el brazo de Lizzie en el suyo. Le parecía que leía los pensamientos de la señorita Martin mientras caminaba al otro lado de Lizzie. ¿Cómo podía la niña estar preparada para ir a la escuela?

Y si lo estaba, ¿cómo podría él separarse de ella? Estaba haciendo perder el tiempo a la señorita Martin. Justo entonces ella habló, con la voz firme, pero amable:

—Lizzie, vamos caminando por una avenida recta, larga y llana, toda cubierta por suave hierba verde, con grandes y viejos árboles a cada lado. No hay ningún obstáculo contra el que te puedas hacer daño. Puedes dar los pasos con la absoluta seguridad de que no vas a tropezar con nada ni meterás el pie en ningún hoyo, porque, además, vas cogida del brazo de tu padre. Si te cogieras del mío también, creo que hasta podríamos dar pasos largos y enérgicos e incluso correr un poco. ¿Lo intentamos?

Joseph la miró por encima de la cabeza de Lizzie. Se sorprendió sonriendo. Obviamente era una mujer acostumbrada a arreglárselas con niñas.

Pero Lizzie levantó la cara hacia él, pálida y asustada.

—Mi madre decía que no debo salir nunca de casa ni del jardín, y que no debo caminar rápido —dijo—. Y la señorita Edwards dijo... —No terminó la frase, y antes que él pudiera decir algo, sonrió: esa expresión que él veía tan rara vez, esa sonrisa que la hacía parecer muy traviesa—. Pero la señorita Edwards ya no está. Mi papá la despidió esta mañana y le dio dinero para seis meses.

—Tu madre era una dama sabia —le dijo la señorita Martin—. Sí que debes permanecer en la casa a no ser que te acompañe alguien en quien tengas confianza. Y siempre debes caminar con cautela cuando estés sola. Pero hoy estás con tu padre, del que te fías más que de cualquier otra persona que hayas conocido, creo yo, y sabes que no estás sola. Si te afirmas en el brazo de él y te coges del mío también, nosotros seremos cautelosos por ti y nos encargaremos de que no te hagas ningún daño. Creo que tu padre se fía de mí.

—Por supuesto que me fío —dijo él, todavía sonriéndole por encima de la cabeza de Lizzie.

—¿Lo intentamos? —preguntó ella.

Lizzie alargó la mano, ella se la cogió y la pasó por debajo de su brazo. Y así caminaron tranquilamente, los tres formando una línea recta, y de pronto Joseph se dio cuenta de que la señorita Martin había aumentado la velocidad de los pasos. Sonriendo, él la aumentó otro poco. De repente, bien cogida de ellos, Lizzie se rió y luego chilló de risa.

—¡Vamos caminando de verdad! —exclamó.

Él sintió una opresión en la garganta, por las lágrimas sin derramar.

—Pues sí —dijo—. ¿Tal vez deberíamos correr?

Corrieron durante un corto trecho, luego aminoraron la marcha hasta continuar caminando y finalmente se detuvieron. Ahora los tres se estaban riendo, y Lizzie jadeaba además.

Volvió a mirar a los ojos a la señorita Martin por encima de la cabeza de su hija. Tenía encendidas las mejillas y los ojos brillantes. Su vestido de fino algodón y algo desteñido estaba arrugado y el ala de la pamela, la misma que llevaba en la fiesta en el jardín, había perdido su forma; un mechón errante le caía suelto sobre el hombro; le brillaba de humedad la cara.

De pronto se veía francamente muy guapa.

—¡Oh, escuchad! —dijo Lizzie, con la cara algo adelantada y el cuerpo muy inmóvil—. Escuchad a los pájaros.

Aguzaron los oídos, y sí, debía haber un buen número de pajaros ocultos entre el follaje de los árboles, porque formaban un coro, todos trinando como si quisieran echar fuera el corazón. Era un agradable sonido de verano, que muchas veces no se escucha por haber tantas otras cosas en qué ocupar los ojos y la mente.

La señorita Martin fue la primera en moverse. Se soltó del brazo de Lizzie y se puso delante de ella.

—Lizzie, levanta la cara al sol. Espera, deja que te eche hacia atrás el ancha ala de la papalina para que puedes sentir el agradable calor en las mejillas y en los párpados. Inspira sol mientras escuchas a los pájaros.

—Pero mi madre decía...

—Y era muy sabia —dijo la señorita Martin doblando hacia atrás el ala de la papalina para exponer al sol la pálida y delgada cara de la niña y sus ojos ciegos—. Ninguna dama expone su piel al sol tanto tiempo que se le broncee o queme. Pero es bueno hacerlo unos minutos cada vez. El calor del sol en la cara es muy bueno para el ánimo, para el espíritu.

Ah, ¿por qué a él nunca se le había ocurrido eso?

Con ese permiso, Lizzie echó atrás la cabeza de forma que la luz y el calor del sol le dieron de lleno en la cara. Pasado un momento entreabrió los labios, retiró la mano del brazo de él y levantó las dos manos hacia el sol, con las palmas hacia arriba.

—Ooh —dijo, con un largo suspiro, y él volvió a sentir oprimida la garganta.

Estuvo así un buen rato, hasta que con un repentino miedo movió la mano, buscándolo.

—¿Papá?

—Estoy aquí, cariño —dijo él, pero no le cogió la mano, como habría hecho normalmente—. No te voy a dejar sola. La señorita Martin tampoco.

—Sí, el sol se siente muy agradable —dijo ella.

Entonces, sin bajar las manos, se giró hacia la derecha y continuó girando muy lentamente hasta quedar casi en la misma posición en que comenzó. Los rayos del sol debieron ser su guía.

Se rió con la despreocupada felicidad de cualquier niño.

—Tal vez ahora deberíamos volver a la manta y tomar la merienda —dijo la señorita Martin—. Nunca es bueno excederse en ningún ejercicio, y tengo hambre.

Se dieron media vuelta, se cogieron de los brazos otra vez y echaron a andar para volver por donde habían venido. Pero Lizzie no era la única que estaba burbujeante de exuberancia.

—Caminar y correr son lo mismo —dijo él—. Propongo que avancemos saltando hasta la manta.

—¿Saltando? —preguntó Lizzie, y la señorita Martin lo miró con las cejas arqueadas.

—Primero saltas con un pie y luego con el otro, sin dejar de avanzar —explicó—. Así.

Y empezó a saltar como un niño muy crecido para su edad, llevándolas casi a rastras, hasta que la señorita Martin se echó a reír y comenzó a saltar también. Pasado un momento de vacilación, Lizzie los imitó y así los tres continuaron saltando por la avenida, riéndose y gritando, haciendo un indecoroso ridículo. Menos mal que no había nadie en esa parte del parque, y si había gente, o estaban fuera de la vista o tan lejos que se perdieron el espectáculo. A algunos de sus amigos les interesaría verlo en ese momento, pensó Joseph, saltando por la avenida del parque con su hija ciega y una directora de escuela.

Sin duda las alumnas y profesoras de la señorita Martin también estarían interesadas.

Pero el despreocupado placer de Lizzie valía cualquier pérdida de la dignidad.

Cuando llegaron a la manta a la sombra, la señorita Martin ayudó a Lizzie a quitarse la chaquetilla y le sugirió que se quitara la papalina también. Ella se quitó la pamela, él el sombrero y los dejaron sobre la hierba. Ella se pasó las manos por su desordenado cabello, una tarea inútil, pues necesitaría un cepillo y un espejo para reparar el daño. De todos modos, para él estaba absolutamente encantadora.

Comieron con saludable apetito, panecillos recién horneados con queso, pasteles de pasas y una rosada manzana cada uno. Acompañaron la comida con limonada, que lamentablemente ya estaba tibia, pero era líquido para apagar la sed de todos modos.

Y mientras comían charlaron acerca de nada en particular, hasta que Lizzie se quedó callada y continuó así. Estaba apoyada en el costado de su padre, y con las piernas recogidas. Él la miró y vio que estaba profundamente dormida. Le bajó la cabeza hasta su regazo y le pasó la mano por el pelo ligeramente húmedo.

—Creo que le ha regalado uno de los días más felices de su vida, señorita Martin —dijo en voz baja—. Probablemente el más feliz.

—¿Yo? —dijo ella, tocándose el pecho—. ¿Qué he hecho «yo»?

—Le ha dado permiso para ser niña. Para correr, saltar, levantar la cara al sol, gritar y reír.

Ella lo miró, pero no dijo nada.

—La he querido desde el instante en que posé los ojos en ella —continuó él—, diez minutos después de que nació. Creo que porque es ciega la he amado más de lo que la habría amado si no lo fuera. Siempre he deseado respirar, comer y dormir por ella, y alegremente habría muerto por ella si con eso hubiera podido arreglar algo. He tratado de mantenerla segura, en mis brazos y en mi amor. Nunca he...

Tontamente se le cortó la voz y no pudo terminar. Hizo una honda inspiración y volvió a mirar a su hija, que estaba muy cerca de dejar de ser una niña. Eso era todo el problema.

—Creo que ser progenitor no es siempre algo agradable —dijo la señorita Martin—. El amor puede ser terriblemente doloroso. Con algunas de mis niñas desamparadas he tenido algo de experiencia en cómo debe de ser. Han tenido tantas desventajas y yo deseo angustiosamente que el resto de sus vidas sea perfecto. Pero es es lo único que puedo hacer. Lizzie siempre será ciega, lord Attingsborough. Pero puede encontrar dicha en la vida si lo desea y las personas que la quieren se lo permiten.

—¿La aceptará? —preguntó él, tragando saliva para para pasar un bulto que se le había formado en la garganta—. No sé qué otra cosa hacer. Pero ¿es conveniente la escuela para ella?

Ella no contestó inmediatamente. Estaba pensándolo detenidamente.

—No lo sé —dijo al fin—. Déme un poco más de tiempo.

—Gracias. Gracias por no decir que no inmediatamente. Y gracias por no decir sí antes de haber considerado el asunto con detenimiento. Prefiero que no vaya si eso puede ser un error. Yo cuidaré de ella como sea, pase lo que pase.

Volvió a mirar a su hija y continuó acariciándole el pelo. Era ridículamente sensiblero volver a pensar que moriría con gusto por ella. La verdad era que no podía; tampoco podía vivir por ella. Aterradora comprensión.

Sin embargo, se sentía consolado por la presencia de la señorita Martin, aun cuando ella aún no sabía si podía ofrecerle a Lizzie un lugar en su escuela. Le había demostrado a su hija, y a él, que podía divertirse e incluso girar bajo el calor del sol sin afirmarse ni aferrarse a nadie.

—Muchas veces he pensado —dijo, sin levantar la vista—, qué habría ocurrido si Lizzie no hubiera nacido ciega. Sonia habría continuado su vida con uno u otro de sus admiradores, y es muy posible que yo hubiera continuado con mi vida más o menos como era antes, manteniendo a la niña que había engendrado, pero viéndola rara vez, y habría creído que con eso cumplía mi deber para con ella. Tal vez me habría casado con Barbara, y me habría privado del tirón del amor de mi primera hija. Pero qué pobre habría sido mi vida. La ceguera de Lizzie es quizás una maldición para ella, pero para mí ha sido una abundante bendición. ¡Qué extraño! Nunca había comprendido eso hasta hoy.

—La ceguera no tiene por qué ser una maldición para Lizzie —dijo ella—. Todos tenemos nuestras cruces que llevar, lord Attingsborough. Y es la manera de llevarlas lo que demuestra nuestra valía, o su falta. Usted ha llevado la suya y eso lo ha hecho una persona mejor y ha enriquecido su vida. A Lizzie hay que permitirle que lleve su carga y triunfe sobre ella, o no.

—Ah —suspiró él—, pero es esa posibilidad de «o no» la que me rompe el corazón.

La miró, ella le sonrió y entonces lo golpeó la comprensión de que era más que guapa. De hecho, probablemente no era nada guapa, pues esa era una palabra demasiado infantil y frívola.

—Creo, señorita Martin —dijo, sin pararse a elegir bien las palabras—, que usted debe de ser la mujer más hermosa que he tenido el privilegio de conocer.

Palabras tontas y bastante falsas, sin embargo, las más ciertas que había dicho en su vida.

Ella lo miró, ya desvanecida su sonrisa, hasta que él bajó la mirada a Lizzie otra vez. Esperaba no haberla herido, haberla hecho creer que simplemente había pretendido hacer el papel de galán. Pero no se le ocurrió ninguna manera de retirar las palabras sin herirla más. En realidad, ni siquiera sabía qué había pretendido al decirlas. Ella no era hermosa en ningún sentido visible. No lo era. Pero, sin embargo...

Buen Dios, no se estaría encaprichando con la señorita Martin, ¿verdad? Nada podría ser más desastroso. Pero claro, no era eso. Ella había sido amable con Lizzie, eso era todo, y en consecuencia le era imposible no tenerle afecto. Quería a los Smart por el mismo motivo.

—¿Qué ha hecho con el perro? —preguntó.

—Darle un hogar, temporal al menos, y un amoroso cuidado por parte de todos. Y al mencionarlo me ha dado una idea. ¿Podría llevarlo a visitar a Lizzie?

Pero cuando él arqueó las cejas, La niña ya se estaba despertando, así que se inclinó a besarle la frente. Ella sonrió, levantó una mano, le acarició y palpó la cara.

—Papá —dijo, con la voz adormilada y satisfecha.

—Es hora de volver a casa, cariño.

—Ah, ¿tan pronto? —preguntó ella, pero no pareció triste.

—La señorita Martin vendrá a visitarte otra vez si quieres. Traerá con ella a su perrito.

La niña se despabiló al instante.

—¿Un perro? Había uno un día en la calle, hace unos años, ¿te acuerdas, papá? Ladró y yo me asusté, pero entonces su dueña me lo acercó, yo lo toqué y él me resolló encima. Siempre hay un perro en mis historias.

—¿Sí? Pues entonces este tiene que visitarte. ¿Invitamos a la señorita Martin a venir también?

Ella se rió, y a él le pareció que sus mejillas tenían un cierto color no habitual.

—¿Tendría la amabilidad de venir, señorita Martin? ¿Y traer a su perro? ¿Por favor? Me gustaría sobremanera.

—Muy bien, entonces —dijo la señorita Martin—. Es un animalito muy cariñoso. Seguro que te va a lamer toda la cara.

Lizzie se rió encantada.

Pero esa tarde estaba llegando rápidamente a su fin, pensó él. No debían retrasarse en volver. Tanto la señorita Martin como él tenían que prepararse para la visita a Vauxhall Gardens esa noche. Y antes él tenía que asistir a una cena.

Lamentaba que se acabara esa salida. Siempre lo lamentaba cuando se le acababa el tiempo para estar con Lizzie. Pero esa tarde había sido especialmente placentera. Se sentía como si estuviera en familia.

Entonces un pensamiento nuevo, no llamado, lo hizo fruncir el entrecejo. Lizzie siempre sería su amada hija pero nunca formaría parte de su «familia». En cuanto a la señorita Martin, bueno...

—Es hora de volver —dijo, poniéndose de pie.

10

Lord Balderston lo había invitado a cenar, y a Joseph no tardó en hacérsele evidente que no había ningún otro invitado, y que él y los Balderson iban a cenar «en familia». Y si eso no era suficiente declaración de su nueva posición como casi prometido de la señorita Hunt, las palabras de lady Balderston poco después de que se sentaran a la mesa lo dejaron bien claro.

—La vizcondesa Ravensberg fue extraordinariamente amable al invitar a Portia a Alvesley Park para la celebración del aniversario de bodas de los Redfield este verano —comentó, mientras los criados retiraban los platos de la sopa y traían el segundo plato.

Ah. Iba a haber una reunión predominantemente familiar para el cuarenta aniversario de bodas del conde y la condesa. ¿La señorita Hunt ya era familia, entonces?

—Aun no había informado de la invitación a lord Attingsborough, mamá —dijo ella—. Pero sí, es cierto. Lady Sutton tuvo la amabilidad de invitarme a visitar a su prima lady Ravensberg con ella esta tarde, y mientras estábamos allí la informó de que yo no tenía ningún plan para el verano aparte de ir a casa con mis padres. Y entonces lady Ravensberg me invitó a ir a Alvesley. Todo fue muy gratificante.

—Desde luego —dijo Joseph, sonriéndoles a las dos damas—. Yo también iré.

—Pero claro —dijo la señorita Hunt—. Sé muy bien que

de lo contrario no me habrían invitado. No habría tenido ningún sentido, ¿verdad?

Y ya no tenía sentido retrasar más tiempo su proposición de matrimonio, pensó Joseph. En todo caso, era evidente que eso era una simple formalidad. Estaba claro que los Balderston y la señorita Hunt así lo pensaban. También su hermana, que sin embargo no debería haber tomado el asunto en sus manos esa tarde.

Sólo que le habría gustado tener un poco de tiempo para el galanteo.

Balderston ya estaba atacando su pieza de pato asado, totalmente concentrado en su plato. Joseph lo miró de reojo, pero claro, ese no era el momento para hablar claro. Concertaría una cita en otra ocasión para hablar formalmente con su futuro suegro. Después le haría la proposición oficial a la señorita Hunt y quedaría todo zanjado. Quedaría trazado el curso de su vida, y el de la de ella.

Eso significaba que tenía muy poco tiempo para cortejarla, pero todavía le quedaba un poco. Por lo tanto, durante el resto de la cena y después, durante el trayecto a Vauxhall Gardens, concentró la atención en su futura esposa, observando nuevamente, a posta, lo hermosa que era, lo elegante, lo refinada, lo perfecta que parecía en todos los sentidos.

Tendría que obligarse a enamorarse de ella con la mayor rapidez posible, concluyó, mientras su coche iba de camino hacia Vauxhall. No tenía el menor deseo de meterse en un matrimonio sin amor sólo porque su padre así lo esperaba, y porque las circunstancias se lo exigían.

—Está particularmente bella esta noche —dijo, tocándole el dorso de la mano y dejando un momento los dedos sobre la delicada y tersa piel—. El rosa le sienta bien a su coloración.

—Gracias —dijo ella, girando la cabeza para sonreírle.

—Supongo que sabe que su padre visitó al mío en Bath hace un par de semanas o algo así.

—Sí, por supuesto.

—¿Y conoce la naturaleza de esa visita?

—Por supuesto —repitió ella.

Seguía con la cara vuelta hacia él. Y sonriendo.

—¿No se siente molesta por eso? ¿No piensa que tal vez le han forzado la mano?

—Claro que no.

—¿O que la han obligado?

—No.

Había querido asegurarse con respecto a eso. Estaba muy bien que él aceptara que necesitaba una esposa y que esa mujer fuera la mejor candidata disponible. Pero un matrimonio lo forman dos. No toleraría que la presionaran para casarse con él si prefería no hacerlo.

—Me alegra oír eso —dijo.

No daría el siguiente paso lógico de pedirle en ese momento que se casara con él; aun no había hablado con su padre, y tenía la clara impresión de que eso podría importarle a ella. Pero suponía que estaban un paso más cerca de estar oficialmente comprometidos.

De verdad estaba hermosa con ese vestido rosa, color que se reflejaba en sus mejillas y realzaba el brillo de su pelo rubio. Inclinó la cabeza para besarla, pero ella giró la cara antes que sus labios llegaran a los de ella, por lo que simplemente le rozaron la mejilla. Entonces ella se deslizó por el asiento alejándose de él. Seguía sonriendo.

—¿La he ofendido? —le preguntó, pasado un momento.

Tal vez encontraba impropios los besos antes de un compromiso oficial.

—No me ha ofendido, lord Attingsborough —contestó ella—. Simplemente ha sido un gesto innecesario.

Él arqueó las cejas y contempló su perfil perfecto enmarcado por la creciente oscuridad.

—¿Innecesario?

Las ruedas del coche comenzaron a retumbar en el puente sobre el Támesis. No tardarían en llegar a Vauxhall Gardens.

—No necesito que me corteje con esas tonterías como los besos. No soy una niña tonta.

No, no lo era, por Júpiter.

Repentinamente divertido, volvió a acercar la cabeza a la de ella, con la esperanza de sacarle una sonrisa de verdadera diversión. Tal vez simplemente la había puesto nerviosa con su intento de besarla.

—¿Los besos son «tontos»?

—Siempre.

—¿Incluso entre enamorados? ¿Entre marido y mujer?

—Creo, lord Attingsborough, que los miembros de la buena sociedad deben estar por encima de esas vulgaridades. Los besos y el romance son para las clases inferiores, que pertenecen a ellas justamente porque no saben nada de las alianzas sabias y prudentes.

¿Qué diablos? ¡Buen Dios!

Ya no se sentía tan divertido.

Entonces le vino el recuerdo de que en todos los años que se conocían jamás había habido un momento de coqueteo, ninguna mirada traviesa o pícara, ninguna caricia prohibida, ningún beso robado, ninguno de esos gestos sutiles entre dos personas conscientes de una mutua atracción sexual. No recordaba ni una sola vez en que se hubieran reído juntos. Jamás había habido ni la más mínima insinuación de romance en su relación.

Pero todo eso estaba a punto de cambiar, seguro.

¿O no?

—¿No recibirá bien mis besos, entonces? —preguntó—. ¿Nunca?

—Sabré cuál es mi deber, desde luego, lord Attingsborough.

¿Sabrá cuál es su...? Notó que el coche comenzaba a detenerse.

—¿Está segura de que realmente desea este matrimonio, señorita Hunt? Ahora es el momento de decirlo. No le guardaré ningún rencor, y me encargaré de que no caiga sobre usted ni un asomo de culpa si yo no le propongo matrimonio.

Ella giró la cabeza para sonreírle otra vez.

—Somos perfectos el uno para el otro —dijo—. Los dos lo sabemos. Pertenecemos al mismo mundo y comprendemos su funcionamiento, sus reglas y expectativas. Los dos ya hemos pasado la primera juventud. Si cree que debe cortejarme, está muy equivocado.

Joseph se sintió como si le hubieran caído escamas de los ojos. ¿Cómo era posible que la conociera de tanto tiempo y no hubiera sospechado que era frígida? Pero claro, ¿cómo podría haberlo sospechado? Jamás había intentado ni coquetear con ella ni cortejarla, hasta ese momento. Sin embargo, tenía que estar equivocado. Seguro que ella hablaba debido a su inocencia e inexperiencia. Una vez que estuvieran casados...

John golpeó la puerta, la abrió y desplegó los peldaños. Joseph bajó de un salto, sintiéndose como si el corazón se le hubiera alojado en los zapatos. ¿Qué tipo de matrimonio podía esperar? ¿Un matrimonio sin amor, sin nada de calor? Pero no sería así. Al fin y al cabo él no sentía un afecto profundo por ella, aunque estaba dispuesto a trabajar sus sentimientos. Seguro que ella haría lo mismo. Acababa de decir que sabría cuál era su deber.

—¿Entramos? —la invitó, ofreciéndole el brazo—. No sé si los demás ya habrán llegado.

Ella le cogió el brazo y saludó con un gesto a una pareja que acababa de bajarse de un coche cercano.

¿Por qué hasta esa noche no se había fijado en que la sonrisa de ella nunca le iluminaba los ojos? ¿O sólo serían imaginaciones suyas? Al parecer ese «no beso» lo había desconcertado, aun cuando a ella no la hizo perder la serenidad.

El día anterior por la mañana Peter se había encontrado con McLeith en el White, y lo invitó a cenar con ellos la noche de la visita a Vauxhall Gardens, para que Claudia tuviera un acompañante.

Claudia estaba resignada a volver a verlo. Incluso sentía curiosidad por él. ¿Cuánto habría cambiado? ¿Cuánto de él sería el mismo Charlie al que había adorado incluso antes de que sus sentimientos se volvieran románticos?

Se había puesto el vestido de noche azul oscuro que le había servido para varios de los eventos nocturnos en la escuela. Siempre le había gustado, aun cuando no tenía la más mínima pretensión de estar a la última moda en cuanto a elegancia, y ni siquiera a la moda en cuanto a la no elegancia, pensó con humor sarcástico mientras Maria la peinaba.

Expulsó firmemente de la cabeza los recuerdos de la salida de esa tarde. Mañana pensaría en la decisión que debía tomar respecto a la conveniencia de enviar o no a la escuela a Lizzie, decisión que no sería fácil. Y trataría de no pensar en esas sorprendentes palabras de lord Attingsborough: «Creo, señorita Martin, que usted debe de ser la mujer más hermosa que he tenido el privilegio de conocer».

La rareza de esas palabras le había producido cierto penoso desconcierto. Sin duda, él no las había dicho en serio. De todos modos, fueron palabras hermosas dichas durante una tarde agradable, y estaba segura de que las recordaría el resto de su vida.

Charlie resultó un simpático acompañante para cenar. Les habló de su propiedad escocesa y de sus viajes por las Highlands. También de su hijo, y obsequió a Susanna y Peter con anécdotas de su infancia, con ella, la mayoría divertidas y todas ciertas.

Y después, cuando bajaron del coche de Peter fuera de Vauxhall Gardens, le ofreció el brazo y esta vez ella se lo cogió. Hacía ya muchísimos años había conseguido expulsar de su memoria todos los recuerdos de su infancia con él junto con todo lo que ocurrió después. Tal vez en el futuro sería capaz de separar en su memoria los recuerdos de su infancia de los de su primera juventud, desprendiéndose así de parte de su amargura; porque, en realidad, lo único que le quedaba era amargura; el dolor ya había desaparecido hacía mucho tiempo.

—Claudia —dijo él, acercando la cabeza a la de ella mientras entraban en los jardines detrás de Susanna y Peter—, todo esto es muy agradable. Me siento más feliz de lo que sé decir por haberte reencontrado. Y esta vez no debemos perdernos la pista.

¿Se habrían amado toda la vida si él hubiera estudiado leyes y después se hubieran casado como tenían planeado?, pensó ella. ¿Habrían seguido siendo amigos íntimos también? Pero claro, era imposible responder a esas preguntas. Muchas cosas habrían sido diferentes a como eran en esos momentos. Todo habría sido diferente. Ellos habrían sido diferentes. ¿Y quién podía decir si su vida habría sido mejor o peor de la que había vivido?

Entonces terminaron de pasar por la entrada y lo olvidó todo.

—¡Oh, Charlie, mira! —exclamó, maravillada.

La larga avenida que se extendía recta ante ellos estaba bordeada de árboles, y de todos colgaban lámparas de colores, que se veían mágicas aun cuando todavía no estaba totalmente oscuro. Los senderos estaban atiborrados por otros fiesteros, todos rutilantes con sus elegantes galas para la ocasión.

—Es encantador, ¿verdad? —dijo él, sonriéndole—. Me gusta oír salir ese viejo nombre de tus labios, Claudia. Desde que tenía dieciocho años no he sido otra cosa que Charles, es decir, cuando no soy simplemente McLeith. Dilo otra vez.

Pero Claudia no se dejó distraer. Toda la gente se veía muy animada, así que ella también sonrió. Entonces llegaron a una especie de plaza en forma de herradura, rodeada por columnas y comedores separados, abiertos y dispuestos en gradas, como palcos, todos iluminados por linternas interiores y exteriores. Casi todos ya estaban ocupados; el del centro por una orquesta.

Lady Ravensberg les estaba haciendo señas desde uno de los de más abajo.

—Peter, Susanna, señorita Martin —dijo cuando ya estaban cerca—. Ah, y los acompaña el duque de McLeith. Entrad aquí. Sois los últimos en llegar. Ahora nuestro grupo está completo.

El grupo estaba formado por la vizcondesa y el vizconde, el duque y la duquesa de Portfrey, el conde y la condesa de Sutton, el marqués de Attingsborough y la señorita Hunt, el conde y la condesa de Kilbourne, y ellos.

Claudia volvió a sentirse divertida por encontrarse en esa compañía tan ilustre. Pero estaba resuelta a disfrutar plenamente de esa noche. Muy pronto volvería a estar en la escuela y era improbable que volviera a tener la experiencia de una noche como esa.

¡Y qué experiencia!

La mayoría de los miembros del grupo se mostraron simpáticos. Aunque los Sutton prácticamente se desentendieron de ella, y la señorita Hunt estaba sentada en el otro extremo de la mesa y rara vez miraba en su dirección, todos los demás eran más que amables. La muy dulce y bonita condesa de Kilbourne y la elegante y majestuosa duquesa de Portfrey estuvieron un buen rato conversando con ella, así como los vizcondes de Ravensberg. Y claro, también estaban Susanna, Peter y Charlie.

Pero la conversación no lo era todo.

Había refrigerios para comer, muy especialmente las finísimas lonjas de jamón y los fresones, que hacían famoso a ese lugar. Y vino para beber. Personas a las que mirar, cuando pasaban por la avenida principal o junto a los comedores y se detenían a conversar con sus ocupantes, y música que escuchar.

Y había baile. Aunque hacía mucho tiempo que no bailaba, participó de todos modos. ¿Cómo podría resistirse a bailar al aire libre bajo linternas oscilantes y la luna y las estrellas en el cielo iluminando el suelo en que se movían? Hicieron pareja con ella Charlie, el conde de Kilbourne y el duque de Portfrey.

Eleanor le gastaría bromas sin piedad por todo eso cuando se lo contara.

Y si la música y el baile no bastaban para llenar a rebosar su copa de placer, después vemdrían los fuegos artificiales, que esperaba con ilusión.

Lady Ravensberg sugirió hacer una caminata mientras esperaban el espectáculo de los fuegos, y todos convinieron en que era justo lo que necesitaban. Todos se emparejaron para caminar, el conde de Kilbourne con su prima lady Sutton cogida de su brazo, el vizconde Ravensberg con la condesa de Kilbourne, Peter con la duquesa de Portfrey, el duque con Susanna, el conde de Sutton con lady Ravensberg.

—Ah —dijo Charlie—, veo que todos toman diferente pareja. Señorita Hunt, ¿me permite el placer?

Ella sonrió y se cogió de su brazo.

El marqués de Attingsborough estaba terminando una conversación con una pareja que lo detuvo fuera del comedor.

—Adelante —les dijo a todos haciéndoles un gesto—. Dentro de un momento les seguiremos la señorita Martin y yo.

Claudia se sintió bastante azorada. Él no tenía otra opción que acompañarla a ella, ¿verdad? Pero, en realidad, si hasta el momento sentía una secreta desilusión era porque no se había presentado ninguna oportunidad para conversar o bailar con él. Tenía la sensación de que la merienda de esa tarde había ocurrido ya hacía mucho.

«Creo, señorita Martin, que usted debe de ser la mujer más hermosa que he tenido el privilegio de conocer.» Él le había dicho esas palabras sólo unas horas antes. Y claro, mientras más intentaba olvidarlas, más las recordaba.

Y entonces se lo encontró sonriendo y ofreciéndole el brazo.

—Perdone la tardanza —dijo—. ¿Nos damos prisa para dar alcance a los demás? ¿O caminamos a un paso más tranquilo mientras usted me explica sinceramente qué le parece Vauxhall?

Atravesaron la avenida principal y continuaron por una más corta hasta llegar a otra larga y ancha paralela a la principal, de una belleza pasmosa. No sólo colgaban lámparas por entre los árboles, sino también de la serie de arcos de piedra que atravesaban la avenida más adelante.

—Tal vez espera que lo mire todo con mucha sensatez, lord Attingsborough —dijo—, y declare mi desdén por una artificialidad tan frívola.

—Pero ¿no lo va a hacer? —preguntó él, mirándola con ojos risueños—. No se imagina cuánto me encantaría saber que no siempre está gobernada por la sensatez. Esta noche la sensatez me ha dejado helado.

—A veces prefiero olvidar que tengo estorbos como las facultades críticas. A veces prefiero simplemente «disfrutar».

—¿Y esta noche está disfrutando? —preguntó él, apartándola para pasar por el lado de un grupo de alegres fiesteros que no miraban por donde iban.

El grupo de ellos iba a cierta distancia, observó ella.

—Sí, sí, estoy disfrutando de verdad. Sólo espero ser capaz de recordar todo esto tal como es para poder disfrutar de los recuerdos cuando esté sola en mi tranquila sala de estar en Bath alguna noche de invierno.

Él se rió.

—Pero primero debe disfrutarlo hasta el último momento. Y «después» recordarlo.

—Ah, eso es lo que haré.

—¿Todo va bien con McLeith?

—Esta noche ha venido a cenar a la casa y ha estado muy simpático. Contó hazañas y travesuras en que nos enredábamos cuando éramos niños, y me recordó lo mucho que me gustaba entonces.

—¿Después fueron amantes? —preguntó él en voz baja.

Ella sintió arder las mejillas al recordar que más o menos reconoció eso ante él en Hyde Park. ¿Cómo era posible que hubiera dicho lo que dijo en voz alta? ¿A él o a cualquiera?

—Muy brevemente —contestó—, antes que se marchara de casa para no volver. Estábamos desconsolados porque él tenía que irse a Escocia, y pasar un tiempo allí hasta que volviéramos a vernos y pudiéramos estar juntos el resto de nuestras vidas. Y entonces...

—Esas cosas ocurren —dijo él—. Y, en general, creo que la pasión, incluso la pasión insensata, es preferible a la fría indiferencia. Creo que usted me dijo algo similar una vez.

—Sí —dijo ella, justo antes que él la desviara firmemente del camino para evitar un choque con otro grupo de fiesteros bulliciosos y descuidados.

—Esta es sin duda una avenida pintoresca —dijo él entonces—, y debemos continuar por ella si queremos dar alcance a los demás. Pero ¿desea darles alcance, señorita Martin, o tomamos uno de los senderos más tranquilos? Claro que no están bien iluminados, pero esta no es una noche oscura.

—Uno de los senderos más tranquilos, por favor —dijo ella.

Casi inmediatamente tomaron por uno y no tardaron en ser tragados por la oscuridad y la ilusión de quietud.

—Aah, esto está mejor —dijo él.

—Sí.

Continuaron caminando en silencio, ya alejados de la multitud. Claudia aspiraba el olor del follaje. Y por encima de la lejana melodía que tocaba la orquesta y de los apagados sonidos de voces y risas, oyó...

—Ah, escuche —dijo, retirando la mano de su brazo y cogiéndole la manga—. Un ruiseñor.

Él estuvo atento un buen rato, los dos inmóviles.

—Pues sí —dijo al fin—. No es sólo mi hija la que oye a los pájaros entonces.

—Es la oscuridad —dijo ella—. La oscuridad nos hace más perceptivos a los sonidos, el olor y el contacto físico.

—Contacto físico —repitió él y se rió en voz baja—. Si amara, señorita Martin, como amó en otro tiempo, o si al menos tuviera la intención de casarse con cierto hombre, ¿pondría objeciones a que la acariciara? ¿A que la besara? Llamaría tontos e innecesarios a los besos y a las caricias?

Claudia se alegró de que estuvieran rodeados por la oscuridad. Tenía rojas las mejillas, seguro.

—¿Innecesarios? ¿Tontos? No, ninguna de las dos cosas. Desearía y esperaría caricias y besos. En especial si amara.

Él miró alrededor y ella, cayendo en la cuenta de que todavía le tenía cogida la manga, se la soltó.

—Esta misma noche —continuó él—, cuando veníamos en el coche, intenté besar a la señorita Hunt, la única vez que me he tomado esa libertad. Me dijo que no fuera tonto.

Ella sonrió, a su pesar.

—Tal vez se sintió azorada o asustada.

—Ella me lo explicó largo y tendido cuando se lo pregunté. Dijo que los besos son innecesarios y tontos cuando dos personas son perfectas la una para la otra.

Una suave brisa agitaba el follaje y por entre las ramas se filtraban delgadas franjas de luz de luna que jugueteaban en la cara de él. Lo miró sorprendida. ¿Qué había querido decir la señorita Hunt? ¿Cómo podían ser perfectos el uno para el otro cuando ella no deseaba sus besos?

—¿Por qué se va a casar con ella? —le preguntó.

Él giró la cabeza para mirarla a los ojos y sostuvo la mirada, pero no contestó.

—¿La ama?

Él sonrió.

—Creo que será mejor que no diga nada más —dijo—. Ya he dicho demasiado, cuando la dama debería poder esperar cierta discreción de mí. ¿Qué tiene usted que invita a hacerle confidencias?

Le tocó a ella no contestar.

Él continuaba mirándola a los ojos. La oscuridad no era total, ni siquiera en los momentos en que no se filtraba la luz de la luna por el follaje.

—¿Usted se azoraría o se asustaría si yo intentara besarla? —le preguntó él entonces.

Sí a las dos cosas, pensó ella, estaba bastante segura. Pero la pregunta era hipotética.

—No —contestó en voz tan baja que no supo si le había salido el sonido. Se aclaró la garganta—. No.

La pregunta era «hipotética».

Entonces él le acarició la mejilla con las yemas de los dedos, poniendo al mismo tiempo la palma bajo su mentón, y ella comprendió que tal vez no lo fuera.

Cerró los ojos y él posó los labios en los suyos.

La conmoción fue terrible. Los labios de él eran cálidos, y los tenía ligeramente entreabiertos. Sintió el sabor del vino que había bebido, y el olor de su colonia. Sintió el calor de su mano y el de su aliento. Oyó el canto del ruiseñor y una risotada de alguien en la distancia.

Y toda ella reaccionó de una manera que después, al recordarlo, la hacía maravillarse de haber podido continuar de pie. Apretó fuertemente las manos a los costados.

El beso duró tal vez unos veinte segundos, tal vez menos.

Pero le removió el mundo hasta los cimientos.

Entonces él levantó la cabeza, bajó la mano y retrocedió un paso, y ella se obligó a recuperar el equilibrio.

—Ya está, ¿lo ve? —dijo, y su voz le sonó desafortunadamente enérgica y exageradamente alegre—. No me he azorado ni asustado. O sea, que en usted no hay nada que asuste o azore.

—No debería haber hecho esto —dijo él—. Lo sie...

Pero ella no le dejó terminar la frase. La mano se le levantó como movida por voluntad propia para cubrirle con dos dedos los labios, esos labios cálidos, maravillosos, que acababan de besar los suyos.

—No lo sienta —dijo, y esta vez la voz le salió menos enérgica, incluso le tembló un poco—. Si lo lamenta yo me sentiré obligada a lamentarlo también, y no lo lamento en absoluto. Es la primera vez que me besan desde hace dieciocho años, y es probable que sea la última en toda la vida que me queda. No deseo lamentarlo, y no deseo que usted lo lamente. Por favor.

Él puso la mano sobre la de ella, le besó la palma y luego se la bajó hasta dejarla apoyada en los pliegues de su corbata. Dado que no estaba tan oscuro ella vio sus ojos brillar de risa.

—Ah, señorita Martin, para mí han sido casi tres años. Somos unos simples mortales penosamente necesitados.

Ella no pudo dejar de sonreírle.

—En realidad —dijo—, no me importaría si volviera a besarme.

Sintió terriblemente raro decir eso, como si otra mujer hubiera hablado por su boca mientras la verdadera Claudia Martin miraba con horrorizada sorpresa. ¿De verdad lo había dicho?

—A mí tampoco —dijo él.

Se miraron largamente a los ojos y entonces él le soltó la mano, le rodeó los hombros con un brazo y la cintura con el otro. Ella lo rodeó con los brazos porque no se le ocurrió en qué otro lugar ponerlos. Y levantó la cara hacia la de él.

El suyo era un cuerpo fornido, duro, muy masculino; por un momento se sintió asustada, mortalmente asustada. Sobre todo porque él ya no estaba sonriendo. Y entonces olvidó el miedo y todo lo demás cuando quedó sumergida en el carnal deleite de ser concienzudamente besada. Su cuerpo pareció distenderse bajo su caricia, y ya no era Claudia Martin, próspera empresaria, profesora y directora de escuela.

Era simplemente una mujer.

Palpó los duros músculos de sus anchos hombros y dobló una mano sobre su abundante y cálido pelo. En los pechos sintió la sólida pared del pecho de él. Tenía los muslos apretados a los suyos, y en la entrepierna sintió una fuerte vibración que le subió en espiral por dentro hasta la garganta.

Y no, no estaba analizando cada sensación; simplemente las sentía.

Él abrió la boca sobre la suya y ella también lo hizo, ladeando la cabeza, y se cogió de su pelo cuando él introdujo la lengua y con ella le acarició suavemente todas las superficies blandas y mojadas. Y cuando él la empujó con el cuerpo, llevándola hacia un árbol que estaba a algo más de un palmo por detrás, ella retrocedió hasta poder apoyar la espalda en el tronco, mientras él la exploraba deslizando las manos por sus pechos, caderas y nalgas, y apretándoselos.

Entonces se apretó a ella y sintió la dureza de su miembro excitado, separó las piernas y se frotó contra él, deseando más que ninguna otra cosa sentirlo dentro de su cuerpo, muy profundo. Ah, muy profundo.

Pero en ningún instante olvidó que era con el marqués de Attingsborough con quien estaba compartiendo ese ardiente beso. Y ni por un instante se dejó engañar por ninguna ilusión. Eso era sólo algo pasajero; sólo por un instante.

Pero a veces ese instante es suficiente.

Y a veces lo es todo.

Sabía que nunca lo lamentaría.

También sabía que su corazón sufriría durante un largo periodo de tiempo.

No le importaba. Mejor vivir y sufrir que no vivir.

Sintió la retirada de él en el instante en que él aflojó la presión de sus brazos, la besó suavemente en la boca, en los párpados y las sienes, y luego le puso la mano abierta en la parte de atrás de la cabeza y se la bajó hasta dejarle la cara apoyada en uno de sus hombros, apartándola del tronco del árbol. Entonces sintió pena y alivio. Era el momento de parar; estaban en un lugar casi público.

Con los brazos rodeándole suavemente la cintura sintió salir poco a poco de su cuerpo la tensión de la insatisfacción sexual.

—Acordaremos no lamentar esto, ¿verdad? —dijo él, pasado un minuto más o menos de silencio, con la boca muy cerca de su oreja—. ¿Ni permitir que cause incomodidad entre nosotros cuando volvamos a encontrarnos?

Ella no contestó inmediatamente. Levantó la cabeza, retiró los brazos de la cintura de él y retrocedió un paso. Mientras lo hacía se revistió muy conscientemente con la persona de la señorita Martin, maestra de escuela otra vez, casi como si fuera una prenda ya tiesa por el desuso.

—Sí a lo primero —dijo—. De lo segundo no estoy nada segura. Tengo la impresión de que a la fría luz del día me voy a sentir muy avergonzada cuando me encuentre cara a cara con usted después de esta noche.

Santo cielo, ahora que lo veía a él en la semioscuridad ya encontraba increíble y terriblemente vergonzoso estar en su presencia, o se lo parecía.

—Señorita Martin —dijo él—. Espero no haber... No puedo...

Ella chasqueó la lengua; no podía dejar que terminara la frase; qué humillada se sentiría si él dijera esas palabras en voz alta.

—Por supuesto que no puede —dijo—. Tampoco puedo yo. Tengo una vida y una profesión y a personas que dependen de mí. No espero que mañana por la mañana aparezca en la escalinata de la casa del vizconde Whitleaf con una licencia especial en la mano. Y si lo hiciera, lo enviaría lejos más rapido de lo que tardó en llegar ahí.

—¿Con cajas destempladas? —dijo él, sonriéndole.

—Con eso «por lo menos».

Entonces le sonrió pesarosa. Qué tonto es el amor, pensó, venir a brotar en un momento imposible y con una persona imposible. Porque claro, estaba enamorada. Y claro, eso era total, totalmente imposible.

—Creo, lord Attingsborough —continuó—, que si hubiera sabido lo que sé ahora cuando entré en el salón para visitas de la escuela y le vi ahí de pie, podría haberlo enviado lejos entonces, con cajas destempladas. Aunque tal vez no. He disfrutado de estas dos semanas más de lo que sabría decir. Y usted ha llegado a caerme bien.

Eso era cierto también. De verdad le caía bien.

Le tendió la mano. Él se la cogió y se la estrechó firmemente. De nuevo estaban levantadas las barreras entre ellos, como debían estarlo.

Entonces pegó un salto, agitando la mano en la de él, porque un fuerte ruido rompió ese casi silencio.

—Ah —dijo él, mirando hacia arriba—, ¡qué oportuno! Los fuegos artificiales.

—¡Ooh! —exclamó ella, mirando con él la franja de luz

roja que subió en arco rugiendo por encima de los árboles y bajó hasta perderse de vista—. He estado esperándolos con ilusión.

—Venga —dijo él, soltándole la mano y ofreciéndole el brazo—. Volvamos a la amplia avenida para verlos.

—Ah, sí, vamos.

Y a pesar de todo, a pesar de que algo apenas había empezado y también terminado ahí esa noche, se sentía henchida, inundada de felicidad.

Había dicho la verdad uno o dos minutos antes. No se habría perdido esa corta estancia en Londres ni por todas las atracciones del mundo.

Tampoco se habría perdido conocer al marqués de Attingsborough.

11

A la mañana siguiente Claudia estaba sentada ante el escritorio del salón de mañana contestando una carta de Eleanor Thompson, cuando entró el mayordomo a anunciarle la llegada de unas visitas. El collie, que había estado echado junto a su silla durmiendo, se levantó.

—Su excelencia la duquesa de Bewcastle, la marquesa de Hallmere y lady Aidan Bedwyn esperan abajo, señora —dijo—. ¿Las hago subir?

¡Santo cielo!, pensó. Arqueó las cejas.

—Lord y lady Whitleaf están arriba en la sala cuna. ¿No debería llevarles a ellos el mensaje?

—Su excelencia dijo que ha venido a verla a usted en particular, señora —contestó el mayordomo.

—Entonces hágalas subir.

A toda prisa limpió la pluma y ordenó los papeles. Al menos podría decirle a la duquesa que su hermana estaba bien. Pero ¿por qué venían a visitarla a «ella»?

Esa noche nuevamente no había dormido bien. Pero esta vez fue solamente por su culpa. No deseaba dormir. Deseaba revivir la noche en Vauxhall.

Seguía sin lamentarlo.

El perro recibió a la duquesa de Bewcastle y a sus cuñadas con feroces ladridos y una carrera como si fuera a atacar.

—Ay, Dios —dijo Claudia.

—¿Me va a arrancar la pierna? —preguntó la duquesa riendo y agachándose a acariciarle la cabeza.

—Es un border collie —dijo lady Aidan, agachándose a hacer lo mismo—. Sólo nos está saludando, Christine. Mira cómo mueve la cola. Y buenos días tengas tú también, dulce perrito.

—Era un perro maltratado al que me vi obligada a adoptar hace un par de días —explicó Claudia—. Creo que lo único que necesita es cariño y mucha comida.

—¿Y le da las dos cosas, señorita Martin? —preguntó lady Hallmere, al parecer algo sorprendida—. ¿También recoge perros desamparados como Eve? Pero sí recoge alumnas desamparadas, ¿verdad? —Levantó una mano al ver que Claudia estaba a punto de hacer un mordaz comentario—. Tengo a una de ellas como institutriz de mis hijos. Parece que la señorita Wood ha captado su atención. Está por ver si eso continuará.

Con un gesto Claudia las invitó a tomar asiento y ellas se sentaron.

—Le agradezco que haya traído personalmente a la ciudad a la señorita Bains —dijo lady Aidan—. Es una damita muy simpática y animosa. Hannah, mi hija pequeña, ya está muy encariñada con ella, después de sólo un día. Becky está más cautelosa. Ya ha perdido a dos institutrices, pues se casaron, y las adoraba a las dos. Se inclina a sentirse resentida con la nueva. Pero la señorita Bains les contó a las niñas su primer día en su escuela de Bath, cuando odiaba todo y a todo el mundo y estaba muy resuelta a no adaptarse nunca, aun cuando había aceptado ir, y muy pronto las tuvo riendo y suplicándole que les contara más historias de la escuela.

—Sí —dijo Claudia—, esa es Flora. Le encanta hablar. —Le dio una palmadita al perro, que había vuelto a sentarse junto a su silla—. Pero estudió muy concienzudamente y creo que será una buena profesora.

—De eso no me cabe duda —dijo lady Aidan—. Con mi marido hemos hablado de enviar a Becky a la escuela este año, pero la verdad es que no soporto ni la idea de separarme de ella. Ya es bastante malo que Davy haya tenido que ir al colegio. Malo para mí, quiero decir. Él lo pasa en grande ahí, tal como dijo Aidan que ocurriría.

Claudia, inclinada a tenerle aversión a la mujer simplemente por ser una Bedwyn por matrimonio, descubrió que ya no podía seguir haciéndolo. Incluso detectaba un leve dejo de acento galés en su voz.

—Y yo estoy feliz —dijo la duquesa de Bewcastle— de que James sea todavía demasiado pequeño para ir al colegio. Irá, por supuesto, cuando llegue el momento, aun cuando Wulfric no fue cuando era niño. Siempre ha lamentado haberse perdido esa experiencia, y está decidido a que ninguno de sus hijos se quede en casa. Sólo espero que mi próximo hijo sea una niña, aunque supongo que como buena y sumisa esposa debería esperar tener otro niño primero, el que sería el heredero de recambio o una de esas tonterías. El próximo o la próxima, por cierto, hará su aparición dentro de unos siete meses.

Le sonrió feliz, y Claudia no pudo evitar que le cayera bien también, además de compadecerla por estar casada con el duque. Aunque en realidad no parecía ser una mujer a la que le hubieran quebrantado el espíritu.

—Usted y Frances —dijo—, quiero decir la condesa de Edgecombe.

La duquesa sonrió afectuosa.

—¿Sí? Qué fabuloso para ella y el conde. Supongo que dejará de viajar y cantar por un tiempo. El mundo estará de luto. Tiene una voz preciosa, preciosa.

En ese momento se abrió la puerta y entró Susanna. Las tres damas se levantaron a saludarla y el perro corrió a dar vueltas alrededor de sus tobillos.

—Espero no haberle interrumpido el momento de estar con su hijo —dijo la duquesa.

—No, no. Peter está con él, y los dos parecen la mar de contentos haciéndose mutua compañía, por lo que me pareció que mi presencia estaba de más. Vuelvan a sentarse por favor.

—Señorita Martin —dijo la duquesa tan pronto como volvió a sentarse—. Esta mañana tuve una idea luminosa. De vez en cuando las tengo, ¿sabe? No te rías, Eve. Eleanor me ha escrito para decirme que llevará a diez de las niñas de la escuela a pasar parte del verano a Lindsey Hall. Supongo que ya lo sabe, porque ella le escribió a usted antes que a mí, ¿verdad? Casi cambió de opinión cuando se enteró de que Wulfric y yo no estaremos ausentes todo el verano después de todo. Wulfric se vuelve un tirano cuando estoy embarazada, insiste en que viaje lo menos posible, y asegura que le ha perdido el gusto a viajar solo. Además, los condes de Redfield van a celebrar un aniversario de bodas este verano y nos han invitado al solemne baile en Alvesley Park, entre otras cosas. No seríamos buenos vecinos si nos ausentáramos de casa en esa importantísima ocasión. De todos modos, en Lindsey Hall hay habitaciones y espacio de sobra para alojar a diez escolares.

—¿Y Wulfric está de acuerdo contigo, Christine? —preguntó lady Aidan riendo.

—Por supuesto. Wulfric siempre está de acuerdo conmigo, aun cuando a veces necesite un poco de persuasión primero. Le recordé que el verano pasado tuvimos a doce niñas alojadas con nosotros, para la boda de lord y lady Whitleaf, y él no experimentó ni la más mínima incomodidad o molestia.

—Y a mí me hizo muy feliz tenerlas en mi boda —dijo Susanna.

—Mi idea luminosa —dijo la duquesa, volviendo la atención a Claudia— fue que usted fuera también, señorita Martin. Creo que tiene la intención de volver pronto a Bath, y si la perspectiva de pasar el verano en una escuela sin niñas es su idea de bienaventuranza, como bien podría serlo, pues, sea. Pero me encantaría que fuera a Lindsey Hall con Eleanor y las niñas para gozar de los placeres del campo unas cuantas semanas. Y si hace falta más aliciente, le recordaré que tanto lady Whitleaf como la señora Butler estarán en Alvesley Park. Sé que las dos son unas amigas muy especiales suyas además de haber sido profesoras en su escuela.

La primera reacción de Claudia fue de pasmada incredulidad. ¿Una estancia en Lindsey Hall, el lugar de una de sus peores pesadillas despierta? ¿Estando ahí el duque de Bewcastle?

Vio que a Susanna le brillaban los ojos de risa. Era evidente que estaba pensando lo mismo.

—Nosotros iremos a Lindsey Hall a pasar un tiempo corto —dijo lady Aidan—, como también Freyja y Joshua. Así podrá ver cómo se están acomodando la señorita Bains y la señorita Wood en sus nuevos puestos. Aunque, lógicamente, no comenzarán a trabajar en serio hasta que hayamos vuelto a nuestras casas, nosotros a Oxfordshire y Freyja y Joshua a Cornualles.

Así que no serían solamente Lindsey Hall y el duque de Bewcastle, pensó Claudia; también estaría la ex lady Freyja Bedwyn. La idea de ir le resultaba tan espantosa que casi se echó a reír. Y seguro que no eran imaginaciones suyas que lady Hallmere la estaba mirando con un leve brillo burlón en los ojos.

—Diga que va a ir, por favor —dijo la duquesa—. Me complacería enormemente.

—Vamos, Claudia, acepta —la instó Susanna.

Pero a Claudia se le había ocurrido una idea, y sólo por eso no dijo un no instantáneo y muy rotundo.

—Me gustaría saber una cosa —dijo—. ¿Se resistiría a la idea de «once» niñas en lugar de diez, excelencia?

Lady Hallmere arqueó las cejas.

—Diez, once, veinte —dijo la duquesa alegremente—. Que vayan todas. Y lleve al perro también. Tendrá muchísimo espacio para correr. Y yo creo que todos los niños lo van a mimar desvergonzadamente.

—Hay otra niña —dijo Claudia—. El señor Hatchard, mi agente aquí en la ciudad, me habló de ella. A veces me recomienda casos de niñas desamparadas si cree que yo puedo hacer algo para ayudarlas.

—Yo fui una de ellas —dijo Susanna—. ¿Has estado con esa niña, Claudia?

—Sí —dijo Claudia, ceñuda. Detestaba mentir, pero era necesario—. No sé muy bien si le conviene ni si desea ir a mi escuela. Pero... tal vez.

La duquesa se levantó.

—Las dos serán bienvenidas —dijo—, pero ahora debemos marcharnos. La intención era que esta visita fuera breve, puesto que no es en absoluto la hora en que se considera de buen gusto hacer las visitas ¿verdad? ¿Las veremos a las dos en el baile de la señora Kingston esta noche?

—Allí estaremos —contestó Susanna.

—Gracias —dijo Claudia—. Iré a Lindsey Hall, excelencia, y ayudaré a Eleanor a cuidar de las niñas. Sé que ella espera poder pasar algún tiempo con su madre, y ahora que usted tiene la intención de quedarse en casa, ella deseará estar un tiempo con usted también.

—¡Ah, espléndido! —dijo la duquesa, al parecer verdaderamente complacida—. Este va a ser un verano delicioso.

Un verano delicioso, desde luego, pensó Claudia, sarcástica. ¿Qué diablos acababa de aceptar? ¿Ese verano iba a ser un periodo para retroceder en el tiempo y recordar y afrontar horrores del pasado y tal vez exorcisarlos?

Peter acababa de entrar en la sala a saludar a las visitas. Él y Susanna bajaron con ellas para despedirlas. Lady Hallmere se quedó atrás, retenida tal vez por una mirada muy directa de Claudia.

—Tal vez Edna Wood le ha dicho —dijo Claudia—, o tal vez no, que yo no aprobé que aceptara el empleo con usted. Fue decisión suya ir a la entrevista y aceptar el puesto, y yo debo respetar su derecho a hacerlo. Pero no me gusta, y no me importa decírselo.

Lady Freyja Bedwyn había sido una chica de rasgos algo raros: pelo rubio rebelde, cejas más oscuras, piel levemente trigueña y nariz bastante prominente. Seguía teniendo esos rasgos, pero, por lo que fuera, se habían configurado de tal manera que la hacían espectacularmente guapa. Eso la fastidiaba; habría sido mejor si la niña se hubiera convertido en una mujer fea.

Lady Hallmere sonrió.

—Le ha durado mucho el rencor, señorita Martin —dijo—. Rara vez he admirado a nadie tanto como la admiré a usted cuando se marchó por el camino de entrada, a pie y llevando a mano su equipaje. Desde entonces la he admirado. Buenos días.

Dicho eso salió detrás de sus cuñadas.

¡Bueno!

Claudia volvió a sentarse ante el escritorio y le rascó las orejas al perro. Si la intención de la mujer había sido cortarle las alas, anudarle la lengua y enredarle las metáforas, lo había conseguido totalmente.

Pero no tardó en volver sus pensamientos a la invitación de la duquesa de Bewcastle y a su propia idea luminosa. ¿Significaba eso que ya había tomado una especie de decisión respecto a Lizzie Pickford? Tendría que hablarlo con el marqués, lógicamente. Ah, caramba, sí que iba a encontrar embarazoso encontrarse con él cara a cara. Pero debía hacerlo. Eso era un asunto de negocios.

¿Tendría él pensado ir al baile de los Kingston? Ella seguro que iba a ir. Susanna y Peter se lo dijeron durante el desayuno y, sin saber cómo, se sintió atrapada en esa locura llamada temporada de primavera y se dejó llevar por la corriente. Una parte muy grande de su ser ansiaba estar de vuelta en casa, en Bath, de vuelta en su mundo conocido.

Y una parte muy pequeña recordaba el beso de esa noche y, perversamente, deseaba seguir ahí un tiempecito más.

Suspirando, intentó volver la atención a la carta que le estaba escribiendo a Eleanor. El perro se echó a sus pies y volvió a dormirse.

Cuando Joseph llegó al baile de los Kingston esa noche, tarde, ya estaba avanzado el primer conjunto de contradanzas. Se había retrasado porque Lizzie le pidió que le contara otra historia más antes de dormirse. Su necesidad de él era mayor ahora que no estaba la señorita Edwards.

Después de saludar a la anfitriona se detuvo en la puerta del salón de baile buscando caras conocidas. A un lado vio a Elizabeth, la duquesa de Portfrey, que no bailaba. Habría ido a reunirse con ella, pero estaba conversando con la señorita Martin. En un momento de cobardía, muy impropio de él, simuló que no las había visto, aun cuando Elizabeth le había sonreído y medio levantado una mano. Echó a andar hacia el otro lado, en dirección a Neville, que estaba mirando bailar a Lily con Portfrey, su padre.

—Estás enfurruñado, Joe —dijo Neville, llevándose el monóculo al ojo.

Joseph lo obsequió con una exagerada sonrisa.

—¿Sí?

—Sigues enfurruñado —dijo Neville—. Te conozco, ¿no lo recuerdas? ¿No tenías que bailar el primer baile con la señorita Hunt, por casualidad?

—Buen Dios, no. En ese caso no habría llegado tarde. He estado con Lizzie. Esta tarde pasé a ver a Wilma, casi al final de su té semanal. Todas las invitadas ya se estaban marchando, y por lo tanto quedé como blanco fácil para uno de sus sermones.

—Supongo que opina que deberías haberte asegurado el primer baile con la señorita Hunt. Siempre me he alegrado, Joe, de que Wilma sea tu hermana y Gwen la mía, y no al revés.

—Gracias —dijo Joseph, irónico—. Pero no fue por eso solamente. Sino por mi conducta de anoche.

Neville arqueó las cejas.

—¿De anoche? ¿En Vauxhall?

—Parece que desatendí a la señorita Hunt por ser equivocadamente cortés con la anticuada maestra de escuela.

—¿Anticuada? ¿La señorita Martin? —exclamó Neville, girándose a mirarla—. Ah, pues yo no diría eso, Joe. Tiene una cierta elegancia discreta, aun cuando no vista a la última moda ni esté en los primeros arreboles de la juventud. Y es tremendamente inteligente y está bien informada. A Lily le gusta. A Elizabeth también. Y a mí. Pero la señorita Hunt le dijo algo similar a Wilma anoche. Lily la oyó, y lo encontró bastante insultante para Lauren, que había invitado a la señorita Martin a formar parte del grupo. Y yo también lo encuentro. Pero supongo que no debería decírtelo.

Joseph frunció el ceño. Acababa de ver a la señorita Hunt. Estaba bailando con Fitzharris. Llevaba un vaporoso tul dorado sobre un vestido de seda blanca; el vestido le ceñía su cuerpo perfecto, dándole la apariencia de una diosa griega; el escote era bastante bajo, para enseñar sus principales encantos. Por entre sus rizos rubios pasaba una cadenilla de oro.

—Va a estar en Alvesely —dijo—. Wilma se las arregló para sacarle una invitación a Lauren estando ella presente, y Lauren no tuvo otra alternativa supongo. Sabes cómo es Wilma para salirse con la suya.

—¿En Alvesley? —dijo Neville—. Aunque supongo que Lauren la habría invitado de todos modos después de vuestro compromiso. ¿Eso es inminente, supongo?

—Eso creo.

Neville lo miró fijamente.

—Lo divertido fue —continuó Joseph— que el sermón de Wilma incluyó el detalle de que mientras yo estaba atendiendo a la señorita Martin, McLeith estaba hechizando a la señorita Hunt. Me advirtió que si no iba con cuidado podría perderla. Al parecer se veían muy complacidos los dos juntos.

—Ja —dijo Neville—. Así que estás a punto de que te planten, ¿eh, Joe? ¿Quieres que vea si puedo acelerar el proceso?

Joseph arqueó las cejas.

—¿Por qué crees que yo podría desear eso?

Neville se encogió de hombros.

—Tal vez simplemente te conozco demasiado bien, Joe. Lady Balderston está haciendo señas hacia aquí, y me imagino que no es a mí.

—La contradanza está terminando —dijo Joseph—. Será mejor que vaya a reunirme con ellas y le pida el siguiente baile a la señorita Hunt. ¿Y qué diablos quieres decir con eso de que me conoces demasiado bien?

—Permíteme decir solamente que creo que el tío Webster no te conoce. Wilma tampoco. Ellos piensan que debes casarte con la señorita Hunt. Lily piensa todo lo contrario. Normalmente me fío de los instintos de Lily. Ah, ya ha terminado la contradanza. Vete.

Nev podría haberse guardado para él su opinión y la de Lily, pensó Joseph irritado mientras atravesaba el salón. Ya era demasiado tarde para no proponerle matrimonio a la señorita Hunt, ni aunque fuera eso lo que deseaba. Bailó con ella, tratando de no distraerse mirando a la señorita Martin, que estaba en la hilera de damas, dos puestos más allá, sonriéndole a McLeith, su pareja, que se encontraba justo frente a ella. Y tuvo la impresión de que ella estaba haciendo denodados esfuerzos en no mirarlo a él. De nuevo, como había hecho con mucha frecuencia a lo largo del día, contempló lo ocurrido esa noche pasada con cierta incredulidad, pensando cómo era posible que hubiera ocurrido. No sólo la había besado, sino que la había deseado con unas ansias tan intensas que casi lo hicieron olvidar toda prudencia y sentido común.

Menos mal que estaban en un lugar casi público porque a saber a qué los habría llevado ese apasionado abrazo.

La siguiente contradanza la bailó con la señorita Holland, como solía hacer en los bailes de esa primavera, porque con mucha frecuencia ella era una de las feas del baile, y su madre era tan indolente que no se preocupaba de buscarle pareja. Y luego, después de presentársela al ruborizado Falweth, que jamás lograba reunir el valor necesario para elegir a sus parejas, fue a unirse a un grupo de conocidos y allí se quedó, conversando cordialmente y mirando otra vigorosa contradanza.

Cuando estaba terminando la música aceptó la invitación a la sala de cartas para jugar una o dos manos con algunos de sus acompañantes. Entonces se dio cuenta de que no había visto bailar a la señorita Martin; tampoco había bailado la primera. Detestaría verla como la fea del baile, aunque claro, no era una jovencita en busca de marido.

Buscando vio que estaba sentada en un canapé semicircular de dos asientos conversando con McLeith. Él estaba sonriendo y hablando muy animado, y ella escuchando atentamente. Tal vez, pensó, después de todo ella estuviera contenta de haberse reencontrado con su ex amante. Tal vez ese romance abortado estuviera a punto de reencenderse.

Entonces ella levantó la vista y lo miró, de una manera que lo hizo comprender que ella sabía que él estaba ahí. Y, al instante, desvió la mirada.

Eso era ridículo, pensó. Estaban como un par de púberes que un día se roban un beso detrás del establo y después se sienten eternamente muertos de vergüenza. Pero ellos, la señorita Martin y él, eran adultos. Lo que hicieron esa noche lo hicieron por mutuo consentimiento, y los dos acordaron no lamentarlo. Y una vez dicho y hecho, lo único que se dieron fue un beso. Un beso algo ardiente, cierto, pero aún así...

—Seguid sin mí —dijo a sus acompañantes—. Hay una persona con la que necesito hablar.

Y antes de que se le ocurriera un pretexto para mantenerse alejado de ella, atravesó el salón en dirección al canapé.

—¿McLeith? ¿Señorita Martin? —saludó, haciendo una cortés venia a cada uno—. Señorita Martin, ¿está libre para la siguiente contradanza? ¿Me haría el honor de bailarla conmigo? —Y entonces recordó—. Ah, es un vals.

¡Un vals!

Claudia nunca lo había bailado aunque conocía los pasos por haberlo visto bailar muchas veces, y una o dos, bueno, tal vez más de dos, lo había bailado en su sala de estar particular con una pareja imaginaria.

¿Y ahora le pedían que bailara uno en un baile de la alta sociedad?

¿Y con el marqués de Attingsborough?

—Sí, gracias —dijo.

Le hizo un gesto de asentimiento a Charlie, con el que había estado sentada conversando la pasada media hora después de bailar con él.

El marqués ya tenía alargada la mano; se la cogió y se levantó. Al instante sintió el olor de su colonia y al instante se sintió tragada por el azoramiento, otra vez.

Sólo la noche pasada...

Cuadró los hombros e inconscientemente apretó los labios dejándose llevar por él hasta la pista de baile.

—Espero no hacer un absoluto ridículo —dijo con voz enérgica cuando él se volvió hacia ella—. Nunca he bailado un vals.

—¿Nunca?

Lo miró a los ojos justo en el instante en que se le llenaban de risa.

—Sé dar los pasos —lo tranquilizó, sintiendo arder las mejillas—, pero nunca lo he bailado de verdad.

Él no dijo nada y no cambió su expresión. De pronto ella se rió fuerte y él ladeó ligeramente la cabeza y la miró con más atención, aunque lo que podría estar pensando no logró imaginárselo.

—Podría lamentar habérmelo pedido —dijo.

—Lo mismo me dijo cuando aceptó que yo la acompañara a Londres —contestó él—. Y eso todavía no lo lamento.

—Esto es diferente —dijo ella viendo que los iban rodeando más parejas—. Trataré de no dejarlo en ridículo. La galantería le prohíbe echarse atrás ahora, ¿verdad?

—Supongo que podría postrarme un acceso de nervios o incluso algo más irrefutable como un ataque al corazón. Pero no haré nada de eso. Confieso que siento curiosidad por ver cómo se desenvuelve durante su primer vals.

Ella volvió a reírse, y la risa paró bruscamente cuando él le puso una mano en la espalda, a la altura de la cintura y con la otra le cogió la mano derecha. Ella puso la izquierda en su hombro.

¡Ah, caramba!

Entraron en torrente los recuerdos de la noche pasada, haciéndole arder más aún las mejillas. Resueltamente buscó otra cosa en qué pensar.

—Necesito hablar con usted.

—¿Le debo una disculpa? —preguntó él al mismo tiempo.

—De ninguna manera.

—¿Sí?

Nuevamente hablaron al mismo tiempo y luego se sonrieron en silencio.

La conversación tendría que esperar. Comenzó la música.

Durante un minuto más o menos el susto la hizo olvidar los pasos que nunca había dado con una pareja. Pero él era un excelente guía, comprendió cuando su mente volvió a ser capaz de tener un pensamiento racional. Entonces comprobó que la llevaba dando los pasos más básicos y, milagrosamente, ella lo seguía sin cometer ningún error horroroso. Además, cayó en la cuenta de que estaba contando mentalmente, aunque sospechó que tal vez también movía los labios. Los dejó quietos.

—Creo que está condenada al olvido, señorita Martin —dijo él—. No va a hacer el ridículo y la verdad es que nadie ni siquiera se fija en nosotros.

La miró con expresión apenada y ella le sonrió.

—Y cualquiera que se fije no tardará en expirar de aburrimiento —añadió ella—. Somos la pareja menos digna de mirar en la pista.

—Bueno, eso me parece un reto a mi orgullo masculino.

Aumentó la presión de su mano en la cintura y la llevó girando, girando y girando hasta dar la vuelta por la esquina de la pista.

Ella se refrenó por un pelo de gritar. Y en lugar de gritar se rió.

—Ah, eso ha sido maravilloso. Intentémoslo otra vez. ¿O sería tentar al destino? ¿Cómo ha conseguido que mis zapatos no se metieran debajo de los suyos?

—Ejem —dijo él, aclarándose la garganta—. Creo que eso ha tenido algo que ver con mi pericia, señora.

Y volvió a llevarla girando.

Nuevamente ella se rió, por la euforia del baile y la maravillosa novedad de estar bromeando con un hombre. Él le gustaba, sí, le gustaba extraordinariamente. Lo miró a los ojos para compartir el placer.

Y entonces notó algo más. Algo más que euforia, algo más que placer. Notó...

Ah, no había palabras para expresarlo.

Ese era un momento con el que viviría y soñaría el resto de su vida. De eso estaba absolutamente segura.

Continuó la música, los bailarines siguieron girando, entre ellos, ella y el marqués de Attingsborough, y el mundo era un lugar maravilloso.

Entonces la música se hizo más lenta, señal segura de que el vals estaba a punto de terminar.

—¡Oh! —exclamó—. ¿Ya se ha acabado?

Su primer vals. Y sin duda el último.

—Su primer vals está a punto de pasar a la historia, una lástima —dijo él, como si le hubiera leído el pensamiento.

Entonces ella recordó que necesitaba hablar con él; era un punto y aparte del momento de bromas al comienzo del vals que acababan de bailar en silencio.

—Ah, necesito hablar con usted, lord Attingsborough —dijo—. ¿Tal vez en algún momento mañana?

—Ya antes de que comenzara el vals —dijo él—, estaba mirando con cierta melancolía esas puertas cristaleras. Y ahora salir por ellas se ha convertido en franco deseo. Dan a una terraza. Y, más importante aún, hay aire fresco. ¿Salimos a caminar si no tiene comprometido el siguiente baile?

—No lo tengo comprometido —dijo ella, mirando hacia las puertas abiertas y la oscuridad iluminada por las lámparas más allá.

Tal vez después de la noche pasada eso no sería prudente.

Pero él ya le estaba ofreciendo el brazo, así que se lo cogió. Él la llevó por en medio del gentío hasta que salieron a la terraza.

Esa noche sería diferente.

Esa noche tenían asuntos serios de los que hablar.

12

Sí que se estaba fresco fuera, deliciosamente fresco, en realidad. Pero no eran los únicos que habían aprovechado las puertas abiertas para escapar del calor del salón de baile un rato, observó Joseph; había varias personas en la terraza.

—En el jardín hay lámparas encendidas —dijo—. ¿Bajamos a dar un paseo?

—Muy bien —dijo ella, con su voz de maestra de escuela; ¿se daría cuenta de que tenía dos voces distintas?, pensó él—. Lord Attingsborough...

No continuó, porque él le puso la mano sobre la que ella tenía en su brazo, pero giró la cara para mirarlo. Él tenía que hablar primero; era necesario mencionar la noche pasada.

—¿Estaba tan avergonzada como yo al comienzo de esta velada? —le preguntó.

—Ah, más —dijo ella, con su habitual franqueza.

—Y, ¿ahora no?

—No, aunque tal vez es una suerte que ya no me vea el color de las mejillas.

Ya estaban en el jardín, que no estaba brillantemente iluminado. Él la llevó por un sendero que salía a la izquierda y luego hacía una curva.

—Estupendo. —Se rió y le dio una palmadita en la mano—. Yo tampoco. Lo recuerdo con placer y no lo lamento, aunque podría deshacerme en disculpas si las considerara necesarias.

—No lo son.

Él pensó, no por primera vez, si ella sería una mujer esencialmente solitaria. Pero tal vez era su arrogancia masculina la que lo hacía pensar que podría serlo. Decididamente había demostrado que una mujer es capaz de llevar una vida plena y productiva sin un hombre. Pero claro, la soledad no estaba limitada a las mujeres. Porque a pesar de todos los familiares, amigos y conocidos que lo rodeaban casi constantemente y las actividades que llenaban sus días, era fundamentalmente un hombre solitario.

A pesar de Lizzie, a la que quería más que a su vida, se sentía solo. Ese reconocimiento lo sorprendió. Se sentía solo porque le hacía falta una mujer que pudiera llegar a su corazón y llenarlo. Pero ya era improbable que la encontrara. Estaba casi seguro de que Portia Hunt nunca encajaría en ese papel.

—¿Nos sentamos? —sugirió cuando llegaron a un pequeño estanque de nenúfares, a cuya orilla había un rústico banco de madera bajo las ramas de un sauce.

Se sentaron.

—Este lugar es maravillosamente fresco —dijo ella—. Y silencioso.

—Sí.

—Lord Attingsborough —dijo ella, nuevamente con voz enérgica—. La señorita Thompson, la profesora que vio cuando salimos de Bath, la mayor de las dos, va a llevar a nuestras diez niñas de régimen gratuito a pasar una parte del verano a Lindsey Hall. Es la hermana de la duquesa de Bewcastle, ¿sabe?

—Ah —dijo él, viendo en su mente la imagen de Bewcastle sentado a su mesa con diez escolares y conversando con ellas.

—La duquesa me ha invitado a ir también.

Él sintió una instantánea diversión, recordando lo que ella le había contado sobre su experiencia como institutriz ahí. Giró la cabeza para sonreírle. Veía tenuemente su cara a la luz de una lámpara que colgaba del árbol.

—¿A Lindsey Hall? ¿Estando ahí Bewcastle? ¿Va a ir?

—He dicho que sí —contestó ella, mirando fijamente el agua, como si esta la hubiera ofendido—. Va a estar lady Hallmere también.

Él se rió en voz baja.

—Dije que sí porque se me ocurrió una idea —continuó ella—. Pensé que tal vez iría bien que me llevara a Lizzie conmigo.

Él se puso serio al instante. Lo recorrió un escalofrío. Había deseado ardientemente que ella considerara que la escuela era una posibilidad para su hija. También había deseado, acababa de comprender, que no la considerara una posibilidad. La verdadera posibilidad de estar separado de Lizzie durante meses seguidos era horrorosa, la sentía como un castigo.

—Podría ser un buen periodo de prueba —dijo ella—. Lizzie necesita aire, ejercicio y... diversión. En Lindsey Hall tendrá las tres cosas. Conocerá a Eleanor Thompson y a diez de las niñas de la escuela. Estará conmigo diariamente. Esto nos dará a todos la oportunidad de descubrir si la escolaridad le será beneficiosa y si Eleanor y yo podemos ofrecerle lo suficiente para que valga la pena la experiencia y el precio. Y esto se hará en el ambiente relajado de unas vacaciones.

Él no logró encontrarle ningún defecto a su razonamiento. La sugerencia era eminentemente sensata, pero algo parecido al terror le había formado un nudo en el estómago.

—Lindsey Hall es una casa grande —dijo—. Y el parque es enorme. Se sentiría terriblemente desconcertada.

—Mi escuela es grande, lord Attingsborough —dijo la señorita Martin.

Pero eso sería diferente, ¿no?

Se inclinó, apoyó los codos en las rodillas, con las manos colgando sueltas entre ellas. Bajó la cabeza y cerró los ojos. Estuvieron un largo rato en silencio mientras el aire traía los sonidos de música, voces y risas procedentes del salón de baile. Ella fue la que rompió el silencio:

—Usted concibió la idea de enviar a Lizzie a la escuela no porque eso resolvería el problema de quién cuidaría de ella ni porque desee librarse de su hija, aunque creo que usted teme que esos sean sus motivos. No tiene que temer nada de eso. He visto cómo la quiere. Ninguna niña ha sido jamás más amada.

Habló con su otra voz, notó él, su voz de mujer.

—¿Por qué, entonces, me siento como si fuera a traicionarla?

—Porque es ciega. Y porque es ilegítima. Y desea protegerla de las consecuencias de ambas cosas ahogándola con su cariño.

—Ahogándola —repitió él, sintiendo un sordo dolor en el corazón—. ¿Es eso lo que le hago? ¿Es eso lo que he hecho siempre?

Comprendió que ella tenía razón.

—Ella tiene tanto derecho a vivir como cualquier otra persona —le dijo—. Tiene igual derecho a tomar sus decisiones, a explorar su mundo, a soñar con su futuro y a trabajar para hacer realidad esos sueños. No estoy segura de que la escuela sea lo que le conviene, lord Attingsborough. Pero bien podría ser lo mejor dadas las circunstancias.

Las circunstancias dadas eran que Sonia había muerto y él estaba a punto de casarse con Portia Hunt y habría muy poco espacio en su vida para su hija.

—¿Y si ella no desea ir? —preguntó.

—Entonces habrá que respetar sus deseos y buscar otra opción. Estas son mis condiciones, verá, es decir, si usted aprueba mi plan. Lizzie debe estar de acuerdo también. Y si al final del verano yo decido ofrecerle una plaza en mi escuela ella debe ser la que la acepte o la rechace. Esa será siempre mi condición, ya se lo he dicho antes.

Él se pasó las manos por la cara y se enderezó.

—Debe de considerarme un ser muy lastimoso, señorita Martin.

—No. Simplemente un padre preocupado y amoroso.

—No siempre me siento un padre. He considerado seriamente la posibilidad de llevarla a Norteamérica conmigo para labrarnos allí una nueva vida. Podría estar con ella todo el tiempo. Los dos seríamos felices.

Ella no contestó y él se sintió tonto. Sí que había pensado en llevarse a Lizzie a Norteamérica, pero siempre había sabido que no lo haría, que «no podía». Algún día sería el duque de Anburey, y muchas vidas dependerían de él, y tendría muchísimas obligaciones.

Muchas veces la idea de libertad de elección es pura ilusión.

Entonces le vino un pensamiento y lo sorprendió que no se le hubiera ocurrido antes.

—Pero yo estaré cerca —dijo, levantando la cabeza y girándola para mirarla—. Yo voy a estar en Alvesley Park, con motivo del aniversario de bodas de los condes de Redfield. Alvesley está a sólo unas millas de Lindsey Hall, ¿lo sabía?

—Sí. Y también sabía lo de la fiesta porque Susanna y Peter van a ir. Pero no sabía que usted también estaría ahí.

—Podré ver a Lizzie. Podré pasar un tiempo con ella.

—Sí, si lo desea —dijo ella, mirándolo fijamente.

—¿Si lo deseo?

—A sus familiares y amistades podría extrañarles su interés por una simple niña de mi escuela que está en ella por caridad.

—¿Por caridad? —dijo él, ceñudo—. Le pagaré el doble de lo que cobra, señorita Martin, si Lizzie está dispuesta a ir a su escuela y hay probabilidades de que sea feliz ahí.

—Le dije a la duquesa que la niña a la que podría llevar conmigo es una desamparada que me recomendó el señor Hatchard. Supongo que no desea que se sepa la verdad.

Él la miró algo enfadado y luego desvió la cara y cerró los ojos. Su madre, su padre, Wilma, la familia de Kit, la familia de Bewcastle, todos se ofenderían si descubrían que su hija estaba en Lindsey Hall mientras él se encontraba cerca en Alvesley. Por no decir Portia Hunt. Los caballeros no exhiben a sus hijos ilegítimos ante sus familias legítimas ni ante sus amistades y conocidos.

—Entonces, ¿tendré que comportarme como si me avergonzara de la persona más preciosa de mi vida? —Era una pregunta superflua, lógicamente, y ella no la contestó—. Iré a verla y pasaré un tiempo con ella de todos modos. Sí, convenido, entonces, señorita Martin. Lizzie irá a Lindsey Hall, si acepta, por supuesto, y entre usted, ella y la señorita Thompson decidirán si después podrá asistir a la escuela de Bath.

—No se trata de su ejecución, lord Attingsborough, ¿lo sabe?

Nuevamente él giró la cabeza para mirarla y se rió suavemente, aunque sin humor.

—Debe comprender que se me está rompiendo el corazón —dijo.

Entonces captó la exageración sentimental de sus palabras y pensó si podrían ser ciertas.

—Lo comprendo —dijo ella—. Ahora bien, debo volver a ver a Lizzie. Debo hablar con ella y ver si logro persuadirla de ir a pasar unas semanas del verano a Lindsey Hall con algunas niñas y conmigo. No sé qué responderá, pero creo que en su hija hay más de lo que usted ha estado dispuesto a reconocer, lord Attingsborough. Ha estado cegado por el amor.

—Bonita ironía esa. ¿Mañana, entonces? ¿A la misma hora de siempre?

—Muy bien. Y si puedo llevaré al perro. Es un animalito amistoso, y es posible que a ella le guste.

Seguía sentada inmóvil. Con la cara mitad a la luz y mitad a la sombra se veía muy atractiva. Le era difícil recordar su primera impresión de ella cuando entró en el salón para visitas de su escuela, con expresión severa y sin humor.

—Gracias —dijo. Le cubrió la dos manos con una de él—. Es usted muy generosa.

—Y tal vez muy tonta. ¿Cómo diablos le puedo ofrecer algún tipo de educación a una persona que no ve? Nunca me he considerado hacedora de milagros.

Él no tenía ninguna respuesta. Pero dobló la mano sobre la suya y se la llevó a los labios.

—Le agradezco lo que ha hecho y lo que está dispuesta a hacer —dijo—. Ha mirado a mi hija no como a una hija ilegítima que además tiene la desventaja de ser ciega, sino como a una persona digna de llevar una vida que merezca la pena vivirse. La ha persuadido de correr, reír y gritar con alegría igual que cualquier otra niña. Ahora está dispuesta a darle un verano de diversión que sin duda ella no se ha imaginado ni en sus sueños más locos, ni yo.

—Creo que si fuera papisa me canonizarían, lord Attingsborough.

A él le encantó ese humor mordaz y se rió.

—Creo que ha parado la música —dijo. Guardó silencio un momento para escuchar—. Y era el baile anterior a la cena. ¿Me permite que la acompañe al salón comedor y le llene un plato?

Ella se tomó su tiempo para contestar. Él cayó en la cuenta de que todavía tenía la mano en su regazo.

—Bailamos un vals y después salimos juntos del salón —dijo al fin—. Tal vez causaríamos una errónea impresión si nos sentáramos juntos a cenar también. Tal vez debería ir a sentarse con la señorita Hunt, lord Attingsborough. Yo me quedaré aquí un rato. No tengo hambre.

Él estuvo a punto de decir «Al diablo la señorita Hunt», pero se refrenó a tiempo; ella no había hecho absolutamente nada para merecer esa falta de respeto, y sí podía decirse que él la había descuidado un tanto esa noche; sólo había bailado una vez con ella.

—¿Teme que piensen que yo ando en escarceos amorosos con usted?

Ella lo miró y él vio que tenía una expresión de diversión en la cara.

—Dudo muchísimo que alguien piense eso. Pero bien podrían pensar que yo ando a la caza de usted.

—Se menosprecia.

—¿Se ha mirado en un espejo últimamente? —le preguntó ella.

—¿Y lo ha hecho usted?

Pasado un instante ella sonrió.

—Es usted galante y amable. Puede que le alivie saber que no voy detrás de usted para cazarlo.

Él volvió a levantarle la mano para besársela y después, en lugar de soltársela, entrelazó los dedos con los suyos y apoyó las manos entrelazadas en el asiento, entre ellos. Ella no hizo ningún comentario ni intentó retirar la mano.

—Si no tiene hambre —dijo—, me quedaré aquí sentado con usted hasta que se reanude el baile. Se está muy bien aquí.

—Sí.

Y tal como estaban continuaron ahí sentados un largo rato, sin hablar. Casi todos los demás debían de haber ido a cenar, incluidos los miembros de la orquesta. Si no fuera por el sonido de voces procedente de la terraza, podrían considerar que estaban totalmente solos. La luz de la lámpara iluminaba el estanque, destacando los contornos de varios grupos de nenúfares. Una suave brisa agitaba las ramas del sauce delante de ellos. El aire estaba fresco, tal vez más que solamente fresco. La sintió tiritar.

Le soltó la mano y se quitó la chaqueta de noche, tarea nada fácil, pues estaba confeccionada de forma que se le ciñera absolutamente el cuerpo según los dictámenes de la moda, se la puso sobre los hombros y dejó el brazo ahí, para afirmársela. Con la otra mano volvió a coger la de ella.

Ninguno de los dos dijo nada. Ella no puso ninguna objeción a que le rodeara los hombros con el brazo y tuviera su mano en la de él; no percibió en ella ni rigidez ni complacencia ante su contacto.

Se relajó.

Entonces se le ocurrió la extraordinaria idea, no por primera vez, de que tal vez se estaba enamorando un poquitín de la señorita Martin. Pero era una idea ridícula. Le gustaba, la respetaba, le estaba agradecido. Con la gratitud se mezclaba incluso un poco de ternura, porque ella había sido tan amable con Lizzie, sin manifestar ninguna indignación moral hacia él por haber engendrado una hija ilegítima.

Se sentía cómodo con ella.

Esos sentimientos no equivalían a amor.

Pero estaba el beso de la noche anterior.

Si ella girara la cabeza tal vez volvería a besarla. Se alegraba de ver que no lo hacía... tal vez.

De pronto oyó a los músicos afinando sus instrumentos. Nuevamente pensó en la señorita Hunt, a quien el honor lo obligaba a proponerle matrimonio.

—Pronto se reanudará el baile —dijo.

—Sí —contestó ella, levantándose.

Él también se levantó. Volvió a ponerse la chaqueta. Probablemente su ayuda de cámara lloraría si viera la camisa toda arrugada debajo.

Le ofreció el brazo, ella se lo cogió y echaron a caminar hacia el salón de baile. Cuando terminaron de subir la escalera y ya estaban en la terraza, se detuvo.

—¿Voy a buscarla mañana, entonces? ¿A la misma hora?

—Sí —dijo ella, mirándolo a los ojos.

A la luz que salía del salón de baile se los vio con claridad. Grandes e inteligentes, como siempre; vio en ellos algo más, algo que no supo definir. Se veían muy, muy profundos, como si él pudiera sumergirse en ellos si quisiera.

Le hizo un gesto con la cabeza y con una mano le indicó que ella debía entrar primero en el salón. Una vez que ella entró, se quedó un momento fuera. Esperaba que nadie se hubiera fijado en el largo rato que habían estado juntos.

No deseaba de ninguna manera ensuciarle la reputación.

Ni humillar a la señorita Hunt.

En la mesa elegida para cenar, Lily Wyatt, condesa de Kilbourne, estaba sentada al lado de Lauren Butler, vizcondesa Ravensberg, y las dos conversaban en voz muy baja, en secreto, mientras los demás del grupo hablaban entre ellos en voz más alta. Lily estaba diciendo:

—Neville me ha dicho que has invitado a la señorita Hunt a Alvesley para las fiestas de celebración del aniversario.

Lauren hizo un mal gesto.

—Wilma la llevó a visitarme, y dejó caer indirectas tan directas que cualquier persona sin cerebro las habría entendido. Así que la invité. Pero no tiene importancia, ¿verdad? Supongo que para esa fecha ella y Joseph ya estarán comprometidos. No es ningún secreto, ¿no? Para qué lo llamó a Bath el tío Webster.

—¿A ti tampoco te cae bien? —preguntó Lily.

—Ah, no —reconoció Lauren—. Aunque no sabría explicar por qué. Es demasiado...

—¿Perfecta? —sugirió Lily, comprendiendo que Lauren no había oído a la señorita Hunt cuando puso en duda su buen gusto por haber invitado a una vulgar maestra de escuela a compartir su mesa en Vauxhall, con sus «superiores»—. Wilma ha regañado a Joseph porque anoche permitió que caminara con el duque de McLeith mientras él hacía de galán con la señorita Martin. Teme que se gusten.

—¿La señorita Hunt y el duque? —preguntó Lauren con los ojos agrandados por la incredulidad—. Seguro que no. Él parece un hombre afable.

—Comentario que lo dice todo —dijo Lily—. Pero no puedo evitar compartir tus sentimientos, Lauren. La señorita Hunt me recuerda a Wilma, pero peor. Por lo menos Wilma adora a sus hijos. No logro imaginarme a la señorita Hunt adorando a nadie, ¿y tú? Pensé que tal vez entre las dos podríamos...

Pero Lauren ya tenía un destello en los ojos y la interrumpió:

—Lily, no estarás tramando hacer de casamentera y de rompecompromisos, ¿eh? ¿Puedo participar yo también?

—Podrías invitar al duque a Alvesley también.

Lauren arqueó las cejas.

—¿A una celebración «familiar»? ¿No parecería raro?

—Usa tu inventiva.

—Ay, Dios, ¿tengo algo? —rió Lauren; pero enseguida se le alegró la cara—. Hoy Christine me ha dicho que la señorita Martin va a ir a Lindsey Hall a pasar una parte del verano. La hermana de Christine va a llevar a algunas niñas de la escuela a pasar unas vacaciones ahí. El duque de McLeith y la señorita Martin se criaron en la misma casa como hermanos y acaban de reencontrarse después de años y años de separación. Él en particular está encantado con eso, y yo creo que ella también. Tal vez podría sugerir que a él podría gustarle estar cerca de ella unas semanas antes que él vuelva a Escocia y ella a Bath.

—Brillante —dijo Lily—. Vamos, hazlo, Lauren, y entonces veremos qué podemos conseguir.

—Esto es diabólico —dijo Lauren—. ¿Y sabes qué dice Susanna? Cree que Joseph podría estar algo enamorado de la señorita Martin. La ha llevado a pasear en coche varias veces, y ha pasado tiempo con ella en varios eventos sociales, por ejemplo anoche en Vauxhall. Hace un rato bailaron un vals. ¿Y dónde está él ahora, lo sabes? ¿Y dónde está ella?

—Es el romance más insólito imaginable —dijo Lily, aunque le brillaban los ojos—. Pero, uy, caramba, Lauren, ella podría ser la mujer perfecta para él. Ninguna otra lo ha sido jamás. Decididamente la señorita Hunt no lo es.

—Wilma se pondría morada —añadió Lauren.

Se sonrieron y Neville, que estaba apenas lo suficientemente alejado para no oír, frunció los labios para evitar sonreír, y puso cara de inocente.

13

A la mañana siguiente, Claudia y Susanna acababan de volver de la biblioteca Hookman's cuando el duque de McLeith llamó a la puerta. Lo hicieron pasar al salón de mañana, donde estaba Claudia sola, hojeando un libro que acababa de sacar prestado de la biblioteca. Susanna había subido a la sala cuna a ver a Harry.

Una vez que el mayordomo lo anunció y el perro corrió a ladrarle moviendo la cola, él entró, diciendo:

—Claudia, ¿tu perro?

—Creo que más bien soy yo la que le pertenece —dijo ella haciéndole cosquillas detrás de una oreja—. Mientras no le encuentre un buen hogar, soy de él.

—¿Te acuerdas de *Horace*?

¡Horace! Era un spaniel al que ella adoraba de niña. La seguía a todas partes como una sombra, con grandes orejas caídas. Sonrió mientras los dos se sentaban.

—Los vizcondes Ravensberg hablaron conmigo anoche antes de marcharse del baile —dijo él—. Me invitaron a pasar unas semanas en Alvesley Park antes de regresar a Escocia. Al parecer va haber ahí una muy concurrida celebración del aniversario de bodas de los condes de Redfield. Debo confesar que me sorprendí. Me pareció que mi superficial relación con ellos no es suficiente para merecer esa distinción. Pero entonces la vizcondesa me explicó que tú vas a estar en Lindsey Hall, que está cerca, y que pensó que a mí me encantaría tener unas semanas para disfrutar de tu compañía después de una separación tan larga.

Guardó silencio y la miró interrogante.

Ella se cogió las manos en la falda y lo miró sin hacer ningún comentario. Susanna y todas sus amigas parecían encantadas por las historias que él les había contado, que eran totalmente ciertas, pero de ninguna manera eran toda la verdad. Hubo un tiempo en que ella lo amó con todo el ardor de su joven corazón. Pero si bien el tiempo de galanteo había sido inocente y decoroso, la despedida no fue ninguna de las dos cosas.

Había entregado su virginidad a Charlie en la cima desierta de una colina de detrás de la casa de su padre.

Entonces él le juró que volvería a buscarla en la primera oportunidad que tuviera, para hacerla su esposa. También le juró, abrazándola estrechamente mientras los dos lloraban, que la amaría eternamente, que ningún hombre había amado jamás como él la amaba a ella. Y ella, claro, le dijo más o menos lo mismo.

—¿Qué te parece? —le preguntó él—. ¿Acepto? Hemos tenido muy pocas oportunidades para conversar y nos queda muchísimo por decir. Hay mucho por recordar todavía y mucho que contarnos para volver a conocernos. Creo que me gusta la nueva Claudia tanto como me gustaba la antigua. Pero lo pasábamos muy bien juntos, ¿verdad? Ningunos verdaderos hermanos podrían haber estado más contentos en la mutua compañía.

Ella había llevado la rabia dentro durante tantos años que a veces creía que había desaparecido, que estaba olvidada. Pero algunos sentimientos del pasado son tan profundos que se convierten en parte de la persona.

—No éramos como hermanos, Charlie —dijo enérgicamente—, y no nos consideramos hermanos los dos últimos años anteriores a que te marcharas. Estábamos enamorados.

No dejó de mirarlo mientras el perro se echaba a sus pies suspirando de satisfacción.

—Éramos muy jóvenes —dijo él, desvanecida su sonrisa.

—Entre los no tan jóvenes existe la idea de que los jóvenes son incapaces de amar, de que sus sentimientos no tienen ninguna importancia.

—A los jóvenes les falta la sabiduría que da la edad —dijo él—. Era inevitable que nacieran sentimientos románticos entre nosotros, Claudia. Con el tiempo nos habrían quedado pequeños. Yo casi lo había olvidado.

Ella sintió una rabia intensa, no por ella en esos momentos, sino por la niña que fue en ese tiempo. La jovencita que había sufrido inconsolable durante años.

—Ahora podemos reírnos de eso —dijo él, sonriendo.

Ella no sonrió.

—Yo no me voy a reír —dijo—. ¿Por qué lo olvidaste, Charlie? ¿Porque yo significaba muy poco para ti? ¿Porque recordarlo era demasiado desagradable o incómodo para ti? ¿Porque te sentías culpable de esa última carta que me escribiste? —«Ahora soy un duque, Claudia. Debes comprender que eso cambia mucho las cosas». «Soy un duque»—. ¿Y también has olvidado que en una ocasión fuimos amantes?

A él le subió un rubor por el cuello hasta las mejillas. Ella se ordenó no ruborizarse también. Pero no dejó de mirarlo a los ojos, ah, eso no.

—Fuimos unos imprudentes —dijo él, frotándose la nuca, como si de pronto le apretara mucho la corbata—. Tu padre fue imprudente al darnos tanta libertad. Tú fuiste imprudente cuando yo me iba a marchar y podría haber habido consecuencias. Y yo fui imprudente... —No terminó la frase.

—¿Porque podría haber habido consecuencias que habrían causado complicaciones a tu nueva vida, como me dejaste muy claro en tu última carta?

«No debo permitir que me vean relacionado tan íntimamente con personas inferiores que no son dignas de mi atención. Ahora soy un duque.»

—No me había dado cuenta, Claudia —dijo él, suspirando—, de que estás amargada. Lo siento.

—Dejé atrás la amargura hace mucho tiempo —dijo ella, no muy segura de que eso fuera cierto—, pero no puedo permitir que continúes tratándome con tan efusivo placer como a una hermana tanto tiempo perdida, Charlie, sin obligarte a recordar lo que has olvidado tan convenientemente.

—No fue fácil —dijo él, echándose atrás en el sillón y bajando los ojos—. Pero sólo era un niño, y de repente me vi enfrentado a deberes y responsabilidades, a toda una vida y a todo un mundo con los que jamás había ni soñado.

Ella no dijo nada. Sabía que él decía la verdad, y sin embargo...

Sin embargo eso no disculpaba la crueldad de su rechazo final. ¿Y cómo podía decirse que había dejado atrás el sufrimiento y la amargura cuando desde entonces había odiado, odiado, odiado, a todos los hombres que llevaban el título de duque?

—A veces —continuó él—, he pensado si valieron la pena todos los sacrificios que me obligaron a hacer. Mi sueño de seguir la carrera de leyes. Tú.

Ella continuó en silencio.

—Me porté mal —reconoció él por fin. Levantándose bruscamente atravesó la sala y fue a asomarse a la ventana—. ¿Crees que no lo sabía? ¿Crees que no sufrí?

Lo comprendía. Siempre había comprendido el torbellino interior que él tuvo que haber vivido. Pero algunas cosas, si bien no son imperdonables, por lo menos no son justificables.

La última carta la había destruido hacía mucho tiempo, junto con las que la precedieron. Pero creía que «todavía» podía recitarla de memoria si quería.

—Si te sirve de consuelo, Claudia —dijo entonces él—, no tuve un matrimonio feliz. Mona era una arpía. Yo pasaba fuera de casa todo el tiempo que podía.

—La duquesa de McLeith no está aquí para defenderse —dijo ella.

Él se giró a mirarla.

—Ah, veo que estás resuelta a pelear conmigo, Claudia.

—No a pelear, Charlie, simplemente quiero que haya algo de verdad en lo que nos decimos. ¿Cómo podríamos continuar si permitimos que sigan deformados nuestros recuerdos del pasado?

—¿Podemos continuar, entonces? ¿Me perdonarás el pasado, Claudia? ¿Lo atribuirás a la juventud y la tontería, a las presiones de una vida para la que yo no tenía ninguna preparación?

Eso no tenía mucho de disculpa, ya que al formularla se disculpaba a sí mismo. ¿Serían los jóvenes menos responsables que los mayores? Pero había habido muchos años de amistad íntima, unos pocos de amor y una tarde de intensa pasión. Y un año de vehementes cartas de amor, antes que la última le destrozara el corazón, le destrozara su mundo y su ser. Tal vez era una tontería basar toda su opinión sobre él en esa sola carta. Tal vez ya era hora de perdonar.

—Muy bien —dijo, pasado un momento.

Al instante él fue hasta ella, le cogió una mano y se la apretó.

—Cometí el peor error de mi vida cuando... Pero no tiene importancia. ¿Qué hago con la invitación?

—¿Qué deseas hacer?

—Aceptar. Me caen bien los Ravensberg, y sus familiares y amigos. Y deseo pasar más tiempo contigo. Permíteme que vaya, Claudia. Permíteme que sea tu hermano otra vez. No, no tu hermano. Permíteme que sea tu amigo otra vez. Siempre fuimos buenos amigos, ¿verdad? ¿Incluso al final?

¿A qué final se referiría?

—Estuve despierto gran parte de la noche —continuó él—, pensando qué debía hacer y comprendiendo cómo se empobreció mi vida el día que dejé la casa de tu padre y a ti. Y entonces comprendí que no podía aceptar la invitación a menos que tú dijeras que lo hiciera.

Ella también había estado despierta gran parte de la noche, pero estaba segura de que no había pensado ni una sola vez en Charlie. Había pensado en las dos personas sentadas bajo un sauce junto a un estanque de nenúfares por la noche, la chaqueta de él, calentada por su cuerpo, sobre los hombros de ella, el brazo de él sujetándosela y la mano de ella en la de él, sin hablar ni una sola palabra durante casi media hora. Ese era un recuerdo tan intenso como el de cuando se besaron en Vauxhall Gardens. Tal vez más aún. El beso había sido de puro deseo, lujuria; lo de esa noche en el jardín, no. No quería pensar qué fue.

—Ve a Alvesley entonces —dijo, retirando la mano de la de él—. Tal vez mientras estemos ahí podamos crearnos nuevos recuerdos para el futuro, recuerdos más agradables.

Él le sonrió y a ella se le formó un bulto en la garganta; era una sonrisa ilusionada que le recordó al niño que fue. Nunca se había imaginado ni en sueños que ese niño pudiera ser cruel. Pero ¿era correcto lo que iba a hacer? ¿Era prudente volver a confiar en él? Pero él sólo le pedía amistad. Y podría convenirle ser su amiga otra vez, dejar atrás el pasado por fin.

—Gracias —le dijo—. No te ocuparé más tiempo, Claudia. Volveré a mis habitaciones y enviaré una nota de aceptación a lady Ravensberg.

Después que él se marchó Claudia volvió a mirar el libro que había sacado de la biblioteca. Pero no lo abrió. Simplemente pasó la mano por su cubierta de piel, hasta que el perro subió de un salto al sofá y apoyó la cabeza en su falda.

—Bueno, *Horace* —dijo en voz alta, acariciándole la cabeza—, me siento como si fuera montada en un gigantesco y brioso caballo de emociones. La sensación no es nada agradable para una persona de mi edad. En realidad, si Lizzie Pickford no quiere ir a Lindsey Hall conmigo, creo que bien podría irme directamente a Bath, y, si me perdonas el lenguaje grosero, al diablo con Charlie «y» con el marqués de Attingsborough. Pero ¿qué diablos voy a hacer contigo?

Él levantó los ojos hacia los de ella sin levantar la cabeza y emitió un largo suspiro, al tiempo que golpeaba el sofá con la cola.

—¡Exactamente! —convino ella—. Todos los machos os creéis irresistibles.

De Derbyshire habían llegado unos primos de lady Balderston, y Joseph estaba invitado a cenar con la familia y a acompañarlos después a la ópera.

Todavía no había pedido una cita a Balderston para hablar con él, pero lo haría, tal vez esa noche. Su indecisión para dar el paso ya se le estaba volviendo embarazosa.

Y tal vez esa noche intentaría nuevamente cortejar a Portia Hunt. Ella tenía que tener un lado más blando que el que demostró tener durante el trayecto a Vauxhall, y él debía encontrarlo. Sabía que, en general, las damas lo encontraban encantador y atractivo, aunque rara vez aprovechaba eso para coquetear o entregarse a escarceos amorosos. «Rara vez» era la expresión clave. Se sentía incómodo por sus tratos con la señorita Martin. Y, sin embargo, no los sentía como coqueteos ni escarceos amorosos. Detestaba pensar en cómo los sentía.

Y a causa de eso se sintió algo deprimido toda la mañana, mientras combatía en el Salón de Boxeo para Caballeros de Jackson. Cuando esa tarde llegó a la casa de Whitleaf en Grosvenor Square ya estaba resuelto a que todo versara sobre el asunto serio que tenían entre manos. Iba a llevar a la señorita Martin a ver a Lizzie para que le hiciera la propuesta para el verano y la dejara decidir a ella. La intervención de él tenía que ser mínima.

Cuando ella bajó la escalera, al ser llamada por el mayordomo, vio que llevaba un vestido sencillo, como siempre, el mismo con que fue a la merienda, aunque se lo habían planchado; también llevaba la misma pamela de paja. Y al perro en brazos.

Se veía como una mujer a la que conocía de toda su vida. Le parecía un trocito de hogar, lo que fuera que su mente quiso decir al presentarle esa extraña idea.

—Los dos estamos listos —dijo ella, con su voz enérgica.

—¿De veras quieres llevar al perro, Claudia? —le preguntó Whitleaf—. Puedes dejarlo aquí con nosotros, sin ningún problema.

—Le irá bien airearse un poco —dijo ella—, pero, gracias, Peter. Eres extraordinariamente amable, si tenemos en cuenta que no tuviste muchas opciones —se rió— entre aceptarlo a él o echarme a la calle a mí.

—Vete, entonces, y que lo pases bien —le dijo Susanna, aunque Joseph vio que lo miraba a él, con una expresión de curiosidad en los ojos.

Por primera vez se le ocurrió pensar que, al no saber la verdadera naturaleza de las salidas de la señorita Martin con él, ella y Whitleaf debían de preguntarse qué diablos se proponía él, dado sobre todo que era probable que supieran que, a todos los efectos, era un hombre comprometido. Había puesto en una posición embarazosa a la señorita Martin, comprendió.

Emprendieron la marcha en el tílburi. Ya no hacía tanto calor como antes; unas cuantas nubes le quitaban mordacidad a la temperatura cuando tapaban el sol.

—¿Adónde le ha dicho a Susanna que iba esta tarde? —le preguntó.

—A dar un paseo por el parque.

—¿Y las otras veces?

—A dar un paseo por el parque —repuso ella, con toda su atención concentrada en el perro.

—¿Y qué ha dicho ella acerca de todos estos paseos?

Giró la cabeza a tiempo para verla ruborizarse y luego bajarla.

—Ah, nada. ¿Qué tendría que decir?

Debían pensar que él estaba tonteando con ella al mismo tiempo que cortejaba a la señorita Hunt. Y lo peor de todo era que no iban muy descaminados. Hizo un mal gesto para su coleto. Todo eso tenía que ser muy molesto para ella.

Se hizo el silencio. Pero ese día debía evitar el silencio a toda costa, decidió pasado un momento, y al parecer ella estaba de acuerdo. Durante todo el trayecto hasta la casa conversaron alegremente sobre los libros que habían leído los dos. Pero no fue una conversación forzada ni incómoda, como él habría supuesto. Fue una conversación animada e inteligente. Hasta habría deseado que el trayecto fuera más largo.

Lizzie estaba en el salón de arriba esperándolo. Lo abrazó echándole los brazos al cuello, como siempre, y luego ladeó la cabeza.

—Alguien ha venido contigo, papá —dijo—. ¿Es la señorita Martin?

—Sí —dijo él, y vio que se le alegraba la cara.

—Y no sólo yo —contestó ésta—. He traído a alguien a conocerte, Lizzie. Al menos es casi alguien. He traído a *Horace*.

¿*Horace*? Joseph la miró divertido, pero ella tenía toda la atención concentrada en su hija

—¡Ha traído a su perro! —exclamó Lizzie justo en el instante en que el collie decidió ladrar.

—Desea ser tu amigo —le explicó la señorita Martin al verla retroceder—. No te hará absolutamente ningún daño. Yo lo tengo cogido firme de todos modos. Venga, déjame cogerte la mano.

Se la cogió, se la puso sobre la cabeza del perro y luego se la guió por el lomo. El perro giró la cabeza y le lamió la muñeca. Lizzie retiró bruscamente la mano pero después chilló de risa.

—¡Me ha lamido! A ver, déjeme tocarlo otra vez.

—Es un border collie —explicó la señorita Martin, cogiéndole nuevamente la mano y guiándosela por la cabeza del perro—. Es una de las razas de perros más inteligentes que existen. A los collies se los suele usar para que pastoreen a las ovejas, para que les impidan dispersarse, y cuando una se aleja, el perro la devuelve al rebaño, y después de haber pacido en los campos o en las colinas, las lleva de vuelta al redil. Claro que *Horace* es poco más que un cachorro todavía y no ha sido adiestrado.

Joseph fue a abrir la ventana y se quedó ahí a observar cómo su hija se enamoraba. Ella no tardó en estar sentada en el sofá con el perro a su lado, este jadeando con la lengua fuera encantado mientras ella lo exploraba suavemente con sus sensibles manos, y riéndose, cuando primero le lamió una mano y luego la cara.

—Uy, papá, mírame. Y mira a *Horace*.

—Estoy mirando, cariño —dijo él.

Observaba también a la señorita Martin, sentada junto a su hija, al otro lado del perro, acariciándolo con ella y contándole la historia de cómo lo adquirió, embelleciéndola bastante, y haciéndola parecer mucho más cómica de lo que fue en realidad. Tenía la impresión de que estaba tan absorta en la conversación con su hija que había olvidado su presencia. Era muy fácil ver cómo se había convertido en una profesora exitosa y por qué él había percibido una atmósfera feliz en su escuela.

—Recuerdo que me dijiste —dijo la señorita Martin— que en todas las historias que inventas aparece un perro. ¿Te gustaría contarme una de esas historias y que yo te la escriba?

—¿Ahora? —preguntó Lizzie, riendo y apartando la cara de otra entusiasta lamida.

—¿Por qué no? Tal vez tu padre me encuentre papel, pluma y tinta.

Entonces lo miró con las cejas arqueadas y él salió de la sala sin más. Cuando volvió, ellas estaban sentadas en el suelo con el perro en el medio echado de espaldas mientras ambas le friccionaban el vientre. Las dos se estaban riendo, con las cabezas juntas.

Sintió una especie de revoloteo muy al fondo de su interior.

Entonces la señorita Martin se sentó ante una mesita y comenzó a escribir mientras Lizzie le contaba una morbosa historia de brujas y brujos practicando sus malas artes en un bosque en el que se perdió una niña un día. Los árboles se cerraban alrededor de ella, aprisionándola, las raíces salían del suelo haciéndola tropezar y les brotaban tentáculos que le rodeaban los tobillos haciéndola caer, mientras en el cielo retumbaban los truenos, presagiando otras catástrofes terribles. Las únicas esperanzas que tenía de escapar de ahí era su corazón intrépido y un perro que apareció de repente y comenzó a atacarlo todo, menos a los truenos, y que, finalmente, sangrando y agotadísimo, la guió hasta la orilla del bosque, y desde ahí ella oyó a su madre cantando en el jardín lleno de perfumadas flores. Al parecer la tormenta de truenos no se extendió más allá bosque.

—Ya está —dijo la señorita Martin, dejando la pluma en la mesita—. La tengo entera. ¿Te la leo?

Se la leyó, y cuando terminó Lizzie dio unas palmadas, riéndose.

—Esa es mi historia «exactamente». ¿La has oído, papá?

—Sí.

—Podrás leérmela.

—Te la leeré —concedió él—, pero no cuando estés en la cama antes de dormirte, Lizzie. Tal vez «tú» puedas dormir después de eso, pero seguro que «yo» no. Todavía estoy temblando de miedo. Pensé que los dos perecerían.

—Vamos, papá. En el final de las historias los personajes principales viven felices para siempre.

Él buscó los ojos de la señorita Martin. Sí, en los cuentos, tal vez. La vida real solía ser diferente.

—Tal vez, Lizzie —dijo—, podríamos salir al jardín con la señorita Martin; así podrás nombrarle todas las flores. El perro puede venir también.

Ella se levantó de un salto y alargó un brazo hacia él.

—Acompáñame a buscar mi papalina.

Él avanzó un paso hacia ella y se detuvo.

—Sé mi niña lista y ve a buscarla sin mí. ¿Puedes?

—Claro que puedo. —Se le iluminó la cara—. Cuenta hasta cincuenta, papá, y estaré de vuelta. Pero no tan rápido, tonto —añadió, riendo alegremente cuando él comenzó a contar.

—Uno... dos... tres —comenzó él de nuevo, más lento, y ella salió de la sala.

Pasado un momento el perro se levantó y la siguió.

—Es capaz de hacer muchísimas cosas, ¿verdad? —dijo—. He sido negligente. Debería haberle organizado algo mucho antes. Lo que pasa es que siempre ha sido muy pequeña y el cariño y la protección me parecían suficientes.

—No se culpe —dijo la señorita Martin—. El cariño vale más que cualquier otro regalo que pudiera darle. Y no es demasiado tarde. Once años es una edad buena para que descubra que tiene alas.

—¿Para volar lejos de mí? —dijo él, sonriendo triste.

—Sí, y para volar de vuelta a usted.

—Libertad. ¿Es posible para ella?

—Sólo ella puede decidir eso.

Entonces él oyó los pasos de Lizzie por la escalera.

—Cuarenta... cuarenta y uno... cuarenta y dos —contó en voz alta.

—¡Aquí estoy! —gritó ella fuera de la puerta. Entonces apareció, sonrosada y entusiasmada, con los párpados agitados, mientras el perro pasaba corriendo por su lado—. Y aquí está mi papalina —añadió, moviéndola.

—Ah, bravo, Lizzie —dijo la señorita Martin.

Estuvieron una hora en el jardín hasta que la señora Smart llevó la bandeja con el té. Lizzie se dedicó a uno de sus juegos predilectos: inclinarse sobre las flores, tocarlas y olerlas para identificarlas. A veces se cogía las manos a la espalda y hacía el juego sólo con el olfato. La señorita Martin también lo intentó, con los ojos cerrados, pero se equivocaba tantas veces como acertaba, y Lizzie se reía regocijada. También escuchó atentamente la clase de botánica que le dio, señalando las partes y cualidades de cada planta, mientras Lizzie palpaba la planta de la que estaba hablando.

Joseph se había quedado sentado mirando. Casi nunca había tenido tiempo libre para observar a su hija. Cuando la visitaba, normalmente él era el centro de toda la atención de ella. Ese día tenía a la señorita Martin y al perro, y aunque lo llamaba con frecuencia para que se fijara en algo, se veía claramente que lo estaba pasando muy bien con sus acompañantes.

¿Así podría haber sido su vida familiar, pensó, si hubiera estado libre para casarse joven, cuando conoció a Barbara y se enamoró de ella? ¿Se habría sentido tan feliz con su esposa y sus hijos como se sentía observando a la señorita Martin y a Lizzie? ¿Habría sentido esa satisfacción, esa dicha?

Ellas estaban inclinadas sobre un pensamiento, con las cabezas tocándose, el brazo de la señorita Martin rodeándole la cintura a Lizzie y el de Lizzie sobre los hombros de la señorita Martin. El perro dio unos ladridos cerca de ellas y luego echó a correr persiguiendo a una mariposa.

Buen Dios, pensó de repente. Condenación, seguir con esos pensamientos no le haría ningún bien. Era exactamente lo que había resuelto no hacer esa tarde.

Tendría su vida familiar. La esposa y madre no serían ni Barbara ni la señorita Martin, y ninguno de sus hijos sería

Lizzie. Pero la tendría. Comenzaría a cortejar en serio a Portia Hunt esa misma noche. Por la mañana iría a visitar a Balderston y después haría su proposición formal. Seguro que ella se relajaría más cuando estuvieran comprometidos oficialmente. Seguro que ella debía desear algo de afecto, calor, cierta intimidad familiar en su matrimonio también. Sí, seguro que sí.

Llegó la señora Smart con la bandeja del té, interrumpiendo sus pensamientos, y las damas fueron a sentarse a la mesa. La señorita Martin lo sirvió.

—Lizzie —dijo, después de distribuir las tazas y los pasteles—, quiero verte tomar más aire fresco durante el verano. Lo pasaste bien la tarde en Richmond Park, ¿verdad? Me gustaría verte caminar, correr y saltar otra vez, y encontrar más flores y plantas que aún no conoces. Quisiera llevarte conmigo al campo a pasar unas semanas.

Lizzie, que estaba sentada al lado de su padre, lo buscó a tientas con la mano libre. Él se la cogió.

—No deseo ir a la escuela, papá —dijo.

—No se trata de una escuela —le explicó la señorita Martin—. Una de mis profesoras, la señorita Thompson, va a llevar a diez niñas de la escuela a pasar unas semanas en Lindsey Hall, en Hampshire. Es una mansión grande en el campo rodeada por un inmenso parque. Van a ir a pasar unas vacaciones ahí, y yo iré también. Algunas de mis niñas, verás, no tienen padres ni hogar, así que deben quedarse con nosotras durante las vacaciones. Intentamos que pasen bien sus vacaciones con muchísimas actividades y mucha diversión. Pensé que podría gustarte venir conmigo.

—¿Tú vas a ir papá?

—Iré a una casa cercana a pasar unas semanas —contestó él—. Podré ir a verte.

—¿Y quién me va a llevar?

—Yo —dijo la señorita Martin.

Él miró atentamente a Lizzie. Había desaparecido de sus mejillas el poco color que le había producido la hora al aire libre.

—Tengo miedo —dijo ella.

Él le apretó más la mano.

—No tienes por qué ir. No tienes por qué ir a ninguna parte. Yo buscaré a alguien que viva aquí y sea tu acompañante, una persona que te caiga bien y que sea amable contigo.

Tal vez la señorita Martin manifestaría su desacuerdo con él. Tal vez opinaría que él debía insistir en que su hija encontrara sus alas, que debería obligarla a abandonar el nido, por así decirlo. Pero ella no dijo nada, y, en realidad, le había dicho todo lo contrario, ¿no? Le había dicho que Lizzie debía decidirlo ella sola.

—Esas niñas me odiarían —dijo Lizzie.

—¿Por qué iban a odiarte?

—Porque tengo hogar y un papá.

—No creo que te odien por eso.

—Yo no diría que tengo un papá —dijo entonces Lizzie, alegrando la cara—. Simularía que soy igual que ellas.

Y eso era exactamente lo que la señorita Martin le había dicho a la duquesa de Bewcastle al describirle a Lizzie, que era una niña desamparada recomendada por su agente en Londres. ¿Y él no iba a protestar? ¿Se avergonzaba de ella, entonces? ¿O simplemente se doblegaba ante lo que la sociedad esperaba de un caballero?

—¿Y harían cosas conmigo? —preguntó la niña, volviendo la cara hacia la señorita Martin—. ¿Me considerarían una molestia?

Nuevamente Joseph tuvo que admirar su sinceridad. No se precipitó a negarlo.

—Eso tendremos que descubrirlo —dijo—. Serán educadas, por supuesto. En mi escuela aprenden buenos modales. Pero de ti dependerá hacer amigas.

—Pero es que nunca he tenido amigas.

—Entonces esta será tu oportunidad para tener algunas —contestó la señorita Martin.

—¿Y volvería aquí después de esas semanas?

—Si quieres.

Lizzie se quedó muy quieta, ya sin tocarlo a él. Se pasaba las manos por la falda, lo que indicaba que estaba nerviosa. También se mecía hacia delante y hacia atrás, como hacía a veces cuando estaba muy preocupada. Se le agitaban los párpados y sus ojos se movían debajo. También movía los labios, en silencio.

Joseph resistió el deseo de cogerla en sus brazos.

—Pero tengo mucho miedo —repitió la niña.

—Entonces te quedarás aquí —dijo él firmemente—. Comenzaré inmediatamente a buscarte una acompañante.

—No he querido decir que no voy a ir, papá, sólo que tengo miedo.

Continuó meciéndose y pasándose las manos por la falda, mientras la señorita Martin no decía nada y él se sentía resentido con ella, sin ninguna justificación, por supuesto.

—Lo he aprendido todo sobre la valentía en algunas de las historias que me has contado, papá —dijo Lizzie al fin—. Uno sólo puede demostrar valor cuando tiene miedo. Si no se siente miedo, no hay ninguna necesidad de valentía.

—¿Y siempre has deseado hacer algo valiente, Lizzie? —le preguntó la señorita Martin—. ¿Como la Amanda de tu historia, cuando podría haberse escapado antes del bosque si no se hubiera detenido a rescatar al perro de la trampa para conejos?

—Pero no sólo para luchar contra las brujas y el mal, ¿verdad? —dijo Lizzie.

—También para entrar en lo desconocido —dijo Claudia—, cuando es más fácil aferrarse a lo que es conocido y seguro.

—Entonces creo que seré valiente —dijo Lizzie, pasado otro corto momento de silencio—. ¿Te sentirás orgulloso de mí, papá, si lo soy?

—Siempre estoy orgulloso de ti, cariño —dijo él—, pero sí, me sentiría especialmente orgulloso si fueras tan valiente como para ir. Y sería muy feliz si resultara que lo pasas tan bien allí como creo que lo pasarás.

—Entonces iré —dijo ella, decidida, y al instante dejó de mecerse—. Iré, señorita Martin.

Y acto seguido se giró a cogerse del brazo de él, se subió a su regazo, abrazándolo, y escondió la cara.

Él la abrazó, echó atrás la cabeza y cerró los ojos. Tuvo que tragar saliva, pues se sentía ridículamente a punto de echarse a llorar. Cuando abrió los ojos vio que la señorita Martin los estaba mirando muy seria, nuevamente en su postura de disciplinada profesora, o como su muy querida amiga.

Sin pensarlo, alargó el brazo sobre la mesa. Después de mirarle la mano un momento, ella puso la suya encima.

Ah, la vida es amargamente irónica a veces, pensó. De nuevo se sentía como si hubiera encontrado una familia donde no podía haber ninguna, justo cuando estaba obligado por el honor a proponerle matrimonio a una mujer que nunca deseaba que la besaran.

Cerró la mano sobre la de la señorita Martin y se la apretó fuertemente.

14

A última hora de una tarde, dos semanas después, Claudia ya se había puesto su viejo y fiel vestido de noche azul y se estaba peinando, pues había declinado el amable ofrecimiento de la duquesa de Bewcastle de contar con los servicios de una doncella. Se sentía inexplicablemente deprimida, cuando tenía todos los motivos para estar muy animada y contenta.

En Lindsey Hall la trataban como a una huésped de honor, no como a una profesora a cargo de un buen grupo de alumnas de no pago. Y dentro de media hora estaría de camino con la familia Bedwyn hacia una cena de celebración y velada social en Alvesley Park. Allí vería a Susanna. También vería a Anne, que sólo el día anterior había llegado de Gales con Sydnam y sus dos hijos.

El trayecto desde Londres hacía solo unos días había ido sobre ruedas, aun cuando Lizzie estuvo llorando un buen rato después de dejar su casa y despedirse de su padre, y se aferró a ella. Pero Susanna y Peter, con los que habían viajado, fueron muy amables con ella, y el perro se echó a su lado, y cuando se detenían los coches y la niñera de Harry se lo llevaba a Susanna, le fascinaba que la dejaran tocarle la manita y acariciarle la pelusilla de la cabeza.

Fue maravilloso volver a ver a Eleanor y a las niñas que ya estaban con ella en Lindsey Hall, y tuvo la impresión de que todas se alegraron verdaderamente de verla. A Lizzie la saludaron con cautela y curiosidad, pero la misma noche de su llegada, Agnes Ryde, la más dominante de las chicas, pues tenía dieciséis años, decidió tomar bajo su protección a la niña nueva, y Molly Wiggins, la menor y la más tímida, la eligió como su amiga especial y le cogió firmemente la mano. Y casi enseguida se ofreció a cepillarle el pelo y la llevó a la habitación que iban a compartir, mientras Agnes la llevaba cogida del otro brazo.

También fue fabuloso volver a ver a Flora y a Edna, y descubrir que las dos no cabían en sí de felicidad por la suerte que les había deparado la vida, y deseaban presumir un poco ante sus ex compañeras.

La duquesa se mostraba muy amable con ella, como también lord y lady Aidan Bedwyn, los condes de Rosthorn (la condesa era la menor de las dos hermanas Bedwyn) y el marqués de Hallmere. El duque de Bewcastle era cortés; incluso estuvo conversando con ella diez minutos completos durante una cena, y ella no pudo encontrar ningún defecto en sus modales. En cuanto a lady Hallmere, una mañana mientras atravesaba la extensión de césped, procedente del establo, vestida con el traje de montar, después de desearle los buenos días a ella se detuvo a conversar con Molly y Lizzie, que estaban afanadísimas haciendo guirnaldas de margaritas; mientras tanto el perro trataba de cogerse la cola y de atrapar a cualquier bichito volador que cometiera la imprudencia de meterse en su espacio.

Lady Hallmere actuó como una reina condescendiente hacia sus más humildes súbditas, pensó ella, muy poco amable, y enseguida tuvo que regañarse por esa injusticia. A la mujer no le habría costado nada desentenderse totalmente de ellas. Y las palabras que le dijera en Londres la habían escarmentado un tanto también: «Le ha durado mucho el rencor, señorita Martin».

Charlie había venido a verla cada día desde Alvesley, a caballo; un día hicieron una larga caminata por los alrededores del lago, hablando sin parar. Fue igual que en los viejos tiempos; bueno, tal vez no igual. En aquel entonces él era un héroe para ella, un ídolo, un chico incapaz de hacer algo malo o remotamente innoble. Ahora ya no se hacía ninguna ilusión con él. Era un hombre, como todos los demás, con debilidades humanas. Pero no podía negar que encontraba agradable su compañía otra vez, conversar con él. Lo que no sabía era si podría volver a fiarse de él otra vez, pero claro, no era confianza lo que se le pedía, sino sólo disfrutar de la renovación de su amistad.

Y entonces llegó la invitación para ir a Alvesley con todos los demás a excepción de Eleanor, que se ofreció a quedarse en casa con las niñas, algo que para ella no era ningún sacrificio, les insistió tanto a ella como a su hermana, puesto que la mayoría de las reuniones sociales las encontraba un colosal aburrimiento.

Y claro, pensó, dejando el cepillo en el tocador y levantándose a coger su chal de cachemira, esa invitación, y la celebración que la motivaba, era la responsable del bajón en su ánimo. Iba a ser una cena de celebración, aun cuando todavía faltaba toda una semana para la fiesta de aniversario de bodas de los condes de Redfield.

Esta sería una celebración de un nuevo compromiso.

El compromiso de la señorita Hunt con el marqués de Attingsborough.

Y era un autoengaño inmenso decirse que era una depresión «inexplicable» la que sentía.

Iba a ir a Alvesley, pues, a celebrar el compromiso de él. No le habría costado mucho presentar una excusa, suponía, pero había decidido que sería una cobardía no ir. Y nunca había estado en su naturaleza no enfrentarse a la realidad. Además, le hacía una inmensa ilusión ver a Susanna y a Anne.

Más o menos una hora después, cuando llegó a Alvesley con el grupo de Lindsey Hall, al instante quedó sumergida en el bullicioso alboroto de los saludos. Sólo pasado un momento se encontró atrapada en los brazos de una risueña Anne. Y de pronto se sintió muy contenta de haber venido.

—¡Claudia! —exclamó esta—. Oh, qué maravilloso verte. Estás muy bien, y has tomado Londres por asalto, si he de creer a Susanna.

—Una buena exageración —contestó Claudia riendo—. Anne, estás maravillosa, pareces a reventar de buena salud. Pero tu cara no está bronceada por el sol, ¿verdad?

—Es el aire de mar. Sydnam lo atribuye también al aire «galés».

Él estaba al lado de Anne, así que Claudia le tendió la mano, recordando que tenía que ser la izquierda, pues él no tenía el brazo derecho. Él se la estrechó sonriendo, con su encantadora sonrisa sesgada, pues las quemaduras en el lado derecho de la cara le habían dañado los nervios de ese lado.

—Claudia, cuánto me alegra volver a verte —dijo.

Anne se cogió de su brazo y la miró con los ojos brillantes.

—Tenemos una noticia maravillosa —dijo—, y se la hemos contado a todos los que han querido escucharla. —Miró a su marido y se rió—. Es decir «yo» se la he contado a todo el mundo. Sydnam es muy modesto. En otoño va a tener tres de sus cuadros colgados en la Royal Academy. ¿Has oído algo más fabuloso?

Sonó un gritito cerca, y la condesa de Rosthorn llegó corriendo hasta Sydnam y lo abrazó con fuerza.

—¡Syd! —exclamó—. ¿Es cierto? Oh, qué feliz estoy, podría llorar. Y fíjate, estoy llorando. Tonta de mí. Sabía que lo conseguirías. Lo sabía. Gervase, ven aquí a oír esto, y tráeme un pañuelo, por favor.

El señor Butler había sido un pintor de talento antes de perder el brazo y el ojo derecho durante las guerras en la Península. Después se consagró a convertirse en administrador, pues consiguió persuadir al duque de Bewcastle de que le diera ese puesto en su propiedad de Gales. Pero poco después de su boda con Anne, hacía ya dos años, comenzó a pintar otra vez, alentado por ella, cogiendo el pincel con la mano izquierda y afirmándolo con la boca.

Claudia le cogió el brazo a Anne y se lo apretó.

—Qué feliz estoy por los dos, Anne. ¿Cómo está mi niño, David? ¿Y Megan?

David Jewell era hijo de Anne, nacido nueve años antes que ella conociera al señor Butler. Cuando Anne era profesora en la escuela, David vivía ahí también. Después que se marcharon, lo había echado casi tanto de menos como a Anne.

Pero apenas oyó su respuesta. Acababa de divisar al marqués de Attingsborough, que estaba conversando con la duquesa de Bewcastle y lady Hallmere. Todo él alto, imponente y apuesto. Estaba sonriendo y se veía muy feliz.

Parecía un desconocido, pensó. Aunque mientras estaba pensando eso los ojos de él captaron los suyos desde el otro lado del atiborrado vestíbulo, y volvió a ser el hombre que se le había hecho extrañamente querido durante el par de semanas de su estancia en Londres.

Venía abriéndose paso hacia ella, observó pasado un momento. Se alejó un poco de Anne para saludarlo.

—Señorita Martin —dijo él, tendiéndole la mano.

—Lord Attingsborough —dijo ella, poniendo la mano en la de él.

—¿Cómo está Lizzie? —le preguntó, en voz baja.

—Lo está pasando extraordinariamente bien. Ha hecho amigas y guirnaldas de margaritas. Y *Horace* ha demostrado que no tiene ni pizca de lealtad, pues me ha abandonado para convertirse en su sombra. El jefe de los mozos del duque le está haciendo un collar con una correa para que Lizzie se pueda coger de ella y el perro la guíe. Creo que el perro sabe que la niña necesita protección, y con un poco de entrenamiento aprenderá a ser valiosísimo para ella.

—¿Guirnaldas de margaritas? —preguntó él, con las cejas arqueadas.

—Están bien dentro de sus capacidades. Sabe encontrar e identificar las margaritas por entre la hierba, y hacer guirnaldas con ellas es muy fácil. Va por ahí engalanada con guirnaldas y coronas.

Él sonrió.

—¿Y amigas?

—Agnes Ryde, la más temible de mis alumnas, se ha asignado el papel de protectora, y Molly Wiggins y Doris Chalmers rivalizan por el puesto de su mejor amiga. Aunque creo que la competición ya está ganada por Molly, pues a ella se le ocurrió primero la idea y comparte una habitación con Lizzie. Se han hecho prácticamente inseparables.

Él le sonrió de oreja a oreja, pero antes que pudieran decir algo más apareció al lado de él la señorita Hunt, muy hermosa con su vestido rosa, y le cogió el brazo. Le sonrió, después de obsequiarla a ella con una seca y fría inclinación de la cabeza.

—Debes venir a hablar con el duque y la duquesa de Bewcastle —le dijo—. Están ahí, conversando con mis padres.

Él se inclinó ante Claudia y se alejó con su prometida.

Claudia se dio una buena sacudida para quitarse la depresión que se había cernido sobre ella todo el día. Era francamente degradante, por no decir estúpido, desear al hombre de otra. Entonces vio que Susanna, sonriéndole radiante, venía hacia ella por un lado mientras por el otro se acercaba Charlie, también con una acogedora sonrisa. Tenía todos los motivos del mundo para sentirse alegre.

Y lo estaba, de verdad.

Joseph se sentía bastante feliz en realidad. Lógicamente, su proposición de matrimonio había sido bien recibida por Balderston y por Portia. Lady Balderston se había mostrado extasiada.

La boda se iba a celebrar en otoño en Londres. Eso lo habían decidido entre lady Balderston y Portia. Era una lástima, según dijeron las dos, que no pudiera celebrarse en una época del año más apropiada, cuando estuviera toda la alta sociedad en la ciudad, pero sería demasiado esperar hasta la próxima primavera, sobre todo dada la salud no muy buena del duque de Anburey.

Desde ese momento, siempre que había estado a una distancia suficiente para escuchar algo, toda la conversación había versado sobre la lista de invitados, ropas para la novia y el viaje de novios. Eso le renovaba la esperanza de que su matrimonio llegaría a ser bueno después de todo. Claro que con todo el ajetreo de los planes para la boda y después el traslado a Alvesley, le había sido imposible pasar un sólo momento a solas con su prometida, pero seguro que esa situación se corregiría una vez que acabara la celebración de esa noche. Y no podía negar que encontraba muy agradable ver a casi todos sus familiares reunidos ahí para la ocasión, entre ellos sus padres, que habían venido de Bath. Lord y lady Balderston también habían venido, aunque se marcharían al día siguiente, antes de que comenzaran en serio las fiestas de celebración del aniversario de bodas de los anfitriones.

Como dictaminaban los buenos modales, Portia no continuó a su lado después de la cena. Estaba bebiendo su té en compañía de Neville, Lily y McLeith. Nev le había hecho una seña invitándola, lo que lo sorprendió bastante. Sabía que ni a él ni a Lily les caía bien todavía. Tal vez eso fuera un esfuerzo por parte de ellos para conocerla mejor.

Sólo una cosa se cernía sobre su ánimo, deprimiéndolo; bueno, dos, si tomaba en cuenta la presencia de la señorita Martin, a la que le había cobrado demasiado afecto cuando estaban los dos en Londres. Echaba terriblemente de menos a Lizzie. La niña se encontraba tentadoramente cerca en Lindsey Hall, haciendo amigas y guirnaldas de margaritas y seguida por el border collie como una sombra. Deseaba estar con ella, acostarla, leerle un cuento. Pero la sociedad decretaba que los hijos ilegítimos de un hombre no sólo deben mantenerse lejos de la familia, sino también en secreto.

—Estás con la cabeza en otra parte, Joseph —le dijo Gwen, la lady Muir viuda, sentándose a su lado.

—¿Quién le otorga poder a la sociedad, Gwen? —le preguntó.

—Interesante pregunta —dijo ella sonriéndole—. La sociedad está formada por personas, sin embargo eso le da una entidad colectiva propia, ¿verdad? ¿Quién le otroga su poder? No lo sé. ¿La historia tal vez? ¿La costumbre? ¿Una combinación de ambas cosas? ¿O el miedo colectivo a que si relajamos cualquiera de nuestras reglas estrictas nos veamos pisoteados por las clases inferiores? El espectro de lo que ocurrió en Francia aún se cierne como una gran amenaza, supongo. Aunque todo eso es ridículo. Por eso me mantengo alejada de la sociedad todo lo posible. ¿Tienes algún problema en particular con ella?

Él estuvo a punto de confiarse a ella. ¿Que diría si le contara lo de Lizzie como se lo contó a su hermano hacía ya tanto tiempo? Estaba casi convencido de que ella no se escandalizaría ni sería poco comprensiva. Era su prima y su amiga, pero claro, también era una dama. Contestó a su pregunta con otra:

—¿Alguna vez has deseado irte a vivir al último rincón del mundo para comenzar una nueva vida, donde nadie te conozca ni estés sujeta a ninguna expectativa?

—Ah, por supuesto, pero dudo muy seriamente que exista ese rincón. —Le tocó la mano y continuó en voz baja—: ¿Lamentas esto, Joseph? ¿El tío Webster te obligó a meterte en ello?

—¿Mi compromiso? —Se rió—. No, claro que no. Portia será una duquesa admirable.

—¿Y una esposa admirable también? —Lo miró atentamente—. No sabes cuánto deseo verte feliz, Joseph. Siempre has sido mi primo favorito, lo confieso. Y al decir primo, quiero decir primo, puesto que no puedo decir que te haya querido más que a Lauren. Pero claro, Lauren y yo nos criamos más como hermanas que como primas.

Como si la mención de su nombre la hubiera llamado, llegó Lauren a reunirse con ellos, acompañada por la señorita Martin.

Pasados unos minutos de conversación, Lauren dijo:

—Gwen, ¿me acompañas, por favor, al salón comedor un momentito? Hay una cosa en la que necesito tu opinión.

Cuando se marcharon, Joseph vio que Neville y Lily estaban saliendo del salón por las puertas cristaleras, llevando con ellos a Portia y a McLeith, al parecer para hacer una caminata al aire libre.

Y así se quedaron prácticamente solos otra vez, él y la señorita Martin. Ella llevaba el vestido azul oscuro que le había visto más de una vez en Londres, y el pelo recogido con la misma severidad de siempre. Volvía a parecer una maestra de escuela, toda su apariencia extraordinariamente sencilla, en contraste con todas las otras damas. Pero él ya no la veía con los ojos de antes. Veía solamente su firmeza de carácter, su bondad, su inteligencia, su... sí, su «pasión» por la vida, cosas que la habían hecho ante sus ojos tan atractiva.

—¿Está feliz por haber vuelto a ver a sus alumnas? —le preguntó.

—Sí. Es con ellas con quienes me siento a gusto.

—Yo deseo verlas. Deseo ver a Lizzie.

—Y ella desea verle. Sabe que está aquí, no muy lejos de ella. Al mismo tiempo, está convencida de que ya no les caerá bien a las niñas si saben que tiene un padre, y uno tan rico. Me ha dicho que si va, fingirá que no le conoce. Cree que sería un juego muy divertido.

Y claro, eso convenía admirablemente a sus fines, pensó él. Pero lo entristecía pensar que, por motivos diferentes, debieran ocultar su parentesco ante los demás.

La señorita Martin le tocó la mano, tal como hiciera Gwen unos minutos antes.

—De verdad que está muy feliz —le dijo—. Considera estas semanas una aventura maravillosa, aunque anoche me dijo que todavía no desea ir a la escuela, que desea volver a casa.

Él se sintió extrañamente consolado por eso; extraño, pues sería mucho más conveniente para él que ella se marchara a la escuela.

—Quizá cambie de opinión —dijo ella.

—¿Es educable, entonces?

—Creo que sí, y Eleanor Thompson está de acuerdo conmigo. Nos va a hacer falta inventiva, lógicamente, para introducirla en nuestra rutina con tareas que sean valiosas, interesantes y posibles para ella, pero nunca hemos rechazado un reto factible.

—¿Qué satisfacción personal obtiene de su vida? —preguntó él, acercándosele.

Al instante deseó ardientemente no haberle hecho esa pregunta tan impulsiva e impertinente.

—En mi vida hay muchas personas, lord Attingsborough, a las que puedo amar de modos abstracto, emocional y práctico. No todo el mundo puede decir lo mismo.

Esa no era una buena respuesta.

—Pero ¿no necesita una persona especial?

—¿Como Lizzie para usted?

No era eso lo que había querido decir él. Ni siquiera Lizzie era suficiente. Ah, sí que lo era, sí, pero... Pero no para ese centro profundo de él que ansiaba una compañera, una igual, una pareja sexual. En ese momento olvidó totalmente que ya existía esa persona en su vida; que tenía una prometida.

—Sí —dijo.

—Pero no es eso lo que ha querido decir, ¿verdad? —dijo ella, escrutándole los ojos—. No todos estamos destinados a encontrar a esa persona especial, lord Attingsborough. O si lo estamos, a veces el destino nos hace perder a esa persona. Y ¿qué hacemos cuando ocurre eso? ¿Quedarnos sentados llorando y sintiéndonos desgraciados todo el resto de nuestra vida? ¿O buscar a otras personas para amar, a otras personas que se beneficien del amor que brota constantemente de nuestro interior si no le impedimos a posta que mane?

Él se apoyó en el respaldo del sillón, sin dejar de mirarla. Ah, sí que tenía a esa persona especial en su vida, aunque sólo en su periferia, y siempre continuaría ahí. Ella había llegado demasiado tarde. Pero, en realidad, nunca habría llegado en el momento oportuno, ¿verdad? La señorita Martin no pertenecía a su mundo, ni él al suyo.

—Yo elijo amar a los demás —dijo ella—. Quiero a todas mis niñas, incluso a aquellas que inspiran menos amor. Y, créame —sonrió—, hay muchísimas de esas.

Pero reconocía lo que él siempre había sospechado y percibido en ella: era una mujer esencialmente solitaria. Tal como él era un hombre esencialmente solitario, incluso esa noche, en que estaba reunido un numeroso grupo de parientes y amistades para celebrar su compromiso y él se había convencido de que se sentía feliz.

Iba a tener que compensar de eso a Portia. Iba a tener que amarla con toda la fuerza de su voluntad.

—Debo tratar de emularla, señorita Martin —dijo.

—Tal vez es suficiente con que ame a Lizzie.

Ah, entonces lo sabía. O al menos sabía que él no amaba a Portia como debía.

—Pero ¿es suficiente que no la reconozca públicamente?

Ella ladeó ligeramente la cabeza y lo pensó, reacción característica de ella cuando otras personas se habrían precipitado a dar una respuesta fácil.

—Sé que se siente culpable por eso —dijo ella al fin—, y tal vez con buen motivo. Pero no por el motivo que usted teme. Usted «no» se avergüenza de ella. Le he visto con ella y puedo asegurárselo. Pero está atrapado entre dos mundos, el que ha heredado y al que está firmemente comprometido porque es el heredero de un ducado, y el que se forjó usted cuando engendró a Lizzie con su amante. Los dos mundos son importantes para usted: el uno porque lo obliga el deber, el otro porque está enredado en el amor. Y esos dos mundos tirarán siempre de usted.

—Siempre —repitió él, sonriéndole tristemente.

—Sí, el deber y el amor. Pero especialmente el amor.

Estaba a punto de alargar la mano para coger la de ella cuando llegaron Portfrey y Elizabeth a reunírseles. Elizabeth quería saber lo de la niña ciega que había oído decir que ella había traído a Lindsey Hall.

La señorita Martin les habló de Lizzie.

—Qué valiente y admirable es usted, señorita Martin —dijo Elizabeth—. Me encantaría conocerla, y a todas sus otras alumnas de no pago también. ¿Podría? ¿O parecería una intrusión, como si yo las considerara simplemente un mero entretenimiento? Con Lyndon hemos ampliado la escuela en casa para que asistan todas las niñas de la localidad que puedan, pero he estado jugando con la idea de hacerla también una escuela internado, para alojar a las niñas que viven lejos.

—Creo que las niñas estarán encantadas de conocerla —dijo la señorita Martin.

—Acabo de persuadir a la señorita Martin de que me permita ir a mí —dijo Joseph—. Conocí a dos de sus ex alumnas cuando las acompañé a Londres hace unas semanas, y ahora están en Lindsey Hall, las dos como institutrices, una de los hijos de Hallmere y la otra de los hijos de Aidan Bedwyn.

—Ah —dijo Elizabeth—, entonces iremos juntos, Joseph. ¿Le vendrá bien mañana por la tarde, señorita Martin, si el tiempo lo permite?

Y todo quedó arreglado. Así de sencillo.

Vería a Lizzie al día siguiente.

Y volvería a ver a la señorita Martin.

Vio entrar a Lily y Neville por las puertas cristaleras.

Portia y McLeith continuaban fuera.

Cuando ella volviera, pensó, tendría que pasar el resto de la velada a su lado, y tal vez conversar en privado si era posible. La iba a amar, por Júpiter, aun cuando nunca se enamorara de ella. Se lo debía.

La señorita Martin se levantó, le deseó las buenas noches y fue a reunirse con los Butler y los Whitleaf. Y muy pronto estuvo radiante de animación.

15

Algunas de las niñas mayores habían salido a caminar. Una de las menores estaba tocando con mucha aplicación la espineta del aula de Lindsey Hall. Otra se encontraba sentada con las piernas recogidas en el asiento de la ventana leyendo en silencio. Una tercera estaba bordando una enorme margarita en la esquina de un pañuelo de algodón. Molly leía *Robinson Crusoe* en voz alta y Becky, la hija mayor de lady Aidan, la escuchaba atentamente, embelesada. Claudia le estaba enseñando a hacer punto a Lizzie; había urdido veinte puntos y hecho cuatro hileras para que comenzara. El collie estaba echado a los pies de las dos, con la cabeza apoyada en las patas y los ojos mirando hacia arriba.

Claudia oyó abrirse la puerta y miró. Era Eleanor, que había estado tomando un desayuno largo con la duquesa.

—Señorita Martin —dijo—, el duque de McLeith ha venido de Alvesley otra vez y desea verte. Mientras tanto, yo me quedaré con las niñas. Ah, Lizzie está aprendiendo a hacer punto. Déjame ver si puedo ayudarla. Y disculpa, Molly, he interrumpido tu lectura. Continúa, por favor.

Entonces le hizo un guiño a ella. Después de la última visita de Charlie, habían mantenido una larga conversación. Eleanor estaba convencida de que el interés de él era algo más que fraternal.

Lo encontró en el salón de mañana, abajo, conversando

con el duque de Bewcastle y lord Aidan. Estos dos salieron al poco rato.

Fue a sentarse. Charlie no lo hizo, sino que fue hasta la ventana y se quedó ahí mirando hacia fuera, con las manos cogidas a la espalda, dándose golpecitos.

—Desde que me obligaste a recordar —dijo—, se han abierto las compuertas de mi memoria, Claudia. No sólo he recordado los «hechos», que son relativamente fáciles de olvidar, sino también los «sentimientos», que no se pueden olvidar nunca, sólo se pueden reprimir. Esta última semana no he hecho otra cosa que recordar lo atrozmente desgraciado que fui cuando te dejé y lo totalmente incapaz que me sentía de volverte a mirar a la cara cuando me vi obligado a casarme con otra. De verdad no tenía otra opción, lo sabes. Tenía que casarme...

—Con una mujer de tu mundo —interrumpió ella—. Una mujer que no te avergonzara o te dejara en ridículo con la inferioridad de su nacimiento y sus modales.

Él giró la cabeza hacia ella.

—Eso no. Nunca pensé esas cosas de ti, Claudia.

—¿No? ¿Fue otra persona la que imitó tu letra para escribirme esa última carta, entonces?

—Yo no escribí esas cosas —protestó él.

—Decías que lamentabas ser tan franco conmigo, pero que, en realidad, no deberían haberte llevado a vivir con mi padre y conmigo, puesto que siempre estaba la posibilidad de que heredaras un ducado algún día. Que deberían haberte dado un hogar y una educación más apropiados para tu posición. Que haber vivido con nosotros todos esos años te ponía en una situación incómoda con tus iguales. Debo comprender por qué consideraste necesario romper toda conexión conmigo. Eras un «duque». Decías que no debían verte relacionado tan íntimamente con personas inferiores que no eran dignas de tu atención. Te ibas a casar con lady Mona Chesterton, que era todo lo que debía ser una duquesa y tu esposa.

Él estaba pálido y horrorizado.

—¡Claudia! Yo no escribí esas cosas.

—Entonces me gustaría saber quién las escribió. Perder a un ser amado es una de las peores cosas que le puede suceder a alguien, Charlie. Pero ser rechazada por ser inferior, y verse despreciada porque simplemente no vale nada... Me llevó años recuperar el respeto por mí misma, mi seguridad en mí misma. Y reunir las partes de mi corazón destrozado y armarlas. ¿Te extraña que no me sintiera encantada cuando volví a verte en Londres hace unas semanas?

—¡Claudia! —Se pasó la mano por el pelo algo ralo—. ¿Dios mío? Debo de haber estado tan desquiciado que no sabía lo que pensaba.

Ella no le creyó ni por un instante. Ser «duque» se le había subido a la cabeza. Lo convirtió en un engreído, en un arrogante y en cualquier cantidad de otras cosas repugnantes de las que ella jamás lo habría imaginado capaz.

Él se sentó en un sillón cerca de la ventana y la miró.

—Perdóname —dijo—. Dios mío, Claudia, perdóname. Fui mucho más burro de lo que recuerdo. Pero tú te recuperaste. Te recuperaste magníficamente bien en realidad.

—¿Sí?

—Demostraste que eras la persona fuerte que siempre supe que eras. Y yo he cumplido mi deber para con el poder, el que sea, que decretó que me arrancaran de mi vida conocida, dos veces, una cuando tenía cinco años y la otra cuando tenía dieciocho, y me arrojaran a una totalmente desconocida. Pero ya no existe ningún motivo que nos impida volver adonde estábamos cuando yo tenía dieciocho y tú diecisiete, ¿verdad?

¿Qué quería decir? ¿Volver a «qué»?

—Tengo una vida que entraña responsabilidad hacia otras personas —dijo—. Tengo mi escuela. Y tú tienes obligaciones y deberes para con otros que sólo tú puedes cumplir. Tienes a tu hijo.

—No hay ningún obstáculo que no se pueda superar. Hemos estado separados dieciocho años, Claudia, la mitad de mi vida. ¿Y vamos a continuar estándolo el resto de nuestras vidas sólo porque tú tienes una escuela y yo tengo un hijo, que, por cierto, ya es casi un adulto? ¿O te casarás conmigo por fin?

Cuando Claudia recordó aquellas palabras después, tenía la impresión de que la mandíbula se le quedó colgando.

Si lo hubiera visto venir, pensó, si hubiera creído a Eleanor, tal vez habría estado preparada. Por eso, lo que hizo fue mirarlo como una estúpida, quedándose muda.

Él atravesó la sala, se inclinó sobre ella y le cogió las dos manos.

—Recuerda cómo éramos juntos, Claudia. Recuerda cómo nos amábamos, con ese tipo de pasión absorbente a la que los muy jóvenes no le tienen miedo. Recuerda cómo hicimos el amor sobre esa colina, la única vez en mi vida, seguro, que he hecho verdaderamente el amor. Ha pasado mucho tiempo, un tiempo agobiante, pero no es demasiado tarde para nosotros. Cásate conmigo, mi amor, y te compensaré por esa carta y por los dieciocho años de vacío en tu vida.

—Mi vida no ha estado vacía, Charlie.

Aunque sí lo había sido, al menos en cierto modo.

Él la miró a los ojos.

—Dime que no me amabas. Dime que no me amas.

—Te amaba —dijo ella, cerrando los ojos—. Sabes que te amaba.

—Y me amas.

Ella se sintió tremendamente disgustada, al recordar ese amor, su consumación física, el angustioso año de separación y su cruel y brusco final. No era posible volver atrás, olvidar que cuando todavía era un niño fue capaz de destrozar a la única persona a la que decía amar más que a su vida.

Además, era demasiado tarde para él.

No era el hombre al que amaba.

—Charlie, los dos hemos cambiado en dieciocho años —dijo—. Somos personas diferentes.

—Sí, yo tengo menos pelo y tú eres una mujer, no una niña. Pero ¿en el corazón, Claudia? ¿No somos los mismos que fuimos, los mismos que seremos siempre? No te has casado, aun cuando tenías muchísimos aspirantes a pretendientes, ya antes de que yo me marchara. Eso me dice algo. Y he reconocido ante ti que nunca fui feliz con Mona, aun cuando rara vez le fui infiel.

¿Rara vez? ¡Ooh, Charlie!

—No puedo casarme contigo —dijo, inclinándose un poco hacia él—. Si nos hubiéramos casado entonces, habríamos crecido juntos y creo que podría haberte amado toda mi vida. Pero no nos casamos.

—¿Y el amor se muere? ¿Alguna vez me amaste de verdad, entonces?

Ella sintió una oleada de rabia. ¿La había amado él de verdad?

—Algunas formas de amor mueren. Si no se las alimenta, mueren. Me has llegado a caer bien otra vez desde que nos encontramos en Londres, como el amigo que fuiste en nuestra infancia.

Él tenía apretadas las mandíbulas, duras, como se le ponían cuando estaba enfadado o fastidiado, recordaba.

—He hablado demasiado pronto —dijo él—. He de confesar que la violencia de mis sentimientos me ha sorprendido incluso a mí. Te daré tiempo para que me des alcance. No digas un no rotundo hoy. Ya lo has dicho, pero olvidémoslo. Dame tiempo para cortejarte y hacerte olvidar lo que te escribí aquella vez.

Le apretó las manos y se las soltó.

—Buen Dios, Charlie, mírame. Soy una maestra de escuela solterona de treinta y cinco años.

Él sonrió.

—Eres Claudia Martin, esa chica osada y vital a la que amé, disfrazada de maestra de escuela solterona. «¡Qué divertido!» habrías dicho si hubieras podido mirar hacia delante.

Si hubiera podido mirar hacia delante se habría sentido horrorizada.

—No es un disfraz —le dijo.

—Permíteme que discrepe. Ahora será mejor que me vaya. Me esperan en Alvesley para el almuerzo. Pero volveré, si me lo permites.

Después que él se marchó, Claudia se miró las manos juntas en el regazo. Qué extraña podía ser la vida. Durante años y años su escuela había sido todo su mundo, ya suprimidos todos los pensamientos de amor, romance y matrimonio. Sin embargo, tomó la decisión aparentemente sencilla de acompañar a Londres a Edna y Flora para poder hablar personalmente con el señor Hatchard, y eso había cambiado todo su mundo, todo su «universo».

Con cierta inquietud pensó cómo podría recuperar la relativa satisfacción y la tranquilidad de su vida cuando volviera a Bath.

Sonó un golpe en la puerta, esta se abrió y apareció Eleanor.

—Ah, sigues aquí —dijo, mientras entraba—. Acabo de ver al duque alejándose a caballo. Louise sigue tocando la espineta, pero las demás han salido al aire libre, a excepción de Molly y Lizzie. Becky las ha llevado a la sala cuna a conocer a su hermanita Hannah, a su nueva institutriz y a sus numerosos primos, que son muy pequeños. Lizzie lo está pasando muy bien, Claudia, aun cuando esta mañana la encontraste llorando en silencio en su cama.

—Todo esto es muy desconcertante pero también muy fascinante para ella.

—Pobre niña —dijo Eleanor—. Cómo habrá sido su vida hasta ahora. ¿Te lo dijo el señor Hatchard?

—No.

—El duque de McLeith no se quedó mucho rato esta mañana.

—Me pidió que me casara con él.

—¡No! —exclamó Eleanor—. ¿Y...?

—Le dije que no, por supuesto.

Eleanor fue a sentarse en el sillón más cercano.

—¿Por supuesto? ¿Estás segura, Claudia? ¿Es por la escuela? Nunca te lo he dicho porque me parecía inoportuno, pero muchas veces he pensado que me gustaría bastante que fuera mía. Se lo comenté a Christine una vez y ella encontró maravillosa la idea, e incluso me dijo que me ayudaría con un préstamo o un donativo, si yo lo aceptaba y llegaba el momento. Y Wulfric, que estaba leyendo un libro, levantó la vista y dijo que sin duda sería un regalo. Así que si tu negativa ha tenido algo que ver con dudas sobre...

—Uy, Eleanor —dijo Claudia, riendo—, no ha tenido nada que ver con ese tipo de dudas, pero supongo que las habría tenido si hubiera deseado decir que sí.

—¿Y no lo deseabas? Es un hombre muy simpático y parece desmesuradamente encariñado contigo. Y debe de tener dinero a montones, si uno quiere comportarse como una mercenaria en este asunto. Claro que es un «duque», lo que lo pone en horrenda desventaja, pobre hombre.

—Lo amé cuando era muy joven, pero ya no lo amo. Y me siento a gusto y muy feliz con mi vida tal como es. Ya pasó hace mucho la época en que podría haber pensado en casarme. Prefiero conservar mi independencia, aun cuando mi fortuna sea minúscula.

—Como yo. Yo también amé una vez, muy apasionadamente. Pero a él lo mataron en España, durante las guerras, y nunca me ha tentado la idea de buscarme a alguien para reemplazarlo en mis afectos. Prefiero estar sola. Pero si alguna vez cambias de opinión, debes saber que la preocupación por la escuela no tiene por qué interponerse en tu camino.

Se rió. Y Claudia le dijo, sonriendo:

—Lo tendré presente si alguna vez me enamoro violentamente de otro. Gracias, Eleanor.

A mediodía ya se habían alejado las nubes de la mañana, así que varias personas más decidieron cabalgar con Joseph y Elizabeth de Alvesley a Lindsey Hall: Lily, Portfrey, Portia y tres de los primos de Kit. Lily intentó persuadir a McLeith de acompañarlos también, pero él dijo que ya había estado ahí durante la mañana.

Mientras se acercaban por el camino de entrada, Joseph vio a un buen número de personas fuera de la puerta de la mansión, tal vez todos los niños y las escolares de visita. Miró atentamente, buscando a Lizzie, ya antes de poder distinguirla entre ellos.

Fue a dejar su caballo al establo, como todos los demás, y después se dirigió al grupo atravesando la extensión de césped con Portia, Lily y Elizabeth, mientras los demás se dirigían directamente a la casa.

Las escolares estaban bailando alrededor de un mayo improvisado, acompañadas por la música cantada por unas de las chicas, muchísimas risas y gran confusión. No logró ver ni señales de Lizzie, hasta que comprobó, sorprendido, que era una de las bailarinas. Sí, y era ella la que causaba la confusión y las risas.

Estaba cogida a una de las cintas con las dos manos y bailaba alrededor del mayo con pasos enérgicos y torpes, guiada por la señorita Martin, que se movía a su espalda, llevándola con las manos apoyadas en su cintura. También ella se reía, sin papalina, el pelo desordenado y la mejillas sonrosadas.

Lizzie chillaba de risa más fuerte que las demás.

—Qué simpático —comentó Elizabeth, sin un asomo de ironía.

—¿Esa es la niña ciega de la que he oído hablar? —preguntó Portia a nadie en particular—. Les está estropeando el baile a las demás. Y está haciendo el ridículo, pobre niña.

Lily simplemente se reía, batiendo palmas al ritmo de la música.

Entonces varias niñas vieron a los recién llegados, interrumpieron el baile, miraron e hicieron sus reverencias.

Lizzie se cogió de la falda de la señorita Martin.

—¿Baile de mayo en julio? —exclamó Lily—. Pero ¿por qué no? Qué fabulosa idea.

—Fue idea de Agnes —explicó la señorita Martin—, en lugar del juego de pelota que íbamos a jugar. Fue su manera de incluir a Lizzie Pickford, que nos acompaña en las vacaciones de verano. —Miró brevemente a Joseph a los ojos—.

Lizzie ha sido capaz de cogerse de la cinta y bailar en círculo con todas las demás, sin chocar con nadie ni perderse.

—Entonces deberían enseñarle los pasos correctos —dijo Portia—, para que lo haga con más gracia.

—Yo he encontrado que lo hacía extraordinariamente bien —dijo Elizabeth.

—Yo también —observó Joseph.

Lizzie ladeó la cabeza y se le iluminó la cara, y él deseó que gritara «¡papá!», le tendiera los brazos y pusiera fin a esa desagradable farsa.

Entonces ella sonrió y levantó la cara hacia la señorita Martin, con una expresión de jubilosa travesura. Y esta le pasó el brazo por los hombros.

—Continuad —dijo Elizabeth—. No era nuestra intención interrumpiros.

Joseph miró hacia un lado y vio que unos cuantos niños pequeños tenían a Hallmere tendido de espaldas sobre la hierba, saltándole encima y gritando encantados; lady Hallmere estaba a un lado observándolos. El perro, amarrado a un árbol cercano al mayo, estaba plácidamente sentado mirando, golpeando la hierba con la cola. La duquesa venía a toda prisa hacia ellos, desde un grupo de niños más pequeños, apenas unos bebés.

—Creo que todas estamos sin aliento —dijo la señorita Martin—. Es hora de una actividad menos vigorosa.

—¿Pelota? —sugirió una de las niñas mayores.

La señorita Martin gimió, pero en ese momento llegó hasta ellos la señorita Thompson, a la que Joseph reconoció por haberla visto fuera de la escuela en Bath, acompañada de la duquesa.

—Yo supervisaré el juego para cualquiera que desee jugar —dijo.

—*Horace* tiene collar y correa nuevos —dijo Lizzie en voz alta—. Yo me cojo de la correa y él me lleva a caminar y no choco con nada ni me caigo.

—Qué ingenioso, querida —le dijo Elizabeth amablemente—. Tal vez deberías hacernos una demostración.

—Esa niña debería aprender a hablar sólo cuando se le habla —dijo Portia a Joseph en voz baja—. La ceguera no disculpa los malos modales.

—Pero tal vez la exuberancia infantil sí —dijo él observando a Lizzie.

Vio que Lizzie se daba una vuelta buscando a tientas con una mano, hasta que la señorita Martin terminó de desatar al perro y le puso la gaza de la correa de piel en la mano. Tuvo que recurrir a toda su fuerza de voluntad para no correr a ayudarla.

—Yo te acompañaré, Lizzie, si quieres —dijo una niña más o menos de la misma edad, cogiéndole la mano.

Lizzie volvió la cara hacia donde estaba él.

—¿Querría venir también, señor? —preguntó.

—¡Francamente! —exclamó Portia—. Qué descaro.

—Me encantaría —dijo él—, señorita ¿Pickford?

—Sí —rió ella, regocijada.

—Y la señorita Martin debe venir también —sugirió Lily.

—Los demás nos quedaremos aquí descansando perezosos —dijo la duquesa—. Y luego entraremos en la casa a tomar el té. Qué gusto verles a todos.

El perro emprendió la marcha al trote y Lizzie y la niña volvieron a chillar de risa siguiéndolo. Pero él parecía comprender a la niña que le habían confiado y continuó a un paso más lento, en dirección al camino de entrada, dando una amplia vuelta para pasar por un lado de la enorme fuente de piedra que se elevaba delante de la puerta principal de la casa.

También se mantenía bien alejado de los árboles, llevándolas hacia el otro lado de la casa.

—Espero, señorita Martin —dijo Joseph, cogiéndose las manos a la espalda—, que no esté muy encariñada con ese perro. No creo que Lizzie esté dispuesta a separarse de él al final del verano. Y se ve muy sano. ¿Ha doblado su peso o eso es sólo mi imaginación?

—Su imaginación, gracias a Dios —dijo ella—. Pero ya no se le ven las costillas, y su pelaje ha adquirido lustre.

—Y Lizzie —continuó él—. ¿Es posible que sea ella, caminando cogida de la mano con otra niña, conducida por un perro? ¿Y bailando antes alrededor de un mayo?

—Y esta mañana haciendo punto, aunque creo que se le soltaron más puntos que los que trabajó.

—¿Cómo podré agradecérselo jamás? —preguntó él, mirándola.

—¿O yo a usted? —dijo ella correspondiéndole la sonrisa—. Usted me ha presentado un reto. A veces uno se ciega por la rutina, el juego de palabras no ha sido intencionado.

Iban caminando, vio él, hacia un lago bastante grande. Alargó el paso, pero ella le cogió el brazo.

—Veamos qué ocurre —dijo—. Creo que es muy improbable que *Horace* se meta en el agua, pero si lo hiciera, seguro que Molly no.

Pero el perro se detuvo a un buen trecho de la orilla, y las niñas también. Entonces la niña llamada Molly llevó a Lizzie hasta la orilla, las dos se arrodillaron y tocaron el agua, Lizzie tímidamente al principio.

Joseph llegó hasta ellas y se acuclilló al lado de su hija.

—Hay piedras a lo largo de la orilla —dijo, cogiendo una—. Si las arrojáis al agua, cuanto más lejos mejor, oiréis el plop cuando caigan al agua. Escuchad.

Hizo la demostración, mientras Molly lo miraba asustada y Lizzie giraba la cara hacia él. La oyó inspirar de una manera que le dijo que estaba aspirando su conocido olor. Pero ella sonrió cuando oyó el chapoteo de la piedra al entrar en el agua, y buscó su mano.

—Ayúdeme a encontrar una piedra —dijo.

Él le apretó la mano, ella también se la apretó a él, pero por la sonrisa traviesa que tenía en la cara él comprendió que estaba disfrutando del juego del secreto.

Durante unos cuantos minutos arrojó las piedras que él le encontraba. La otra niña superó su miedo y arrojó unas cuantas también. Las dos se reían cuando una piedra hacía un plop particularmente fuerte al caer en el agua. Pero finalmente Lizzie se cansó.

—¿Volvemos con las demás, Molly? Tal vez quieras jugar a la pelota. A mí no me importa. Me sentaré a escuchar.

—No, yo miraré contigo —dijo Molly—. Jamás logro coger una pelota.

—Señorita Martin —dijo Lizzie—, ¿le parece que usted y mi... y este señor se queden aquí un rato? Quiero que vean que podemos ir solas. ¿Cree que podemos, señor?

—Me impresionará inmensamente verlo —dijo él—. En marcha, entonces. La señorita Martin y yo miraremos.

Y echaron a caminar, el perro delante.

—¿Ha echado alas tan rápido? —preguntó él, cuando ellas ya no podían oírlo.

—Creo que sí —contestó ella—. Espero que no se vuelva excesivamente osada muy pronto. Aunque supongo que no. Sabe que necesita a Molly, Agnes o a alguna de las otras niñas. Y a *Horace*, por supuesto. Este verano será una muy buena experiencia para ella.

—¿Nos sentamos un ratito? —sugirió él.

Se sentaron uno al lado del otro a la orilla del lago. Ella levantó las rodillas y se las rodeó con los brazos.

Él cogió una piedra y la arrojó lejos botando por el agua.

—Ah, yo era capaz de hacer eso cuando era niña. Todavía recuerdo la memorable ocasión en que logré que una piedra botara seis veces. Pero no hubo ningún testigo, ay de mí, y nadie me creyó jamás.

Él se rió.

—Sus alumnas tienen mucha suerte en realidad por tenerla de directora.

—Ah, pero tiene que recordar que estamos de vacaciones. Soy bastante diferente durante el periodo escolar. Soy una maestra estricta y exigente, lord Attingsborough. Tengo que serlo.

Él recordó cómo todas las alumnas mayores se quedaron en silencio en el instante en que ella salió a la acera justo antes de partir de Bath con él.

—La disciplina se puede conseguir sin humor ni sentimiento —dijo—, o con las dos cosas. Usted la consigue «con». Estoy seguro de eso.

Ella se abrazó las rodillas y no contestó.

—¿Alguna vez ha deseado llevar una vida diferente?

—Podría haber tenido una. Justamente esta mañana me han hecho una proposición de matrimonio.

¡McLeith! Esa mañana había venido a visitarla.

—¿McLeith? —dijo—. ¿Y podría haber...? ¿Ha dicho que no, entonces?

—Sí.

Él se sintió condenadamente contento.

—¿No lo puede perdonar?

—El perdón no es algo sencillo. Algunas cosas se pueden perdonar pero nunca olvidar del todo. Le he perdonado, pero nada volverá a ser igual entre nosotros. Puedo ser su amiga, tal vez, pero nunca algo más que eso. Jamás podría fiarme de que él no volviera a hacerme algo similar.

—Pero ¿sigue amándolo?

—No.

—¿El amor no dura eternamente, entonces?

—Él me ha preguntado lo mismo esta mañana. No, no el amor que ha sido traicionado. Uno comprende que ha amado a un espejismo, a una persona que en realidad no existía. Incluso así, el amor no muere inmediatamente ni pronto. Pero muere, y no se puede revivir.

—Yo creía que nunca dejaría de amar a Barbara —dijo él—, pero dejé de amarla. La miro con afecto siempre que la veo, pero dudo que pudiera volver a amarla aun en el caso de que los dos estuviéramos libres.

Notó que ella lo estaba mirando, y giró la cabeza para mirarla también.

—Es un consuelo saber que el amor finalmente muere —dijo ella—. No es un gran consuelo al principio, es verdad, pero sí un consuelo de todos modos.

—¿Lo es? —preguntó él en voz baja.

No sabía si ella se refería a ellos dos, pero de repente el aire entre ambos pareció muy cargado.

—No —contestó ella, apenas en un susurro—. No lo es en realidad. Qué tonterías decimos a veces. La indiferencia futura no es consuelo para el sufrimiento presente.

Y cuando él le acercó la cara y posó los labios en los de ella, no se apartó. Le temblaron, pero luego los presionó y los abrió al sentir la lengua de él entre ellos; la introdujo en el cálido interior de su boca.

—Claudia —dijo, un momento después, apoyando la frente en la de ella.

—¡No! —exclamó ella, apartándose e incorporándose.

Se quedó ahí inmóvil mirando hacia el lago.

—Lo siento —dijo él.

Y lo sentía. Lamentaba lo que le había hecho a ella y la falta de respeto a Portia, con la que estaba comprometido. Lamentaba su falta de autodominio.

—Pienso si no será esto una pauta condenada a repetirse cada dieciocho años en mi vida o algo así —dijo ella—. Un duque y otro que espera serlo eligen esposa por su conveniencia para el puesto y me dejan a mí atrás para que lo sufra.

¡Condenación! Hizo una lenta inspiración.

—Pero ¿qué acabo de decir? —continuó ella—. ¿Qué acabo de reconocer? Aunque no importa, ¿verdad? Usted debe de haberlo adivinado. Qué patética debo parecerle.

—¡Buen Dios! —exclamó él, levantándose también y situándose detrás de ella, cerca—. ¿Crees que te he besado porque te tengo lástima? Te he besado porque...

—¡No! —exclamó ella, girándose y levantando una mano abierta—. No lo diga. Por favor no lo diga, ni aunque sea en serio. Sea en serio o no, no soportaría oírlo dicho en voz alta.

—Claudia...

—Señorita Martin para usted, lord Attingsborough —dijo ella, alzando el mentón, muy parecida a la maestra de escuela otra vez, a pesar de su apariencia, toda despeinada—. Olvidaremos lo ocurrido aquí y lo que ocurrió en Vauxhall y en el baile de los Kingston. Olvidaremos.

—¿Olvidaremos? —dijo él—. Lo siento, lamento haberte causado este trastorno. Es imperdonable.

—No le culpo. Soy lo bastante mayor para saber qué debo y qué no debo hacer. Nunca lograré convencerme de que caí presa de los encantos de un libertino experimentado, aunque eso fue lo que supuse que era usted cuando le vi por primera vez. Usted es un caballero al que admiro. Eso ha sido todo el problema, supongo. Y estoy parloteando. Volvamos, porque si no, todos, y la señorita Hunt en particular, pensarán que me propongo hacer algo.

Y, sin embargo, pensó él mientras iban caminando de vuelta a la extensión de césped, no podían estar a más de unos minutos detrás de las niñas.

Minutos que habían hecho un daño infinito a la vida de ambos. Él ya no podía fingir que no la amaba. Y ella ya no podía fingir que no lo amaba.

Y ya no podían fiarse de estar a solas.

Sintió esa pérdida como un fuerte puñetazo en el estómago.

16

Una vez que estuvieron de vuelta de la visita a Lindsey Hall, Joseph y Portia se fueron a sentar en el jardín de flores del lado este de la casa. Y ya llevaban un rato ahí. Él se sentía mortalmente deprimido. En primer lugar, había pasado muy poco tiempo con Lizzie, y el engaño, aunque a ella parecía divertirla, a él le había resultado muy desagradable. En segundo lugar, ahora sabía que él y Claudia Martin debían mantenerse alejados; ya no podría gozar ni siquiera de su amistad.

Y en tercer lugar, hasta el momento no había descubierto ni una pizca de simpatía, compasión, generosidad ni pasión debajo de la apariencia hermosa, majestuosa y perfecta que presentaba Portia al mundo. Y lo había intentado.

«Me alegra que te guste cabalgar —le dijo cuando volvían a Alvesley—. Es una de mis actividades favoritas. Será algo que podremos hacer juntos.»

«Ah —contestó ella—, no esperaré que estés conmigo todo el día cuando estemos casados, tal como yo no estaré pendiente de estar contigo. Los dos tendremos nuestros deberes y nuestros placeres para mantenernos ocupados.»

«¿Y no podemos encontrar esos placeres en compañía mutua?»

«Cuando sea necesario. Recibiremos muchos invitados, lógicamente, sobre todo cuando te conviertas en el duque de Anburey.»

Y él insistió.

«Pero, ¿placeres nuestros privados, a solas? ¿Caminar juntos, cenar juntos o sentarnos a leer o a conversar juntos? ¿No habrá tiempo para esas cosas también? ¿No buscaremos tiempo para ellas?»

No mencionó la idea de hacer el amor como otro placer privado en el que podrían complacerse una vez que estuvieran casados.

«Me imagino que tú serás un hombre muy ocupado. Y no me cabe duda de que yo estaré ocupada con todos los deberes de ser la marquesa de Attingsborough y después la duquesa de Anburey. No esperaré que te sientas obligado a divertirme.»

Él prefirió no seguir con ese tema de conversación.

Y volvió a intentarlo, cuando ya estaban sentados en el jardín, sólo hacía unos minutos.

«Escucha —dijo, levantando una mano—. ¿Has pensado en lo mucho que nos perderíamos de la vida estando constantemente ocupados? Escucha, Portia.»

Al fondo del jardín pasaba un riachuelo y había un rústico puente para cruzarlo, y más allá se veían las boscosas colinas. Y claro, ahí los pájaros estaban tan ocupados en sus cánticos de verano como lo estaban en Richmond Park. También se oía el murmullo del agua del riachuelo. Y sentía el calor del aire de verano, así como el perfume de las flores, los sonidos del agua.

Ella guardó un educado silencio un buen rato.

«Pero es estando ocupados —dijo al fin— como demostramos que somos dignos de nuestra humanidad. Hay que evitar la ociosidad, incluso despreciarla. Nos rebaja al nivel del mundo animal.»

«¿Como el perro de Lizzie Pickford sentado cerca del mayo esperando para llevarla sin riesgo a donde sea que ella quiera ir?», preguntó él, sonriendo.

Fue un error mencionar a ese animal en concreto.

«A esa niña no deberían haberla recompensado por ser tan atrevida estando en compañía de sus superiores. La ceguera no es disculpa. Fuiste muy amable al caminar con ella hasta el lago, y la duquesa de Bewcastle encomió tu amabilidad, pero me imagino que debió extrañarle tu falta de discriminación.»

«¿Discriminación?»

«Su hijo, el marqués de Lindsey, estaba fuera con ella, como también los hijos del marqués de Hallmere, del conde de Rosthorn y de lord Aidan Bedwyn. Tal vez habría sido más correcto dedicar tu atención a uno de ellos.»

«Ninguno de ellos me pidió que lo acompañara. Y ninguno de ellos es ciego.»

Y ninguno de ellos era hijo suyo.

«La duquesa de Bewcastle es una dama muy amable. Aunque no puedo dejar de pensar si el duque no lamentará haberse rebajado a casarse con ella. Era profesora en una escuela de aldea. Su padre fue profesor durante un tiempo. Su hermana enseña en la escuela de la señorita Martin en Bath. Y ahora tiene a todas esas niñas indigentes alojadas en Lindsey Hall y habla de ellas como si le dieran tanto placer como los hijos de los familiares del duque. Esas niñas no deberían estar aquí. Por su propio bien, no deberían.»

«¿Por su propio bien?»

«Necesitan aprender cuál es su lugar, su posición en la vida. Deben aprender las distinciones entre ellas y sus superiores. Deben aprender que no están en su casa en lugares como Lindsey Hall. Es muy cruel en realidad permitirles que pasen unas vacaciones ahí.»

«Entonces, ¿deberían quedarse en la escuela, ocupadas con remiendos y zurcidos y alimentadas con pan y agua?»

«No es eso lo que quiero decir. Me imagino que debes de estar de acuerdo conmigo en que esas niñas no deberían estar en una escuela con otras alumnas que pagan. Esas otras sólo son hijas de comerciantes, abogados y médicos, supongo, pero aún así son de clase media, no baja, y hay una clara distinción.»

«¿No desearías, entonces, que tus hijas fueran a esa escuela?»

Ella giró la cabeza para mirarlo y se rió. Parecía verdaderamente divertida.

«Nuestras hijas se educarán en casa, como sin duda esperas.»

«¿Por una institutriz que podría haberse educado en la escuela de la señorita Martin o una similar?.»

«Por supuesto. Por una criada.»

Y así fue como, sólo un rato después, durante otro silencio, Joseph sintió que le bajaba el ánimo hasta las suelas de sus botas de montar, que todavía llevaba puestas. No había ninguna esperanza, ningún rayo de luz en lontananza. Debería haber insistido en que hubiera un periodo decente de galanteo antes de comprometerse a proponerle matrimonio. Debería...

Pero esos pensamientos no tenían ningún sentido, no servían a ninguna finalidad. La cruda realidad era que estaba comprometido con Portia Hunt. Estaba tan atado a ella como si ya se hubieran celebrado las nupcias.

De la terraza, que quedaba atrás, llegó el sonido de voces femeninas conversando alegremente, y un momento después entraron en el jardín Lauren, Gwen, Lily y Anne Butler.

—Ah, hemos interrumpido vuestra paz —dijo Lauren al verlos—. Vamos a subir a la cima de esa colina a admirar las vistas. ¿Habéis estado ahí?

—Hemos estado aquí relajándonos —dijo Joseph, sonriendo.

—Vamos a sentarnos allá arriba para hacer planes —dijo Lily.

—¿Planes? —preguntó Portia.

—Para una merienda al aire libre en la víspera de la celebración del aniversario —explicó Lily—. Elizabeth y yo les hemos contado a todo el mundo la deliciosa escena que encontraron nuestros ojos cuando llegamos a Lindsey Hall pasado el mediodía: niños por todas partes, todos pasándolo maravillosamente bien.

—Y entonces a mi suegra y a mí se nos ocurrió —continuó Lauren— que a pesar de que hay muchos niños aquí también, prácticamente se los excluye de todas las celebraciones oficiales. Por lo tanto, en ese mismo momento decidimos organizar una merienda para los niños, el día anterior al baile.

—Qué delicioso —musitó Portia.

—Pero ahora tenemos que hacer los planes —dijo la señora Butler—, y puesto que yo fui profesora, se supone que soy una experta.

—Lauren y lady Redfield van a invitar a todos los niños de Lindsey Hall también —añadió Gwen—. Y a otros niños del vecindario. Habrá un ejército.

Joseph había estado pensando cómo podría arreglárselas para ir a ver a Lizzie otra vez.

—¿A las niñas de la señorita Martin también? —preguntó.

—Por supuesto que no —dijo Portia, horrorizada.

—Por supuesto —contestó Lily al mismo tiempo—. Estaban encantadoras, ¿verdad Joseph?, todas bailando alrededor del mayo. Y a esa niñita ciega no la desanimaba su ceguera.

—¿Lizzie?

—Sí, Lizzie Pickford. Lauren va a ir a invitarlos a todos, todos.

—Es posible que Alvesley nunca vuelva a ser la misma —dijo Lauren riendo—. Por no decir nosotros.

Sonriéndole, Joseph recordó una época en que Lauren era tan rígida y aparentemente falta de humor como Portia. El amor y su matrimonio con Kit la habían transformado en la mujer afectuosa que era ahora. ¿Habría un rayito de esperanza para él después de todo? Debía perseverar con Portia. Debía encontrar la manera de llegar a su corazón. Debía. La alternativa era tan horrenda que no deseaba contemplarla.

—¿Les apetece venir con nosotras? —preguntó Gwen, mirando a Portia.

—El sol está demasiado fuerte —contestó ella—. Volveremos a la casa.

Las damas continuaron su camino por el puente y tomaron el sendero que las llevaría a la pendiente bastante abrupta de la colina. Gwen no se amedrentó, a pesar de su cojera, consecuencia permanente de un accidente que tuvo cabalgando cuando estaba casada, antes que muriera Muir.

—Es de esperar —dijo Portia cuando se levantaron y él le ofreció el brazo— que pongan mucho esmero en los planes, aunque lady Ravensberg y lady Redfield han sido muy amables al tener la idea. No hay nada peor que a los niños les den permiso para correr como unos locos.

—Nada peor para los adultos a cargo de ellos tal vez —dijo él, riendo—. Nada más maravilloso para los niños.

¿Vendría Lizzie?, pensó.

¿Vendría Claudia Martin?

Durante cuatro días Claudia no vio al marqués de Attings-borough, y eso la alegraba mucho, por ella. Debía olvidarlo, era así de simple, y la mejor manera de lograr eso era no volver a posar los ojos en él.

Pero Lizzie sufría.

Eso sí, por fuera se veía muy mejorada y contenta; estaba menos pálida, menos delgada. Tenía amigas dispuestas a caminar con ella y a leerle. Podía oír música, pues a unas cuantas chicas les gustaba turnarse en tocar la espineta y a varias les gustaba cantar. Por su parte, ella había hecho la prueba de contarle hechos y anécdotas de la historia y hacerle preguntas después; no la sorprendió descubrir que la niña tenía una excelente memoria. Era educable, sin duda. Había dictado otros dos de sus cuentos, uno a ella y otro a Eleanor, y no se cansaba de que se los leyeran. Le gustaba hacer punto, aunque su incapacidad para ver cuando se le soltaba un punto o para cogerlo cuando alguien se lo señalaba era un problema que aun estaba por resolver.

El perro era su acompañante constante e iba mejorando en su habilidad para guiarla. Y la niña se iba volviendo más osada día a día, haciendo cortas caminatas sola con el perro, mientras ella, Molly o Agnes caminaban detrás, por si era necesario ayudarla, y a veces caminaban delante para guiar al perro en la dirección deseada.

Incluso se había convertido en la favorita de la duquesa y de otros huéspedes, que con frecuencia se acercaban a conversar con ella y la incluían en sus actividades cuando las demás niñas estaban ocupadas en un juego en el que ella no podía participar. Un día, lord Aidan Bedwyn la llevó a cabalgar sentada delante de él en su silla, con sus hijos mayores montados en sus caballos y la niña pequeña en el caballo de su madre.

Pero a pesar de todo eso, Lizzie sufría.

Una tarde en que Eleanor había llevado a las demás niñas a hacer una larga excursión para explorar la naturaleza, se la encontró escondida en su habitación, acurrucada en la cama y con las mejillas mojadas.

—¿Lizzie? —dijo, sentándose a su lado en la cama—. ¿Estás triste porque te han dejado aquí? ¿Te parece que hagamos algo juntas?

—¿Por qué no vuelve? —sollozó Lizzie—. ¿Es por algo que hice? ¿Es porque lo llamé señor en lugar de papá? ¿Es porque le pedí que se quedara con usted en el lago para poder demostrarle que yo era capaz de encontrar el camino de vuelta a la casa con sólo *Horace* y Molly?

Claudia le pasó la mano por el pelo revuelto y caliente.

—No es por nada que hicieras tú. Tu papá está ocupado en Alvesley. Sé que te echa tanto de menos como tú a él.

—Me va a mandar a su escuela. Lo sé. Se va a casar con la señorita Hunt, él mismo me lo dijo cuando yo estaba todavía en casa. ¿Ella es la dama que dijo que yo era torpe para bailar? Mi papá me va a enviar a la escuela.

—¿Y tú no quieres ir? —le preguntó Claudia—. ¿Aun cuando ahí estaremos Molly, Agnes, las otras niñas, la señorita Thompson y yo?

—Quiero estar en casa con mi papá. Y quiero que usted y *Horace* vengan a verme como antes, pero más a menudo. Todos los días. Y deseo que mi papá se quede a pasar la noche, todas las noches. Quiero... deseo estar en casa.

Claudia continuó acariciándole el pelo. No dijo nada más, pero le dolía el corazón por esa niña que sólo deseaba lo que toda niña debería tener por derecho. Pasados unos minutos, Lizzie se quedó dormida.

Y justo al día siguiente Claudia pudo salir a buscarla con una noticia muy buena para animarla. Ella acababa de enterarse, por Susanna y Anne, que habían venido de Alvesley acompañando a lady Ravensberg. Y Lizzie, decidió, sería la primera de las niñas en saberla. La encontró junto a la fuente con Molly aun cuando el día estaba frío, ventoso y amenazaba lluvia. Estaban deslizando las manos en el agua y de tanto en tanto abrían los brazos para sentir la rociada de gotitas de agua. Las dos estaban riendo.

—Chicas, todas vais a ir a Alvesley Park mañana —les dijo al llegar hasta ellas—. Habéis sido invitadas con todos los niños a una merienda al aire libre.

—A una merienda —dijo Molly, con los ojos como platos, olvidadas la fuente y el agua—. ¿Todas nosotras, señorita?

—Todas —dijo Claudia, sonriendo—. Fabulosa invitación, ¿verdad?

—¿Lo saben las demás? —preguntó Molly, con la voz sólo un poco más baja que un grito.

—Sois las primeras en saberlo.

—Iré a decírselo a todas —gritó Molly, echando a correr y dejando ahí a Lizzie.

Lizzie tenía la cara levantada hacia ella, iluminada desde dentro.

—¿Yo voy a ir también? —preguntó—. ¿A Alvesley? ¿Donde está mi papá?

—Claro que sí.

—Ah —dijo Lizzie en voz baja. Se agachó a buscar con la mano a *Horace*, que estaba sentado tranquilamente a su lado, y cogió la correa—. ¿Estará contento de verme?

—Me imagino que está contando las horas.

—Llévame a mi habitación, *Horace* —dijo Lizzie—. Ah, señorita Martin. ¿Cuántas horas faltan?

Horace, lógicamente, no era tan buen guía, aunque con el tiempo aprendería. Siempre tenía cuidado de llevarla de forma que no chocara con ningún obstáculo, pero no tenía mucho sentido de la orientación, a pesar de la fe de Lizzie en él. Claudia caminó delante hacia la casa y luego por la escalera y el perro la siguió trotando, llevando a Lizzie cogida de su correa. Pero a la niña siempre le gustaba creer que se estaba volviendo independiente.

Esa noche no se podía dormir. Claudia tuvo que sentarse a su lado en la cama a leerle uno de sus cuentos, acariciándole la mano, *Horace* acurrucado al otro lado tocándola.

Claudia dudaba de poder dormir esa noche. De mala gana había llegado a la conclusión de que debía ir con las niñas a Alvesley; era esperar demasiado que Eleanor se echara sobre los hombros toda la responsabilidad. Pero lo cierto, en realidad, es que no deseaba ir. Había estado firmemente concentrada en hacer planes para el próximo año escolar y en reanudar la amistad con Charlie, que seguía yendo cada día a Lindsey Hall.

Pero ahora tendría que volver a ver al marqués de Attingsborough. Sería absurdo esperar que él se mantuviera alejado de la merienda organizada para los niños. Sabía que él debía estar suspirando por Lizzie tanto como ella suspiraba por él.

¿Serían sólo imaginaciones suyas que cuando te destrozaban el corazón era peor la segunda vez? Probablemente sí, reconoció. A los diecisiete años había deseado morir. Esta vez deseaba «vivir», deseaba recuperar su vida tal como era hasta la tarde en que entró en el salón para visitas de la escuela y se encontró con el marqués de Attingsborough.

Y recuperaría esa vida. Viviría, prosperaría y sería feliz otra vez. Volvería a ser feliz. Sólo le llevaría un tiempo, eso era todo.

Pero tener que verlo de nuevo no contribuiría a hacérselo fácil.

El deseo de volver a ver a Lizzie le roía a Joseph como un dolor físico. Cada día había estado a punto de coger un caballo para ir a Lindsey Hall, y sólo se había refrenado en parte porque no se le ocurría ningún pretexto para verla si iba, y en parte porque tanto por Claudia Martin como por Portia, y como por sí mismo, claro, debía mantenerse alejado.

Pero sólo una parte de él estaba pensando en Claudia Martin cuando la tarde de la merienda llegaron en caravana los coches de Lindsey Hall y la mitad de los huéspedes de Alvesley Park y casi todos los niños salieron a la terraza a saludar a los recién llegados a medida que bajaban de los coches. Muy pronto hubo un bullicioso enredo de adultos y niños, estos pasando por entre las piernas de los adultos en busca de camaradas y posibles nuevos amigos, todos hablándose entre ellos a gritos, a un volumen que podrían haber escuchado a cinco millas de distancia.

Joseph, que también estaba en la terraza, vio a Claudia Martin cuando bajó de uno de los vehículos. Llevaba un vestido de algodón que le había visto en Londres y la habitual pamela de paja. También llevaba en la cara una expresión severa, casi lúgubre, que sugería que preferiría estar en cualquier otra parte. Ella se giró hacia el coche para ayudar a alguien a bajar.

¡Lizzie!, toda engalanada con su mejor vestido blanco y el pelo recogido atrás, alto, con una cinta blanca.

Corrió hasta el coche.

—Permíteme —dijo, cogiendo a su hija por la cintura, levantándola y dejándola en el suelo.

Ella hizo una honda inspiracón.

—Papá —musitó.

—Cariño.

El perro bajó de un salto y empezó a correr alrededor de ellos, y Molly descendió los peldaños detrás.

—Gracias, señor —dijo Lizzie en voz más alta, con la cara levantada hacia él con una sonrisa traviesa—. ¿Es usted el caballero que nos acompañó hasta el lago la semana pasada?

—Pues sí —dijo él, cogiéndose las manos a la espalda—. Y usted es... ¿la señorita Pickford, creo?

—Se acuerda —dijo ella, riendo, una feliz sonrisa infantil.

Entonces bajaron las demás niñas del coche, una de las mayores cogió a Lizzie de una mano, Molly de la otra, y se la llevaron hacia el otro coche en que venían las demás niñas con la señorita Thompson.

Entonces Joseph miró a Claudia Martin. Se le antojaba increíble que hubiera besado a esa severa mujer en dos ocasiones distintas y que la amara. Ella volvía a parecer la quintaesencia de la maestra solterona de escuela.

Y entonces ella lo miró a los ojos y dejó de ser increíble. En esos ojos había profundidades que al instante lo hacían pasar a través esa coraza bajo la cual ella ocultaba a la mujer cálida y apasionada que era.

—Hola, Claudia —dijo en voz baja, antes de lograr encontrar las palabras para un saludo más adecuado.

—Buenas tardes, lord Attingsborough —dijo ella en su tono enérgico. Y entonces miró más allá del hombro de él y sonrió—. Buenas tardes, Charlie.

Joseph notó un tironeo en las borlas de su botas. Miró y vio al hijo pequeño de Wilma y Sutton, que al instante levantó los dos brazos.

—Tío Joe, upa —ordenó.

El tío Joe obedientemente lo levantó y lo acomodó a horcajadas en sus hombros.

Estaban retirando los coches de Lindsey Hall para dejar

lugar a los que traían a los niños y adultos de las casas vecinas. Más o menos diez minutos después, un verdadero ejército de niños, para emplear la analogía de Gwen, iban caminado en absoluto desorden hacia el lugar de la merienda, una amplia y llana extensión de césped al lado del lago, a la derecha de la casa, los mayores corriendo delante, los pequeños que apenas sabían andar, montados en los hombros de algún adulto, los bebés llevados en brazos, moviéndose sin parar o durmiendo.

Podrían quedarse sordos de tanto ruido antes que acabara la tarde, pensó Joseph alegremente.

Lizzie, Molly y la niña mayor iban saltando, observó.

17

Los condes de Redfield y los vizcondes Ravensberg eran muy valientes para haber organizado una merienda al aire libre de esa envergadura justo el día anterior a la celebración del aniversario de bodas, pensaba Claudia a medida que avanzaba la tarde. Porque, claro, los padres habían venido con los niños. En la inmensa explanada del lado oeste de la casa había por lo menos tantas personas como habría en el salón de baile la noche del día siguiente.

Le habría sido muy fácil eludir por completo al marqués de Attingsborough entre tanta gente si no hubiera sido porque los dos estaban atentos vigilando a Lizzie.

Aunque no era necesario vigilarla mucho. Lizzie, acompañada constantemente por *Horace*, a pesar de que ahora no lo necesitaba como guía, lo estaba pasando en grande, mejor que nunca en su vida. Lady Redfield, la duquesa de Anburey, la señora Thompson y varias otras señoras mayores, que se habían sentado juntas en las sillas de la terraza colocadas a la sombra de un grupo de árboles, la habrían tomado bajo su protección con mucho gusto y, de hecho, la invitaron a sentarse con ellas. Pero nadie la olvidaba. Sólo pasados unos minutos, Molly y otras niñas se la llevaron para presentarla a David Jewell, que estaba encantadísimo de volver a ver a sus viejas amigas de la escuela y contarles todo acerca de su vida en Gales. Se llevaron con ellos a Lizzie para sentarse a la orilla del lago y pasar ahí un rato.

Después de la merienda unos cuantos caballeros organizaron un partido de críquet para todos los niños a los que les interesara participar. Varias niñas de Claudia decidieron jugar, y también David. Molly no quiso participar y Lizzie no podía, pero decidieron quedarse ahí un rato, Molly mirando y explicándole lo que ocurría. Y de pronto se produjo un momento extraordinario, cuando le tocó batear a lady Hallmere, la única dama que participaba en el juego. Ella hizo todo un espectáculo para situarse delante de los postes y paró dos de las pelotas que le lanzó lord Aidan Bedwyn, mientras su equipo la vitoreaba y el de él la abucheaba. Pero justo antes que él pudiera lanzarle otra pelota, ella se enderezó y miró pensativa a las dos niñas.

—Espera —dijo—. Necesito ayuda. Lizzie, ven aquí a batear conmigo y así me darás más suerte.

Diciendo eso, fue a cogerla de la mano y la llevó a situarse delante de los postes, mientras Claudia cogía a *Horace* por el collar para impedir que la siguiera. Lady Hallmere se inclinó a explicarle algo a la niña.

—¡Sí! —gritó Agnes Ryde, que estaba esperando su turno—. Lizzie va a batear. ¡Venga, Lizzie!

En su voz se coló un dejo sospechosamente cockney.

Mientras Claudia observaba ceñuda, lady Hallmere se puso detrás de Lizzie, rodeándola con los brazos, le acomodó las manos bajo las suyas alrededor del mango del bate, y luego miró hacia lord Aidan.

—Ahora, Aidan —gritó—. Tíranos tu mejor boleo. Vamos a golpear para un seis, ¿eh que sí, Lizzie?

La cara de Lizzie estaba radiante de entusiasmo.

Claudia giró levemente la cabeza para mirar al marqués de Attingsborough, que había estado lanzando al aire y cogiendo a un niño tras otro, de una interminable cola, y vio que estaba observando atentamente.

Lord Aidan llegó a largas zancadas hasta la mitad del campo y lanzó la pelota con mucha suavidad hacia el bate.

Lady Hallmere, con las manos sobre las de Lizzie, echó atrás el bate, no golpeando por un pelo un poste, y lo movió hacia delante, dándole a la pelota con un satisfactorio crac.

Lizzie chilló y se rió.

La pelota voló por el aire, directa a las manos levantadas del conde de Kilbourne, que, inexplicablemente, no logró cogerla bien, pareció tocarla con torpeza, se le resbaló y cayó al suelo.

Pero lady Hallmere no se había quedado a esperar lo que parecía ser un inevitable fuera de juego; cogió a Lizzie por la cintura y corrió con ella de un poste al otro hasta hacer dos carreras, anotándose dos puntos.

Se estaba riendo. También Lizzy, fuerte, desternillándose. El equipo lanzaba vivas.

El marqués también se estaba riendo, aplaudiendo y silbando.

—Ah, muy bien, señorita Pickford —gritó.

Entonces lady Hallmere se inclinó a darle un beso en la mejilla y al instante llegó hasta ellas la duquesa de Bewcastle, a coger de la mano a Lizzie para llevarla a participar en otro juego.

Claudia, que seguía ahí mirando, captó la mirada de lady Hallmere y durante un incómodo momento se la sostuvo; entonces esta arqueó las cejas, adoptando una expresión altiva, y volvió la atención al partido.

Aunque de mala gana, Claudia se vio obligada a reconocer que ese había sido un gesto de la más pura bondad. La perturbó un tanto comprenderlo. Al parecer, durante gran parte de su vida había odiado y despreciado tanto a la ex Freyja Bedwyn, que no había querido ni siquiera pensar que tal vez la mujer había cambiado, al menos hasta cierto punto. «Le ha durado mucho el rencor, señorita Martin.»

La duquesa estaba formando un círculo con un buen número de los niños más pequeños. Instaló a Lizzie entre dos de ellos, cogidos de las manos y fue a ocupar su lugar entre otros dos niños para jugar al corro.

—Jo —gritó el marqués de Attingsborough justo antes que empezaran, corriendo con una niñita montada en uno de sus hombros; se había quitado el sombrero y la niñita iba cogida de su pelo—. Dejadnos entrar también.

Bajó a la niñita hasta el suelo y se puso entre ella y Lizzie, que le cogió la mano, levantando hacia él la cara con una expresión de dicha, como si toda la luz del sol la hubiera inundado por dentro. Él le sonrió con tanta ternura que a Claudia la sorprendió que nadie adivinara que era su padre al instante.

El grupo comenzó a dar vueltas y vueltas cantando y, llegado el momento, todos se soltaron las manos, se arrojaron al suelo chillando encantados, y luego volvieron a ponerse de pie, a cogerse de las manos y a reanudar el corro, una y otra vez. Pero Lizzie y su padre no se soltaban. Se arrojaban al suelo juntos, riéndose, y la niña estaba radiante de entusiasmo y felicidad.

Claudia, que estaba con Susanna mirando, vio un poco más allá a Anne, con la pequeña Megan en los brazos, animando junto a Sydnam a David que estaba a punto de batear en el partido de críquet, y estuvo a punto de echarse a llorar, aunque no sabía muy bien por qué. O tal vez sí lo sabía, pero el número de causas era tan desconcertante que no supo determinar cuál era la predominante.

—Lizzie es una niña encantadora —comentó Susanna—. Y ya es la mimada de todos, ¿verdad? Y Joseph, qué buena persona es, ¿verdad? Ha estado jugando con los niños más pequeños toda la tarde. Lamento tremendamente que se vaya a casar con la señorita Hunt. Creía que tal vez tú y él... Bueno, nada. Todavía tengo grandes esperanzas para el duque de McLeith, aun cuando ya lo has rechazado una vez.

—Eres una romántica sin remedio, Susanna —dijo Claudia—, sin una pizca de sentido práctico.

Pero sí, era muy difícil imaginarse felices al marqués de Attingsborough y la señorita Hunt. Aunque había venido a la merienda, la señorita Hunt se había mantenido al margen de los juegos y actividades de los niños y estaba sentada algo apartada de todos los demás con los condes de Sutton y dos huéspedes de Alvesley a los que ella no conocía. Y no podía dejar de recordar lo que le dijo el marqués en Vauxhall: que la señorita Hunt encontraba tontos e innecesarios los besos.

Él estaba más guapo y encantador que nunca jugando y brincando con los niños más pequeños y sonriéndole feliz a su hija.

Se merecía algo mejor que la señorita Hunt.

Entonces llegó Charlie a reunirse con ellas.

—Creo que nunca había visto juntos a tantos niños y tan absolutamente felices —dijo—. Todo está muy bien organizado, ¿verdad?

Y lo estaba. Además de los juegos de antes de la merienda, y el partido de críquet y el corro, había un grupo jugando a las estatuas, juego organizado por Eleanor y lady Ravensberg; la condesa de Rosthorn estaba dando una clase de tiro al arco a un grupo de los niños mayores; el marqués de Hallmere y otro caballero se habían llevado a niños a dar una vuelta por el lago en botes. Y en la orilla había un grupo de niños jugando solos, vigilados por las señoras mayores. Otros estaban jugando a trepar a los árboles. Y padres y abuelos entretenían a algunos bebés.

Ninguno de los invitados daba señales todavía de desear marcharse.

—Claudia —dijo Charlie—, ¿vamos a dar una vuelta por la orilla del lago?

Su presencia en ese lugar era innecesaria, pensó ella, mirando alrededor. Había muchísima gente vigilando a todas sus niñas. Susanna le estaba sonriendo, alentadora.

Y necesitaba alejarse, aunque sólo fuera durante cinco minutos. En realidad, deseaba no haber venido. Durante la mayor parte de la tarde se le había hecho evidente que bien podría haberse quedado en casa.

—Gracias —dijo—. Sería agradable.

Y lo fue. Disfrutó de la caminata al sol, del pintoresco entorno y de la compañía. Esos últimos días había renovado la amistad con Charlie. Además de evocar recuerdos de su infancia, él hablaba muchísimo de su vida como duque de McLeith; ella hablaba de su vida en la escuela; intercambiaban ideas y opiniones. La antigua camaradería había regresado a su relación. Él no había vuelto a mencionar la proposición de matrimonio que le hiciera en Lindsey Hall. Al parecer, se conformaba con la amistad.

Pero los niños no se cansan fácilmente, por lo que cuando media hora después volvieron de la caminata, todavía había una multitud de ellos arremolinados en la extensa explanada, jugando a uno u otro juego, mientras los adultos participaban, supervisaban o vigilaban sentados conversando.

Sintió un enorme alivio al ver que no estaba el marqués de Attingsborough, y fastidio al caer en la cuenta de que él fue la primera persona a la que buscó con los ojos. La siguiente persona fue Lizzie. Miró hacia todos los lados dos veces hasta llegar a la conclusión de que la niña no estaba ahí.

El estómago le dió un desagradable vuelco.

—¿Dónde está Lizzie? —le preguntó a Anne, que estaba cerca con Megan.

—Con Harry en los brazos —contestó Anne, apuntando hacia Susanna, que tenía a Harry en los brazos, acompañada por Peter, que estaba acuclillado junto a su silla, con la mano sobre la cabecita del bebé y sonriéndole a ella—. Bueno, hace un momento estaba con Harry en los brazos.

—¿Dónde está Lizzie? —volvió a preguntar Claudia, en tono más vehemente, a nadie en particular.

—¿La niña ciega? —preguntó Charlie, cogiéndola del codo—. Siempre hay alguien cuidando de ella. No te preocupes.

—¿Dónde está Lizzie?

—Morgan le está enseñando a sostener el arco y las flechas, señorita Martin —gritó lady Redfield desde su asiento.

Pero Claudia vio que lady Rosthorn estaba disparando una flecha a un blanco rodeada por un grupo de chicos que miraban admirados, y Lizzie no se encontraba entre ellos.

Debía haberse ido a alguna parte con su padre.

—Ah —dijo la condesa de Kilbourne viuda—. Creo que se ha ido a caminar con la señorita Thompson y un grupo de niñas de su escuela, señorita Martin. ¿Me permite que la felicite por sus alumnas? Todas tienen unos excelentes modales.

—Gracias —dijo Claudia, aflojando los músculos, aliviada.

Charlie le apretó el codo, y entonces vio que Eleanor no estaba entre la multitud, como tampoco algunas de las niñas. Lizzie había ido a caminar con ellas. *Horace* también estaría con ella.

Charlie la llevó hasta una silla desocupada, y cuando se estaba sentando vio al marqués de Attingsborough volviendo a la explanada con la señorita Hunt cogida de su brazo. Los acompañaban los condes de Sutton y otra pareja. Lizzie no venía con ellos, lógicamente.

Y justo cuando comenzaba a relajarse, reprendiéndose por haberse asustado tanto habiendo tantas personas cuidando de la niña, vio a Eleanor que regresaba con su grupo de su paseo por el lado este de la casa.

Eleanor, Molly, Doris, Miriam, Charlotte, Becky, la hija de lord Aidan, una niña desconocida, otra, David Jewell, Davy, el hermano de Becky...

Se levantó, observando con más atención al grupo que ya estaba acercándose.

Lizzie no se encontraba con ellos.

—¿Dónde está Lizzie? —preguntó.

Nadie contestó.

—¡¿Dónde está Lizzie?!

Lizzie se había sentido maravillosamente feliz. Sabiendo que su padre estaba ahí, había venido a Alvesley con una enorme ilusión, aunque no esperaba demasiado. Para empezar, no quería que sus nuevas amigas dejaran de apreciarla, lo que podría ocurrir si se enteraban de que tenía un padre que la quería; por lo tanto, tendría que tener mucho cuidado de no revelar su juego. Pero también sabía que su padre no deseaba reconocerla en público. Sabía que era la hija bastarda de un noble y una bailarina de ópera, pues su madre le había explicado eso con mucha claridad. Sabía que nunca podría pertenecer al mundo de su padre, que no debía presentarse públicamente en ese mundo. Y sabía que él estaba a punto de casarse con una dama de su mundo; su madre siempre le había dicho que eso ocurriría algún día.

Por eso no había esperado gran cosa de la merienda. Se sintió feliz simplemente porque él la bajó en brazos del coche y luego cuando gritó un elogio después que golpeara la pelota de críquet con la ayuda de lady Hallmere. Se colmó su copa de dicha cuando él fue a jugar al corro con ella, como hacía a veces en la casa cuando ella era pequeña. No le soltó la mano, riendo con ella cuando se tiraban al suelo. Y cuando terminó el juego, él se la volvió a retener y le dijo que la llevaría a dar un paseo en bote por el lago.

Su corazón estaba a punto de reventar de felicidad.

Y entonces una dama le habló a él con una voz que a ella no le gustó, diciéndole que tenía descuidada a la señorita Hunt, que estaba a punto de desmayarse de calor, y que debía entrar en la casa con ellos inmediatamente para sentarse un rato al fresco. Y él, suspirando, le contestó algo a la dama llamada Wilma y a ella le dijo que deberían dejar para después el paseo por el lago, pero que no lo olvidaría.

Pero lo olvidaría, pensó ella cuando él ya se hubo alejado. Y si no lo olvidaba, la dama llamada Wilma y la señorita Hunt se encargarían de que él no volviera a jugar con ella.

Necesitaba a la señorita Martin, pero cuando le preguntó a lady Whitleaf, que fue a cogerla de la mano, se enteró de que se había ido a caminar y que volvería pronto.

Entonces lady Whitleaf le permitió que cogiera a Harry en los brazos, algo que no había hecho nunca, y casi lloró de felicidad. Pero pasado un ratito él bebé comenzó a gimotear, molesto, y lady Whitleaf dijo que debía llevarlo a la casa para alimentarlo. Entonces lady Rosthorn le preguntó si le gustaría ir a examinar los arcos y las flechas y a oír el silbido que estas hacían cuando se disparaban y luego el ruido que hacían cuando se hundían en el blanco.

Casi en el mismo momento la señorita Thompson le preguntó si le gustaría ir a caminar con ella y un grupo de niñas, pero ella se sentía algo deprimida y dijo que no. Pero a los pocos minutos, cuando lady Rosthorn y otras personas se pusieron a disparar las flechas, lamentó no haber ido. Eso le habría servido para pasar el tiempo hasta que su papá saliera de la casa, si salía. Y hasta que la señorita Martin volviera de su caminata.

Y entonces se le ocurrió una idea. Era una cosa que la enorgullecería mucho, y seguro que harían sentirse orgullosos de ella a su papá y a la señorita Martin.

El grupo de la señorita Martin todavía no se habría alejado mucho.

Apretó con más fuerza la correa de *Horace* y se inclinó a hablar con él; el perro le echó el aliento en la cara, entusiasmado, y ella arrugó la nariz y se rió.

—Encuentra a la señorita Thompson y a Molly, Horace —le dijo.

—¿Vas a alguna parte, Lizzie? —le preguntó lady Rosthorn.

Si se lo decía, ella insistiría en acompañarla, pensó, y eso lo estropearía todo.

—Voy a ir a reunirme con unas amigas —dijo, vagamente.

Y en ese mismo instante un niño le pidió a lady Rosthorn que le explicara cómo debía sostener un arco.

—¿Y las vas a encontrar tú sola? —le preguntó lady Rosthorn, pero no esperó la respuesta—. Buena chica.

Y *Horace* se puso en marcha, seguido por ella. Sabía que había muchísimas personas reunidas ahí. También sabía que no paraban ni un rato quietas. Tenía la esperanza de que nadie se fijara en ella y se ofreciera a acompañarla para dar alcance al grupo. Podía hacerlo ella sola; *Horace* era su guía. Podría llevarla dondequiera que ella quisiera.

Respiró más tranquila cuando dejó atrás a la multitud y nadie la llamó ni corrió detrás de ella. Incluso sonrió y se rió.

—Encuéntralas, *Horace* —dijo.

Pasado un rato dejó de pisar hierba, el suelo estaba duro, era un sendero o un camino. *Horace* no lo atravesó, sino que echó a caminar por él; la superficie continuaba dura.

La euforia de la aventura no tardó mucho en disiparse. El grupo de la caminata debía de haber avanzado mucho más de lo que había supuesto. Entonces detuvo a *Horace*, aguzó el oído y llamó a la señorita Thompson. No oyó ninguna respuesta.

Horace la tironeó y continuó avanzando, hasta que de pronto sintió el sonido hueco de sus pisadas y comprendió que estaban atravesando un puente. Buscó a tientas por los lados hasta que tocó una baranda. Oyó el sonido del agua corriendo abajo.

Cuando llegaron en coche a Alvesley había oído el sonido hueco que hacían las ruedas, y la señorita Martin le confirmó que iban pasando por un puente.

¿Habrían cruzado ese puente la señorita Thompson y su grupo? ¿*Horace* la llevaba hacia ellas? ¿O iban hacia otra parte?

¿Se había extraviado?

Sintió bullir el terror en su interior. Pero eso era una tontería. Por las historias que le leía su padre sabía que las heroínas no se aterran, siempre son muy valientes. Y lo único que tenían que hacer era darse media vuelta y volver por donde habían venido. *Horace* conocía el camino de vuelta. Y cuando estuvieran cerca, oiría el sonido de las voces.

Se agachó a hablarle a *Horace*, pero el pie se le enredó en la correa, se tropezó y cayó al suelo cuan larga era. No se hizo ningún daño. *Horace* se acercó gimiendo, le lamió la cara y ella le echó los brazos al cuello y lo abrazó.

—Perro tonto —le dijo—. Te has equivocado de camino. Vas a tener que llevarme de vuelta. Espero que nadie se haya fijado en que no estamos. Me sentiría muy tonta.

Pero el problema fue que cuando se puso de pie y se pasó las manos por su mejor vestido para quitarle el polvo y volvió a coger la correa, no sabía de cara a qué lado estaba.

Dejó que lo decidiera *Horace*. Le dio un suave tirón a la correa.

—Llévame de vuelta —le ordenó.

No le llevó mucho tiempo darse cuenta de que no iban por el camino correcto. Sentía el frescor de la sombra en la cara, y percibía que eso no se debía a que unas nubes estuvieran tapando el sol, sino que arriba había follaje de árboles, pues sentía el olor.

Al otro lado del puente no había árboles.

Horace tal vez vio u oyó algo, por lo que se salió del camino y echó a andar por un terreno irregular por entre los árboles, eso no tardó en hacérsele evidente a ella, que iba siguiéndolo. El perro ladraba entusiasmado.

Y de pronto aceleró el paso, tanto que ella se soltó de la correa.

Encontró el tronco de un árbol y se aferró a él. Entonces el pelo le cayó en cascada sobre la cara y comprendió que había perdido la cinta.

Ese fue, sin duda alguna, el momento más aterrador de su vida.

—¡Señorita Thompson! —gritó—. ¡Molly!

Pero ya sabía desde hacía rato que ese no era el camino que habían tomado la señorita Thompson y las niñas.

—¡Papá! —gritó—. ¡Papá!

Pero su padre había entrado en la casa con la señorita Hunt.

—¡Señorita Martin!

Justo entonces *Horace* le empujó el codo con la fría nariz, gimiéndole. Sintió moverse la correa golpeándole una pierna.

—¡*Horace*! —Se dio cuenta de que estaba sollozando cuando cogió la correa—. Llévame de vuelta al camino.

Si lograba llegar a ese camino, continuaría por él. Aunque se equivocara y lo tomara en sentido contrario, finalmente llegaría a alguna parte, o alguien la encontraría. Tampoco estaba tan lejos.

Pero ¿por dónde se iba al camino?

Horace continuó guiándola, con mucho más cuidado que antes. Parecía decidido a que ella no chocara con ningún árbol ni se tropezara con sus raíces. Pero pasados varios minutos todavía no habían llegado al camino. Seguro que se estaban internando más en el bosque.

Recordó su historia, la primera que le escribió la señorita Martin. Era difícil no aterrarse. Ahora ya estaba sollozando.

Entonces *Horace* se detuvo, jadeando de una manera triunfal. Ella, buscando a tientas con la mano libre, tocó una pared de piedra. Lo primero que pensó fue que por algún milagro habían llegado a la casa, pero sabía que eso era imposible. Palpando la pared encontró el marco de una puerta, luego la puerta de madera y luego el pomo. Lo giró y la puerta se abrió.

—Hola —dijo, y la voz le salió temblorosa, llorosa. Estaba pensando en brujas y brujos—. Hola. ¿Hay alguien aquí?

No había nadie. No hubo respuesta y no oyó ningún ruido de respiración, aparte del suyo y el de *Horace*.

Entró y avanzó a tientas. Sólo era una pequeña cabaña, descubrió. Pero había muebles. ¿Viviría alguien ahí? Si vivían personas ahí, tal vez volverían pronto y le dirían por dónde debía ir. Era posible que no fueran personas malas sino amables. No existían las personas realmente malas ni las brujas, ¿verdad?

Pero seguía llorando con fuertes sollozos. Seguía dominada por el terror. Y seguía intentando ser sensata.

—Volved a casa, por favor —dijo sollozando a los desconocidos propietarios de la cabaña—. Volved, por favor.

Palpando encontró una cama con mantas. Se tendió encima y se acurrucó hasta quedar hecha un ovillo, y se metió el puño en la boca.

—Papá —sollozó—. Papá. Señorita Martin. Papá.

Horace se subió a la cama de un salto, gimió y le lamió la cara.

—Papá.

Finalmente se quedó dormida.

18

Joseph llevaba una media hora sentado en el salón de Alvesley, conversando con Portia, George y los Vreemont, primos de Kit. Tenía que reconocer que ahí estaba más fresco y mucho más tranquilo y calmado, pero se sentía molesto de todos modos.

En primer lugar, Portia no había dicho que se sintiera a punto de desmayarse de calor, y pareció algo sorprendida cuando él le preguntó solícitamente si se sentía mal. Todo había sido un ardid de Wilma, lógicamente, para alejarlo; su hermana consideró que él tenía el deber de prestar más atención a su prometida, aun cuando todo se había pensado para divertir a los niños y la mayoría de los otros adultos se esforzaban en entretenerlos.

En segundo lugar, había tenido que incumplir la promesa que le había hecho a Lizzie de llevarla a dar un paseo en barca por el lago. Lo haría tan pronto como volvieran, pero de todos modos eso le recordaba que ella siempre iba a tener que estar en segundo lugar, después de sus hijos legítimos y sólo podría recibir su atención cuando estos no lo necesitaran.

En tercer lugar, había tenido ganas de plantarle cara a McLeith cuando se había llevado a caminar a Claudia Martin. El hombre iba a poder con su resistencia y la persuadiría de que se casara con él, conclusión que debería regocijarlo. Cuanto más lo pensaba, más comprendía que a pesar de todo lo que decía sobre que era feliz con su escuela y su existencia solitaria como directora, ella deseaba amor, matrimonio, un hogar y un marido.

Pero aun así, él había deseado plantarle cara a McLeith.

Finalmente volvieron al lugar de la merienda. Llevaría en bote a Lizzie tan pronto como le fuera posible. A nadie le extrañaría que lo hiciera, pues un buen número de adultos habían estado entreteniéndola, llevándola a participar en diversas actividades, procurando que lo pasara bien.

Pero justo cuando se acercaban a la explanada, él buscando ansioso a su hija, una voz se elevó por encima del bullicio de voces; era la voz estridente de una maestra de escuela acostumbrada a hacerse oír por encima de la cháchara de escolares:

—¿Dónde está Lizzie? —preguntó la señorita Martin.

Joseph vio que estaba al lado de McLeith, levantándose de una silla.

Se espabiló al instante.

—¿Dónde está Lizzie? —repitió ella.

Su voz sonó más fuerte, menos controlada, más aterrada.

—¡Buen Dios! —exclamó él, soltándose del brazo de Portia y echando a correr—. ¿Dónde está?

Echó una rápida mirada alrededor y no la encontró. Miró otra vez y no la encontró.

Todos se habían alertado ante la pregunta, y todos estaban mirando alrededor y hablando.

—Está jugando al corro con Christine.

—Eso fue hace rato.

—Está con Susanna y el bebé.

—No. Estuvo hace mucho rato. Yo tuve que ir a amamantar a Harry.

—Tal vez ha ido a dar un paseo en barca.

—Lady Rosthorn la tuvo entre su grupo de arqueros.

—Debe de haber ido a caminar con Eleanor y un grupo de niñas y niños.

—No, no fue. Vino conmigo a examinar los arcos y las flechas. Después fue a reunirse con unas amigas.

—No está con la señorita Thompson. Ahí vienen de vuelta y no está con ellas.

—Debe de haber entrado en la casa.

—Debe de...

—Debe de...

Cada vez que alguien hablaba, Joseph miraba, desesperado.

¿Dónde estaba Lizzie?

El terror se apoderó de él, corriendo por sus venas, quitándole el aliento y la capacidad de pensar. Estaba al lado de Claudia, sin saber cómo había llegado hasta ella, y le tenía cogida la muñeca.

—Yo estaba en la casa —le dijo.

—Yo fui a caminar —repuso ella, mirándolo.

Le había desaparecido todo el color de las mejillas.

Habían dejado sola a Lizzie.

Llegó Bewcastle y tomó el mando de la situación, seguido de cerca por Kit.

—No puede haber ido muy lejos —dijo, materializándose de repente en el centro, con tal autoridad que todos se quedaron callados, incluso la mayoría de los niños, aunque no había hablado en voz muy alta—. La niña se ha alejado y no logra encontrar el camino de vuelta. Tenemos que repartirnos: dos por ese lado del lago, dos por el otro, dos deben ir al establo, dos a la casa, dos a...

Continuó dándoles órdenes como un general a sus soldados.

—Syd —dijo Kit—, ve directo al establo y busca ahí. Conoces todos los escondites. Lauren y yo iremos a la casa, la conocemos mejor. Aidan, ve a...

Joseph caminó hasta la orilla del lago y miró hacia un bote que venía de regreso, haciéndose visera con una mano. Pero ninguno de los dos niños era Lizzie. Echó atrás la cabeza y gritó:

—¡Lizzie!

—No puede haber ido muy lejos.

La voz, baja y temblorosa, sonó al lado de él, y cayó en la cuenta de que seguía teniéndola sujeta por la muñeca.

—No puede haber ido muy lejos —repitió Claudia, y él notó claramente que intentaba dominar el miedo, una maestra acostumbrada a enfrentar crisis—. Y *Horace* tiene que estar con ella, pues no se le ve por ninguna parte. Ella lo cree capaz de llevarla dondequiera que desee ir.

Todos, adultos y niños, ya iban de camino hacia diferentes lugares, muchos de ellos llamándola. Joseph vio que incluso los Redfield, sus padres y su tía Clara se habían unido a la búsqueda.

Estaba paralizado por el terror y la indecisión. Deseaba más que nadie comenzar la búsqueda, pero ¿adónde debía ir? Deseaba hacerlo en todas las direcciones.

¿Dónde estaría? ¿Dónde estaba?

Entonces el corazón le dio un vuelco al comprender lo que iban a hacer Bewcastle y Hallmere. Los dos se habían quitado las botas y también las chaquetas y el resto de la ropa hasta la cintura. Después se zambulleron en el agua.

La implicación fue tan aterradora que acabó con su parálisis.

—No puede estar ahí —dijo Claudia, con la voz tan temblorosa que era casi irreconocible—. *Horace* andaría corriendo suelto.

Él le cogió la mano.

—Debemos buscarla —dijo, dándole resueltamente la espalda al lago.

Wilma y Portia estaban justo delante de ellos.

—Lo siento mucho, señorita Martin —dijo Portia—, pero en realidad usted debería haber estado vigilándola con más atención. Usted está a cargo de todas esas niñas que mantiene por caridad, ¿verdad?

—Una niña ciega no tenía por qué estar aquí —añadió Wilma.

—¡Callad la boca! —exclamó Joseph, secamente—. Las dos.

No esperó a ver sus reacciones ni a oír sus respuestas. Echó a caminar a toda prisa con Claudia.

Pero ¿adónde dirigirse con tanta prisa?

—¿Adónde podría haber ido? —preguntó Claudia, aunque estaba claro que no esperaba respuesta. Le tenía cogida la mano con tanta fuerza como él a ella—. ¿Adónde podría haber intentado ir? Pensemos. ¿A buscarle a usted en la casa?

—Lo dudo —dijo él, viendo que Lauren y Kit, también cogidos de la mano, iban a toda prisa hacia allí.

—¿A buscar a Eleanor y las otras, entonces?

—Pasaron por delante de la casa cuando yo estaba ahí. Iban en dirección al puente pequeño, hacia el sendero agreste de más allá.

—La habrían visto si iba en esa dirección. Y usted también. En todo caso, cuatro personas van en esa dirección a buscar. No tiene sentido seguirlas.

Habían llegado al camino de entrada y se detuvieron ahí, horrorosamente indecisos. El nombre Lizzie sonaba desde todas partes. Pero no se oía ningún grito que indicara que alguien la hubiera encontrado.

Joseph hizo unas cuantas respiraciones para serenarse. Continuar aterrado no lo llevaría a ninguna parte.

—La única dirección que nadie ha tomado —dijo—, es la que sale de Alvesley.

Ella miró a la derecha, hacia la larga extensión de césped por el que discurría el camino de entrada, con el puente palladiano cubierto que cruzaba el río, y más allá el bosque.

—Ella no habría ido por ahí —dijo.

—Probablemente no —concedió él—, pero, ¿el perro?

—Oh, Dios mío. Dios mío, ¿dónde está? —Se le llenaron los ojos de lágrimas y se mordió el labio—. ¿Dónde está?

—Vamos —dijo él, girándola y llevándola por el camino de entrada—. No hay ningún otro lugar donde podamos buscar.

—¿Cómo ha podido ocurrir esto?

—Yo me fui a la casa.

—Y yo a caminar.

—No debería haberla dejado salir de la casa de Londres. Siempre ha estado segura ahí.

—Yo no debería haber apartado los ojos de ella. Ella fue el único motivo por el que vine aquí esta tarde. Era mi responsabilidad. La señorita Hunt tenía razón al reprenderme.

—No empecemos a echarnos la culpa —dijo él—. Ha tenido numerosos cuidadores esta tarde. Todos la vigilaban.

—Ese fue el problema. Cuando todos están vigilando, nadie lo hace de verdad. Todos suponen que está con otra persona. Yo debería haberlo sabido por mis experiencias en la escuela. Ay, Lizzie, Lizzie, ¿dónde estás?

Se detuvieron en el puente un momento, mirando hacia todos lados, con la esperanza de ver alguna señal de la desaparecida Lizzie.

Pero ¿por qué no contesta a ninguna de las llamadas?, pensó él. Seguían oyéndose ahí donde estaban.

—¡Lizzie! —gritó por un lado del puente, haciéndose bocina con las manos.

—¡Lizzie! —gritó Claudia por el otro lado.

Nada.

De repente a él le flaquearon las piernas y casi se cayó.

—¿Continuamos? —preguntó, mirando más allá del puente, donde el camino de entrada hacía una curva y se internaba en el bosque—. No creo que llegara tan lejos.

Tal vez ya estaba de vuelta junto al lago. Sintió una avasalladora necesidad de volver ahí para comprobarlo.

—Debemos continuar —dijo ella, atravesando el ancho del puente y cogiéndole la mano otra vez—. ¿Qué otra cosa podemos hacer?

Se miraron a los ojos y ella apoyó la frente en su pecho y la dejó ahí un breve momento.

—La encontraremos —dijo—. La encontraremos.

Pero ¿cómo? ¿Y dónde? Si había seguido ese camino, ¿llegaría finalmente a la aldea? ¿Alguien de ahí la detendría y cuidaría de ella hasta que pudiera enviar un mensaje a Alvesley?

¿Y si había salido del camino y estaba perdida en el bosque?

—¡Lizzie! —volvió a gritar él.

Se había detenido en un momento sorprendentemente afortunado. Ella giró la cabeza y entonces emitió una exclamación y le tironeó la mano.

—¿Qué es eso? —preguntó, apuntando. Cuando estaban cerca de una serpentina blanca cogida en una rama baja, exclamó jubilosa—: ¡Es la cinta del pelo de Lizzie! Pasó por aquí.

Él desenredó la cinta y se la llevó a los labios, cerrando fuertemente los ojos.

—Gracias a Dios —dijo ella—. Oh, gracias a Dios. No está en el fondo del lago.

Él abrió los ojos y se miraron. Los dos habían tenido el mismo miedo desde que vieron zambullirse a Bewcastle y a Hallmere.

—¡Lizzie! —gritó él hacia el bosque.

—¡Lizzie! —gritó ella.

No hubo respuesta. ¿Cómo podían saber hacía dónde había ido? ¿Cómo buscarla sin perderse ellos? Pero claro, no tenía ningún sentido quedarse quietos ahí, y no se les ocurrió volver a buscar más ayuda, en especial de Kit o Sydnam, que conocían el bosque.

Continuaron, deteniéndose con frecuencia a llamarla.

Finalmente oyeron crujidos de hojas por entre los árboles que tenían delante, después un alegre ladrido y entonces apareció *Horace*, meneándose todo él, agitando la cola y con la lengua fuera.

—¡*Horace*! —Claudia se arrodilló a abrazarlo y él le lamió la cara—. ¿Dónde está Lizzie? ¿Por qué la has dejado sola? Llévanos hasta ella inmediatamente.

Al parecer el perro sólo deseaba saltar sobre su falda y jugar, pero ella movió un dedo severa ante su nariz, luego cogió la cinta de la mano de Joseph y se la puso delante para que la oliera.

—Encuéntrala, *Horace*. Llévanos hasta ella —le ordenó.

El perro se dio media vuelta ladrando alegremente, como si ese fuera el mejor juego de la tarde, y echó a correr por entre los árboles. Joseph volvió a coger de la mano a Claudia y echaron a correr detrás de él. No muy lejos se encontraron ante una casita, una cabaña de guardabosques. Se veía en buen estado. La puerta estaba entreabierta. *Horace* entró corriendo.

Joseph subió el peldaño hasta la puerta, casi con miedo de tener esperanzas. Claudia lo siguió y, sin soltarle la mano, se arrimó a su costado para asomarse también cuando él abrió más la puerta. El interior estaba oscuro, pero la luz de fuera bastaba para ver que la habitación estaba decentemente amueblada y que en una estrecha cama adosada a una pared estaba Lizzie acurrucada durmiendo, y *Horace* a sus pies jadeando y sonriendo.

Joseph giró la cabeza, cogió a Claudia por la cintura, la apretó a él y, hundiendo la cara en el hueco entre su cuello y hombro, lloró. Ella lo abrazó.

Y cuando él se apartó, se miraron a los ojos un breve instante y entonces él posó los labios sobre los de ella.

Y un instante después él ya estaba arrodillado junto a la cama pasándole una mano temblorosa por la cabeza a Lizzie, y apartándole suavemente el pelo de la cara. Si había estado durmiendo, ya no lo estaba; tenía fuertemente cerrados los ojos y se estaba chupando los nudillos de la mano cerrada. Tenía los hombros hundidos y tensos.

—Cariño —musitó.

—¿Papá? —Bajó la mano e inspiró—. ¿Papá?

—Sí, te hemos encontrado, la señorita Martin y yo. Ya estás muy segura otra vez.

—¿Papá?

Emitiendo un gemido largo y agudo, como un lamento, se incorporó y le echó los brazos al cuello, apretándoselo fuertemente. Él la levantó en brazos, girándose se sentó en la cama, y la acunó en el regazo. Sin pensarlo le cogió una mano a Claudia y la hizo sentarse a su lado. Ella pasó las manos por las piernas de la niña.

—Estás a salvo —dijo.

—La señorita Thompson llevó a Molly y a otras niñas a caminar —explicó ella, atropellándose con las palabras, casi sin respirar—. Me pidieron que fuera pero yo dije no, pero después deseé haber dicho sí, porque tú habías entrado en la casa, papá, y la señorita Martin había ido a caminar. Pensé que *Horace* podría darles alcance. Pensé que estarías orgulloso de mí. Pensé que la señorita Martin estaría orgullosa de mí. Pero *Horace* no pudo encontrarlas. Entonces pasamos por un puente, yo me caí y después no supe hacia qué lado ir y más allá había árboles, y *Horace* se fue corriendo y yo intenté ser valiente y pensé en brujas pero sabía que no había ninguna, y entonces *Horace* volvió y llegamos aquí, pero no sabía quiénes vivían aquí ni si serían amables o crueles, y cuando llegaste creí que eran ellos y tal vez me comerían viva, aunque sé que eso es tonto y...

—Cariño —le interrumpió él. Le besó la mejilla y la meció mientras ella volvía a chuparse los nudillos de la mano cerrada, algo que no hacía, que supiera él, desde que tenía cuatro o cinco años—. Sólo estamos contigo la señorita Martin y yo.

—Pero qué valiente has sido, Lizzie —dijo Claudia—, al aventurarte sola y luego no aterrarte cuando te encontraste perdida. Tendremos que adiestrar más a *Horace* y sólo después de eso podrás intentar algo así otra vez, pero de todos modos estoy inmensamente orgullosa de ti.

—Yo siempre estoy orgulloso de ti —dijo Joseph—, pero en especial hoy. Mi niñita está creciendo y haciéndose independiente.

Ella había dejado de chuparse el dorso de la mano. Se acurrucó apretándose más a él y dio un largo bostezo. Había tomado mucho aire fresco y hecho mucho ejercicio; no era de extrañar que estuviera agotada, y eso aparte del susto que se había llevado.

Él continuó meciéndola, como hacía cuando era un bebé, una niña pequeña. Echó atrás la cabeza y cerró los ojos. Le brotaron lágrimas otra vez y sintió bajar una por la mejilla.

Entonces sintió un suave roce en esa mejilla y al abrir los ojos vio que Claudia le estaba pasando el dorso de la mano para secarle la lágrima.

Se miraron y a él le pareció que en la profundidad de sus ojos le podía leer la mente, su ser más profundo, su alma. Y descansó ahí.

—Te amo —dijo, intentando hablar, pero no le salió el sonido por los labios.

Pero ella le leyó las palabras en los labios. Echó atrás la cabeza, tal vez uno o dos dedos, alzó un poquitín el mentón y apretó los labios formando una línea casi severa. Pero sus ojos no cambiaron; sus ojos «no podían» cambiar. Eran la ventana de la armadura con que ella intentaba revestirse. Sus ojos le contestaron aun cuando el resto de ella negaba lo que decían:

«Yo también te amo».

—Será mejor que llevemos de vuelta a Lizzie al lugar de la merienda y tranquilicemos a los demás —dijo entonces él—. Todos continúan buscándola.

—¿A mí? —preguntó Lizzie—. ¿Me andan buscando a mí?

—Todos te han tomado muchísimo cariño, mi amor —dijo él, besándole la mejilla otra vez y levantándose con ella en los brazos—. Y he de decir que los comprendo.

Cuando salieron de la cabaña y Claudia cerró la puerta, él vio que de ella salía un sendero simplemente formado por pisadas sobre la hierba. La habitación de la cabaña estaba amueblada y limpia, y era cómoda. Era lógico pensar que se usaba con frecuencia y que las pisadas del usuario o de los usuarios hubieran formado ese sendero, tal vez desde el camino de entrada. Lo siguieron y en un momento se encontraron en el camino, con el puente ante ellos.

Cuando llegaron a él, Claudia se adelantó, agitó las manos y gritó a los grupos de personas que estaban a la vista. Y le quedó claro que ellas entendieron el mensaje. La búsqueda se había acabado, habían encontrado a Lizzie.

Mientras se acercaban al lago, Lizzie medio dormida en los brazos de él, vieron que todos los esperaban expectantes. *Horace* corrió por delante jadeando y ladrando.

Recibieron la bienvenida que se le da a un héroe. Todos deseaban tocar a Lizzie, preguntar si se había hecho daño, preguntar qué le había ocurrido y explicar cómo la habían buscado y buscado y casi perdido la esperanza.

—Debes de tener cansados los brazos, Attingsborough —dijo Rosthorn—. Permíteme que la coja. Ven conmigo, *chérie*.

—No —dijo Joseph, aumentando la presión de sus brazos—. Gracias, pero está muy bien donde está.

—Deberían llevársela inmediatamente a Lindsey Hall —dijo Wilma—. Vaya alboroto que ha armado, y ha estado a punto de estropear esta espléndida merienda. Debería haber cumplido con su deber, señorita Martin, y vigilar a la niña en lugar de irse a caminar con sus superiores.

—Calla, Wilma, haz el favor —dijo Neville.

—¡Vamos, francamente! Exijo una dis...

—Este no es momento para crueldades ni recriminaciones —dijo Gwen—. Cállate, Wilma.

—Pero de verdad es necesario decir —dijo Portia— que es una falta de respeto a lady Redfield y a lady Ravensberg haber traído a alumnas «de caridad» a mezclarse en una reunión como esta y haberlas dejado al cuidado de otros. Y traer a una niña de caridad «ciega» es francamente el colmo de los colmos. De verdad, deberíamos...

—Lizzie Pickford es mi hija —interrumpió Joseph, con voz clara y firme, ante un atento público formado por sus padres, su hermana, su prometida, numerosos parientes y personas conocidas y desconocidas—. Y la quiero más que a mi vida.

Sintió la mano de Claudia en el brazo. Bajó la cabeza para besar la cara de Lizzie, levantada hacia él. Sintió el fuerte apretón de la mano de Neville en el hombro.

Y entonces tomó conciencia del horroroso silencio que parecía ahogar el bullicio que hacían los niños jugando en la explanada.

19

Las palabras de lady Sutton y de la señorita Hunt hirieron a Claudia como un cuchillo. Aunque las dijeron con inquina, ella no podía defenderse de ninguna manera; era terriblemente culpable. Se había ido a caminar con Charlie, ah, sí, con sus «superiores», cuando debería haber estado vigilando a Lizzie.

Pero tal vez más que el insulto personal y el sentimiento de culpabilidad, sintió una furia intensa e impotente por el menosprecio con que hablaron de sus preciosas niñas, estando ellas cerca, oyéndolo. Pero no podía decir nada en su defensa tampoco. Tal vez lady Ravensberg podría haber intervenido para informar a la señorita Hunt que las niñas estaban ahí por expresa invitación de ella, pero se le adelantó el marqués de Attingsborough: «Lizzie Pickford es mi hija. Y la quiero más que a mi vida».

La furia y la culpabilidad quedaron olvidadas, reemplazadas por una profunda pena. Le puso una mano en el brazo y miró a Lizzie algo preocupada.

La mayoría de los niños más pequeños continuaban jugando con la incansable energía de su edad y totalmente inconscientes del drama que se desarrollaba cerca. Pero el bullicio que hacían sólo parecía acentuar el horroroso silencio que descendió sobre los demás.

La coja y guapa lady Muir fue la primera en romperlo:

—Vamos, Wilma —dijo—, ¿ves lo que has hecho ahora?

Y usted también, señorita Hunt. Oh, de verdad, debería daros vergüenza.

—Las alumnas de la señorita Martin —dijo la condesa de Redfield— están aquí por expresa invitación mía.

—Y mía —añadió lady Ravensberg—. Ha sido un placer tenerlas. A «todas».

El duque de Anburey se puso de pie y todos guardaron silencio.

—¿Qué es esto? —preguntó, con un entrecejo feroz, aunque al parecer no esperaba respuesta—. ¿Un hijo mío haciendo esa admisión tan vulgar ante estas personas? ¿Delante de lord y lady Redfield en su propia casa? ¿Delante de su madre y su hermana? ¿Delante de su prometida? ¿Delante de todo el mundo?

Claudia bajó la mano hasta el costado. Lizzie escondió la cara en el chaleco de su padre.

—Nunca en mi vida había sido más insultada que aquí esta tarde —dijo la señorita Hunt—. ¿Y se espera que tolere «esto»?

—Cálmese, mi querida señorita Hunt —dijo la condesa de Sutton, dándole una palmadita en el brazo—. Estoy muy avergonzada de ti, Joseph, y sólo puedo esperar que hayas hablado en el calor del momento y ya estés arrepentido. Creo que procede una disculpa pública a mi padre, a la señorita Hunt y a lady Redfield.

—Pido disculpas —dijo él—, por la aflicción que he causado y por la forma en que finalmente he reconocido a Lizzie. Pero no puedo lamentar que sea mi hija, ni que yo la quiera.

—Oh, Joseph —dijo la duquesa de Anburey, que se había levantado junto con su marido, acercándose a él—. ¿Esta niña es tuya? ¿Tu hija? ¿Mi nieta?

—¡Sadie! —exclamó el duque en tono severo.

—Qué hermosa es —dijo ella, acariciando la mejilla de Lizzie con el dorso de la mano—. Cuánto me alegra que esté bien y a salvo. Todos estábamos terriblemente precupados por ella.

—Sadie —repitió el duque.

El vizconde Ravensberg se aclaró la garganta.

—Sugiero que esta conversación continué en el interior de la casa —dijo—, donde las personas más involucradas puedan hablar más en privado. Y creo que sería conveniente que Lizzie no siga bajo este sol. ¿Lauren?

—Yo iré por delante —dijo la vizcondesa—, y buscaré una habitación tranquila donde pueda acostarse a dormir. Se ve agotadísima, pobre niña.

—La llevaré a mi habitación, si me lo permites, Lauren —dijo el marqués de Attingsborough.

El duque de Anburey ya había cogido del brazo a la duquesa y la llevaba en dirección a la casa. La señorita Hunt se recogió la falda y se giró para seguirlos. Lady Sutton se cogió de su brazo y fue con ella. Lord Sutton se situó al otro lado de la señorita Hunt.

—¿Te la llevo, Joe? —se ofreció el conde de Kilbourne.

Joseph negó con la cabeza.

—No, pero gracias, Nev.

Avanzó unos pasos en dirección a la casa y de pronto se detuvo y miró atrás, a Claudia.

—¿Viene con nosotros? ¿Me hará el favor de acompañar a Lizzie mientras yo no esté?

Ella asintió y echó a caminar a su lado. Qué terrible final de la merienda para aquellos que quedaban atrás, pensó. Aunque tal vez no. Esa tarde no se iba a olvidar en mucho tiempo, seguro. Sin duda sería el tema de animada conversación durante días y días, e incluso semanas.

Era una solemne procesión la que avanzaba hacia la casa, a excepción de *Horace*, que corría delante y volvía, resollando y con la lengua colgando, como si ese fuera un juego totalmente organizado para su diversión. Los vizcondes Ravensberg venían detrás de ellos y les dieron alcance cuando se acercaban a la casa.

—¿Donde la encontrasteis, Joseph? —preguntó la vizcondesa en voz baja.

—Hay una cabañita en el bosque al otro lado del puente —dijo él—. Ahí estaba.

—Ah —dijo el vizconde—, debió olvidársenos cerrar la puerta con llave la última vez que estuvimos ahí, Lauren. A veces nos olvidamos.

—Y menos mal que nos olvidamos —dijo ella—. Es tan encantadora, Joseph, y, claro, se parece a ti.

Entonces llegaron a la casa y el vizconde los llevó a todos a la biblioteca.

Joseph no los siguió. Subió la escalera y Claudia lo acompañó hasta su habitación, un cómodo dormitorio para huéspedes con vistas al jardín de flores del lado este y las colinas más allá. Claudia echó atrás las mantas de la cama con dosel y él depositó a Lizzie en el centro. Después se sentó a su lado y le cogió la mano.

—Papá, se lo has dicho a todos —dijo ella.

—Sí, lo he hecho, ¿no?

—Y ahora todos me van a odiar.

—Mi madre no te odia, y el primo Neville tampoco. Tampoco te odia la prima Lauren, que acaba de decirme que eres encantadora y te pareces a mí. Si hubieras podido ver hace unos minutos, te habrías dado cuenta que la mayoría de las personas te miraban con simpatía y compasión, y felicidad porque estabas a salvo.

—«Ella» me odia. La señorita Hunt.

—Creo que en estos momentos es a mí a quien odia, Lizzie.

—¿Las niñas me van a odiar?

Contestó Claudia:

—Molly no. Sólo hace un momento estaba llorando, de felicidad por volver a verte. De las demás no sabría decirlo, pero te diré lo siguiente. No creo que sea bueno intentar ganar el amor de los demás simulando ser lo que no somos. Tú no eres una huérfana mantenida por la caridad, ¿verdad? Tal vez es mejor que nos arriesguemos a que nos quieran, o no, por lo que verdaderamente somos.

—Soy hija de mi papá.

—Sí.

—Su hija «bastarda».

Claudia vio que él fruncía el ceño y abría la boca para hablar. Se le adelantó:

—Sí —concedió—, pero esa palabra sugiere a una persona a la que se considera una molestia y no es amada. A veces es importante elegir bien las palabras, y una de las maravillas de la lengua es que casi siempre hay varias palabras para expresar lo mismo. Sería más apropiado, tal vez, decir que eres la hija ilegítima de tu papá o, mejor aún, su hija del amor. Eso es exactamente lo que eres. Aunque no es necesariamente «quien» eres. A ninguno de nosotros se nos puede definir por etiquetas, ni siquiera por cien o mil de ellas.

Lizzie sonrió y le acarició la cara a su padre.

—Soy tu hija del amor, papá.

—Ciertamente —dijo él. Le cogió la mano y le besó la palma—. Ahora debo bajar, cariño. La señorita Martin se quedará contigo, aunque creo que no tardarás en quedarte dormida. Has tenido un día ajetreado.

Ella abrió la boca en un largo bostezo, como para confirmar que tenía razón.

Él se levantó y miró a Claudia. Ella le sonrió pesarosa. Él medio se encogió de hombros y salió de la habitación sin decir otra palabra.

—Mmm —musitó Lizzie, al mismo tiempo en que *Horace* subía de un salto a la cama y se echaba a su lado—, la almohada huele a mi papá.

Claudia miró a *Horace,* que la estaba mirando como si se sintiera absolutamente feliz, con la cabeza apoyada en las patas. Si no se hubiera precipitado a defenderlo esa tarde en Hyde Park, pensó, tal vez no habría sucedido nada de lo ocurrido. Qué extraño es el destino y la cadena de incidentes aparentemente sin importancia y no relacionados que llevan inexorablemente a un desenlace importante.

Lizzie volvió a bostezar y casi al instante se quedó dormida.

¿Y ahora qué?, pensó Claudia. ¿Se llevaría a Lizzie con ella cuando volviera con Eleanor y las niñas a la escuela dentro de una semana o algo así? ¿Aun sabiendo que la niña no quería ir? ¿Había alguna otra opción para la niña y para ella? ¿Qué opciones tenía esta niña? Sólo podía imaginarse lo que estaba ocurriendo abajo en la biblioteca. Y ella, ¿qué opción le quedaba? Quería a Lizzie.

Pasados unos diez minutos más o menos, sonó un suave golpe en la puerta, esta se abrió y entraron Susanna y Anne de puntillas, sin esperar respuesta.

—Ah —dijo Susanna en voz baja mirando hacia la cama—, está durmiendo. Me alegro por ella. Parecía estar conmocionada ahí junto al lago.

—Pobre niña —dijo Anne, mirando hacia Lizzie también—. Esto ha sido un triste final de la tarde para ella. Pero antes se lo ha pasado maravillosamente. Unas cuantas veces estuve a punto de llorar sólo con verla divertirse.

Las tres fueron a sentarse junto a la ventana, a cierta distancia de la cama.

—Todos se están marchando —dijo Susanna—. Todos los niños deben de estar agotadísimos. Ya es casi el crepúsculo. Han jugado horas y horas sin parar.

—Lizzie ha dicho que tiene miedo de que ahora todos la odien.

—Todo lo contrario —dijo Anne—. La revelación ha sido bastante impresionante, en especial para Lauren, Gwen y el resto de la familia de lord Attingsborough, pero creo que la mayoría de las personas están secretamente encantadas de que sea su hija. Todos le han tomado mucho cariño, en todo caso.

—He estado pensando —dijo Claudia—, si Lizzie seguirá siendo bien recibida en Lindsey Hall. Al fin y al cabo la llevé allí con engaños.

—Oí al duque de Bewcastle decirle a la duquesa que algunas personas piden a gritos un buen tapabocas y que es gratificante verlas recibir su merecido. Era evidente que se refería a lady Sutton y a la señorita Hunt.

—Y lady Hallmere declaró públicamente —añadió Anne—, que la revelación del marqués ha sido el momento más espléndido de esta o cualquier tarde que ella recuerde. Y todos deseaban saber qué le llevó a Lizzie a extraviarse y dónde la encontrasteis. ¿Dónde estaba?

Claudia lo explicó.

—Supongo que en Londres visitaste a Lizzie, Claudia —dijo Susanna.

—Varias veces.

—Tal como supuse —dijo Susanna, suspirando—. Y ahí se va mi teoría de que Joseph tenía que estar enamorándose de ti si te llevaba a pasear en coche tan a menudo. Pero tal vez sea mejor así. Vuestro romance habría tenido un trágico final, ¿verdad?, puesto que él estaba obligado por honor a proponerle matrimonio a la señorita Hunt. Aunque mi opinión de ella se deteriora más con cada día que pasa.

Claudia vio que Anne la estaba mirando fijamente.

—Yo no estoy tan segura de que se haya evitado la tragedia, Susanna —dijo Anne entonces—. Sin tomar en cuenta su apariencia, el marqués de Attingsborough es un caballero inmensamente encantador. Y el atractivo de cualquier hombre sólo puede aumentar cuando se le ve tan consagrado a su hija. ¿Claudia?

—¡Qué tontería! —exclamó esta en tono enérgico, aunque sin olvidar no elevar el volumen de la voz—. Entre el marqués y yo sólo hay un asunto de negocios. Él desea colocar a Lizzie en mi escuela y yo la traje aquí a pasar unas semanas con Eleanor y las otras niñas a modo de prueba. No hay nada más entre nosotros. Nada en absoluto.

Pero sus dos amigas la estaban mirando con profunda compasión en los ojos, como si ella acabara de confesar una pasión eterna por él.

—Uy, Claudia, cuánto lo siento —dijo Susanna—. Con Frances nos reímos e hicimos bromas sobre eso en Londres, recuerdo, pero no tenía nada de divertido. Perdona.

Anne simplemente le cogió la mano y se la apretó.

—Bueno —dijo Claudia, con la voz todavía enérgica—, siempre he dicho que los duques no son otra cosa que un problema, ¿verdad? El marqués de Attingsborough no es duque todavía, pero de todos modos yo tendría que haber echado a correr y no parar hasta ponerme a mil millas de distancia en el instante mismo en que posé los ojos en él.

—Y eso fue por culpa mía —dijo Susanna.

Y ahora ya no podía seguir negándoles la verdad, pensó Claudia. Sería el objeto de su lástima eternamente. Cuadró los hombros y apretó los labios.

Un lacayo abrió la puerta de la biblioteca, Joseph entró y descubrió que ahí sólo se encontraban sus padres. Su madre estaba sentada junto al hogar; su padre paseando con las manos cogidas a la espalda, pero se detuvo al verlo, con un marcado entrecejo.

—¿Bien? —dijo, pasados unos segundos en que se miraron en silencio—. ¿Qué tienes que decir?

Joseph continuó donde estaba, junto a la puerta cerrada.

—Lizzie es mi hija —dijo—. Tiene casi doce años, aunque parece más pequeña. Nació ciega. La he albergado y mantenido. He formado parte de su vida desde el principio. La quiero.

—La encuentro una niña muy linda y encantadora, Joseph —dijo su madre—. Pero qué lástima que sea...

El duque la hizo callar con una mirada.

—No te he pedido una historia, Joseph —dijo—. Por supuesto que has asumido la responsabilidad de mantener a tu hija bastarda. No esperaría menos de un caballero ni de un hijo mío. Lo que «necesito» que me expliques es la presencia de esa niña en este vecindario y su aparición en Alvesley esta tarde, donde era seguro que la verían tu madre, tu hermana y tu prometida.

Como si Lizzie fuera algo contaminado, pensó Joseph. Pero claro, lo era en opinión de la buena sociedad.

—Tengo la esperanza de inscribirla en la escuela de la señorita Martin —explicó—. Su madre murió a fines del año pasado. Lauren invitó a la señorita Martin y a la señorita Thompson a traer a las niñas a la merienda de esta tarde.

—¿Y a ti no se te ocurrió informarlas de que sería el colmo de la vulgaridad traer a la niña ciega con ellas? —preguntó su padre; tenía la cara roja de furia y le palpitaba una vena visible en la sien—. No intentes responder; no deseo oír la respuesta. Y no intentes explicar tu horrorosa declaración después que Wilma y la señorita Hunt reprendieron a esa maestra de escuela. No puede haber explicación para eso.

—Webster, cálmate —dijo su madre—. Te vas a poner enfermo otra vez.

—Entonces sabrás, Sadie, de quien será la culpa.

Joseph frunció los labios.

—Lo que exijo —continuó su padre volviendo la atención a él—, es que a partir de hoy ni tu madre, ni Wilma ni la señorita Hunt oigan otra palabra más de tus asuntos privados. Le pedirás disculpas a tu madre, estando yo presente. Pedirás disculpas a Wilma, a lady Redfield, a Lauren y a la duquesa de Bewcastle, cuya casa has mancillado atrozmente. Harás las paces con la señorita Hunt y le asegurarás que nunca volverá a oír hablar de este asunto.

—Mamá —dijo Joseph, mirándola; ella tenía juntas las manos en el pecho—. Hoy te he causado aflicción, en la merienda y ahora. Lo siento mucho.

—Vamos, Joseph —dijo ella—, tienes que haberte sentido desesperado, más preocupado que ninguno de nosotros cuando esa pobre niña desapareció. ¿Se ha hecho daño?

—Sadie —dijo el duque, con un ceño feroz.

—Conmoción y agotamiento, mamá —dijo Joseph—, pero ninguna lesión física. La señorita Martin la está acompañando. Supongo que ya se ha dormido.

—Pobre niña —repitió ella.

Joseph miró a su padre.

—Iré a buscar a Portia —le dijo.

—Está con tu hermana y Sutton en el jardín de flores.

Era a él a quien censuraba su padre, se dijo cuando salió de la biblioteca: su conducta al permitir que trajeran a Lizzie a Lindsey Hall y a Alvesley ese día, donde necesariamente estaría en compañía de sus familiares y su prometida. Y su conducta al permitirse responder a una provocación reconociendo públicamente que Lizzie era su hija.

No era a Lizzie a quien había censurado su padre. Aunque, condenación, era como si lo fuera.

«Tu hija bastarda.»

«La niña ciega.»

Y casi le parecía que debería sentirse avergonzado. Había transgredido las leyes no escritas pero bien entendidas de la sociedad. «Tus asuntos privados» llamó su padre a sus secretos, como si se esperara que todos los hombres los tuvieran. Pero no se avergonzaría. Admitir que había actuado mal sería negarle a Lizzie el derecho a estar con los demás niños y con él.

La vida no es fácil: profundo pensamiento para el día.

Tal como dijera su padre, encontró a Portia en el jardín de flores sentada con Wilma y Sutton. Wilma lo miró como si quisiera apuñalarlo con la mirada.

—Nos has insultado a todos de una manera intolerable, Joseph —dijo—. Hacer una confesión como esa habiendo tantas personas escuchando. Nunca en mi vida me había sentido más humillada. Espero que estés avergonzado.

Él deseó poder decirle que se callara, como le dijo Neville antes, pero ella tenía a su favor la moralidad. Incluso para Lizzie, su reconocimiento fue precipitado e inoportuno.

Aunque decir esas palabras había sido más liberador que cualquier otra cosa que hubiera dicho jamás, comprendió de repente.

—¿Y qué le puedes decir a la señorita Hunt? —continuó Wilma—. Tendrás mucha suerte si ella se digna a escucharte.

—Creo, Wilma, que lo que tengo que decirle y lo que conteste ella deberá ser en privado.

Ella hizo una inspiración como si tuviera la intención de discutirle. Pero Sutton se aclaró la garganta y le cogió el codo; ella se levantó y, sin decir otra palabra, echó a andar con él en dirección a la casa.

Portia, todavía con el vestido de muselina amarillo prímula que llevaba en la merienda, se veía tan descansada y hermosa como estaba al comienzo de la tarde. También se veía serena y segura de sí misma.

Él la contempló, pensando en su dilema. La había agraviado. La había humillado delante de un numeroso grupo de familiares y amigos. Pero ¿cómo podía pedirle disculpas sin renegar en cierto modo de Lizzie?

Ella habló primero:

—Nos ordenó que nos calláramos a lady Sutton y a mí. ¡Santo Dios! ¿Eso hizo?

—Te pido perdón —dijo—. Fue cuando Lizzie estaba desaparecida, ¿verdad? Estaba loco de preocupación. Eso no disculpa la descortesía, por supuesto. Perdóname, por favor. Y tendrás la amabilidad de perdonarme...

—No deseo volver a oír «ese» nombre, lord Attingsborough —dijo ella con serena dignidad—. Esperaré que ordene que se la lleven de aquí y de Lindsey Hall mañana a más tardar, y entonces veré si decido olvidar todo este lamentable incidente. No me importa adónde la envíe o envíe a otros como ella ni a... ni a las mujeres que los produjeron. Eso no necesito ni deseo saberlo.

—No hay otros hijos, ni amantes —dijo él—. ¿La revelación de esta tarde te llevó a creer que soy promiscuo? Te aseguro que no lo soy.

—Las damas no somos tontas, lord Attingsborough, por ingenuas que pueda creernos. Sabemos muy bien de las pasiones animales de los hombres y estamos muy contentas de que las desahoguen con toda la frecuencia que quieran, siempre que no sea con nosotras y siempre que no se sepa. Lo único que pedimos, lo único que «yo» pido, es que se respeten los cánones sociales.

¡Buen Dios! Se le heló la sangre. Pero sin duda la verdad la haría sentirse mejor, le quitaría un tanto la convicción de que se iba a casar con un animal bajo el delgado disfraz de caballero.

—Portia —dijo mirándola desde arriba, pues no se había sentado—. Soy firme partidario de las relaciones monógamas. Después que nació Lizzie continué con su madre hasta su muerte el año pasado. Por eso no me he casado. Después de nuestra boda te seré fiel todo el tiempo que vivamos.

Ella lo miró y de repente él cayó en la cuenta de que sus ojos eran muy distintos de los de Claudia; no tenían profundidad, y si había alguna fortaleza de carácter en ellos, alguna emoción, no se veían trazas.

—Usted hará lo que le plazca, lord Attingsborough, como todos los hombres tienen derecho a hacer. Lo único que pido es que lo haga con discreción. Y le pido la promesa de que esa niña ciega se marchará de aquí hoy y de Lindsey Hall mañana.

«Esa niña ciega.»

Se alejó unos cuantos pasos de ella, dándole la espalda, y se detuvo a mirar un cuadro de jacintos que crecían arrimados a una espaldera. Era una petición justificada, supuso. A ella, y probablemente a toda la gente de Alvesley y Lindsey Hall, debía parecerles de muy mal gusto tener a Lizzie cerca.

Pero Lizzie era una persona; una niña inocente. Y era suya.

—No —dijo—. No puedo hacer esa promesa, lo siento, Portia.

El silencio de ella fue más acusador de lo que habrían sido las palabras.

—He respetado los cánones sociales todos estos años —continuó—. Mi hija tenía a su madre y una casa cómoda en Londres, y yo podía verla siempre que quisiera, que era todos los días cuando estaba en la ciudad. Nunca le hablé de ella a nadie, a excepción de Neville, y nunca la llevé a ningún lugar donde pudieran vernos juntos. Aceptaba que así era como debía ser. Nunca tuve ningún verdadero motivo para poner en tela de juicio los dictámenes de la sociedad hasta que murió Sonia y Lizzie quedó sola.

—No deseo oír nada de eso —dijo Portia—. Es muy indecoroso.

—Aún no tiene doce años —continuó él—. Aun es muy pequeña para tener cierta independencia, incluso en el caso de que no fuera ciega. —Se giró a mirarla—. Y la quiero. No puedo expulsarla de la periferia de mi vida, Portia. Y no lo haré. Pero mi peor error, lo comprendo ahora, fue no haberte hablado de ella antes. Tenías derecho a saberlo.

Ella estuvo callada un buen rato. Estaba sentada inmóvil como una estatua, increíblemente delicada y hermosa.

—Creo que no puedo casarme con usted, lord Attingsborough —dijo al fin—. No tengo el menor deseo de saber nada de una niña como esa, y sólo me soprende que piense que debería haberme informado de la existencia de esa horrenda criatura que ni siquiera «ve». No toleraré oír nada más acerca de ella, y no toleraré saber que sigue aquí o en Lindsey Hall. Si no puede prometer que ordenará que se la lleven y si no puede prometer que nunca volveré oír hablar de ella, debo retirar mi aceptación de su proposición.

Curiosamente, tal vez, él no se sintió aliviado. Otro compromiso roto para ella, aun cuando para la alta sociedad sería evidente que ella no había tenido la culpa en ninguno de los dos, la convertiría casi en incasable. Y ya no era tan jovencita; ya debía tener unos veinticinco años. Y a los ojos de la sociedad, sus exigencias parecerían sensatas.

Pero... «esa horrenda criatura».

Lizzie.

—Lamento oír eso —dijo—. Te ruego que lo reconsideres. Soy el mismo hombre de siempre. Engendré a Lizzie muchísimo antes de conocerte.

Ella se puso de pie.

—No lo entiende, ¿verdad, lord Attingsborough? No «tolero» oír ese nombre. Ahora iré a escribirle a mi padre. No estará complacido.

—Portia...

—Creo que ya no tiene ningún derecho a tutearme llamándome por mi nombre de pila, milord.

—¿Está roto nuestro compromiso, entonces?

—No logro imaginarme nada que me haga reconsiderarlo —contestó ella, se giró y echó a andar hacia la casa.

Él se quedó donde estaba, mirándola.

Y sólo cuando desapareció de su vista sintió los comienzos de la euforia.

¡Estaba libre!

20

Al final Claudia regresó a Lindsey Hall sin Lizzie. Cuando volvió el marqués a su habitación, la niña estaba profundamente dormida y daba la impresión de que dormiría toda la noche si no se le perturbaba el sueño. Lady Ravensberg se ofreció a ordenar que le prepararan la cama a él en una carriola en el vestidor.

Él insistió en acompañar a Claudia a Lindsey Hall llevándola en su coche; los invitados de ahí ya habían vuelto a casa hacía rato, lógicamente. La vizcondesa, Anne y Susanna prometieron turnarse para velar el sueño de la pequeña hasta que él volviera.

Claudia insistió en volver sola, pero él no quiso ni oír hablar de eso. Tampoco quisieron Anne y Susanna, que le recordaron que ya era casi de noche. Y, el cielo la amparara, pensó Claudia, cuando terminó de bajar la escalera con él y salieron a la terraza donde los esperaba el coche, no iba a discutir ese punto.

Los vizcondes Ravensberg estaban ahí con lady Redfield.

—Señorita Martin —dijo la condesa—, espero que no haga el menor caso de lo que dijeron lady Sutton y la señorita Hunt. Mi marido y yo hemos estado encantados de tenerlas aquí a usted y a las niñas de su escuela, incluida Lizzie Pickford, y no descuidó su deber cuando fue a caminar con su amigo de la infancia el duque de McLeith. Todos estábamos vigilándola, y todos fuimos responsables de dejar que se alejara y perdiera.

—La señorita Martin no tuvo ninguna culpa —dijo el marqués de Attingsborough—. Cuando fue a caminar yo estaba jugando con Lizzie. Ella tenía todos los motivos para creer que yo la mantendría a salvo.

Dicho eso ayudó a Claudia a subir al coche y luego subió él.

—Señorita Martin —dijo la vizcondesa metiendo la cabeza en el interior antes que cerraran la puerta—, vendrá al baile de aniversario mañana, ¿verdad?

A Claudia no se le ocurrió nada que deseara menos.

—Tal vez sería mejor que no viniera —contestó.

—No, nada de eso —dijo la vizcondesa—. Si no viene, todo el mundo pensará que algunos de nuestros huéspedes tienen más poder que nosotros para decidir a quién se recibe bien en nuestra casa.

—Lauren tiene toda la razón, señorita Martin —dijo la condesa—. Por favor, venga. —Le hizo un guiño—. No me da la impresión de ser una dama carente de valentía.

Claudia captó la mirada del vizconde y este le hizo un guiño.

—Son muy amables —contestó—. Muy bien, entonces, vendré.

Lo que de verdad deseaba hacer, pensó, era volver sola a Lindsey Hall, hacer sus maletas y marcharse a primera hora de la mañana. Mientras se cerraba la puerta y el coche se ponía en marcha, recordó la última vez que se marchó de Lindsey Hall. Ay, lo que le gustaría repetir esa salida.

Y de pronto le pareció que el coche estaba atiborrado, con sólo ellos dos, el mismo coche en el que él se refugió de la lluvia durante el trayecto de Bath a Londres, cuando ella se sintió desagradablemente consciente de su masculinidad. Nuevamente se sentía consciente, aunque muchísimo más que aquella vez.

Y entonces recordó lo que, por increíble que fuera, casi había olvidado en el torbellino emocional de esa última hora más o menos. Cuando estaban sentados en la cama de la cabaña del bosque, él le habló sin sonido, sólo con el movimiento de los labios, pero ella oyó las palabras fuertes y claras: «Te amo».

Era muy probable, pensó, que el dolor del corazón acabara rompiéndoselo antes que acabara todo. Y eso era una evaluación optimista del futuro. Sí, se le rompería. En realidad, eso ya había ocurrido.

—La señorita Hunt ha roto nuestro compromiso —dijo él, mientras las ruedas del coche retumbaban sobre el puente palladiano.

A veces una frase, por corta que sea, no tiene el poder para ser captada por la mente toda entera de una vez. Fue como si hubiera oído las palabras por separado, y necesitó armarlas para saber lo que decían.

—¿Irrevocablemente? —preguntó.

—Me dijo que no lograba imaginarse nada que la hiciera cambiar de opinión.

—¿Porque tiene una hija ilegítima?

—Resulta que no es ese el motivo. No le importa si tengo cualquier cantidad de amantes e hijos. En realidad, espera eso de mí, como lo espera de todos los hombres. Lo que la ha ofendido es que yo transgredí una de las reglas capitales de la buena sociedad al reconocer el parentesco de Lizzie conmigo. Mi negativa a ordenar que se la llevaran de Alvesley esta noche y de Lindsey Hall mañana, y a prometer no mencionarla nunca más, fue el motivo de que me informara de que no podía casarse conmigo.

—Tal vez recapacite y cambie de opinión después de una reflexión más calmada —dijo ella.

—Tal vez —convino él.

Guardaron silencio un rato.

—¿Qué va a pasar entonces? —preguntó ella—. ¿Qué le ocurrirá a Lizzie? Eleanor está de acuerdo conmigo en que es educable y en que acabará adaptándose, y que está deseosa de aprender. Sería un placer aceptar el reto de tenerla en la escuela. Sin embargo, no sé si eso es lo que desea ella, aun cuando sé que ha disfrutado mucho con la compañía y las actividades.

—Lo que he deseado hacer desde el momento en que murió Sonia —dijo él—, es trasladar a Lizzie a Willowgreen, mi casa en Gloucestershire. Siempre ha sido un sueño imposible, pero tal vez ahora podría hacerlo realidad. El secreto ya ha salido a la luz, después de todo, y he descubierto que me importa un rábano lo que piense de mí la sociedad. Normalmente la sociedad no es ni la mitad de villana que suponemos que es. Anne y Sydnam Butler tienen al hijo de ella en Alvesley; él nació fuera del matrimonio nueve años antes que se conocieran, pero claro, usted ya sabe todo eso. A David Jewell no lo tratan de ninguna manera diferente a los demás niños.

—Ah, creo que Willowgreen, el campo, sería perfecto para Lizzie —dijo Claudia; sentía un anhelo sin nombre, que no continuaría innombrado si lo pensaba mucho—. ¿Cómo organizaría su educación?

—Le contrataría a una acompañante y a una institutriz. Pero yo podría pasar muchísimo más tiempo con ella. Le enseñaría cosas sobre el campo, las plantas y los animales, acerca de Inglaterra, historia. Contrataría a alguien para que le enseñara a tocar el piano, el violín o la flauta. Tal vez dentro de uno o dos años estaría más preparada para ir a la escuela y mejor dispuesta que ahora. Mientras tanto, yo podría estar en casa con ella durante periodos mucho más largos de los que lo he podido estar en Londres. Así estaría menos ocioso, y me ocuparía en actividades más valiosas. Quizá de ese modo hasta usted llegara a aprobarme.

Ella giró la cabeza y lo miró. El coche acababa de salir del bosque al final del camino de entrada e iba cruzando las puertas, y los últimos rayos del sol poniente iluminaron la cara de él. Observó que había hablado en teoría, como si no creyera de verdad en su libertad.

—Sí —dijo—, tal vez podría.

Él esbozó su sonrisa indolente.

—Aunque en realidad ya le apruebo —añadió ella—. No ha pasado tanto tiempo en Londres por motivos frívolos. Lo ha hecho por amor. No hay ningún motivo más noble. Y ahora ha reconocido públicamente a su hija. Eso también lo apruebo.

—Habla como la maestra de escuela gazmoña que me saludó en Bath.

—Eso es lo que soy —dijo ella, juntando las manos en la falda.

—¿No fue usted la que le dijo a mi hija, no hace mucho, que a nadie se le puede definir solamente con etiquetas?

—Tengo una vida rica, lord Attingsborough. Me la he forjado yo, y soy feliz con ella. Es muy distinta de la que he vivido estas últimas semanas, y no veo la hora de volver a ella.

Había girado la cabeza para mirar por la ventanilla.

—Lamento el trastorno que he causado en tu vida, Claudia.

—No ha causado nada que yo no haya permitido.

Volvieron a quedarse en silencio, un silencio plagado de tensión, aunque curiosamente amigable también. La tensión, claro, era sexual. Ella estaba muy consciente de eso. Pero no era lujuria. No era solamente el deseo de abrazarse y tal vez pasar a algo más que simples abrazos y besos. El amor le daba un toque consolador y agradable a la atmósfera y, sin embargo, el amor todavía podría ser trágico. La señorita Hunt podría cambiar de opinión.

¿Y si no cambiaba?

Pero su mente no pudo pasar más allá de ese obstáculo.

Cuando el coche dio la vuelta a la enorme fuente y se detuvo ante la puerta de Lindsey Hall, salieron inmediatamete los duques de Bewcastle.

—Ah —dijo la duquesa cuando el cochero abrió la puerta y bajó los peldaños—, la ha acompañado el marqués, señorita Martin. Cuánto me alegro. Nos preocupaba que viniera sola. Pero Lizzie, ¿no ha venido con usted?

—Está durmiendo —le explicó el marqués, bajando y girándose a ayudarla a bajar a ella—. Me pareció mejor no despertarla. Me la llevaré de allí mañana, a otro lugar, si usted lo desea.

—¿Un lugar diferente de Lindsey Hall, quiere decir? —preguntó la duquesa—. Espero que no, por supuesto. Aquí es donde le corresponde estar hasta que se marchen a Bath Eleanor y la señorita Martin. Yo la invité a venir aquí.

—He pensado que tal vez yo debería marcharme mañana también —dijo Claudia.

—Señorita Martin —terció el duque—. ¿No estará pensando en dejarnos de la manera que eligió la última vez, es de esperar? Es cierto que Freyja atribuye al disgusto y la culpabilidad que sintió esa vez el haberse convertido en un ser humano tolerable, pero yo no logré encontrar ese consuelo en el incidente, y menos aún cuando me enteré de que Redfield la llevó con su pesada maleta en su coche porque usted no aceptó el mío.

Lo dijo en tono altivo y algo lánguido, con la mano en el mango de su monóculo levantada a medio camino hacia el ojo.

La duquesa se rió.

—Ah, cómo me gustaría haber visto eso —dijo—. Freyja nos contó la historia durante el trayecto de vuelta de Alvesley Park. Pero pasen, por favor, los dos, a reunirse con todos los demás en el salón. Y si teme, lord Attingsborough, encontrar aquí ceños desaprobadores, eso quiere decir que no conoce a la familia Bedwyn ni a sus cónyuges, ¿verdad, Wulfric?

—Desde luego —dijo el duque, arqueando las cejas.

—Yo no entraré, gracias —dijo el marqués—. Debo volver pronto a Alvesley. Señorita Martin, ¿tendría la amabilidad de dar un paseo un momento conmigo antes de entrar?

—Sí, gracias —dijo ella.

Captó la cálida sonrisa que les dirigió la duquesa cuando se cogió del brazo del duque y los dos se giraron para entrar en la casa.

Joseph no conocía bien el parque de Lindsey Hall. Tomó la dirección hacia el lago, donde casi una semana antes el perro había llevado a Lizzie. Caminaron en silencio, él con las manos cogidas a la espalda y ella con las manos cogidas delante de la cintura.

Se detuvieron al llegar a la orilla, cerca del lugar donde él le enseñó a Lizzie a arrojar guijarros al agua para oírlos hacer plop. La última luz del sol poniente hacía brillar el agua. Arriba se extendía el cielo, claro en el horizonte y más oscuro arriba. Ya se veían estrellas.

—Es muy posible que mi padre y mi hermana convenzan a Portia de que va en contra de sus intereses poner fin al compromiso —dijo.

—Sí.

—Aun cuando ella dijo que nada podría hacerla cambiar de opinión —añadió él—, y yo no voy a transigir. Lizzie continuará siendo una parte visible de mi vida. Pero para una dama es algo terrible romper un compromiso, en especial dos veces. Podría reconsiderarlo.

—Sí.

—No puedo hacerte ninguna promesa.

—No pido ninguna. Además de ese obstáculo, hay otros. No puede haber ninguna promesa, ningún futuro.

Él no tenía muy claro si estaba de acuerdo con ella, pero no tenía ningún sentido oponer argumentos en ese momento. Cuanto más lo pensaba, más probable le parecía que entre su padre y Wilma persuadirían a Portia de que reanudara sus planes para casarse con él.

—Ningún futuro —dijo en voz baja—. Sólo el presente. En el presente estoy libre.

—Sí.

Él le buscó la mano y ella se la cogió; entonces entrelazó los dedos con los suyos, acercándola más a su costado y echó a caminar siguiendo la orilla. Más allá se veía un bosque que se extendía hasta casi la orilla del lago.

Se detuvieron cuando llegaron allí; estaba oscuro por el follaje. La hierba estaba bastante crecida y se notaba blanda bajo los pies. Se giró a mirarla, le cogió la otra mano, entrelazó los dedos y se llevó las dos manos cogidas a la espalda de forma que ella quedó estrechamente unida a él, tocándolo con los pechos, el vientre y los muslos. Entonces echó atrás la cabeza, aunque él ya no le veía la cara con claridad.

—Deseo más que besos —dijo, acercando la cara a la de ella.

—Sí, yo también.

Él sonrió, aunque ella no podía verlo en la oscuridad. Su

voz había sonado enérgica y gazmoña, en desacuerdo con sus palabras y la cálida rendición de su cuerpo.

—Claudia —musitó.

—Joseph.

Él volvió a sonreír. Se sintió ya acariciado. Era la primera vez que ella lo llamaba por su nombre de pila.

Entonces bajó más la cabeza y la besó en la boca.

Todavía no dejaba de asombrarlo que de todas las mujeres que podría haber poseído o amado durante los quince últimos años más o menos, fuera ella la que había elegido su corazón. Ante ella incluso el recuerdo de su amor por Barbara se desvanecía y perdía importancia. Deseaba a esa mujer fuerte, inteligente, disciplinada, más de lo que había deseado nada ni a nadie jamás.

Se exploraron las bocas con los labios, lenguas y dientes, con las manos cogidas a la espalda de él. La boca de ella era cálida y acogedora, y se la acarició con la lengua, deslizándola por sus superficies hasta que ella gimió y profundizó el beso. Pasado un momento él echó atrás la cabeza y volvió a sonreír. Los ojos se le habían adaptado a la oscuridad, así que la vio sonreírle, con expresión soñadora y sensual.

Le soltó las manos y se quitó la chaqueta. Hincando una rodilla la extendió sobre la hierba y le tendió la mano.

Ella se la cogió, se arrodilló también y luego se tendió, con la cabeza y la espalda sobre la chaqueta.

Ese, estaba muy consciente, podría ser él único momento que tuvieran para ellos. Al día siguiente podría haber cambiado todo otra vez. Ella también lo sabía; levantó los brazos hacia él.

—No me importa el pasado ni el futuro —dijo—. Les damos demasiado poder sobre nuestra vida. Me importa el presente, el «ahora».

Él se inclinó y la volvió a besar; después bajó todo el cuerpo hasta quedar tendido a su lado.

Para ella habían sido dieciocho años y para él casi tres. Percibía el deseo de ella y trató de poner freno al suyo. Pero a veces la pasión no obedece ninguna orden que no sea su intensa necesidad.

La besó en la boca, devorándosela con la lengua, la exploró con las manos impacientes, descubriendo un cuerpo bien formado y seductor. Le levantó la falda, le bajó las medias y le acarició la piel sedosa y firme de las piernas, hasta que no le bastó con las manos. Bajó la cabeza y le recorrió con besos suaves como una pluma desde los tobillos a las rodillas, le besó y lamió las corvas de las rodillas, hasta que ella estuvo jadeante y con las manos apretadas en su pelo. Buscó los botones en la espalda del vestido y se los soltó uno a uno hasta poder bajarle el corpiño por los hombros, junto con la camisola, y dejó al descubierto sus pechos.

—No soy hermosa —dijo ella.

—Deja que yo sea el que lo juzgue.

Le acarició los pechos con las manos y los labios, deslizándolos por ellos, y le lamió los pezones duros hasta que ella estuvo jadeando otra vez.

Pero no yacía ahí pasiva. Se movía al sentir sus caricias y con las manos lo exploraba por debajo del chaleco. Le soltó los faldones de la camisa y metiendo las manos por debajo las subió por su espalda hasta los hombros, acariciándosela. Entonces sacó una mano y la bajó por entre ellos para cubrir su miembro duro por encima de los pantalones.

Él le cogió la muñeca, le apartó la mano y entrelazó los dedos con los de ella.

—Piedad, mujer —le dijo con la boca sobre sus labios—. Me queda muy poco autodominio sin que me toques ahí.

—A mí no me queda nada —repuso ella.

Riendo, él volvió a meter la mano por debajo de su falda y la deslizó por el interior de sus muslos hasta llegar a la entrepierna. Estaba caliente y mojada.

Ella gimió.

Se desabotonó la bragueta y la montó, separándole los muslos con los de él, pasó las manos por debajo de ella para amortiguarle la dureza del suelo, la penetró y presionó hasta tener el miembro bien al fondo y sintió cerrarse sus músculos alrededor.

Ella levantó las rodillas, apoyando los pies en la hierba y se arqueó apretándose a él para hacer más profunda la penetración; él hizo una lenta inspiración, con la cara apoyada en un lado de la de ella.

—Claudia —le dijo al oído.

Hacía mucho, muchísimo tiempo, una eternidad, y sabía que no podría prolongar lo que acababa de comenzar. Pero necesitaba recordar que era con Claudia, que eso era mucho más que una simple relación sexual.

—Joseph —dijo ella, con la voz ronca, gutural.

Se retiró y embistió, y el ritmo del amor los atrapó a los dos en su urgente *crescendo* hasta que todo estalló en gloria y eyaculó dentro de ella.

Demasiado pronto, pensó pesaroso mientras su cuerpo se iba relajando, ya saciado.

—Como un escolar demasiado excitado —musitó.

Ella se rió en voz baja y giró la cara para besarlo en los labios.

—Pues no me lo ha parecido —dijo.

Él rodó hacia un lado llevándola con él hasta que los dos quedaron de costado cara a cara.

Ella tenía razón. Nada había ido mal. Por el contrario, todo había ido bien, perfecto.

Y por el momento era suficiente. Y ese momento podría ser el único que tuvieran. Se abrazó al momento, tal como la tenía abrazada a ella, y le ordenó que se convirtiera en una eternidad, infinita.

Veía la luna arriba, sentía la brisa fresca, sentía el cuerpo cálido, blando, relajado, de la mujer que tenía en los brazos, así que se permitió sentir felicidad.

Claudia sabía que no lo lamentaría, tal como en ningún momento había lamentado ese beso en Vauxhall.

Sabía también que sólo habría esa noche, o mejor dicho ese anochecer. Ahora él debía volver a Alvesley.

Estaba todo lo segura que podía estar de que la señorita Hunt no renunciaría fácilmente a un premio matrimonial como el marqués de Attingsborough. Al duque de Anburey y a la condesa de Sutton no les costaría mucho hacerla entrar en razón. Y claro, él, Joseph, no tendría otra opción que reanudar el compromiso, puesto que este no se había roto públicamente. Era un caballero después de todo.

Así que sólo tendrían ese momento del anochecer.

Pero no lo lamentaría. Sufriría, sin duda, pero claro, también habría sufrido aunque no hubiera existido ese momento.

Se resistió a dormirse. Se dedicó a contemplar la luna y las estrellas sobre el lago, a oír el chapaleteo casi silencioso del agua al lamer la orilla, a sentir la frescura de la hierba en las piernas, a aspirar el olor de los árboles y de la colonia de él, a saborear sus besos en los labios ligeramente hinchados.

Estaba cansada, exhausta en realidad. Y, sin embargo, nunca se había sentido tan viva.

No lo veía con claridad en la oscuridad, pero se dio cuenta cuando se quedó dormido y luego cuando se despertó con un ligero sobresalto. Sintió una inmensa pena ante la imposibilidad de poder detener el tiempo.

La próxima semana a esa hora estaría de vuelta en la escuela preparando las clases y los horarios para el año escolar. Esa era siempre una época estimulante, vigorizadora. La estimularía, le daría ánimo.

Pero todavía no.

Por favor, todavía no. Aun era demasiado pronto para que el futuro invadiera el presente.

—Claudia —dijo él—, si hubiera consecuencias...

—Oh, vaya por Dios, no las habrá. Tengo treinta y cinco años.

Era ridículo decir eso, por supuesto. «Sólo» tenía treinta y cinco años. Sus reglas le decían que todavía podía concebir hijos. No había pensado en eso, o si lo había pensado había desechado el pensamiento. Sería tonta.

—Sólo treinta y cinco años —dijo él, haciéndose eco de su pensamiento.

Pero no completó la frase que comenzó. ¿Cómo podría? ¿Qué podía decir? ¿Que se casaría con ella? Si la señorita Hunt decidía obligarlo a atenerse al compromiso, no estaría libre para hacerlo. Y aun en el caso de que no reanudara el compromiso y él quedara libre...

—Me niego a preocuparme —dijo—, o a pensar en cosas desagradables en este momento.

Eso era exactamente el tipo de estupidez acerca de la que sermoneaba a las chicas mayores antes que salieran de la escuela, en especial a las de no pago, que enfrentarían más riesgos que las que tenían familias que velaran por ellas.

—¿Sí? —dijo él—. Estupendo.

Subió las manos por su espalda, acariciándosela, le mordisqueó la oreja y deslizó la boca por el lado del cuello; ella lo abrazó con más fuerza, le besó el pecho, el cuello, la mandíbula hasta llegar a su boca. En el vientre sintió la presión de su miembro duro y comprendió que el momento de esa noche aún no había acabado.

Continuaron de costado. Él le levantó la pierna, la puso sobre su cadera, se posicionó y la penetró.

Esta vez el frenesí fue menor, la avidez, la locura. Él se movía con más lentitud y firmeza, y ella también hizo más pausados sus movimientos; sentía la presión de su miembro duro e hinchado en la vagina mojada, oía los sonidos de succión y salida. Se besaban y besaban, suavemente, con las bocas abiertas.

Y de repente a ella le pareció que de verdad era hermosa. Y femenina, apasionada y todas las cosas que había creído de sí misma antes, y que luego dejó de creer cuando ni siquiera era totalmente una mujer. Él era hermoso, la amaba y le estaba haciendo el amor.

En cierto modo él la liberaba, la liberaba de las inseguridades que la habían acompañado durante dieciocho años, la liberaba para ser la persona completa que era realmente. Maestra y mujer, empresaria y amante, próspera y vulnerable, disciplinada y apasionada.

Era quien era, sin etiquetas, sin pedir disculpas, sin límites.

Era perfecta.

También lo era él.

También lo era ese acto de amor.

Simplemente perfecto.

Él colocó las manos detrás de sus caderas y la sujetó con firmeza para embestir con más fuerza profundizando las penetraciones, aunque estaba claro que lo hacía más por resolución que por urgencia. La besó en la boca y le susurró palabras que su corazón entendió pero sus oídos no lograron descifrar. Y entonces él se quedó quieto dentro de ella, ella se apretó a él y algo se abrió en el fondo mismo de su ser y lo dejó entrar, y él entró y entró, eyaculando, hasta que ya no hubo ni ella ni él sino solamente ellos.

Continuaron así abrazados sin decir palabra un largo rato, hasta que él aflojó la presión de los brazos y ella supo con pesar que volvían a ser dos, y continuarían así el resto de sus vidas.

Pero no lo lamentaría.

—Tengo que llevarte de vuelta a la casa —dijo él, sentándose y arreglándose la ropa, mientras ella se subía las medias, se bajaba la falda y se subía el corpiño—. Y después volver a Alvesley.

—Sí —dijo ella, reajustándose algunas horquillas.

Él se incorporó, le tendió la mano, ella se la cogió, y la puso de pie, y se quedaron cara a cara, casi sin tocarse.

—Claudia, no sé...

Ella le puso un dedo sobre los labios, tal como hiciera esa noche en Vauxhall.

—No esta noche —dijo—. Deseo que esta noche continúe perfecta. Quiero poder recordarla tal como es. Todo el resto de mi vida.

Él cerró la mano sobre su muñeca y le besó el dedo.

—Tal vez la noche de mañana sea igual de perfecta —dijo—. Tal vez lo sean todos nuestros mañanas.

Ella se limitó a sonreír. Eso no lo creía ni por un instante, pero pensaría en eso mañana, pasado mañana y...

—¿Irás al baile? —preguntó él.

—Ah, sí. Preferiría no ir, por supuesto, pero creo que la condesa y lady Ravensberg se ofenderían, e incluso se sentirían heridas, si no voy.

¿Y cómo podía no ir, incluso sin esa motivación? La noche del día siguiente podría ser la última vez que lo viera. En todo el resto de su vida.

Él le besó la muñeca y le soltó la mano.

—Me alegra —dijo.

21

Tan pronto como Joseph puso un pie en el vestíbulo de Alvesley, el mayordomo lo informó de que el duque de Anburey solicitaba su presencia en la biblioteca. No fue inmediatamente. Subió a su dormitorio y ahí encontró a Anne y Sydnam velando el sueño de Lizzie, que no había despertado desde que él se marchó a Lindsey Hall, según le informaron.

—Mi padre desea hablar conmigo —les dijo.

Sydnam lo miró compasivo.

—Vaya —dijo Anne, sonriéndole—. Sólo hará una media hora que relevamos a Susanna y a Peter. Nos quedaremos el tiempo que haga falta.

—Gracias.

Se acercó a la cama a acariciarle la mejilla a Lizzie con el dorso de la mano. Ella tenía una esquina de la almohada sujeta ante la nariz con una mano. Cuánto lo alegraba que se hubiera acabado el secreto del parentesco entre ellos. Se inclinó a besarla. Ella musitó algo ininteligible, sin despertarse, y dejó los labios quietos otra vez.

Cuando entró en la biblioteca le cayó encima una tremenda bronca. Su padre echó pestes, vociferando. Al parecer había hecho entrar en razón a Portia, convenciéndola de que su hijo se portaría correctamente y ella no volvería a ver ni a oír hablar de la niña nunca más. Ella estaba dispuesta a continuar con el compromiso.

Pero él no estaba dispuesto a aceptar órdenes. Informó a su padre que no estaba dispuesto a continuar ocultando a Lizzie; que esperaba trasladarla a Willowgreen para pasar gran parte de su tiempo ahí con ella. Y puesto que Portia lo había liberado, ahora debía aceptar esa nueva realidad si quería reanudar el compromiso.

Se mantuvo firme incluso cuando su padre lo amenazó con echarlo de Willowgreen, que seguía siendo oficialmente suyo. Y él le contestó que entonces viviría con su hija en otra parte. Al fin y al cabo no dependía económicamente de él. Se compraría otra casa en el campo.

Discutieron un largo rato, o, mejor dicho, su padre no dejó de despotricar mientras él guardaba un obstinado silencio. Su madre, que estaba presente, lo soportó todo en silencio.

Finalmente los dos salieron juntos de la biblioteca y le enviaron a Portia.

Ella entró, muy serena y hermosa, ataviada con un vestido azul hielo. Él se mantuvo donde estaba, junto al hogar sin fuego, con las manos cogidas a la espalda. Ella avanzó hacia él, tomó asiento y se arregló primorosamente los pliegues de la falda. Después lo miró, con su hermosa cara desprovista de toda emoción discernible.

—De verdad lamento mucho todo esto Portia —dijo él entonces—. Yo tengo toda la culpa. Desde que murió su madre he sabido que mi hija debe ocupar un lugar más importante en mi vida que antes. He sabido que debo ofrecerle un hogar y dedicarle mi tiempo, mi atención y mi cariño. Sin embargo, hasta hoy no se me había ocurrido que no podría continuar haciendo eso mientras siguiera viviendo esa especie de doble vida que me exigía la sociedad. Si se me hubiera ocurrido a tiempo, habría podido hablar francamente del asunto con mi padre y con el tuyo, antes de exponerte al tipo de aflicción que has soportado hoy.

—He venido aquí, lord Attingsborough, porque había entendido que no se me iba a volver a mencionar a esa horrenda niña ciega. Acepté reanudar el compromiso con usted e impedir su absoluta deshonra a los ojos de la alta sociedad con la condición de que todo volvería a ser como antes que usted hablara tan desacertadamente esta tarde en la merienda. Y «eso» no habría ocurrido si esa incompetente maestra de escuela no hubiera puesto su mira en cazar por marido a un «duque» y descuidado sus responsabilidades.

Él hizo una lenta inspiración.

—Veo que esto no va a acabar bien. Si bien entiendo tu razonamiento, Portia, no puedo aceptar tus condiciones. Debo tener a mi hija conmigo. Debo ser un padre para ella. El deber lo ordena y la inclinación lo hace imperioso. La «quiero». Si no puedes aceptar eso, entonces creo que no será viable un matrimonio entre nosotros.

Ella se puso de pie.

—¿Está dispuesto a romper nuestro compromiso? ¿A renegar de todas sus promesas y de un contrato de matrimonio debidamente redactado? Ah, creo que no, lord Attingsborough. No le liberaré. Mi padre no le liberará. Y el duque de Anburey lo desheredará.

Ah, o sea, que se había tomado el tiempo para reflexionar desde ese atardecer, tal como él había supuesto. No era una mujer joven en lo que al mercado del matrimonio se refería. Aunque era de buena cuna, rica y hermosa, le resultaría desagradable conformarse con continuar soltera, otra vez, con dos compromisos de matrimonio rotos en su haber. Tal vez nunca más volvería a tener otra oportunidad para obtener un matrimonio tan ventajoso. Y él sabía que ella tenía la mira puesta en ser duquesa en algún momento en el futuro.

Pero que estuviera dispuesta a obligarlo a llevar a cabo un matrimonio que sin duda les produciría sufrimiento a los dos le resultaba increíble.

Cerró los ojos y los mantuvo cerrados un instante.

—Creo que lo que necesitamos hacer, Portia —dijo—, es hablar con tu padre. Es una pena que no se haya quedado con tu madre un poco más. Debe de haber sido terrible para ti estar sin ellos hoy. ¿Acordamos una tregua? ¿Ponemos cara amable a las cosas mañana para la celebración del aniversario y nos marchamos pasado mañana? Te llevaré a tu casa y hablaremos de todo esto con tu padre.

—Él no le liberará —dijo ella—. No lo espere. Le obligará a casarse conmigo y le obligará a renunciar a esa horrenda criatura.

—La importancia de Lizzie en mi vida ya no es negociable —dijo él tranquilamente—. Pero dejemos eso por ahora, ¿eh? Muy pronto tendrás a tu madre para que te dé apoyo moral y a tu padre para discutir y negociar en tu nombre. Mientras tanto, ¿me permites acompañarte al salón?

Le ofreció el brazo, ella puso la mano en su manga y se dejó llevar fuera de la biblioteca.

Y de ese modo, volvía a estar comprometido oficialmente. Y tal vez, ¿quién podía saberlo?, jamás volvería a ser libre. Tenía la fuerte impresión de que Balderston podría aceptar sus condiciones y Portia casarse con él y luego no cumplirlas.

Y todo eso lo afrontaría cuando llegara el momento, porque no tenía otra opción.

Por el momento no estaba libre, y era posible que nunca lo estuviera.

¡Ah, Claudia!

No se había atrevido a pensar en ella desde el momento en que puso el pie en esa casa al volver.

¡Ah, mi amor!

A la mañana siguiente, Lizzie estaba sentada ante una mesa pequeña en el dormitorio de Joseph, vestida pulcramente con el vestido que se puso para la merienda, que le había traído una criada, bien limpio y planchado, y con el pelo recién cepillado y recogido con la cinta blanca, también limpia y planchada. Estaba tomando el desayuno y atendiendo a las visitas.

Después del desayuno volvería a Lindsey Hall, pero mientras tanto, había recibido una visita tras otra. Primero llegaron Kit y Lauren con Sydnam, Anne y su hijo; después entraron Gwen con tía Clara, Lily y Neville, seguidos de cerca por Susanna y Whitleaf. Todos deseaban darle los buenos días, abrazarla y preguntarle si había dormido bien.

Todos tenían sonrisas para Joseph.

Tal vez sólo eran sonrisas de triste compasión, claro, porque todos sabían el suplicio por el que había pasado el día anterior, aun cuando todas las discusiones fueron a puerta cerrada. De todos modos, él no paraba de preguntarse por qué había guardado tanto tiempo el secreto. La sociedad tenía sus reglas, cierto, pero en su familia siempre había habido amor de sobra.

Entonces llegó su madre. Después de abrazarlo en silencio fue a sentarse en una silla junto a la mesa y Lizzie levantó la cara, comprendiendo que otra vez había alguien ahí, que no estaban solos su padre y ella.

Su abuela le cogió una mano entre las suyas.

—Lizzie. ¿Diminutivo de Elizabeth? Me gustan los dos nombres. Mi querida niña. Te pareces mucho a tu padre. Yo soy su madre. Tu abuela.

—¿Mi abuela? Ayer oí su voz.

—Sí, querida —dijo ella dándole una palmadita en la mano.

—Fue después que fui a caminar con *Horace* y me perdí —dijo Lizzie—. Pero mi papá y la señorita Martin me encontraron. Mi papá va a adiestrar a *Horace* para que no vuelva a perderse conmigo otra vez.

—Pero qué aventurera eres —dijo su abuela—. Igual que tu padre cuando era niño. Siempre estaba subiéndose a los árboles más altos, bañándose en los lagos más profundos y desapareciendo horas y horas en viajes de descubrimiento sin decirle ni una palabra a nadie. Es un milagro que no me hayan dado unos cuantos ataques al corazón un montón de veces.

Lizzie sonrió y luego se echó a reír regocijada.

Su madre le dió otra palmadita a su nieta en la mano y él vio lágrimas en sus ojos. No carecía de valor, al venir ahí desafiando a su padre. Los besó y abrazó, tanto a él como a Lizzie, pues ya era la hora de marcharse en dirección a Lindsey Hall. Ella y lady Redfield salieron a la terraza a despedirlos.

Joseph cabalgó acompañado por McLeith, con Lizzie sentada delante en la silla y el perro corriendo al lado, hasta que se cansó y tuvo que subirlo al caballo también, para gran placer de la pequeña. McLeith, lógicamente, iba a ver a Claudia, como hacía casi todos los días. Joseph pensó si ese hombre la convencería finalmente de casarse con él, aunque lo dudaba mucho.

Cuando llegaron a Lindsey Hall, Joseph entró en el vestíbulo para enviarle a Claudia con un lacayo la nota que le había escrito esa noche. Pero después salió. Fuera estaban la duquesa de Bewcastle y lord y lady Hallmere conversando con Lizzie. McLeith entró a ver a Claudia. Pasado un momento él tomó el camino hacia el lago con Lizzie y el perro.

—Papá —dijo ella, cogiéndole la mano—. No quiero ir a la escuela.

—No irás. Te quedarás conmigo hasta que crezcas, te enamores, te cases y me abandones.

—Tonto —rió ella—. Eso no ocurrirá nunca. Pero si no voy a la escuela perderé a la señorita Martin.

—¿Te cae bien, entonces?

—La quiero. ¿Es malo eso, papá? Yo quería a mi madre también. Cuando murió pensé que se me iba a romper el corazón. Y creí que nadie aparte de ti podría hacerme sonreír o sentirme segura otra vez.

—Pero ¿la señorita Martin puede?

—Sí.

—Eso no es malo, cariño —dijo él, apretándole la mano—. Tu madre siempre será tu madre. Siempre habrá un rincón en tu corazón donde seguirá viviendo. Pero el amor crece, Lizzie. Cuando más amas más puedes amar. No tienes por qué sentirte culpable por querer a la señorita Martin.

A diferencia de él.

—Tal vez la señorita Martin podría ir a visitarnos, papá.

—Tal vez.

—La echaré de menos —suspiró ella cuando se detuvieron junto a la orilla del lago y él miró hacia los árboles del bosque que llegaban casi hasta la orilla; el lugar donde...—. Y a Molly, a Agnes y a la señorita Thompson.

—Pronto te llevaré a casa.

—Casa —dijo ella, suspirando otra vez y apoyando el lado de la cabeza en su brazo—. Pero, papá, ¿la señorita Martin se llevará a *Horace*?

—Creo que la hará feliz que se quede contigo.

Vio que Claudia iba caminando con McLeith a cierta distancia. Debieron dar una vuelta por la colina de atrás de la casa y bajaron por el bosque.

Resueltamente volvió la atención a su hija. Qué feliz lo hacía poder estar con ella así, a la vista de todos, por fin, después de tanto tiempo.

—Al final no dimos el paseo en barca ayer, ¿verdad, cariño? ¿Buscamos un bote para darlo ahora?

—Ooh, síii —exclamó ella, con la cara iluminada por el placer y el entusiasmo.

—No me habría sorprendido si te hubiera encontrado lista para marcharte esta mañana, Claudia —dijo Charlie—, tan pronto como llegara la niña y pudieras llevártela contigo. Me habría enfadado, eso sí. Es a Attingsborough a quien le corresponde llevársela, y debería hacerlo tan pronto como sea posible. No debería haberla hecho traer aquí, para empezar. Ha puesto a Bewcastle en una posición incómoda y es un horroroso insulto a la señorita Hunt y a Anburey.

—No fue idea de él traer a Lizzie aquí —dijo Claudia—. Fue idea mía.

—No debería ni haberte hablado de la existencia de la niña. Eres una «dama».

—Y Lizzie es una persona.

—La señorita Hunt ha estado terriblemente molesta aunque tiene tanta dignidad que no lo demuestra. Fue humillada delante de todos los huéspedes de Alvesley y de Lindsey Hall, por no mencionar a todos los aristócratas rurales que vinieron a la merienda. Yo medio suponía que se negaría a continuar con sus planes de casarse con Attingsborough, pero parece que le ha perdonado.

Sí. Ella no necesitaba que se lo dijera. Había leído el escueto mensaje que le envió Joseph poco después que ella lo vio venir por la ventana del aula. Apenas se fijó que venía con Charlie y Lizzie. Había esperado el desenlace sin hacerse esperanzas, aunque, después de leer la nota comprendió que en realidad se había estado engañando; sí que había tenido esperanzas. Y, de repente, todas desaparecieron, toda posibilidad de dicha.

Cuando salieron del bosque para continuar caminando hasta el final del lago, miró atrás, hacia el lugar donde esa noche se había acostado con Joseph, y entonces lo vio, en la distancia, a la orilla del lago con Lizzie. Haciendo un enorme esfuerzo de voluntad, se obligó a volver la atención a lo que habían estado hablando.

—Charlie —dijo—, Lizzie fue concebida hace más de doce años, cuando el marqués de Attingsborough era muy joven, y mucho antes que conociera a la señorita Hunt. ¿Por qué tendría ella que sentirse amenazada por la existencia de Lizzie?

—Pero es que no se trata de su existencia, Claudia. Es que ahora la señorita Hunt y muchísimas otras personas «saben» de ella, y pronto lo sabrán todas las personas que tienen alguna importancia. Eso no es correcto. Un caballero se guarda esas cosas para sí. Conozco las expectativas de la sociedad, tuve que aprenderlas cuando tenía dieciocho años. No es extraño que tú no las sepas. Has llevado una vida mucho más protegida.

—Charlie —dijo ella, al captar de repente su atención por algo que le pasó por la cabeza—, ¿tienes otros hijos además de Charles?

—¡Claudia! —exclamó él; era evidente que estaba azorado—. Esa no es una pregunta que le hace una dama a un caballero.

—Los tienes. Tienes otros hijos, ¿verdad?

—No contestaré a eso. De verdad, Claudia, siempre dices lo que te pasa por la cabeza con más libertad de la que debieras. Eso es una de las cosas que siempre he admirado en ti, y sigo admirando. Pero hay límites...

—¡Tienes hijos! ¿Los quieres y cuidas de ellos?

Él se echó a reír y movió la cabeza, pesaroso.

—¡Eres desesperante! Soy un caballero, Claudia. Hago lo que debe hacer un caballero.

La pobre duquesa difunta, pensó ella. Porque, a diferencia de Lizzie, los hijos ilegítimos de Charlie tenían que haber sido engendrados cuando él ya estaba casado. ¿Cuántos serían? ¿Y qué tipo de vida llevarían? Pero no podía preguntarlo. Era algo de lo que una especie de código de honor le prohibía al caballero hablar con una dama.

—Esto ha estropeado un tanto la atmósfera que esperaba crear esta mañana —dijo él, suspirando—. El aniversario se celebra hoy, Claudia. Mañana o pasado mañana a más tardar debo marcharme. Sé muy bien que soy el único huésped de Alvesley que no tiene ninguna relación de parentesco con la familia. No sé cuándo volveré a verte.

—Nos escribiremos, Charlie.

—Sabes que eso no me basta.

Ella giró la cabeza para mirarlo con más atención. Volvían a ser amigos, ¿no? Resueltamente ella había dejado atrás las heridas del pasado y consentido en tenerle aprecio otra vez, aun cuando había cosas en él que no aprobaba particularmente. Era de esperar que no continuara con la idea...

—Claudia, quiero que te cases conmigo. Te amo, y creo que tú me tienes más afecto del que quieres reconocer. Dime ahora que te casarás conmigo y el baile de esta noche será un cielo para mí. No lo anunciaré ahí, supongo, puesto que es en honor de los Redfield y, además, ninguno de los dos tiene un lazo íntimo con la familia. Pero podremos darlo a conocer de modo informal. Seré el más feliz de los hombres. Sé que esa es una frase horrorosamente manida, pero sería cierta de todos modos. ¿Qué me dices?

Ella estuvo un buen rato sin poder decir nada. La había tomado totalmente por sorpresa, otra vez. Lo que para él había sido el avance de un romance, para ella había sido simplemente la renovación de una amistad. Y justamente ese día no estaba preparada para arreglárselas con eso.

—Charlie, no te amo —dijo finalmente.

A eso siguió un largo e incómodo silencio. Casi habían dejado de caminar. Ella vio en la distancia una pequeña barca alejándose de la orilla: en ella iba Joseph con Lizzie. La golpeó el recuerdo de cuando él la llevó por el río durante la fiesta de jardín de la señora Corbette-Hythe. Pero no debía dejar vagar los pensamientos. Volvió a mirar a Charlie.

—Has dicho lo único para lo cual no tengo ningún argumento —dijo él—. Me amaste, Claudia. Hiciste el amor conmigo. ¿No lo recuerdas?

Ella cerró los ojos y los mantuvo cerrados un instante. En realidad no era mucho lo que recordaba, aparte de los torpes manoseos, el dolor y la feliz convicción posterior de que ya eran el uno del otro para siempre.

—Fue hace mucho tiempo —dijo amablemente—. Ahora somos personas diferentes, Charlie. Te tengo cariño, pero...

—Maldito sea tu cariño —dijo él, y le sonrió triste—. Y maldita tú. Y ahora acepta mis más humildes disculpas por haber empleado ese atroz lenguaje en tu presencia.

—Pero ¿no por los atroces sentimientos?

—No, por esos no. Mi castigo es para toda la vida, entonces, ¿verdad?

—Vamos, Charlie, esto no es un castigo. Te perdoné cuando me lo pediste, pero...

—Cásate conmigo de todos modos, y al diablo el amor. Pero me amas. Estoy seguro.

—Como a un amigo.

Él frunció el ceño.

—¡Córcholis! Piénsalo. Piénsalo largo y tendido. Y te lo pediré otra vez esta noche. Después de eso no volveré a darte la lata. ¿Me prometes que lo pensarás y tratarás de cambiar de opinión?

Ella suspiró y negó con la cabeza.

—No cambiaré de opinión entre ahora y esta noche. Es demasiado tarde para nosotros, Charlie.

—Piénsalo de todas maneras. Esta noche te lo volveré a pedir. Baila el primer conjunto de contradanzas conmigo.

—Muy bien.

Descendió un silencio sobre ellos. Pasado un momento, él lo rompió:

—Ojalá a los dieciocho años hubiera sabido lo que sé ahora, que hay cosas en las que uno no transige. Será mejor que volvamos a la casa, supongo. He hecho el idiota, ¿verdad? Tú sólo puedes ver en mí a un amigo. No me basta. Tal vez esta noche hayas cambiado de opinión. Aunque eso no ocurrirá simplemente porque yo lo deseo, creo.

Sin embargo, pensó ella caminando a su lado, si no se hubieran encontrado en Londres ese año, lo más probable es que él no le hubiera dedicado ni un solo pensamiento en todo el resto de su vida.

Vio que Lizzie iba deslizando la mano por el agua, tal como hiciera ella en el Támesis no hacía mucho. Entonces oyó el sonido de risas: la de él mezclada con la de Lizzie.

Se sintió sola, muy sola, como no se había sentido desde hacía mucho, mucho tiempo; era como si en su interior hubiera un agujero negro sin fondo.

Portia Hunt no tenía a ningún pariente en Alvesley Park. Tampoco tenía ninguna amiga especial, aparte de Wilma. Y Joseph había ido a Lindsey Hall a pasar la mañana.

Pero ellas no eran crueles. Y aunque toda la familia, a excepción del padre y la hermana de Joseph, no aprobaban la elección de Portia Hunt como su futura esposa, sentían verdadera compasión por ella. Se había llevado una desagradable conmoción durante la merienda, aun cuando en gran parte se la había buscado ella misma. Era comprensible que se sintiera humillada. Y estaba claro que se había llevado un gran disgusto a última hora de la tarde y después nuevamente por la noche, cuando Joseph volvió de acompañar a la señorita Martin a Lindsey Hall. Pero, por el motivo que fuera, el compromiso había sobrevivido, según había informado Wilma a todos.

Entonces Susanna y Anne le comentaron a Lauren, Gwen y Lily que era una gran lástima porque Claudia Martin estaba enamorada de Joseph, y les parecía que él de ella también. Además, fue con ella a buscar a Lizzie, ¿no? Y fue a ella a quien le pidió que entrara en la casa para que acompañara a Lizzie mientras él hablaba con su padre y con la señorita Hunt. Y después insistió en llevarla de vuelta a Lindsey Hall, aun cuando Kit se había ofrecido a hacerlo. Y no volvió inmediatamente.

Pero como eran unas damas amables, aunque hubiera un montón de cosas que podrían hacer entre los preparativos para el solemne baile de aniversario de esa noche, invitaron a la señorita Hunt a caminar con ellas, y a Wilma también. Las llevaron por el sendero agreste que discurría más allá del jardín formal y el puente pequeño. Lily le preguntó a la señorita Hunt acerca de sus planes para la boda y ella se lanzó a hablar del tema, que sin duda era muy querido de su corazón.

—Qué maravilloso —dijo Susanna suspirando cuando tomaron un desvío del sendero en abrupta pendiente que subía a lo alto de la colina, para seguir por terreno llano—, estar tan enamorada y haciendo planes para la boda.

—Ah —dijo Portia—, yo no soñaría con ser tan vulgar, lady Whitleaf, como para imaginarme enamorada. Una dama escoge a su marido con mucho más sentido común y juicio.

—Desde luego —dijo Wilma—, uno no desearía encontrarse casada con un molinero, un banquero o un maestro de escuela simplemente porque lo «amara», ¿verdad?

Susanna miró a Anne y Lauren miró a Gwen. Lily sonrió.

—Creo que lo mejor —dijo— es casarse con un hombre que tenga título, riqueza, propiedad, buena apariencia, encanto y carácter, y que una esté locamente enamorada de él también. Siempre que él sienta lo mismo, claro.

Todas se rieron, a excepción de Portia. Incluso Wilma se rió. Aunque la familia encontraba estirado y pesado al conde de Sutton, también sabían que él y Wilma se tenían afecto.

—Lo que es «mejor» —dijo Portia—, es estar al mando de las propias emociones en todo momento.

Regresaron en dirección a la casa bastante antes de lo que tenían pensado; aunque el cielo seguía azul y sin nubes y el follaje de los árboles no era tan denso que tapara la luz del sol, parecía que el aire se había vuelto frío.

El duque de McLeith estaba en el puente pequeño, con

los brazos apoyados en la barandilla de madera de un lado contemplando el agua. Cuando las vio caminando hacia él se enderezó y sonrió.

—¿Ya ha vuelto de Lindsey Hall? —preguntó Susanna, innecesariamente—. ¿Ha visto a Claudia?

—Sí —contestó él con expresión lúgubre—. Parece que es una profesora consagrada y una solterona empedernida.

Susanna y Anne se miraron.

—Creo que debería estarle agradecida, excelencia —dijo Wilma—, por haber condescendido a fijarse en ella.

—Ah, pero es que nos criamos juntos, lady Sutton —dijo él—. Siempre ha tenido una mente muy suya. Si hubiera sido hombre habría triunfado en lo que fuera que se hubiera propuesto. Y aun siendo mujer, ha tenido un éxito extraordinario. Me siento orgulloso de ella. Pero estoy un poco...

—¿Un poco...? —lo alentó Gwen.

—Triste.

—¿Joseph volvió con usted? —preguntó Lauren.

—No —contestó él—. Llevó a su..., fue a dar un paseo en barca con alguien. Yo decidí no esperarlo.

—¡Es incorregible! —exclamó Wilma, contrariada—. Ayer tuvo mucha suerte de que la señorita Hunt fuera tan generosa y le perdonara haber dicho lo que era imperdonable, en mi opinión, aunque sea mi hermano. Pero hoy está tentando a su suerte. Debería haber vuelto «inmediatamente».

—Bueno —dijo Lauren en tono enérgico—, ahora tengo que volver a la casa. Hay mil y una cosas que hacer para esta noche. Gwen, tú y Lily me ibais ayudar en los arreglos florales.

—Harry va a necesitar pronto que lo alimente —dijo Susanna.

—Y yo les prometí a Sydnam y David que los acompañaría para verlos pintar —dijo Anne—. Megan estará esperando para ir conmigo.

—Wilma —dijo Lauren—, tus fiestas siempre se caracterizan por su buen gusto. ¿Nos harías el favor de acompañarnos para darnos tu opinión sobre la decoración del salón de baile y la distribución de las mesas en el salón comedor? —Pasó la atención a Portia—. Señorita Hunt, ¿tal vez usted podría hacerle compañía a su excelencia un rato? Le va a parecer que lo abandonamos demasiado pronto después de encontrarnos con él.

—Nada de eso, lady Ravensberg —la tranquilizó él—. Pero me han dicho, señorita Hunt, que las vistas desde la cima de esa colina de ahí son maravillosas, que valen la pena el esfuerzo de subir la abrupta pendiente. ¿Le apetecería acompañarme a verlas?

—Por supuesto, encantada —dijo ella.

Cuando ya estaban lo bastante lejos para no ser oídas, Wilma dijo:

—Joseph tendrá mucha suerte si el duque de McLeith no le birla a la señorita Hunt bajo sus mismas narices. ¿Y quién no lo comprendería? ¿Y a ella? Nunca pensé que me avergonzaría de mi hermano, pero, francamente...

—Yo he estado bastante enfadada con él —dijo Gwen, cogiéndose de su brazo—. Ocultarnos un secreto así a nosotras, como si todas fuéramos severos jueces y no parte de la familia. Y estoy enfadada con Neville. Lo ha sabido siempre, ¿verdad, Lily?

—Sí, pero ni siquiera a mí me lo había dicho. Hay que admirar su lealtad, Gwen. Pero me gustaría haberlo sabido antes. Lizzie es una niña encantadora, ¿verdad?

—Se parece a Joseph —dijo Lauren—. Va a ser una beldad.

—Pero es ciega —protestó Wilma.

—Tengo la impresión de que ella no va a permitir que eso sea un infortunio en su vida —dijo Anne—. Ahora que todos sabemos de su existencia será muy interesante observar su desarrollo.

Wilma guardó silencio.

Cuando llegaron a la casa se dirigieron inmediatamente a ocuparse de sus diversas tareas, dejando al duque de McLeith la de consolar a la señorita Hunt.

22

Qué diablos he hecho para merecer este verano tan alborotado? —se preguntó Claudia.

Era una pregunta al aire, pero Eleanor intentó contestarla de todos modos:

—Decidiste ir a Londres y yo te alenté. Incluso te insté a quedarte más tiempo del que tenías pensado.

—El señor Hatchard fue evasivo acerca de las empleadoras de Edna y Flora —dijo Claudia—. Susanna persuadió a Frances de cantar en su casa y me invitó a quedarme más tiempo para asistir al concierto. Me envió al marqués de Attingsborough a ofrecerme su coche y compañía para ir a Londres porque estaba en Bath en ese momento, y dio la casualidad que él tenía una hija a la que quería colocar en la escuela. Charlie eligió esta determinada primavera para salir de Escocia por primera vez en años. Y después tú, que eres la hermana de la duquesa de Bewcastle, aceptaste su invitación a traer a las niñas de régimen gratuito aquí, con lo que yo me he andado tropezando con diversos Bedwyn a cada paso desde que salí de Bath. Y... y... la lista sigue. ¿Cómo podemos descubrir la causa primera de un efecto, Eleanor? ¿Nos remontamos a Adán y Eva? Ellos fueron los causantes de toda catástrofe imaginable.

—No, no, Claudia —dijo Eleanor, situándose detrás de ella ante el tocador—. Te vas a arrancar el pelo de raíz si sigues estirándotelo de esa manera. Dame. —Le quitó el cepillo y le aflojó el moño en la nuca de forma que le quedara más ahuecado sobre la cabeza, y luego le hizo unas cuantas modificaciones—. Así está mejor. Ahora tienes más aspecto de ir a un baile. Me gusta ese vestido de muselina verde. Es muy elegante. Me lo enseñaste en Bath, pero hasta esta noche no te lo había visto puesto.

—¿Y por qué voy a ir al baile? ¿Por qué no eres tú la que va y yo la que me quedo aquí?

Eleanor la miró a los ojos en el espejo y le hizo un guiño.

—Porque fue a ti a quien insultaron esas mujeres ayer, y para lady Redfield y su nuera es importante que hagas acto de presencia. Y porque jamás te has escondido de un reto. Porque le prometiste el primer baile al duque de McLeith, aun cuando esta mañana le dejaste claro que no te vas a casar con él, pobre hombre. Porque alguien tiene que quedarse con las niñas y todos saben y aceptan que yo jamás asisto a un baile ni a fiestas suntuosas.

—Me has convencido —dijo Claudia, sarcástica, levantándose—. Además, yo asisto a ese tipo de fiestas porque a veces las considero «obligaciones», a diferencia de algunas personas que conozco pero no quiero nombrar.

—Y vas a ir —añadió Eleanor—, porque es posible que esta sea la última vez que lo verás.

Claudia la miró fijamente.

—¿Lo?

Eleanor cogió el chal de cachemira de la cama, lo abrió y se lo puso delante.

—Lo he interpretado mal todo el verano —dijo—. Creía que era el duque de McLeith, pero ahora sé que estaba equivocada. Lo siento, de verdad que lo lamento. Todo el mundo lo lamenta.

—¿Todo el mundo?

—Christine, Eve, Morgan, Freyja...

—¿Lady Hallmere?

¿Era posible que todas esas personas «lo supieran»? Pero cuando cogió el chal que le pasaba Eleanor, comprendió que sí, que tenían que saberlo. Todos lo habían adivinado. Qué absolutamente espantoso.

—No puedo ir —dijo—. Enviaré una disculpa. Eleanor, ve a decirle...

—Irás, por supuesto. Eres Claudia Martin.

Sí, lo era. Y Claudia Martin no era el tipo de mujer que se escondería en un rincón oscuro con la cabeza metida debajo de un cojín sólo por sentirse azorada, humillada, con el corazón destrozado y toda una cantidad de cosas feas y negativas, si se paraba a pensar cuáles eran.

Enderezó la espalda, cuadró los hombros, alzó el mentón, apretó los labios y miró a su amiga con un destello marcial en los ojos.

—El cielo ampare al que se interponga en tu camino esta noche —dijo Eleanor riendo y acercándose a abrazarla—. Ve a demostrar a esas dos arpías que a una directora de escuela de Bath no la amilana la ojeriza aristocrática.

—Mañana regreso a Bath —dijo Claudia—. Mañana vuelvo a la cordura de mi mundo conocido. Mañana cojo el resto de mi vida en el punto en que lo dejé aquella mañana en que subí al coche del marqués de Attingsborough hace unos mil años. Pero esta noche, Eleanor... Bueno, esta noche.

Se rió a su pesar.

Con pasos firmes salió de la habitación delante de Eleanor. Lo único que necesitaba, pensó tristemente, eran un escudo en una mano, una lanza en la otra y un yelmo con cuernos en la cabeza.

Antes del baile hubo una espléndida cena para los familiares y los huéspedes de la casa. Durante la cena se pronunciaron discursos y se propusieron y bebieron brindis. El conde y la condesa de Redfield se veían muy complacidos y felices.

Cuando terminó la cena, Joseph debería haber llevado a Portia directamente al salón de baile, pues ahí se estaban reuniendo los huéspedes y los invitados de fuera que comenzaban a llegar. Pero ella necesitaba ir a su habitación para que su doncella le hiciera algunos arreglos en el peinado y a coger su abanico, por lo que él se dirigió solo al salón de baile.

Allí se mezcló con los demás invitados. En realidad, no le resultaba difícil ser sociable y cordial, y aparentar que lo estaba pasando muy bien; todo eso lo hacía con la misma naturalidad con que respiraba.

Los condes de Redfield, ante el placer de todos, bailaron el primer conjunto de danzas con sus invitados, una cuadrilla lenta, majestuosa y anticuada.

Portia quería castigarlo, pensó Joseph cuando comenzó la cuadrilla, llegando tarde y dejándolo plantado. La había invitado, cómo no, a bailar esa primera contradanza con él. Así pues, fue a conversar con su madre, la tía Clara y un par de tías de Kit; no tardó en hacerlas reír.

Claudia tampoco estaba bailando, observó. Había intentado mantenerse alejado de ella desde que la vio llegar junto con el grupo de Lindsey Hall. Pero no había logrado apartarla de su mente. Y al estar ahí detenido en un lugar, conversando y escuchando, no podía apartar los ojos de ella tampoco.

Se veía muy severa, aunque llevaba el más bonito de sus vestidos de noche. Estaba de pie, sola, mirando el baile. Lo sorprendía no haberla visto a través de su disfraz la primera vez que posó los ojos en ella en Bath. Porque ese cuerpo tan erguido y disciplinado era cálido, flexible y todo pasión, y esa cara, con sus rasgos regulares y severos e inteligentes ojos grises, hermosa. Toda ella era hermosa.

De hecho, la noche pasada, más o menos a esa hora...

Adrede cambió de posición para darle la espalda, y miró hacia la puerta del salón. Todavía no había señales de Portia.

El segundo conjunto de contradanzas lo bailó con Gwen, que a pesar de su cojera le encantaba bailar, y lo alegró ver que Claudia estaba bailando con Rosthorn. Cuando terminó el baile llevó a Gwen a unirse al grupo en que estaban Lauren y los Whitleaf. Felicitó a Lauren por los festivos adornos que decoraban el salón de baile y por el éxito que estaba teniendo la celebración. Tal vez, pensaba mientras tanto, debería pedir que enviaran a una criada a la habitación de Portia, no fuera que le hubiera sentado mal algo que comió o le hubiera ocurrido algún accidente. Era extrañísimo que se hubiera perdido toda una hora del baile.

Pero antes que lograra decidirse a actuar, sintió un leve contacto en el hombro; al girarse se encontró ante un lacayo, que haciéndole una venia le tendió un papel doblado.

—Me pidieron que le entregara esto, milord —dijo el lacayo—, después del segundo conjunto de contradanzas.

—Gracias —dijo él, cogiéndolo.

¿Sería la respuesta de Claudia a su nota?

Disculpándose, dio la espalda al grupo, se apartó un poco, rompió el sello y desdobló el papel. Sus ojos se dirigieron antes que nada a la firma. Era de Portia. Deseó sinceramente que no estuviera enferma, ya pensando en maneras de hacer llamar a un médico, sin trastornar el baile, era de esperar. Leyó:

Lord Attingsborough, debo informarle con pesar que, tras una madura reflexión, he comprendido que no puedo ni quiero tolerar la insultante conducta de mi prome-

tido en matrimonio al alardear ante mí de su hija bastarda. Tampoco tengo el menor deseo de continuar en una casa en la que sólo el duque de Anburey y lord y lady Sutton se han mostrado correctamente horrorizados por su vulgaridad y dispuestos a reprenderlo por ella. Por lo tanto, me marcharé antes que comience el baile. Me marcho con el duque de McLeith, que ha tenido la amabilidad de ofrecerse a llevarme a Escocia para casarse conmigo. No le halagaré declarándome su obediente servidora.

Y la firma. Dobló el papel.

Claudia, observó al mirar de reojo, estaba haciendo exactamente lo mismo a cierta distancia.

—¿Ha ocurrido algo, Joseph? —le preguntó Lauren, poniéndole una mano en el brazo.

—Nada —contestó, girando la cabeza y sonriéndole—. Portia se ha marchado, nada más. Se ha fugado con McLeith.

—Extraña manera de contestar la pregunta, comprendió ya mientras hablaba. Pero le zumbaba la cabeza—. ¿Me disculpas? —añadió, al tiempo que ella abría la boca formando una O.

Salió a toda prisa del salón y subió los peldaños de la escalera de dos en dos. Al llegar a la puerta de Portia, golpeó, y al no oír respuesta, la abrió con cautela. La habitación estaba a oscuras, pero a la tenue luz de la luna que entraba por la ventana se veía claramente que ella no estaba. Nada adornaba la superficie del tocador ni de la mesilla de noche. El ropero estaba vacío.

Será tonta, pensó. ¡La muy tonta! Fugarse no era la manera correcta ni conveniente de actuar. A los ojos del mundo habría roto su compromiso con él para fugarse a Escocia con otro hombre. Sería inaceptable ante la sociedad, la aislarían, la rechazarían en todas partes. Portia nada menos, inimaginable, tan correcta y formal en su comportamiento social.

¡Y McLeith!

¿Debería seguirlos? Pero ya llevaban una hora de ventaja. ¿Y qué sentido tendría, aun en el caso de que les diera alcance? Los dos eran adultos, maduros. Tal vez ella encontraría cierta felicidad con McLeith. Al fin y al cabo se casaría con un hombre que ya era duque, en lugar de tener que esperar a que muriera su padre. Y era de suponer que vivirían en Escocia, donde tal vez las reglas no eran tan rígidas que consideraran un estigma social tan grave lo de haberse fugado.

Pero qué tonta, pensó, asomándose a la ventana a mirar la terraza de césped oscurecida. Podría haber roto el compromiso y vuelto a la casa de sus padres, y después anunciar su próximo matrimonio con McLeith. Era muy impropio de ella mostrarse impulsiva o precipitada.

Le gustaba más por eso.

La carta que recibió Claudia era de McLeith, supuso.

Se permitió pensar en ella libremente por primera vez desde su regreso a Alvesley la noche anterior.

No se atrevía a creer que estaba libre. Era posible incluso que al bajar al salón de baile encontrara a Portia ahí, habiendo recuperado la sensatez y vuelto a Alvesley y a él.

Sólo había una manera de saberlo, claro.

En realidad Claudia se sintió bastante aliviada cuando Charlie no se presentó a reclamarle el primer baile que ella le había prometido; no deseaba que le renovara la proposición de esa mañana. Pero una vez que comenzó el baile se sintió molesta. Un caballero al que conoció durante la merienda le había solicitado ese baile, y ella declinó la invitación explicando que ya lo tenía prometido.

Y encontró humillante verse obligada a estar ahí sola mirando mientras todas las personas menores de cincuenta años bailaban. Y tal vez ese caballero habría pensado que ella simplemente no deseaba bailar con él.

Charlie no debería haberla puesto en esa incómoda situación; eso no era cortés, y se lo diría cuando llegara. Le pasó por la cabeza, por supuesto, que él quería castigarla por haber rechazado su proposición esa mañana. Pero él le pidió el primer baile «después» que ella dijera su rotundo no.

El siguiente baile, un conjunto de vigorosas contradanzas, lo bailó con el conde de Rosthorn, y al terminar este, acababa de llegar junto a Anne y Sydnam cuando alguien le tocó suavemente el hombro. Era un lacayo, que le entregó una nota. ¿De Charlie? ¿De Joseph? Charlie aún no había hecho acto de presencia.

—Disculpadme —dijo, apartándose un poco para leerla a solas.

Rompió el sello y desdobló el papel. Era de Charlie. Desentendiéndose de la leve desilusión que sintió, la leyó:

Mi queridísima Claudia, me parece bastante justo que yo sufra ahora como tal vez sufriste tú dieciocho años atrás. Porque si bien yo también sufrí entonces, yo fui el que te rechazó, como ahora lo haces tú. Y es terrible el sufrimiento de amar y ser rechazado. No esperaré a oír tu respuesta esta noche; ya me la diste y no quiero causarte molestia obligándote a repetirla. La señorita Hunt también se siente desdichada. Piensa, con toda razón, que ha sido muy maltratada aquí. Hoy hemos podido ofrecernos cierto consuelo mutuamente. Y tal vez podamos continuar

*haciéndolo toda la vida. Cuando leas esto ya tendríamos
que ir bien avanzados en nuestro trayecto a Escocia, donde nos casaremos sin tardanza. Ella será, creo, una con-
cienzuda esposa y duquesa, y yo seré un sumiso marido.
Te deseo todo lo mejor, Claudia. Siempre serás para mí la
hermana que nunca tuve, la amiga que hizo felices mis
años de infancia y primera juventud, y la amante que podrías haber sido si no hubiera intervenido el destino. Perdóname, por favor, que no haya cumplido mi promesa de
bailar contigo esta noche. Tu humilde y obediente servidor*

McLeith (Charlie)

Vaya, caramba.

Dobló la misiva de nuevo.

Ooh, vaya por Dios.

—¿Pasa algo, Claudia? —le preguntó Anne, poniéndole
una mano en el brazo.

—Nada. —Le sonrió—. Charlie se ha marchado. Se ha
fugado con la señorita Hunt.

Estaba agitando la carta como si fuera un abanico; no sabía qué hacer con ella.

—Supongo —dijo Sydnam, cogiendo la carta y metiéndo-
sela en un bolsillo— que están sirviendo té en el salón de refrigerios. Ven con Anne y conmigo y te iré a buscar una taza.

—Ah, caramba —dijo ella—. Gracias. Sí. Eso será justo
lo que necesito. Gracias.

Él le ofreció el brazo y ella se lo cogió, y sólo entonces
recordó que él no tenía otro para ofrecerle a Anne. Paseó la
mirada por el salón de baile. Charlie no estaba. Tampoco estaba la señorita Hunt.

Joseph también había desaparecido.

¿Lo sabría ya?

Decididamente Portia no estaba en el salón de baile. Tampoco estaba McLeith.

Ni Claudia.

Se estaban formando las filas para la siguiente contradanza, y la mayor de las dos hijas del párroco no tenía pareja, aunque sonreía radiante al lado de su madre como si ser una de las feas del baile fuera la suerte más feliz que se pudiera imaginar. Fue ahí, le hizo una venia a la madre y le preguntó si podía tener el honor de sacar a bailar a su hija.

Mientras bailaba e intentaba sacarle risas y sonrisas a la hija del párroco, vio a Claudia volver al salón acompañada por Anne y Sydnam Butler. Entonces, después de devolver la chica al lado de su madre y de haber estado con ellas un rato haciéndose el simpático, observó que al grupo de Claudia se habían unido Susanna, Whitleaf, Gwen, Lily y Neville. Y por la forma como se giraron a mirarlo cuando se les acercaba, comprendió que Lauren había logrado encontrar su voz después que él la dejó para salir del salón.

—Bueno, Joe —dijo Neville, dándole una palmada en el hombro.

—Bueno, Nev —contestó él, haciéndole una venia a Claudia, que se inclinó en una leve reverencia—. Veo que se ha corrido la voz.

—Sólo entre unos pocos de nosotros —lo tranquilizó Gwen—. Lauren y Kit no quieren que se enteren los condes todavía. Esta es su noche y no hay que estropeársela de ninguna manera.

—No voy a subirme a la tarima de la orquesta a hacer un anuncio público —dijo Joseph.

—Este es un baile maravilloso —dijo Susanna—, y el próximo va a ser un vals.

Whitleaf le cogió la mano, se la puso en su brazo y le dio una palmadita.

—Entonces será mejor que vayamos a ocupar nuestros lugares —dijo.

Nadie se movió, ni siquiera los Whitleaf.

Joseph se inclinó ante Claudia.

—Señorita Martin, ¿me haría el honor de bailar este vals conmigo?

Aunque estaban rodeados por el ruido de conversaciones y risas, Joseph tuvo la clara impresión de que cada miembro del grupo se quedó inmóvil y reteniendo el aliento, en suspenso, todos pendientes de la petición de él y de la respuesta que recibiría.

—Sí —dijo Claudia—. Gracias, lord Attingsborough.

En otra circunstancia él se habría echado a reír de buena gana: ella habló con su voz de maestra de escuela. Pero simplemente le sonrió y le ofreció el brazo, y ella colocó la mano en él. Entonces todos se movieron para dirigirse a la pista de baile. Uno de los primos de Kit vino a pedirle el baile a Gwen, Whitleaf echó a andar con Susanna, Neville con Lily y Sydnam con Anne; estaba claro que estos dos iban a bailar el vals, aun cuando a Sydnam le faltaba un brazo y un ojo. Él los siguió con Claudia.

Mientras las demás parejas se iban situando alrededor, se giró hacia ella. Se miraron a los ojos y se sostuvieron la mirada.

—¿Estás afectada?

Como siempre, ella pensó la respuesta antes de hablar.

—Sí. Lo quise muchísimo cuando era niña, y en las últimas semanas, inesperadamente, había llegado a tomarle cariño otra vez. Pensé que podríamos ser amigos toda la vida. Ahora supongo que eso no será posible. Él no es perfecto, como yo lo veía de pequeña. Tiene defectos de carácter, entre otros una cierta debilidad moral, y la incapacidad de mantenerse firme ante un cambio o decepción. Pero todos tenemos debilidades. Es la naturaleza humana. Estoy disgustada con él y por él. Creo que no será feliz. —Eso lo dijo muy seria, ceñuda, pensativa—. ¿Y tú, estás afectado?

—Yo me porté mal. Debería haberle dicho lo de Lizzie antes de pedirle que se casara conmigo; y debería habérselo dicho en privado. Pero en lugar de eso lo mantuve en secreto y la humillé declarándolo en público. Y después no acepté sus exigencias, que ella consideraba muy lógicas y razonables, y probablemente así las consideraría gran parte de la buena sociedad. Estaba aquí sin sus padres ni otros familiares, a los que podría haber recurrido en busca de consejo, apoyo o consuelo. Y por lo tanto ha hecho algo precipitado, lo que no es propio de ella. Sí, estoy afectado. Tal vez he sido la causa de su deshonra permanente.

Ese no era el momento ni el lugar para tener una conversación tan seria. Estaban rodeados por colores, perfumes, voces y risas, todos los elementos festivos de una gran celebración. Entonces comenzó la música, él le rodeó la cintura con un brazo, le cogió la mano mientras ella ponía la otra en su hombro, y comenzó a girar con ella al ritmo del vals.

Pasaron varios minutos y a él no lo abandonaba la sensación de que eran el foco de mucha atención. Casi todos estaban bailando. Cuando desvió la mirada de Claudia, vio a Bewcastle bailando con la duquesa y a Hallmere con la marquesa; ninguno de los cuatro los estaban mirando. Tampoco Lauren ni Kit, ni los Rosthorn, ni Aidan Bedwyn ni su esposa. Aparentemente todos estaban absortos en la dicha de estar juntos y en el vals, como también lo estaban las parejas con las que había estado hablando antes del vals.

Y sin embargo...

Sin embargo tenía la extraña sensación de que todos estaban muy pendientes de él. No sólo de él, y no sólo de Claudia, sino de los dos; de él y de Claudia. No era sólo a él a quien miraban, como si les interesara ver su reacción ante la fuga de su prometida con otro hombre, ni a Claudia, interesados en su reacción ante la fuga de su amigo con otra mujer. Los miraban a los dos, como si pensaran qué les ocurriría ahora a ellos, «ellos dos»: Joseph y Claudia.

Como si todos «lo supieran».

—Me siento muy cohibida —dijo ella, con su expresión severa, y los labios algo tirantes.

—¿Por el vals?

—Porque tengo la sensación de que todos nos están mirando, lo cual es ridículo. Nadie nos está mirando. ¿Y por qué tendrían que mirarnos?

—¿Porque saben que los dos acabamos de quedar libres? —sugirió él.

Ella volvió a mirarlo a los ojos e hizo una inspiración para hablar. Pero sólo dijo:

—Ah.

Él le sonrió.

—Claudia, disfrutemos del vals, ¿quieres? Y al diablo quien sea que nos esté mirando.

—Sí —dijo ella, remilgadamente—. Al diablo todos ellos.

Él ensanchó la sonrisa y ella echó atrás la cabeza y se rió, fuerte, atrayendo hacia ellos varias francas miradas.

Después de eso se entregaron a la emoción y al placer puro del baile, girando, girando, casi sin dejar de mirarse a los ojos, sólo en parte conscientes del caleidoscopio de colores y luces de velas que giraban alrededor. No dejaron de sonreír.

—Ooh —dijo ella cuando acabó el vals, como si se sintiera medio pesarosa y medio sorprendida por haber salido del mundo en que habían habitado juntos casi media hora.

—Salgamos de aquí —dijo él. Vio que ella agrandaba los ojos—. Todavía falta media hora para la cena, y habrá más baile después. Nadie va a volver a Lindsey Hall hasta pasadas, como mínimo, dos horas.

—Entonces, ¿no es sólo una corta caminata por la terraza lo que propones?

—No. —La soltó y se cogió las manos a la espalda; alrededor suyo todos ya estaban conversando, habiendo terminado el baile—. La alternativa es pasar el resto de la fiesta bailando con otras parejas y siendo sociables con otras personas.

Ella lo miró y a su cara le volvió algo de severidad.

—Iré a buscar mi chal —dijo.

Él se quedó mirándola alejarse. No iba a ser cómodo, pensó. Para ninguno de los dos. Estar enamorado sabiendo que eso no puede llevar a ninguna parte es una cosa; estar libre para hacer algo al respecto es otra. Pero la libertad puede ser engañosa. Incluso estando Portia fuera del cuadro, había obstáculos a manta, de una milla de altura y dos de ancho.

¿Bastaría el amor para superarlos todos?

Pero todos los obstáculos, le había enseñado su experiencia de la vida en treinta y cinco años, por grandes o pequeños que sean, sólo se pueden superar uno a uno, con paciencia y obstinada resolución.

Si es que se pueden superar.

Echó a caminar hacia la puerta del salón, haciendo como que no veía la mano que agitaba hacia él Wilma, que por suerte estaba bien alejada de la puerta. Ahí esperaría a Claudia.

23

Mientras estaba bailando el vals con Joseph, Claudia se había formado la firme opinión de que los miraban con interés como a una posible pareja. Pero ahora que iba de camino a buscar su chal, se le ocurrió que tal vez las miradas, si es que había habido miradas, eran simplemente de incredulidad porque ella tuviera esa presunción. O tal vez incluso eran de lástima.

Pero bueno, ¿cuándo había comenzado a considerarse indigna de un hombre, fuera quien fuera?

No era inferior a nadie.

Cuando regresó al salón y encontró a Joseph esperándola fuera de la puerta, su paso ya era decidido y en sus ojos brillaba un destello marcial.

¿Y en qué momento comenzó a pensar en él siempre como «Joseph»?

—Tal vez deberíamos salir sólo para una caminata corta.

Él le sonrió de oreja a oreja. Sí que había diferencia entre una sonrisa normal y una ancha, ancha. Y la de él era muy ancha. Se erizó de indignación. Ella estaba haciendo el ridículo delante de la mayor parte de la aristocracia de Inglaterra, y él lo encontraba «divertido».

Él la cogió del codo y la llevó en dirección a la puerta principal.

—Tengo la teoría —dijo—, de que todas tus niñas te obedecen sin rechistar no porque te tengan miedo, sino porque te quieren.

—Un número muy grande de ellas estarían interesadísimas en oír eso, lord Attingsborough —dijo ella, sarcástica—. Podrían no parar de reír hasta Navidad.

Salieron a la terraza. No había nadie, pero no estaba en absoluto silenciosa. Hasta ahí llegaba la música del salón de baile, como también los sonidos de risas y de otro tipo de música procedentes del lado del establo y la cochera, donde los mozos y cocheros, tal vez acompañados por criados y criadas desocupados, estaban celebrando su propia fiesta, aprovechando el tiempo que tendrían que esperar para llevar a sus empleadores a casa.

—¿Así que otra vez soy lord Attingsborough, Claudia? —dijo él, echando a caminar en dirección al establo—. ¿No lo encuentras un tanto ridículo después de lo de anoche?

Esa irresponsabilidad le había parecido bastante discupable a ella en aquel momento, porque no se iba a repetir: sabía que la señorita Hunt recapacitaría y no rompería el compromiso. Lo de la noche pasada había sido algo único, algo que recordaría todo el resto de su vida, una tragedia secreta que aceptaría de todo corazón y no permitiría que la amargara.

Que la señorita Hunt hubiera vuelto a poner fin al compromiso esa noche, y esta vez para siempre, debería simplificarle la vida, aumentar sus esperanzas, hacerla feliz, sobre todo dado que él inmediatamente le solicitó que bailara el vals con él y luego le propuso esa salida.

Pero su vida se le antojaba más complicada que nunca.

—Si pudieras retroceder en el tiempo —dijo él, cogiendo sus pensamientos en el punto donde se los había interrumpido— y rechazar mi ofrecimiento de llevarte en mi coche a Londres con tus dos alumnas, ¿lo harías?

¿Lo rechazaría? Una parte de ella dijo un rotundo sí; si hubiera rechazado el ofrecimiento, su vida habría continuado tal como era antes: tranquila, ordenada, conocida. O tal vez no. De todos modos, podría haberse encontrado con Charlie en el concierto en casa de Peter y Susanna, y tal vez ella habría reaccionado de forma algo diferente hacia él. Sin la existencia de Joseph en su vida, a lo mejor habría vuelto a enamorarse de Charlie; igual en ese momento estaría tomando una decisión respecto a él. Tal vez...

No, eso era imposible. Eso no habría ocurrido jamás. Aunque quizá...

—No tiene ningún sentido desear cambiar un detalle del pasado —dijo—. No se puede. Y aún en el caso de que se pudiera, sería tonto. Mi vida habría continuado de otra manera si hubiera dicho que no, aun cuando eso ocurrió sólo hace unas semanas. No sé cómo habría continuado.

Él se rió. Después desapareció entre los coches, hacia el lugar donde los mozos y cocheros celebraban su fiesta, y al cabo de un momento reapareció con una linterna encendida en la mano.

—¿Y tú harías las cosas de otra manera? —le preguntó ella.

—No.

Le ofreció el brazo y ella se lo cogió. Qué alto, sólido y cálido, pensó. Olía bien. Era apuesto, encantador, rico y aristócrata: algún día sería «duque». Y era muy, muy masculino. Si alguna vez hubiera soñado con el amor y el romance, aunque fuera a su edad, y sí, claro que había soñado, habría sido con un hombre totalmente diferente en todos los sentidos.

—¿Qué estás pensando? —preguntó él.

Iban por el camino principal, cayó ella en la cuenta, en dirección al puente palladiano. Estaba bastante oscuro, pues había nubes altas que tapaban la luna y las estrellas. El aire estaba más fresco que la noche anterior.

—En el hombre de mis sueños —contestó.

Él giró la cabeza hacia ella y levantó la linterna para verle la cara, y ella vio la suya. Sus ojos se veían oscuros, insondables.

—¿Y? —la alentó él.

—Un caballero muy corriente, modesto, sin título ni grandes riquezas, pero muy inteligente y con buena conversación.

—Lo encuentro soso.

—Sí, eso también. La sosería es una cualidad infravalorada.

—¿No soy yo el hombre de tus sueños, entonces?

—No, en absoluto.

Entraron en el puente y se detuvieron junto al parapeto de piedra de un lado a contemplar la corriente de agua oscura que fluía en dirección al lago. Él dejó encima la linterna.

—Pero claro —dijo ella—, yo no puedo ser la mujer de tus sueños.

—¿No?

Ella no le veía la cara, pues la luz de la linterna le iluminaba la espalda. Le fue imposible saber por su tono si se sentía divertido o triste.

—No soy hermosa —dijo.

—No eres «guapa» —concedió él—. Decididamente eres hermosa.

Qué granuja. ¿Llevaría hasta el final la galantería, pues?

—No soy joven.

—Eso es relativo, cuestión de perspectiva —dijo él—. Para las niñas de tu escuela sin duda eres un fósil. A un octogenario le parecerías una dulce jovencita. Pero tenemos casi exactamente la misma edad, y puesto que yo no me considero viejo, muy lejos de eso, debo insistir en que eres joven.

—No soy elegante, ni vivaz ni... —Se le agotaron las ideas.

—Lo que eres, es una mujer que a muy temprana edad perdió dolorosamente su confianza en su belleza, encanto y atractivo sexual. Eres una mujer que sublimó su energía sexual en forjarse una profesión exitosa. Eres una mujer de carácter y voluntad, muy inteligente y culta. Eres una mujer rebosante de compasión y amor por tus semejantes. Y eres una mujer con tanto amor sexual para dar que haría falta mucho más que tu intelectual tranquilo y soso para satisfacerte, a no ser, claro, que tuviera profundidades ocultas también. Sólo por argumentar, supongamos que no las tiene, que simplemente es un hombre corriente, soso, con buena conversación para ofrecerte y nada más. Nada de «pasión». Ese no es un hombre para soñar con él, Claudia, más bien se acerca a una pesadilla.

Ella sonrió, a su pesar.

—Eso está mejor —dijo él, y ella cayó en la cuenta de que él le veía la cara—. Tengo una marcada debilidad por la señorita Martin, maestra de escuela, aunque es posible que ella elija a un compañero de cama frío. Claudia Martin, la mujer, no lo elegiría. En realidad, tengo la prueba de eso.

—Lord Attingsborough...

—Claudia —continuó él, al mismo tiempo—. Ya hemos hecho nuestra corta caminata. Ahora podemos volver a la casa y al salón de baile, si quieres. Es del todo posible que ni la mitad de los invitados hayan advertido nuestra ausencia. Podemos volver al salón a continuar el resto del baile por separado para no dar pie a habladurías entre esos invitados que son menos de la mitad. Y mañana yo puedo ir a Lindsey Hall para llevarme a Lizzie, y tú puedes volver a Bath, y entonces los dos podemos arreglárnoslas con los recuerdos que se irán desvaneciendo poco a poco a lo largo de semanas y meses. O podemos alargar nuestro paseo.

Ella lo miró, aunque, claro, no le veía la cara.

—Este es uno de esos momentos decisivos que pueden cambiar para siempre el curso de una vida —añadió él.

—No, no lo es. O por lo menos no es más importante que cualquier otro momento. Cada momento es decisivo, y cada momento nos pone inexorablemente en dirección al resto de nuestra vida.

—Considéralo así si te parece —dijo él—, pero la decisión de este momento nos espera a los dos. ¿Cuál ha de ser? ¿Un intento desesperado de volver a como eran las cosas antes que yo me presentara en la Escuela de Niñas de la Señorita Martin con una carta de Susanna en el bolsillo de mi chaqueta? ¿O un salto en la oscuridad, casi literal, y la oportunidad de algo nuevo y muy posiblemente maravilloso? ¿Incluso perfecto?

—Nada en la vida es perfecto.

—Permíteme que discrepe. Nada es «permanentemente» perfecto. Pero hay momentos perfectos y la voluntad de elegir lo que producirá más de esos momentos. Lo de anoche fue perfecto. Lo fue, Claudia, y no permitiré que lo niegues. Fue simplemente perfecto.

Ella exhaló un suspiro.

—Hay muchas complicaciones.

—Siempre las hay. Así es la vida. Ya deberías saberlo. Una posible complicación es que la puerta de la cabañita del bosque podría estar cerrada con llave, a diferencia de ayer por la tarde.

Ella se quedó sin habla, aun cuando en el momento mismo en que él le propuso salir a caminar comprendió adónde irían. No tenía ningún sentido intentar negarse eso a sí misma, ¿verdad?

—Tal vez —dijo— la dejan encima del dintel o a un lado del peldaño o en otro lugar donde es fácil encontrarla. —Seguía sin verle la cara, pero captó brevemente el brillo de sus dientes—. Será mejor que vayamos a ver —añadió, arrebujándose más el chal.

—¿Estás segura? —preguntó él en voz baja.

—Sí.

Cuando reanudaron la marcha, en lugar de ofrecerle el brazo, él le cogió la mano y entrelazó los dedos con los de ella. Llevaba la linterna en alto; era necesaria su luz al otro lado del puente, donde el follaje de los árboles impedía el paso de la poca luz procedente del cielo. Encontraron el no muy hollado sendero por el que volvieron la tarde anterior, y lo siguieron por entre los árboles hasta que llegaron a la cabaña.

La puerta estaba abierta.

En el interior, que ella sólo había visto a medias la otra vez, había un hogar con la leña lista para encender el fuego, más leña apilada a un lado, una mesa sobre la que había unos cuantos libros, una cajita con lumbre, una lámpara, y más allá una mecedora con una manta encima. Y adosada a una pared, estaba la cama estrecha en la que encontraron a Lizzie.

Todo se veía más bonito y acogedor esa noche. Joseph dejó la linterna en la mesa y se arrodilló ante el hogar a encender el fuego. Ella se sentó en la mecedora y comenzó a mecerse lentamente, sujetándose los extremos del chal. Sentía la placentera anticipación de lo que vendría. Todo el día había sentido sensibles los pechos y una leve irritación en la entrepierna y en la vagina, por la relación sexual de esa noche pasada.

Iba a ocurrir otra vez.

Qué absolutamente maravilloso tenía que ser el matrimonio.

Apoyó la cabeza en el respaldo.

Cuando prendió el fuego, él se levantó y se giró hacia ella; a la luz de la linterna sus ojos se veían muy azules, su pelo muy oscuro y sus rasgos hermosamente cincelados. Poniendo un pie sobre uno de los arcos de la mecedora, detuvo el movimiento; entonces apoyó las manos en los brazos, se inclinó sobre ella y la besó en la boca, un beso profundo.

—Claudia —dijo, apartando un poquito la boca—, quiero que sepas que eres hermosa. Te crees fea porque una vez las circunstancias obligaron a un hombre fundamentalmente débil a abandonarte, y porque tienes treinta y cinco años, estás soltera y eres maestra de escuela. Crees que es imposible que un hombre te encuentre sexualmente atractiva a esa edad. Es incluso probable que te digas que lo de anoche ocurrió solamente porque yo suponía que hoy no estaría libre para proseguir nuestra relación. Estás equivocada en todo eso. Quiero que sepas que eres increíblemente hermosa, porque eres el producto de quien has sido y llegado a ser a lo largo de treinta años de vivir. No serías tan hermosa para mí si fueras más joven, ¿sabes? Y quiero que sepas que eres infinitamente atractiva sexualmente.

Ella simplemente lo miró.

Él le cogió una mano, se la abrió y le puso la palma sobre el bulto de su miembro erecto.

—«Así» de atractiva —dijo.

—Ah —contestó ella.

—Infinitamente atractiva —dijo él.

Ella bajó la mano a su falda y él comenzó a quitarle todas las horquillas del pelo con las dos manos. Iba a tener que rehacerse el peinado después, pensó, sin tener ni cepillo ni espejo. Pero ya pensaría después en eso.

—Es un crimen el que cometes —dijo él cuando el pelo le cayó abundante y ondulado sobre los hombros— al peinar este pelo estirándolo tan cruelmente, Claudia. —Le cogió las manos y la puso de pie—. No eres la mujer de mis sueños. Tienes la razón en eso. Nunca habría soñado contigo, Claudia. Eres única. Me impresionas, me haces sentir humilde.

Ella lo miró a los ojos para ver si había ironía o por lo menos humor en ellos, pero no vio ninguna de las dos cosas. Y entonces dejó de ver con claridad. Pestañeó para desempañar los ojos de las lágrimas. Él se le acercó a quitárselas de la cara con la lengua, después la estrechó en los brazos y la besó, profundo, profundo.

Era hermosa, se repetía ella mientras se desvestían mutuamente, lento, muy lento, interrumpiéndose con frecuencia para acariciarse o abrazarse. Era hermosa. Cuando le hubo quitado la chaqueta, el chaleco, la corbata con su complicado lazo y la camisa, pasó las palmas por los músculos y el ligero vello de su pecho. Él le recorrió todo el cuerpo con las dos manos hasta dejarlas ahuecadas en sus pechos, frotándole los pezones con los pulgares; después bajó la cabeza y se los cogió con la boca, primero uno, luego el otro, succionándoselos de una manera que le hizo bajar un crudo deseo por el vientre hasta la entrepierna.

No se sentía cohibida ni inepta. Era hermosa.

Y deseable.

De lo último no le quedó ninguna duda cuando le quitó los elegantes pantalones de seda, la prenda interior y las calcetas.

Y era hermoso.

Le echó los brazos al cuello, apretando el cuerpo totalmente desnudo al de él, y le buscó la boca con la suya. Él le presionó entre los labios con la lengua y ella suspiró. Él tenía razón, sí que había momentos perfectos, aun cuando los dos estaban palpitantes de deseo y necesidad.

Él echó atrás la cabeza para sonreírle.

—Creo que será mejor que usemos esa cama —dijo—. Será más cómoda de lo que fue el suelo anoche.

—Pero más estrecha.

—Si nuestra idea es dormir, tal vez —concedió él, sonriéndole de una manera que le enroscó los dedos de los pies sobre el duro suelo—. Pero no es dormir lo que queremos, ¿verdad? Es suficientemente ancha para nuestros fines.

Diciendo eso echó atrás las mantas y ella se acostó sobre la sábana y le tendió los brazos.

—Ven.

Él bajó el cuerpo hasta quedar encima y ella abrió las piernas y le rodeó los muslos con ellas. Los dos estaban muy excitados, listos. Él la besó en la boca y en la cara, susurrándole palabras de amor al oído. Ella le correspondía los besos, con los dedos introducidos en su pelo. Entonces él pasó las manos por debajo, ella se arqueó, y la penetró.

Seguía asombrándola el tamaño de su pene. Hizo una lenta inspiración mientras modificaba la posición para facilitarle la penetración hasta el fondo, y entonces apretó los músculos interiores, apresándoselo. No podía haber una sensación más maravillosa en el mundo.

Aunque tal vez sí. Él retiró el miembro, volvió a embestir, y repitió una y otra vez las retiradas y penetraciones hasta que ella captó su ritmo y adaptó el suyo, sintiendo intensamente el deleite carnal del apareamiento. No podía existir un placer más maravilloso que «ese», tanto durante los primeros minutos de deliciosas embestidas mutuas controladas, como durante los últimos minutos de excitación y placer más intensos y movimientos más urgentes cuando se acercaba el orgasmo.

Y entonces este llegó, para los dos, exactamente en el mismo momento, y ella se abrió a la efusión del amor, dando en igual medida, y ese fue el placer más maravilloso de todos, aunque trascendía toda sensación y todo pensamiento racional o palabras.

Era hermosa.

Era deseable.

Y finalmente...

Ah.

Finalmente era simplemente una mujer.

Simplemente perfecta.

No, pensó, cuando comenzaba a volver lentamente en sí, no retrocedería para cambiar ni un sólo detalle de su vida ni aunque pudiera. Cuando volviera totalmente en sí y recuperara la cordura, tendría que afrontar todo tipo de complejidades, complicaciones e imposibilidades, pero aún no había llegado ese momento. Todavía tenía ese momento presente por vivir.

Él hizo una profunda y audible inspiración y expulsó el aliento en un soplido.

—Ah, Claudia, mi amor —musitó.

Dos palabras que ella guardaría como un tesoro toda una vida. No la tentaría ni la joya más cara si le ofrecieran cambiarlas por ella.

«Mi amor.»

Dichas a ella, Claudia Martin. Era el amor de un hombre. Sólo unas semanas antes eso habría estado fuera de los límites de la credibilidad. Pero ya no. Era hermosa, era deseable y era... Sonrió.

Él había levantado la cabeza y la estaba mirando con los párpados entornados, apartándole el pelo de la cara con una mano.

—Dime que piensas —le dijo.

Ella abrió los ojos.

—Que soy una mujer.

—Por mucho que cueste creerlo —dijo él, con los ojos risueños—. Lo había notado.

Ella se rió. Él le besó un párpado, luego el otro, y volvió a besarla en los labios.

—Lo que me asombra —dijo—, es que al parecer esa es una idea nueva para ti.

Ella volvió a reírse.

—No tienes ni idea de cómo en una mujer se puede identificar la feminidad con un matrimonio a edad temprana, la producción de un buen número de hijos y el ordenado gobierno de una casa.

—Seguro que podrías haber tenido esas cosas si hubieras querido. McLeith no puede haber sido el único hombre que demostró interés en ti cuando eras jovencita.

—Tuve otras oportunidades.

—¿Por qué no aceptaste a ninguno de ellos? ¿Por el amor que le profesabas a él?

—En parte por eso, y en parte por no estar dispuesta a decidirme por la comodidad... por encima de la integridad. Deseaba ser una persona además de mujer. Sé que eso podría parecer raro. Sé que a la mayoría de las personas les cuesta entenderlo. Pero era lo que yo deseaba, ser una «persona». Pero comprendí que no podía ser las dos cosas, una persona «y» una mujer. Tuve que sacrificar mi feminidad.

—¿Lo lamentas? —preguntó él—. Aunque no tuviste mucho éxito, podría añadir.

Ella negó con la cabeza.

—La volvería a sacrificar si pudiera retroceder. Pero fue un sacrificio.

—Me alegra que lo hicieras —dijo él, deslizándole suavemente los labios por el contorno de la mandíbula y el cuello; al levantar la cabeza vio que ella tenía arqueadas las cejas—. Si no la hubieras sacrificado no habrías estado en la escuela para visitarte cuando estuve en Bath. Y si te hubiera conocido en otra parte, no habrías estado libre. Y es posible, además, que yo no te hubiera reconocido.

—¿Reconocido?

—Como los latidos de mi corazón.

A ella se le volvieron a llenar los ojos de lágrimas. En su mente resonó lo que él dijo ese día en el coche durante el viaje a Londres, cuando Edna y Flora le preguntaron cuál era su sueño.

«Sueño con el amor, con una familia, con una esposa e hijos que estén tan cerca de mí y me sean tan queridos como los latidos de mi corazón.»

En el momento ella lo juzgó muy insincero.

—No digas esas cosas.

—¿De qué ha ido esto, entonces? —preguntó él, arreglándoselas para cambiar la posición de los dos de forma que él quedó en el lado interior, con la espalda pegada a la pared, y ella de cara a él, sujeta por sus brazos, no fuera que se cayera de la cama—. ¿De sexo?

Ella lo pensó un momento.

—Buen sexo —dijo al fin.

—Concedido. Pero no te he traído aquí para una buena relación sexual, Claudia. Ni siquiera sólo o principalmente para eso.

Ella no le preguntó para qué la había traído, pero él le contestó la pregunta tácita de todos modos.

—Te he traído aquí porque te quiero, te amo, y creo que tú también me amas. Porque estoy libre y tú estás libre. Porque...

Ella le puso las yemas de los dedos sobre los labios. Él se las besó y sonrió.

—No estoy libre. Tengo una escuela de la que soy la directora. Tengo niñas y profesores que dependen de mí.

—¿Y tú dependes de ellos?

Ella frunció el ceño.

—Es una pregunta válida. ¿Dependes de ellos? ¿Tu felicidad, tu identidad, dependen de continuar con tu escuela? Si dependen, tienes un verdadero argumento. Tienes tanto derecho a buscar tu felicidad como yo a buscar la mía. Por suerte, es posible administrar Willowgreen desde la distancia, como lo ha sido los últimos años. Me iré a vivir a Bath con Lizzie. Viviremos ahí contigo.

—No seas tonto.

—Seré todo lo tonto que haga falta para hacer funcionar las cosas entre nosotros, Claudia. Estuve doce años en una relación fundamentalmente árida aun cuando le tenía cariño a la pobre Sonia, al fin y al cabo ella me dio a Lizzie. Este año he estado a un pelo de entrar en un matrimonio que sin duda me habría producido infelicidad todo el resto de mi vida. Ahora, de repente, esta noche, estoy libre. Y deseo elegir la felicidad, por fin. Y el amor.

—Joseph, eres un aristócrata. Algún día serás duque. Mi padre era un caballero del campo. Yo he sido institutriz y profesora durante dieciocho años. Sencillamente no puedes renunciar a todo lo que eres para vivir en la escuela conmigo.

—No tendría que renunciar a nada, y no podría ni aunque quisiera. Pero ninguno de los dos tiene que sacrificar su vida por el otro. Los dos podemos vivir, Claudia, y amar.

—A tu padre le daría una apoplejía.

—Probablemente no. Reconozco, sí, que hay que abordarlo con cautela respecto a este asunto, pero con firmeza. Soy su hijo, pero también soy persona por derecho propio.

—Tu madre...

—Adoraría a cualquiera que me hiciera feliz.

—La condesa de Sutton...

—Wilma puede pensar, decir o hacer lo que quiera. Mi hermana no va a gobernar mi vida, Claudia. Ni la tuya. Tú eres más fuerte que ella.

—La alta sociedad...

—Se puede ir al diablo, por lo que a mí respecta. Pero hay precedentes a mantas. Bewcastle se casó con una maestra de escuela rural y se ha salido con la suya. ¿Por qué yo no puedo casarme con la dueña y directora de una respetada escuela de niñas?

—¿Me vas a dejar terminar una frase?

—Soy todo oídos.

—Yo no podría de ninguna manera llevar la vida de una marquesa ni de una duquesa. No podría alternar periódicamente con la alta sociedad. Y no podría ser tu esposa. Necesitas herederos. Tengo treinta y cinco años.

—Yo también. Y un heredero bastaría. O ninguno. Prefiero casarme contigo y no tener hijos aparte de Lizzie, que casarme con otra y tener doce hijos varones.

—Todo eso suena muy bien, pero no es práctico.

—Buen Dios, claro que no —convino él—. Con todos esos niños no tendría ni un solo momento de paz en mi casa.

—¡Jo-seph!

—Clau-dia.

Le puso un dedo a lo largo de la nariz y le sonrió. En el hogar crujió un leño, se quebró y cayó. Las llamas comenzaron a apagarse. El interior de la pequeña habitación estaba tan caliente como una tostada, comprobó ella.

—Cierto que hay algunos problemas —dijo él—. Somos de mundos diferentes, y parece que será difícil lograr que encajen. Pero no imposible, me niego a creer eso. Puede que la idea de que el amor lo vence todo parezca tontamente idealista, pero yo creo en ella. ¿Cómo podría creer otra cosa? Si el amor no puede vencerlo todo, ¿qué puede? ¿El odio? ¿La violencia? ¿La desesperación?

—Joseph —suspiró ella—. ¿Y Lizzie?

—Te quiere muchísimo. Y si te casas conmigo y vives con nosotros, ella dejará de temer que le quites el perro.

—Eres desesperante, ¿sabes?

—Pero ya no te queda ni pizca de convicción en la voz. Te estoy ganando. Reconócelo.

A ella volvieron a llenársele los ojos de lágrimas.

—Joseph. Esto no es una competición. «Es» imposible.

—Conversémoslo mañana. Yo iré a Lindsey Hall a ver a Lizzie y entonces podremos hablar. Pero tal vez antes de marcharte de aquí esta noche deberías hablar con mis primos, Neville, Lauren y Gwen. Tal vez sea mejor que no hables con Wilma, aunque ella podría decirte lo mismo. Todos te dirán que yo nunca jugué limpio cuando era un muchacho. Era absolutamente detestable. Y sigo no jugando limpio cuando deseo mucho, mucho, algo.

Mientras hablaba se había ido apretando más a ella, si eso era posible, y le estaba mordisqueando la oreja y el lado del cuello al tiempo que le acariciaba la cadera, la nalga y luego la espalda hacia arriba, hasta que volvieron a enroscársele los dedos de los pies.

—Será mejor que nos vistamos y volvamos a la casa —dijo—. Sería muy vergonzoso si todos estuvieran listos para volver a Lindsey Hall y no me encontraran por ninguna parte.

—Mmm —musitó él en su oído—. Dentro de un momento. O dentro de varios momentos podría ser mejor. —Entonces cambió nuevamente la posición de los dos, esta vez dejándola encima de él a todo lo largo—. Ámame. Deja de lado las cosas prácticas y las imposibles. Ámame, Claudia. Mi amor.

Ella separó las piernas hasta apoyar las rodillas a ambos lados de las caderas de él y se incorporó afirmándose con los brazos para mirarlo. Su pelo cayó formando una especie de cortina alrededor, enmarcándolos.

—Érase una vez —dijo, suspirando de nuevo—, yo creía que era una mujer de fuerte voluntad.

—¿Soy una mala influencia para ti?

—Malísima —contestó ella, severa.

—Estupendo —dijo él, sonriendo de oreja a oreja—. Ámame.

Ella lo amó.

24

Era un día de mucho viento. Unas nubes blancas se deslizaban veloces por el cielo, tapando y destapando al sol, de forma que un instante el suelo estaba bañado de luz y al siguiente cubierto de sombras. Los árboles se mecían agitando las ramas, y las flores movían de aquí para allá sus pétalos. Pero hacía calor. Y, en potencia, era el día más hermoso de su vida, pensó Joseph cuando estaba llegando a Lindsey Hall a última hora de la mañana.

En potencia.

Hasta el momento no había sido un día fácil.

Su padre ya había temblado de furia sólo con enterarse de la noticia de que Portia se había fugado con McLeith. No justificó ni disculpó su conducta ni por un instante, muy lejos de eso, pero le echó la culpa a él de haberla impulsado a tomar esa medida tan drástica.

«Su deshonra te pesará en la conciencia mientras vivas —le dijo—. Es decir, si tienes conciencia.»

Entonces él abordó el tema de Claudia Martin. La primera reacción de su padre fue limitarse a mirarlo incrédulo.

«¿Esa maestra de escuela solterona?», preguntó.

Y después, al comprender del todo que se trataba de ella, estalló en un ataque de ira tan violento que tanto él como su madre se inquietaron seriamente por su salud.

Pero él se mantuvo firme; y jugó desvergonzadamente su carta de triunfo:

«El señor Martin, su padre —explicó— fue el tutor del duque de McLeith. El duque se crió en su casa desde los cinco años. A Claudia la considera casi su hermana.»

McLeith no gozaba mucho del favor de su padre esa mañana, lógicamente, pero su rango igualaba al suyo, aun cuando sólo fuera un título escocés.

Entonces intervino su madre haciendo la única pregunta que a ella le interesaba realmente:

«¿Amas a la señorita Martin, Joseph?»

«Sí, mamá. Con todo mi corazón.»

«En realidad a mí nunca me gustó la señorita Hunt —reconoció ella—. Encuentro algo muy frío en ella. Sólo cabe esperar que ame al duque de McLeith.»

«¡Sadie!»

«No, Webster, no me voy a callar cuando está en juego la felicidad de uno de mis hijos. Y me ha sorprendido, he de confesar. La señorita Martin me parece muy mayor, poco atractiva y severa para Joseph, pero si él la ama y ella lo ama, pues, estoy satisfecha y contenta. Y ella aceptará en tu familia a la querida Lizzie, creo yo, Joseph. Si estuviera en mi casa las invitaría a las dos a tomar el té.»

«Sadie...»

«Pero no estoy en mi casa. ¿Vas a ir a Lindsey Hall esta mañana, Joseph? Dile a la señorita Martin, por favor, que esta tarde iré a visitarla. Me acompañará Clara o Gwen o Lauren si tu padre no quiere ir conmigo.»

Él le cogió la mano y se la besó.

«Gracias, mamá.»

Y antes de poder salir en dirección a Lindsey Hall tuvo que hacer frente a Wilma, faltaría más. Ella no permitió que la evitara; lo estaba esperando fuera de la biblioteca y lo obligó a entrar en el saloncito para visitas contiguo. Sorprendentemente, tal vez, sólo encontró palabras de recriminación para arrojarle a la cabeza a la desafortunada Portia. Pero estaba muy horrorizada por los rumores que había oído esa noche, rumores que ninguno de sus primos le había confirmado ni refutado. Aunque en realidad esos rumores no habían sido necesarios.

«Bailaste un "vals" con esa maestra, Joseph, como si en el mundo no hubiera existido nadie aparte de ella.»

«No existía nadie más.»

«Fue muy, muy indecoroso. Hiciste un absoluto ridículo.»

Él se limitó a sonreír.

«Y después "desapareciste" con ella. Todos tienen que haberse dado cuenta. Fue muy escandaloso. Será mejor que tengas mucho cuidado si no quieres encontrarte atrapado y tengas que casarte con ella. No sabes de lo que son capaces las mujeres como ella, Joseph. Ella...»

«Soy yo el que estoy intentando atraparla para que se case conmigo, Wilma. O, en todo caso, persuadirla de que se case conmigo. No va a ser fácil. A ella no le gustan los duques, ni siquiera los que esperan serlo, y no tiene el menor deseo de ser duquesa, aun cuando ese destino está agradablemente muy lejos en el futuro, si logramos mantener sano a nuestro padre. Pero sí le gustan sus alumnas, en especial, sospecho, las que mantiene gratis. Siente una obligación hacia ellas y hacia la escuela que fundó hace casi quince años y ha dirigido desde entonces.»

Ella lo miró pasmada, casi sin habla, para variar.

«¿Te vas a casar con ella?»

«Si ella me acepta.»

«Vamos, sin duda te aceptará.»

«Buen Dios, Wil, espero que tengas razón.»

«Wil —repitió ella, impresionada—. Hace "años" que no me llamas así.»

Impulsivamente él la cogió por los hombros y la abrazó. «Deséame suerte.»

«¿De veras significa tanto para ti? No veo el atractivo, Joseph.»

«No tienes por qué verlo. Deséame suerte.»

«Dudo que la necesites —dijo ella, pero lo abrazó con fuerza—. Ve, entonces, si crees que debes, y consigue que se case contigo. Creo que la toleraré si te hace feliz.»

«Gracias, Wil», dijo él y, sonriéndole de oreja a oreja, la soltó.

Y cuando escapó del saloncito se encontró con Neville en la escalera, y este le dio una palmada en el hombro y se lo apretó.

«¿Todavía ileso, Joe? ¿Necesitas un oído compasivo? ¿Un compañero para galopar como el viento hasta rompernos el cuello como mínimo por el terreno más escabroso que podamos encontrar? ¿A alguien con quien emborracharte como una cuba a esta temprana hora del día? Yo soy tu hombre si me necesitas.»

«Voy de camino a Lindsey Hall —dijo él sonriendo—. Es decir, una vez que mis parientes hayan dejado de entretenerme.»

Neville retiró la mano.

«Vale. Acabo de dejar a Lily, Lauren y Gwen, las tres bien acurrucadas en nuestro dormitorio, las tres a punto de echarse a llorar porque la voz del tío Webster llegaba hasta ahí desde la biblioteca y no parecía complacido con la vida. Y las tres de acuerdo en que "por fin", a pesar del tío Webster, el queridísimo Joseph iba a ser feliz. Creo que se referían a la posibilidad de que te cases con la señorita Martin.»

Entonces le sonrió, le dio otra palmada en el hombro y continuó su camino.

Y después de todo eso, por fin había llegado a Lindsey Hall, a rebosar de esperanza, aun cuando no se había decidido nada todavía. La propia Claudia era el obstáculo que le faltaba superar, y el más grande. Esa noche lo había amado con apasionado desenfado, en especial la segunda vez, cuando ella estaba encima de él y tomó la iniciativa de una manera que de sólo recordarlo le subía la temperatura. Ella también lo amaba; de eso no tenía ninguna duda. Pero hacerle el amor, incluso amarlo, no era lo mismo que casarse con él.

El matrimonio sería un paso inmenso para ella, mucho más que para cualquier otra mujer. Para la mayoría de las mujeres el matrimonio significaba subir un peldaño hacia una mayor libertad, mayor independencia, a una vida más activa e interesante, a una mayor realización personal. Claudia ya tenía todas esas cosas.

Cuando entró en la casa preguntó por ella, y ella le envió a Lizzie. La niña bajó sola, guiada por el perro, y entró en el salón cuya puerta le abrió un lacayo, con la cara radiante, toda sonrisas.

—¿Papá?

Él llegó hasta ella, la envolvió en sus brazos y le dio toda una vuelta en volandas.

—¿Cómo está mi mejor chica esta mañana? —le preguntó.

—Bien. ¿Es cierto, papá? Edna y Flora se lo oyeron decir a una de las criadas, que se lo oyó decir a otra criada, y esta se lo oyó decir a una de las damas, que podría haber sido la duquesa, aunque no estoy segura. Pero todas dicen que es cierto. ¿Se ha marchado la señorita Hunt?

Ah.

—Es cierto.

—¿Para no volver?

—Nunca.

—Uy, papá —exclamó ella, cogiéndose las manos junto al pecho, con la cara levantada hacia la de él—. ¡Qué contenta estoy!

—Yo también.

—¿Y es cierto que te vas a casar con la señorita Martin, entonces?

¡Buen Dios!

—¿Es eso lo que dicen Flora, Edna y las criadas, también?

—Sí.

—¿Y que dice de eso la señorita Martin?

—Nada. Se molestó cuando se lo pregunté. Me dijo que no debía hacer caso de los cotilleos de las criadas. Y cuando se lo preguntaron las otras niñas, también se enfadó, muchísimo, y les dijo que si no paraban las iba a poner a hacer problemas de matemáticas toda la mañana, aunque estuvieran de vacaciones. Entonces la señorita Thompson se las llevó fuera, menos a Julia Jones, que estaba tocando la espineta.

—Ni a ti.

—Sí. Yo sabía que vendrías, papá. Te estaba esperando. Yo quería que bajara conmigo pero ella no ha querido. Ha dicho que tenía cosas que hacer.

—¿No ha dicho «mejores» cosas, por una casualidad?

—Sí, eso dijo.

Daba la impresión de que Claudia Martin estaba más espinosa que un erizo esa mañana. Había tenido una noche, bueno, unas cuantas horas en todo caso, para consultar sus recuerdos de esa noche con la almohada.

—Estoy pensando en vender la casa de Londres —dijo—. Estoy haciendo planes para llevarte a vivir en Willowgreen. Es una casa grande en el campo, toda rodeada de jardines. Ahí habrá espacio para ti, y aire fresco, flores y pájaros, instrumentos musicales y...

—¿Y tú, papá?

—Y yo. Podremos vivir en la misma casa todo el tiempo, Lizzie. Ya no tendrás que esperar mis visitas, y yo no tendré que esperar hasta que no haya ninguna otra obligación para poder ir por fin a visitarte. Estaremos juntos todos los días. Yo estaré en casa, y será tu casa también.

—¿Y la señorita Martin?

—¿Te gustaría eso?

—Me gustaría «sobremanera», papá. Ella me enseña cosas, y es divertido. Y me gusta su voz. Me siento segura con ella. Y yo creo que le caigo bien. No, creo que me quiere.

—¿Incluso cuando está enfadada?

—Yo creo que esta mañana estaba enfadada porque desea casarse contigo, papá.

Lo cual tenía que ser perfecta lógica femenina, supuso él.

—¿No te molestaría, entonces, que yo me casara con ella?

Ella chasqueó la lengua.

—Tonto. Si te casas con ella, ella será para mí una especie de mamá, ¿verdad? Yo quería a mi madre, papá, de verdad. La echo terriblemente de menos, pero me gustaría tener una nueva mamá, si es la señorita Martin.

—No una especie de mamá —dijo él—. Sería tu madrastra.

—Una especie de madrastra. Soy bast... soy tu hija del amor. No soy tu hija de verdad, de verdad. Mi madre me explicó eso.

Él chasqueó la lengua, la cogió firmemente de la mano, abrió la puerta y la llevó en dirección a la escalera. El perro los siguió al trote.

Claudia seguía en el aula. Julia Jones, no; había terminado de tocar su pieza en la espineta y se había ido a hacer otras cosas.

—Necesito tu opinión sobre una cosa —dijo, cerrando firmemente la puerta, mientras Claudia se levantaba y juntaba las manos junto a la cintura, con la espalda recta como una vara y los labios apretados en una delgada línea—. Lizzie acaba de informarme de que si te casaras conmigo serías para ella una especie de madrastra. No su madrastra de pleno derecho porque ella no es mi hija de pleno derecho. Es mi hija del amor, y ella entiende que eso es un amable eufemismo para no decir hija bastarda. ¿Tiene razón? ¿O está equivocada?

Lizzie, que había retirado la mano de la de él, volvía la cara del uno al otro como si realmente los viera.

—Uy, Lizzie —dijo Claudia, suspirando, relajando la postura y transformándose totalmente, pasando en un segundo de ser una maestra de escuela severa y almidonada a una mujer cariñosa—: Yo no sería tu «especie» de madrastra, y ni siquiera tu madrastra, a no ser en términos estrictamente jurídicos. Ni siquiera sería tu especie de madre. Sería tu mamá. Te querría tan tiernamente como cualquier mamá ama a su hija. Eres una hija del amor en todos los mejores sentidos de la palabra.

—¿Y qué pasaría si...? —preguntó Lizzie, mientras él miraba a Claudia sin pestañear y ella miraba sin pestañear cualquier cosa que no fuera él; no eso era injusto, estaba mirando fijamente a su hija—. ¿Y si usted y mi papá tuvieran hijos? ¿Hijos «legítimos»?

—Pues los querría a ellos también —dijo Claudia, con un interesante tinte rosa en las mejillas—. Igual. Ni más, ni menos. El amor no tiene por qué dividirse en partes, Lizzie. Es lo único que nunca disminuye cuando uno lo da. En realidad, sólo aumenta. A los ojos del mundo, es cierto, siempre serías diferente de cualquier hijo que... que pudiéramos tener tu padre y yo si nos casáramos. Pero a mis ojos no habría ninguna diferencia.

—Ni a los míos —dijo Joseph con firmeza.

—Vamos a vivir en Willowgreen, los tres —dijo Lizzie, caminando hacia Claudia con las manos extendidas hasta que ella se las cogió—. Y *Horace*. Es una casa que tiene mi papá en el campo. Y usted me enseñará cosas, y mi papá también, y yo tendré todas mis historias escritas, y haré un libro con ellas, y tal vez a veces vayan a visitarnos mis amigas, y cuando haya un bebé yo lo cogeré en brazos y lo meceré todos los días y...

—Lizzie —dijo Claudia, apretándole las manos; el tinte rosa de sus mejillas ya era rojo subido—, tengo una escuela en Bath, que debo dirigir. Tengo a niñas esperándome ahí, y profesores. Tengo una «vida» esperándome ahí.

Lizzie tenía la cara levantada hacia la de ella. Se le agitaron los párpados y se le movió la boca, ya antes de hablar.

—¿Esas niñas son más importantes que yo, entonces? —preguntó—. ¿Esos profesores son más importantes que mi papá? ¿Esa escuela es más bonita que Willowgreen?

Joseph ya no pudo seguir callado.

—Lizzie, eso es injusto. La señorita Martin tiene su propia vida para vivir. No podemos esperar que se case conmigo y se vaya a vivir con nosotros a Willowgreen sólo porque nosotros lo deseamos, porque la amamos y no sabemos cómo vivir sin ella.

Estaba mirando a Claudia, que estaba visiblemente afligida, hasta cuando él dijo esas últimas palabras; entonces pareció indignada. Él se arriesgó a sonreír.

Lizzie se soltó las manos.

—¿No ama a mi papá?

Claudia suspiró.

—Ah, sí que lo amo. Pero la vida no es tan sencilla, Lizzie.

—¿Por qué no? La gente siempre dice eso. ¿Por qué no es sencilla la vida? Si usted me ama y ama a mi papá, y nosotros la amamos, ¿qué puede ser más sencillo?

—Creo que será mejor que salgamos a dar una caminata —dijo Joseph—. Esta conversación entre tres no es justa para la señorita Martin, Lizzie. Somos dos contra una. Yo ya sacaré el tema otra vez cuando estemos solos. Ten, coge la correa del perro y demuéstranos que sabes encontrar el camino para salir de la casa y llegar hasta el lago sin ayuda de nadie.

—Ah, pues claro que sé. Mírame.

—Eso pretendo.

Pero cuando al cabo de unos minutos los tres salieron de la casa, Lizzie se detuvo y ladeó la cabeza. Al parecer oía otra cosa por encima del sonido del agua al caer en la enorme fuente. Estaban llegando la señorita Thompson con las niñas. Lizzie levantó una mano, saludándolas y gritó:

—¿Molly? ¿Doris? ¿Agnes?

Todas las niñas del grupo se acercaron y se inclinaron en reverencias.

—Voy a ir con vosotras —les dijo Lizzie—. Mi papá desea estar solo con la señorita Martin. Dice que es injusto para ella que seamos dos contra una.

La señorita Thompson miró a Claudia con los labios fruncidos y los ojos bailando de risa.

—¿No te vas a marchar hoy, entonces, Claudia? Yo se lo comunicaré a Wulfric. Tú vete, y que disfrutes del paseo.

Diciendo eso hizo entrar a las niñas en la casa, y a Lizzie también.

—Muy bien —dijo Joseph, ofreciéndole el brazo—. Esta será una pelea entre dos, juego limpio. Es decir, si deseas pelear. Yo prefiero con mucho hacer planes para una boda.

Ella se cogió firmemente las manos junto a la cintura y se giró en dirección al lago. El viento le agitaba el ala de la pamela de paja, la misma de siempre.

Eleanor la había estado esperando en su habitación esa noche, o, mejor dicho, esa madrugada. Ella le contó gran parte de lo ocurrido durante la fiesta y posiblemente Eleanor adivinó el resto.

Le repitió el ofrecimiento de asumir la dirección de la escuela e incluso el de comprársela. La instó a pensarlo todo detenidamente, a no tomar una decisión precipitada, a no decidir basándose en lo que «debía» hacer sino en lo que «deseaba».

«Supongo —le dijo finalmente—, que sería muy manido y simplificar demasiado aconsejarte que sigas los dictados de tu corazón, Claudia, y no estoy en absoluto cualificada para darte ese consejo, ¿verdad? Pero... Bueno, en realidad no es asunto mío y ya hace rato que debería haberme ido a acostar. Buenas noches.»

Pero no bien acababa de salir de la habitación y cerrar la puerta, cuando volvió a abrirla y asomó la cabeza.

«Te lo voy a decir de todos modos. Haz lo que te dice tu corazón, por el amor de Dios, Claudia, tontita.»

Y esa mañana, al parecer, ya todos «lo sabían».

Y era atrozmente embarazoso, por decirlo suave.

—Me siento —dijo a Joseph cuando iban en dirección al lago— como si estuviera en un escenario, totalmente rodeada de público.

—¿Esperando en suspenso, con el aliento retenido, tus palabras finales? No puedo saber si soy parte del público o tu compañero actor, Claudia. Pero si soy el actor, no puedo haber ensayado contigo la obra porque si la hubiera ensayado sabría cuáles son esas palabras.

Continuaron en silencio hasta llegar a la orilla del lago.

—Es imposible —dijo ella, observando que el viento levantaba olas con crestas blancas en el agua.

—No, no es imposible. Ni siquiera improbable. Yo diría que es probable, aunque de ninguna manera seguro. Es esa pequeña incertidumbre la que me tiene con el corazón golpeándome las costillas, las rodillas tan débiles que no son capaces de mantenerme erguido y el estómago con ganas de dar saltos mortales.

—Tu familia no me aceptaría jamás —dijo ella.

—Mi madre y mi hermana ya te han aceptado, y mi padre no me ha desheredado.

—¿Podría?

—No —sonrió él—. Pero podría hacerme la vida tremendamente desagradable. Pero no lo hará. Quiere más a sus hijos de lo que estaría dispuesto a reconocer. Y está mucho más dominado por mi madre de lo que pretende.

—No puedo darte hijos.

—¿Estás segura?

—No.

—Cualquier chica recién salida del aula podría no darme hijos si me casara con ella. Sabes que muchas mujeres no pueden concebir. Tal vez tú puedes. Espero que puedas, debo confesar. Está todo ese aburrido asunto de asegurar la sucesión, por supuesto, pero, más importante que eso, me gustaría tener hijos contigo, Claudia. Pero lo que verdaderamente deseo es pasar el resto de mi vida contigo. Y no estaríamos solos. Tendríamos a Lizzie.

—No puedo ser marquesa —dijo ella—, ni duquesa. No sé nada de lo que se esperaría de mí, y ya soy demasiado mayor para aprender. En todo caso no sé si desearía aprender. Me gusto tal como soy. Decir eso es engreimiento tal vez, y sugiere una mala disposición a cambiar y a crecer. Estoy dispuesta a hacer ambas cosas, pero preferiría elegir las maneras de crecer.

—Elige cambiar lo suficiente para dejarme entrar en tu vida, entonces —dijo él—. Por favor, Claudia, eso es todo lo que te pido. Si no quieres que Lizzie y yo vivamos en Bath contigo, pues vente a vivir con nosotros a Willowgreen. Hazla tu casa, tu hogar. Hazla tu vida. Haz lo que desees. Pero ven, por favor, ven.

De repente ella sintió la irrealidad de la situación. Era como si hubiera retrocedido un paso, saliendo de sí misma, y lo viera a él como a un desconocido otra vez, como cuando lo vio por primera vez en el salón para visitas de la escuela. Vio lo elegante, aristocrático y seguro de sí mismo que era. ¿Cómo podía ser posible que le estuviera suplicando que se casara con él? ¿Cómo era posible que la amara? Pero sabía que la amaba. Y sabía que esa imagen de él no podría retenerla en la mente más de unos segundos. Al mirarlo otra vez sólo vio a su amado Joseph.

—Creo que en Willowgreen deberíamos hacer algo parecido a mi escuela —dijo—. Aunque diferente. El desafío de educar a Lizzie, cuando pensaba que podría ser alumna, me ha entusiasmado, porque, claro, he visto que es absolutamente posible llenarla de la dicha de aprender. No sé por qué nunca se me había ocurrido introducir entre mis alumnas a niñas con discapacidades. Podría haber algunas en Willowgreen. Podríamos acoger, incluso adoptar, a otras niñas ciegas, a niñas con otras discapacidades, sean físicas o mentales. Anne fue una vez institutriz de la prima del marqués de Hallmere, a la que consideraban simplona. Es la jovencita más encantadora imaginable. Se casó con un pescador, le ha parido dos hijos y le lleva la casa, y es todo lo feliz que se puede ser.

—Adoptaremos a muchas de esas niñas —dijo él dulcemente—, y Willowgreen será su escuela y su hogar. Las amaremos, Claudia.

Ella lo miró y suspiró.

—No resultaría. Es un sueño demasiado ambicioso.

—Pero de eso va la vida. Va de soñar y de hacer realidad esos sueños con esfuerzo y resolución, y amor.

Ella lo miró muda.

Justo en ese momento se presentó una interrupción.

Por entre los árboles, a cierta distancia, aparecieron los marqueses de Hallmere con sus dos hijos mayores y los condes de Rosthorn con sus niños, al parecer de vuelta de una caminata. Todos agitaron alegremente las manos, y no habrían tardado en perderse de vista si la marquesa no se hubiera detenido de repente a mirarlos. Entonces se separó del grupo y echó a andar hacia ellos a largos pasos. El marqués la siguió más lento, mientras los demás continuaban caminando hacia la casa.

Durante esa semana, Claudia había llegado a reconocer, si bien de mala gana, que la ex lady Freyja Bedwyn no era el monstruo que había sido de niña. De todos modos la fastidió inmensamente que viniera a entrometerse durante esa conversación, que era claramente privada.

—Señorita Martin —le dijo esta, después de obsequiar a Joseph con una simple inclinación de cabeza—. He oído decir que está pensando en traspasarle la escuela a Eleanor.

Claudia arqueó las cejas.

—Me alegra que presuma de saber lo que estoy pensando.

Medio le pareció ver que los dos hombres intercambiaban una mirada, con sus rostros impasibles.

—Encuentro raro que haga eso justo cuando acaba de lograr una independencia total —dijo lady Hallmere—. Pero he de decir que lo apruebo. Siempre la he admirado, después que tuvo el valor de abandonarme, pero nunca me cayó bien hasta esta semana pasada. Se merece la oportunidad de ser feliz.

—Freyja —dijo el marqués, cogiéndole el codo—. Creo que estamos interrumpiendo algo aquí. Y tus palabras sólo van a causar azoramiento.

Pero Claudia ni lo oyó. Estaba mirando fijamente a lady Hallmere.

—¿Cómo sabe que acabo de conseguir mi independencia? ¿Cómo sabe lo que mi benefactor?

Lady Hallmere abrió la boca como si fuera a contestar y luego la cerró y se encogió de hombros.

—¿No lo sabe todo el mundo? —preguntó, despreocupadamente.

Tal vez Eleanor dijo algo, pensó Claudia. O Susanna. O Anne. O incluso Joseph.

Pero se sentía como si alguien le hubiera golpeado la cabeza con un enorme mazo. Sólo que esa violencia le habría obnubilado la capacidad para pensar, mientras que en ese momento se sentía con la mente más despejada y clara que nunca. Podía pensar en varias cosas a la vez.

Pensó en Anne, que por una muy extraña coincidencia le solicitó al señor Hatchard un puesto de profesora en su escuela cuando vivía a sólo un tiro de piedra de la casa del marqués de Hallmere en Cornualles.

Pensó en Susanna, a la que le enviaron como alumna de régimen gratuito a los doce años, muy poco después de la coincidencia de que solicitara el puesto de doncella de lady Freyja.

Pensó en la visita que hiciera lady Freyja Bedwyn a la escuela una mañana hacía varios años. ¿Cómo se enteró de la existencia de la escuela y cómo supo dónde encontrarla?

Pensó en Edna, cuando le contó, sólo hacía unas semanas, que lady Freyja supo lo del asesinato de sus padres años atrás, justo antes de que la enviaran a la escuela de Bath.

Recordó todas las veces que, a lo largo de los años, Anne y Susanna habían intentado decirle que tal vez lady Freyja, marquesa de Hallmere, no era tan mala como ella la recordaba.

Pensó en lady Hallmere y en su cuñada, que cuando necesitaron nuevas institutrices para sus hijos las buscaron en su escuela.

Pensó...

Si la verdad fuera un enorme mazo, pensó, seguro que ya hacía años que le habría aplastado la cabeza hundiéndosela entre los hombros.

—Era usted —dijo. Las palabras le salieron apenas en un susurro—. ¡Era usted!

Lady Hallmere arqueó altivamente las cejas.

—Era usted —repitió Claudia—. Usted era la benefactora de la escuela.

—Ah, diablos —dijo Joseph.

—Ahora sí que la has fastidiado —dijo el marqués de Hallmere, como si se sintiera divertido—. Se ha descubierto el proverbial pastel, Free.

—Era usted —repitió Claudia, mirando horrorizada a su ex alumna.

Lady Hallmere se encogió de hombros.

—Soy muy rica.

—Era una niña cuando yo abrí la escuela.

—Wulf fue un tutor de novela gótica en muchos sentidos —dijo lady Hallmere—, pero tratándose de dinero era extrordinariamente progresista. Todos tuvimos acceso a nuestras fortunas cuando éramos muy jóvenes.

—¿Por qué?

Lady Hallmere se golpeó el costado con la mano y Claudia supuso que se sentiría más cómoda si tuviera una fusta en la mano. Volvió a encogerse de hombros.

—Nadie aparte de usted me plantó cara jamás —dijo—, hasta que conocí a Joshua. Wulfric sí, por supuesto, pero era diferente, era mi hermano. Supongo que me dolía que nuestros padres hubieran muerto, dejándonos abandonados. Deseaba llamar la atención. Deseaba que alguien que no fuera mi hermano me obligara a comportarme. Usted lo hizo abandonándome. Pero no se había muerto, señorita Martin. Y yo podía vengarme de usted aunque no podía vengarme de mi madre. No puede imaginarse la satisfacción que me ha dado a lo largo de los años saber que usted dependía de mí, aun cuando al mismo tiempo me detestaba.

—Yo no...

—Ah, sí que dependía.

—Sí, dependía.

Joseph se aclaró la garganta y el marqués de Hallmere se rascó la cabeza.

—Fue una venganza magnífica —dijo Claudia.

—Siempre lo he pensado —reconoció lady Hallmere.

Se miraron, Claudia con los labios apretados y lady Hallmere fingiendo una altiva despreocupación que no era nada convincente.

—¿Qué puedo decir? —dijo Claudia al fin.

Se sentía horriblemente avergonzada. Le debía muchísimo a esa mujer. También le debían muchísimo sus alumnas de no pago, del pasado y del presente. Sin esa mujer Susanna se habría encontrado perdida, Anne podría haber continuado llevando una desgraciada existencia con David en Cornualles. La escuela no habría prosperado.

Ah, santo Dios, no era posible que se lo debiera todo nada menos que a ¡lady Hallmere!

Pero se lo debía.

—Creo, señorita Martin —dijo lady Hallmere—, que lo dice todo en la carta que dejó con el señor Hatchard hace unas semanas. Aprecio su gratitud, pero no la necesito. Lamento haber hablado con tanta precipitación hace un momento. Habría preferido que usted no lo supiera nunca. No debe de ninguna manera sentirse en deuda conmigo, pensar que tiene obligaciones hacia mí. Eso sería ridículo. Vamos, Joshua, creo que estamos de más aquí.

—Eso fue lo que intenté decirte, cariño —dijo él.

Claudia le tendió la mano. Lady Hallmere se la miró y luego se la cogió.

Se estrecharon las manos.

—Bueno —dijo Joseph cuando la pareja ya se había alejado—, esta obra está llena de giros inesperados, pero creo que aún faltan por decir las palabras finales, mi amor, y debes decirlas tú. ¿Cuáles van a ser?

Ella se giró del todo hacia él.

—Qué tonto es el concepto «independencia». La independencia no existe, ¿verdad? Nadie es jamás independiente de los demás. Todos nos necesitamos. —Lo miró, exasperada—. ¿Me necesitas?

—Sí.

—Y yo te necesito. Uy, Joseph, no sabes cuánto te necesito. No me cabe duda de que cambiar mi vida ahora para darle un rumbo totalmente nuevo va a ser tan aterrador como lo fue cuando tenía diecisiete años, pero si pude hacerlo entonces, cuando había perdido un amor, ciertamente puedo hacerlo ahora, cuando he encontrado uno. Lo voy a hacer. Me voy a casar contigo.

Él le sonrió largamente.

—Entonces, hemos llegado al epílogo.

Hincó una rodilla en la hierba y adoptó una postura pintoresca, muy teatral, con el lago detrás. Le cogió una mano.

—Claudia, mi amor más querido, ¿me harás el inmenso honor de ser mi esposa?

Ella se rió, aunque en realidad el sonido que le salió se parecía muchísimo a un borboteo.

—Te ves muy ridículo —le dijo—, y bastante romántico en realidad. Y terriblemente apuesto. Ah, sí, por supuesto. Acabo de decírtelo, ¿no? Levántate, Joseph. Te vas a manchar con la hierba la pernera de tus pantalones.

—Bien podría mancharme las dos, entonces. Así quedarán igualadas.

La tironeó hasta que ella se arrodilló también y quedaron cara a cara rodeándose con los brazos.

—Aah, Claudia —musitó, con la boca sobre la de ella—, ¿nos atrevemos a creer en tanta felicidad?

—Ah, sí, por supuesto. No voy a renunciar a toda una profesión por algo inferior.

—No, señora —convino él y la besó.

25

Probablemente Bath nunca había conocido un día tan grandioso como aquel en que la señorita Claudia Martin, dueña y directora de la Escuela de Niñas de la Señorita Martin, se casó con el marqués de Attingsborough.

Entre los invitados había tantas personas con título que un bromista que esperaba en medio de la multitud de personas que se habían congregado en el patio exterior de la Pump Room con el fin de ver llegar a la novia, preguntó en voz alta si el resto de Inglaterra estaba vacío de títulos en esos momentos. «Y nadie los echará de menos», añadió, incitando con eso a una mujer grande con un canasto más grande aún colgado del brazo a preguntarle por qué había venido a mirar entonces.

Todo aquel que tenía motivo para atribuirse algún tipo de parentesco con el marqués estaba en la lista de invitados, lógicamente. También estaban una numerosa cantidad de amigos y conocidos, entre ellos todos los Bedwyn, con la excepción de lord y lady Ranulf, que se encontraban a la espera de la llegada inminente de un añadido a su familia. El duque de Bewcastle permitió que su duquesa asistiera con él, puesto que Bath no estaba muy lejos de su casa y ella estaba gozando de buena y vigorosa salud a pesar de su delicado estado.

Claudia no dejaba de ver la ironía de todo.

De hecho, cuando la doncella de Frances, traída a la escuela con la expresa finalidad de que la peinara, estaba a la mitad de la tarea de hacerle un peinado elegante pero no recargado, le vino un ataque de risa y no pudo parar. La pobre doncella se vio obligada a interrumpir el trabajo de formarle un racimo flojo de rizos grandes y suaves para reemplazar el sencillo moño en la nuca que llevaba habitualmente.

Sus tres amigas, Susanna, Frances y Anne, estaban acompañándola en el dormitorio, mirando. Eleanor y Lila Walton ya se habían marchado a la iglesia con dos ordenadas filas de alumnas internas, de pago y de no pago, todas con sus mejores vestidos y su mejor conducta. Las alumnas externas asistirían a la boda con sus padres. También irían los profesores y las profesoras no residentes.

—Esta boda va a ser la más absurda jamás vista —dijo Claudia, entre risa y risa—. No me habría imaginado algo más estrafalario ni en mis más locos sueños.

—Absurdo —dijo Susanna, mirando de Anne a Frances—. Supongo que es un calificativo apropiado. Claudia se va a casar en presencia de una buena mitad de la alta sociedad.

—Va a tener a un «duque» por suegro —dijo Frances.

—Y al heredero de un duque por marido —añadió Anne.

Todas se miraron muy serias, con las caras impasibles, y luego se desternillaron de risa.

—Es de lo más divertido —convino Frances—, nuestra Claudia va a ser «duquesa» algún día.

—Es un justo castigo por todos mis pecados —dijo ella.

Recuperó la seriedad al volver la atención a su imagen en el espejo y ver el esplendor de su vestido nuevo color albaricoque y la frívola pamela nueva de paja que la doncella le estaba prendiendo con horquillas sobre el exquisito moño de rizos en la nuca. ¡Una pamela de paja a comienzos de octubre!

¡Buen Dios! ¿De veras se veía diez años más joven que sólo unos meses atrás? Tenía que ser sólo su imaginación, seguro. Pero los ojos se le veían más grandes de lo que los recordaba, y los labios más llenos. Y tenía más color en las mejillas.

—Pero ¿quién podría haberse resistido a los encantos de Joseph? —dijo Susanna—. Siempre le he tenido muchísimo cariño, desde que Lauren me lo presentó, pero se ha elevado inconmensurablemente en mi estima desde que tuvo la sensatez de enamorarse de ti, Claudia.

—¿Y quién podía resistirse a un hombre que quiere tanto a su hija? ¿Sobre todo siendo ciega e ilegítima?

—Menos mal que nosotras tenemos a Lucius, Sydnam y Peter —añadió Frances—. Si no, podríamos tenerte una envidia de muerte, Claudia.

Claudia se giró en la banqueta. La doncella ordenó las cosas en el tocador y salió de la habitación.

—¿Es natural que el día de una boda suscite emociones tan opuestas? —preguntó Claudia—. Me siento tan feliz que podría reventar, y tan triste que podría llorar.

—No llores —dijo Susanna—. Se te pondrán los ojos rojos y los párpados hinchados.

Como le quedaron la noche pasada, pensó Claudia. El llanto comenzó con la cena de despedida en el comedor de la escuela, a la que se quedaron las alumnas externas, y continuó con el concierto sorpresa y los discursos que la siguieron. Continuó mientras abrazaba e intercambiaba unas últimas palabras con cada uno de los profesores y las alumnas. Y el broche final llegó un par de horas después, cuando se reunió en su sala de estar particular, que pronto sería la de

Eleanor, con estas tres amigas, Lila y Eleanor, a hablar de recuerdos.

—Yo fui feliz enseñando aquí —dijo Anne en ese momento, interrumpiendo sus pensamientos—, y cuando me casé con Sydnam no estaba muy segura de si sería feliz con él. Pero lo soy, y tú lo serás con Joseph, Claudia. Aunque eso ya lo sabes.

—Es de lo más natural sentirse triste —dijo Frances—. Cuando me casé, tenía a Lucius y la promesa de iniciar una carrera como cantante, pero había sido feliz aquí. La escuela era mi hogar, y aquí estaban mis más queridas amigas.

Susanna se levantó y fue a darle un abrazo, con mucho cuidado para no estropearle el peinado ni la caída de la pamela.

—Esta escuela ha sido un hogar y una familia para mí —dijo—. Me trajeron aquí a los doce años, cuando no tenía adónde ir, y recibí educación y cariño. No me habría marchado si no hubiera conocido a Peter. Pero me alegro de haberme marchado, por el motivo obvio, por supuesto, pero también porque ahora no soportaría ser la última de nosotras que se queda aquí. Soy así de egoísta, ¿sabes? Pero no sé decirte lo feliz que me siento por ti, Claudia.

—Será mejor que nos vayamos —dijo Anne—. La novia no debe retrasarse y nosotras tenemos que estar en la iglesia antes que ella llegue. Y qué novia tan hermosa. Ese color te sienta a la perfección, Claudia.

—A mí me encanta la pamela —dijo Susanna.

Claudia contuvo las lágrimas mientras cada una la abrazaba, para luego bajar para subir al coche que las esperaba.

Después que se marcharon se puso los guantes y echó una última mirada a su dormitorio. Ya se veía vacío; esa mañana temprano se habían llevado el baúl y las maletas. Entró en su sala de estar y paseó la mirada por ella. Ya no estaban ahí sus libros. Esa sala ya no era suya.

Durante esa semana la escuela había sido oficialmente de Eleanor. Después de ese día sería la Escuela de Niñas de la Señorita Thompson.

Qué terrible dejar atrás toda una vida. Lo había hecho una vez antes y ahora lo volvía hacer. Era como nacer de nuevo, salir de la cómoda seguridad del útero para enfrentarse a lo desconocido.

Era algo terrible, aun cuando anhelaba comenzar su nueva vida, en el hogar que la aguardaba, con la valiente e inteligente niña ciega que sería su hija, y el otro hijo que haría su aparición dentro de algo más de seis meses (no se lo había dicho a nadie aún, aparte de a Joseph cuando llegó el día anterior de Willowgreen), y con el hombre que había entrado en su escuela casi cuatro meses atrás y en su corazón muy poco después.

¡Joseph!

Entonces bajó al vestíbulo, donde la esperaban las criadas en fila para despedirla. Conservó su aplomo y pudo hablar por última vez con cada una; muchas estaban llorando. El señor Keeble no; estaba muy erguido y envarado junto a la puerta, esperando para abrírsela.

Y por el motivo que fuera, despedirse de él, de su anciano, arisco y leal portero, fue lo que le resultó más difícil. Él le hizo una venia, arreglándoselas para hacer crujir sus botas al mismo tiempo; pero ella no pudo tolerar esa formalidad. Lo abrazó y le dio un beso en la mejilla. Sólo después de eso le hizo un gesto enérgico indicándole que abriera la puerta, y salió a toda prisa. El cochero de Joseph estaba en la acera esperándola para ayudarla a subir al coche.

No lloraría, pensó, cuando se cerró la puerta y el coche

se puso en marcha, alejándola por última vez de la escuela y de quince años de su vida. Tuvo que pestañear varias veces.

No lloraría.

Joseph la estaba esperando en la Abadía.

También Lizzie.

Así como la multitud de aristócratas que llenaban la iglesia.

Y ese último pensamiento la rescató. Sonrió y luego se rió para sus adentros, en el momento en que el coche entraba en la larga Great Pulteney Street.

Absurdo, desde luego.

¿Una de las bromitas de Dios, tal vez? Si era así, le gustaba su sentido del humor.

No hacía tanto tiempo, le parecía a Joseph, que había estado al lado de Neville cerca del altar de una iglesia esperando la llegada de una novia. Él era su padrino entonces y Nev el novio. Ahora estaba invertida la situación, y él entendía por qué en aquella ocasión su primo no era capaz de sentarse ni de estarse quieto, y por qué se quejaba de que le habían apretado demasiado la corbata.

Sería ridículo imaginarse que Claudia sencillamente no se presentaría. Había aceptado casarse con él y desde julio le había escrito todos los días, como él a ella, a excepción de los diez días de fines de agosto que él pasó en Bath con Lizzie. Además, había quemado sus puentes al venderle la escuela a la señorita Thompson; y había encargado a Hatchard, su agente en Londres, que estuviera atento por si encontraba niñas pequeñas sin hogar y con alguna discapacidad.

Y si todas esas cosas no bastaban para tranquilizarlo, estaba la embriagadora novedad que le había confiado sólo el día anterior: ¡estaba embarazada! Iban a tener un hijo, de los dos. Todavía no lo había asimilado del todo, aunque después que se lo dijo la regañó furioso por no habérselo explicado antes, y luego la estrujó en sus brazos casi asfixiándola. Debería habérselo dicho antes. Buen Dios, si lo hubiera sabido, la habría llevado corriendo a casarse con una licencia especial, y al diablo esa grandiosa boda que el ejército de sus parientas, dirigidas por Wilma, le habían organizado, sin su permiso.

Un par de meses atrás se había celebrado una boda con licencia especial. O bien McLeith o bien Portia, o los dos, habían recobrado la sensatez después de marcharse de Alvesley esa noche del baile de aniversario. En lugar de ir a Escocia fueron a Londres, anunciaron su compromiso a los Balderston y unos días después se casaron, en una ceremonia no muy concurrida pero muy respetable.

Decididamente su estómago tenía ganas de revolverse, y vio que Neville lo miraba compasivo.

Y entonces llegó Claudia, así que se giró a mirarla avanzar sola por el ancho pasillo central, entre las hileras de bancos llenos de invitados.

Sí que era hermosa. Era.., ¿cómo fue que se describió ella una vez después que hicieron el amor? Ah, sí. Era mujer. La maestra de escuela, la empresaria, la amiga, la amante, todas esas cosas que era y había sido quedaron cubiertas por ese solo hecho principal.

Era simplemente mujer.

Típico de ella, vestía con sencillez, pulcritud y elegancia, con la excepción de la pamela absurdamente bonita que llevaba sobre la cabeza, ligeramente echada hacia delante.

Sonrió, a la pamela, a ella.

Ella le sonrió y se olvidó de la pamela.

¡Ah, Claudia!

Juntos se volvieron hacia el sacedote.

—Amados hermanos —comenzó el cura, con una voz pausada y sonora que llegó a todos los rincones de la inmensa iglesia.

Y sólo un instante después, terminó el rito nupcial y estaban casados, él y Claudia Martin, ahora Claudia Fawcitt, marquesa de Attingsborough. Para el resto de sus vidas, hasta que la muerte los separara. Unidos, en los buenos y en los malos tiempos, en la salud y en la enfermedad.

Ella lo miró a los ojos, con los labios apretados en una delgada línea.

Él le sonrió.

Ella le sonrió, y en sus ojos brilló el cálido sol de verano, que ya era otoñal fuera de la iglesia.

Una vez que firmaron en el libro de registro iniciaron el largo recorrido por el pasillo central de la nave, dejando atrás a sonrientes invitados, que muy pronto llenarían la sala de fiestas Upper Assembly Rooms para el desayuno de bodas.

Claudia se detuvo cuando llegaron al segundo banco, donde estaba Lizzie, sentada entre Anne Butler y David Jewell, preciosa, ataviada con un vaporoso vestido de encaje rosa y una cinta de satén del mismo color en el pelo, con un primoroso lazo. Se inclinó por delante de su amiga, le susurró algo a Lizzie y la puso de pie.

Y así, contemplados por la mitad del bello mundo, los tres hicieron el recorrido del pasillo, Lizzie en el medio, cogida de los brazos de ellos, radiante de felicidad.

Habría personas que se escandalizarían al verlos, pensó Joseph. Podían irse al diablo, por lo que a él se refería. Había visto a su madre sonriéndoles y a Wilma limpiándose una lágrima. Había visto a su padre mirándolos severo, con una expresión de intenso afecto en los ojos.

Le sonrió a Claudia por encima de la cabeza de Lizzie.

Ella le correspondió la sonrisa, y salieron de la iglesia al patio exterior de la Pump Room, que estaba tan atiborrado de gente como la iglesia de la que acababan de salir. Alguien gritó un «¡Vivan los novios!», y casi todos continuaron los vivas. Estaban repicando las campanas de la Abadía. El sol comenzaba a brillar, recién liberado de nubes.

—Te amo —moduló, mirándola, y los ojos de ella le dijeron que lo había oído y entendido.

Lizzie echó atrás la cabeza y miró del uno al otro, como si los viera. Se rió.

—Papá y mamá —dijo.

—Sí, cariño —le dijo él, inclinándose a besarla en la mejilla.

Entonces, ante el bullicioso deleite de los espectadores y de los pocos invitados que habían salido detrás de ellos, se inclinó por encima de la cabeza de Lizzie y besó a Claudia en los labios.

—Mis dos amores —dijo.

A Claudia le brillaban los ojos con las lágrimas sin derramar.

—No quiero convertirme en una regadera justamente ahora —dijo con su voz de maestra de escuela—. Llévanos al coche, Joseph. —Lizzie apoyó la cabeza en su hombro—. Inmediatamente —añadió, en un tono que seguro había hecho saltar en posición firmes a sus alumnas durante quince años.

—Sí, señora —dijo él, sonriendo de oreja a oreja—, es decir, sí, milady.

Ya estaban los tres riendo mientras él las llevaba corriendo por el patio, dejando atrás a la multitud de admiradores, luego bajo los arcos de piedra y finalmente por una especie de túnel formado por los primos y los Bedwyn, que habían salido sigilosos antes y estaban armados con pétalos de flores.

Cuando llegaron a la calle y al coche, Claudia ya tenía una explicación para las lágrimas que le corrían por las mejillas. Eran lágrimas de risa, habría dicho si él se lo hubiera preguntado.

Él no se lo preguntó.

Instaló a Lizzie en un asiento, ocupó su lugar al lado de Claudia en el otro, le pasó un brazo por los hombros y la besó concienzudamente.

—¿Qué estás haciendo, papá? —le preguntó Lizzie.

—Estoy besando a tu mamá. También es mi flamante esposa, recuerda.

—Ah, bueno —dijo Lizzie y se rió.

Claudia también se rió.

—Todos nos verán —dijo.

—¿Te importa?

Apartó la cara para observar otra vez lo hermosa que estaba.

—No, en absoluto —contestó ella, poniéndole una mano en el hombro y atrayéndolo hacia sí, mientras el coche traqueteaba en dirección a las Upper Assembly Rooms—. Es el día más feliz de mi vida, y no me importa que todo el mundo se entere.

Se inclinó a cogerle una mano a Lizzie con las dos de ella, se la apretó, y después lo besó.

Él apoyó la mano abierta en su abdomen, que, ya estaba ligeramente redondeado. Toda su familia estaba ahí con él en el coche. Su presente y su futuro. Su felicidad.

«Amor. Sueño con el amor, el amor de una familia, con una esposa e hijos que estén tan cerca de mí y me sean tan queridos como los latidos de mi corazón.»

¿Había dicho esas palabras, érase que se era?

Si no, debería haberlas dicho.

Sólo que ya no tenía que soñar ese determinado sueño.

Acababa de hacerse realidad.